MINGUO TONGSU XIAOSHUO
DIANCANG WENKU

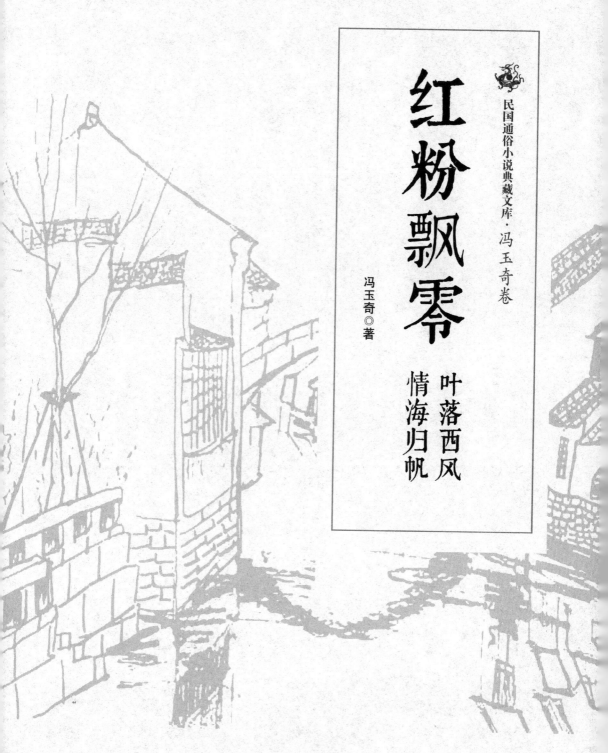

红粉飘零

叶落西风
情海归帆

民国通俗小说典藏文库·冯玉奇卷

冯玉奇◎著

中国文史出版社

目　录

红粉飘零

叶落西风

红粉飘零

一、鸾飘凤泊红粉有深仇

秋风像一个失意人的心境，包含了凄凉的成分，一阵阵地在漫无边际的天空里吹刮。这里没有茂盛的树叶儿在奏着窸窸窣窣的声音，只有激动了海水澎湃的音韵，仿佛在脚底里怒吼。在一抹斜阳的笼映之下，只见茫茫的海面上漂浮着一只从汉口到上海的商船。那船身要如置在一条小河里，那么这条小河起码还要开阔一二丈，否则，恐怕连一个船屁股都容纳不下。不过现在是在茫茫无边的大海里，所以那船身相反地却显得像一片秋叶那么渺小了。

这时在船舱的顶上，站满了许多旅客，大家都在欣赏着这海面上黄昏的美景。太阳在秋天本来是显得淡淡的，十分柔弱，好像是一个久病的人儿，缠绵在床上。而尤其是奄奄一息的当儿，所谓回光返照，这和太阳一样，在落下去和宇宙做告别的时候，它的脸儿，也显得分外血红。因此反映在淡青的天空中，更呈现出一片片像桃瓣似的红霞，这云霞仿佛是活动西洋镜，刻刻儿在变化不停。一会儿，金波高涌；一会儿，山峦起伏。衬着几只海鸥，上下飞翔，更觉蔚为奇观。这一幅天然的画面，在众旅客的目光中看起来，因为心境的不同，所以鉴别也有点两样。有的认为这样好的美景，大有欣赏的价值；有的认为见了这一幅黄昏的美景，不但心怡神旷，而且精神焕发，觉得一切的烦恼和疲倦都消失了；但有的因遭遇的恶劣、身世的悲苦，见了这黄昏的景色，更使心头感到一种无限的惆怅。

真的，在静悄悄的空气里，忽然有人轻轻地叹了一声。只见船尾旁铁栏杆边倚着一个年轻的女郎，她呆呆地望着茫茫的海面，好像有无限

3

感慨的样子。黄昏的景色虽然美好，但可惜的就是没有多少时间，好像是昙花一现，一会儿就被黑暗的夜色所驱逐了。这使那个女郎想起了人生在世，何尝不是像浮云一般，斜阳一霎。自己在幼年的时候，父母俱全，生活优良，那是多么美满。但曾几何时，父母惨亡，自己飘零异乡，人海渺茫，何处是归宿之地？这和浮云东飘西荡，哪里有什么不同吗？那女郎一面思忖，一面暗暗地感叹。

就在这当儿，忽然在她的身旁有个年约五十多岁的男子走拢来。他穿了一套深灰花呢的西服，头发虽然已经很稀疏了，但还梳着西式的样子。面孔是很方正的，圆圆白白，可见他平日营养的丰富，所以红光满面，一点没有枯燥的风姿。西装马甲的纽子上宕着一条金表链，还悬着翡翠镶金的表坠，手里夹了一支雪茄，无名指上戴了一枚挺大的钻戒。从这一副气派上看来，就可以知道他是一个有钱的大富翁。他见那女郎的明眸向自己斜乜了过来，这就微微地一笑，把嘴唇掀动了两下，似乎有开口搭讪的意思。那女郎似乎胆子很小，不愿意和陌生的男子说话，所以别转身子，便向船舱里走回去了。但那男子的胆量倒不小，却把她叫住了，说道："喂，您这位小姐不要走呀，我有句话要向您请教哩。"

"唔！你有什么事情要跟我说吗？"那女郎被他叫住了，因为好奇心的缘故，遂回身站住，望了他一眼，认真地问。从她脸色上看来，表示有种严肃的态度。

那男子听她这样一问，倒是被问住了，因为自己性喜渔色，见了女子，好像苍蝇见了糖似的飞不开。其实和她素不相识，根本没有什么事情请教，他之所以有此冒昧的作风，也可以见到一个人色胆的广大了。不过既然把人家叫住了，总应该回答一句话来，所以他立刻笑容满面地说道："请问小姐贵姓大名？"

"哼，这就奇了，我和你素昧平生，你无缘无故地问我姓名，那是什么意思？对不起，我没有工夫跟你在这里啰唆。"

那女郎听他叫住了自己为的是问问姓名，这就觉得他心中一定是不怀好意的，所以十分生气，冷笑了一声，很鄙视地望了他一眼，一面说，一面便又翻身走了。

那男子被她碰了这一鼻子灰，却并不感到羞耻，反而赶上两步，伸手把她衣袖拉住了，笑嘻嘻地说道："小姐，你何必生气呢？我问您贵姓大名，在我当然是有点意思的。"

"哦，有意思的？那我倒要向你请教了，到底是什么意思呀？"那女郎益发稀奇起来，她眨了眨眼睛，用了猜疑的目光，注视着他一本正经地问。

那男子见她这种含颦凝神的意态，真令人有点心醉神迷，心里甜蜜蜜的只管荡漾，因此呆呆地倒一句都不回答什么了。那女郎见他这种失魂落魄的样子，简直有点恼了，遂恨恨地追问道："看你倒是一个很体面的人物，为什么这样地不懂礼貌呀！你叫住了我，我问你到底有什么意思，你干吗又回答不出来了？我老实地警告你，你不要以为我是一个年轻的姑娘，可以随随便便地跟我搭讪。你要不知耻的话，我可以马上叫你丢脸出丑，你可相信吗？"

"啊呀！您这位小姐真是把我的好心当作恶意猜了，你以为我呆呆地望你出神，是包含了一点轻薄的意思吗？那你就完全地误会我了。唉！天下的好人究竟不能做！"

那男子被她说得脸儿涨红得像猪肝的颜色，不过他是一个老奸巨猾，而且在情场之中是一个老手，在眉尖一皱之下，立刻计上心来。遂叫了一声啊呀，一面解释，一面叹了一口气，大有感慨不胜的样子。

那女郎听他这么地说，倒不禁又呆了一呆，沉吟着道："原来你完全是一片好意吗？那我倒要知道你一点究竟是怎样的好意。"

"请小姐先告诉我您的贵姓大名，然后可以说话。"

"就是告诉了你，也没有多大关系。我姓陶，名叫绿美。"

"哦，原来是陶小姐，鄙人姓乔，草字伯乐。"

"那我可没有请教你，不用你对我报名。"陶绿美听他那种自我介绍的神情，心里不免又觉得生气，秋波逗给他一个娇嗔，有点冷若冰霜的样子。

乔伯乐却并不以为难堪的神气，一本正经地说道："陶小姐，我从小研究星相，所以善观气色，而且能知过去未来。我觉得你的脸上，有两条晦纹，所以将来恐怕要上人家的当，而受到一点小灾难。"

"你这人太岂有此理了，我和你无冤无仇，为什么凭空地来咒念人？你要如再胡说八道，我可对你不客气了。"

"唉！我早已知道世界上好人做不得，果然不出我之所料。就是因为我和你无冤无仇，所以我才告诉你呀。要不然，我干吗吃自己的饭，倒去管别人家的闲事呢？陶小姐，信不信由你，到了将来，你就知道我所说的话不错哩！"伯乐故作很灰心的样子，一面说，一面便别转身子，预备走开的意思。

绿美见他此刻那种态度，倒又像十二分的规矩，一时低了头儿，由不得暗暗地思忖了一会儿。因为这次飘零异乡，茫茫大地，何处安身，实在还茫无头绪。假使偶一不慎，上人家当的事也大有可能。所以这个乔伯乐也许真的是一片热心，对我忠告，也无非叫我以后凡事小心罢了。那么他真的会知道过去未来，我倒要问问他，对于我的终身结局，不知道究竟会苦不会苦呢。

绿美在这么沉思之下，她情不自禁地赶上两步去，叫道："乔先生，你慢走。"

"陶小姐，你有什么吩咐吗？"伯乐知道自己的计划很有一点效力，心中真是十分欢喜，但表面上还装着非常规矩的态度，回过身子来，低低地问。

绿美因为刚才自己对他有一种不恭的态度，此刻若向人家再温和地请教，那似乎有点不好意思。所以微红了脸儿，一时倒说不出什么话来了。

伯乐见了，不免奇怪起来，遂忙又问道："陶小姐！你还有什么见教？没有关系，你只管说吧。"

"我问你，你真的能知道每个人的过去未来吗？"

"当然，我为什么要欺骗你？再说这可不是说着玩玩的事情，你说对不对？"伯乐知道她慢慢地相信起来，这就益发装出十二分正经的态度，低低地回答。

绿美转了转乌圆的眸珠，秋波斜也了他一眼，微微地笑道："乔先生，那么你倒给我相一相，我的过去和未来，到底是怎么样的呢？你相得对，算得准，我给你相金好了。"

"陶小姐，你别跟我开玩笑了，我也不是吃这一行饭的人，怎么会要你的相金呢？其实我就是为了爱好的缘故，所以学会了一点，倒不是为了做买卖度生活的。"

"乔先生，对不起，恕我说话不知轻重。但是你既然具有热心的心肠，那么能不能尽一点义务给我看一看呢？"绿美见他这一副气派，也知道他绝不是个走江湖的相面先生，所以只好赔了笑脸，向他温和地请教。

伯乐对于她这前倨而后恭的态度，心中真有说不出的有趣和得意。因为这是一个好机会，岂肯轻易地错过？这就目不转睛地向她上上下下地打量了一会儿。绿美这时候被他这一阵子呆望，却并不认为是有轻薄的意思，所以她的态度还显得特别大方，好像自己也承认需要给他看一个透彻不可。伯乐在细细地饱尝了一回眼福之后，方才微微地一笑，说道："陶小姐，我虽然不是吃这一行饭的人，但我在事先却不得不向你说这两句话，就是说得好，你不必欢喜，说得不好，你也不必生气。因为我是照相直谈，决不会故意奉承，也不会胡说八道地损人，所以这一点，陶小姐听了还得原谅才好。"

"乔先生，你何必这么客气？你又不拿我的相金，我难道还能说你准不准吗？只要你照相直谈，我是决不见怪的。"绿美听他这么说，一时也由不得抹嘴好笑起来。遂点了点头，表示很懂得道理地回答。

伯乐吸了一口雪茄，故作沉吟的样子，说道："这样就很好，我可以大胆地说了。照陶小姐的面相上看起来，不要见气，你的父母恐怕是都已过世了。"

"是的，我父母确实都已过世了。"绿美想不到他说的真会一针见血，一时有点惊奇，她情不自禁点了点头回答，心中暗想，倒很有一点道理。

伯乐并不理会她，自管吸烟沉吟，一会儿又慢慢地说道："陶小姐，你有姐妹两个人，这次到上海去，预备去谋出路的，是不是？"

"唔！乔先生，你真的全都算得出来的。那么我得问你，我将来的前途究竟怎么样呢？会不会弄得没有饭吃的地步？"绿美听他连两个姐妹都算得出来，一时敬佩得不得了，这就完全相信了，简直把他当作神仙的样子，什么话全都问了出来。

伯乐摇摇头儿，微微地一笑，说道："陶小姐，对于你的前途，那你可以用不到担心的。常言道，叫花子也有三年讨饭运，何况你是一个有福气的小姐呢！所以你的面相看起来，眼前虽然有些不大得意，但将来一定有贵人相扶，保险可以大富大贵。不过我还不知道小姐青春多少、什么日子生日、什么时辰养下来的，那我还可以知道你终身的结局呢！"

"乔先生，你真能算得出吗？"伯乐这几句话听到绿美的耳朵里，似乎正中下怀，因为在她心中也很需要知道自己的终身结局，不知是好是坏。但一个女孩儿家，陌陌生生地把自己生辰八字都要告诉给人家听，这当然有点不好意思。因为他到底不是一个真正会算命挂牌做营业的瞎子先生，所以她又很郑重地追问了一句。

伯乐笑道："有了生辰八字，那我当然是全都算得出来的。陶小姐，多少年纪了？"

"我今年还只有十八岁，四月初四寅时生。"绿美到底还是一个年轻的小姑娘，她完全信以为真地向他老实地告诉出来。

伯乐听了，伸手屈指，口中念念有词，表示十分认真地在算的样子。过了一会儿，才微微地一笑，他似乎十分欢喜的样子，说道："啊，真是一副好八字，照你这副八字算来，非但不会吃苦，而且至少还是一位行长太太的身份。恭喜，恭喜！陶小姐，不是我跟你开玩笑，你要嫁了丈夫之后，这一步帮夫运可真不错。不过……"

"不过什么呢?"常言道,人要好话听,佛要香烟受。绿美被他这一阵子奉承,芳心里除了羞涩之外,真感到有点甜蜜蜜的时候,忽然听他又转变了话锋,这就不禁心头别别地一跳,蹙了眉尖儿,又急急地问。

伯乐摸着自己的下巴,沉思了一会儿,方才低低地说道:"陶小姐,不瞒你说,你这副八字好虽好,但却十分的硬,配丈夫的年龄最好要大一点,那么不会有什么冲克。否则,就是结了婚,恐怕也很不容易到老的。陶小姐,我说的都是实话,信不信反正由你。"

"你既然是这么说,那我当然是相信你的。那么照你看起来,我该配几岁的人最相宜呢?"绿美听他说得那么认真,觉得这也许是真的事情,为了自己的终身幸福着想,她到底顾不得羞耻两字,以一个女孩儿家的身份,对他说出了这几句话。

伯乐觉得这又是机会来了,遂故意又作沉吟计算的样子。过了良久,才说道:"照你八字看来,最好配四十岁至五十岁的年纪,这样才可以免去了冲克。陶小姐,你听了我这些话,一定要说我在胡言乱讲,但我预先声明,完全是照相直谈,所以还得请你原谅。"

"你既然对于命理素有研究,那叫我倒不能不信了。但是我觉得还有不信的地方,是我只有一个十八岁的女孩子,假使嫁了一个五十多岁的老头子,这人生还有什么乐趣呢?即使享福也没有多少日子,况且五十岁的人难道还没有娶过妻子吗?否则,你的意思,除非叫我做人家的小老婆去。"绿美听他似真非真、似假非假的话儿,一时芳心里倒不觉疑惑不决起来。不过在她说到后面的时候,似乎有点生气的表示,鼓着红红的小腮子,秋波逗给他一个怨恨的娇嗔。

伯乐连忙给她解释着说道:"哪里哪里,陶小姐,你又误会我的意思了,我说你应该配给人家做填房的,谁说是给人家做小老婆的呢?至于四五十岁的年纪也并不算老,照欧美的风俗,四五十岁的人正当干事业出风头的时候呢!比方说像我乔某吧,也是个五十一岁的年纪了,但人家都说我看起来只有三十多岁。你瞧,我这人到底老不老呢?"

9

"对不起！我对于看相倒没有研究过，那叫我怎么看得出来呢？"聪敏的人，糊涂到底在一时之间的。绿美在当初完全是被他一片花言巧语而迷惑，还以为他真的是个会看相的人。但说了半天，到此刻听他说出这几句话来，方才感觉到他对自己至少有种野心的企图，这就冷笑了一声，绷住了脸儿去抢白他回答。

伯乐一看情形不对，慌忙赔了笑脸，又搭讪着问道："陶小姐，那么你到底有几个姐妹？我说的究竟准不准呢？"

"哼！这也无非被你偶然一屁放准罢了，那有什么稀奇，谢谢你，我不愿意再上你的当了。"绿美见他还嬉皮笑脸的神气，这就白了他一眼，一骨碌转身匆匆地奔入船舱里去了。

船舱里的床铺上躺着一个比绿美年纪大一二岁的姑娘，她似乎身子有点不舒服，所以在静静地养神。此刻见绿美匆匆奔入房内，还把房门砰地关上，好像有点惊慌的样子，心里不免有些儿奇怪，遂望了她一眼，低低地问道："妹妹，你干吗这样慌张的模样？"

"没有什么，姐姐。这真是一件天大的笑话，想不到世界上竟有这样的老色迷。唉！正是世风日下，人心不古。"

绿美的姐姐红美，听妹妹这样愤愤地感叹着说，这就很稀奇地从床上坐起身子来，蹙了两条细长的眉毛，逗了她一瞥猜疑的目光，急急地问道："妹妹，怎么啦？难道有什么人向你调戏吗？"

"说起来真是又好气又好笑，他说我面有晦纹，恐怕要上人家的当，但哪里知道我真的几乎上了他的当呢？可见世界上的人，他自己越是存心不良，在表面上偏偏一味地做好人，警告人家不要上当，而自己又偏偏给人家当上。唉！这黑暗的社会真是太可怕了。"

红美听妹妹还是这么痛心疾首地感叹着，因为凭她这几句话，叫自己听了根本还是茫无头绪，不知道一个所以然来，因此连连地追问她到底是件什么事情。绿美方才把自己刚才遇到伯乐的一番情形向姐姐告诉了一遍，并且恨恨地说道："姐姐，你想，他说我八字硬，配丈夫应该年纪大，这我还并不疑心他。但是他又说到他自己五十一岁的人，问我老相不老相，我觉得他这话就难免有点歪曲的作用了，所以我恨恨地抢白了他几句，便自管地回到舱内来了。"

"哦，真有这么的一回事情吗？不过这里我觉得有些儿不明白的，就是他怎么知道我们父母没有了，而且还知道我们只有两姐妹，这一点我也真觉得有点儿奇怪。妹妹，你想是不是？"红美听妹妹告诉了这一番经过的情形之后，她呆呆地沉思了一会儿，方才很不了解地说出了这几句话。

绿美眸珠滴溜地一转，说道："其实这也算不得什么奇怪。姐姐，你该知道我们住在船上不是一天两天的日子，有时候我们两人到舱顶上去游览海景，也许他这个人是早已向我们注意的了，我们自己并不理会人家罢了。至于父母全亡的话，他是偶然的一种猜测。况且我们姐妹两人时常在感叹身世，说者无心，听者有意，被他在旁边偷听了去，那也是可能的事情，所以我倒认为这事并不稀奇。"

"那么照你说来，他是转了弯儿故意来勾引你的了？"

"当然啰！看他这一双色眯眯的花眼，就知道他不是一个好东西。"

"他告诉你，他叫什么名字啊？"

"姓……乔叫什么伯乐的，谁知道他到底叫什么？这不要脸的会向人家做自我介绍，那就可以想象这个人脸皮的厚了。"绿美恨恨地咒骂着，因为他说自己嫁一个年轻的丈夫是不能同到老的，这不明明地触自己霉头吗？所以她此刻的芳心里想起来，真觉得十分的怨恨。

红美微微地叹了一口气，想了一会儿，说道："不知这个人是做什么买卖的，假使他真是一个大富商的话，那么我的意思，倒不妨可以利用利用他，来发展我们将来的生活上做一个泉源……"

"姐姐，你这是什么话？这次我们到上海去，不是去谋职业来养活自己吗？难道我们用美色来作为赚钱的本领吗？那我可不赞成。"

绿美听姐姐这么地说，一时大不以为然。因为她是一个高中毕业生，凭她的学问，以为在上海这么繁华的都市里要找一个混口饭吃的职业，这终不能算是件十分困难的事情。所以她绝对不赞成把自己的美

11

色，去换取别人家的金钱，便摇摇头回答。

红美似乎在社会上多知道了一点处世经验，遂忍不住又叹了一声，说道："妹妹，你不要以为姐姐这手段是近乎卑鄙，但女子在这个时代里要找出路，除了拿美色去利用之外，恐怕到处也会和男人家一般地碰壁。假使你不相信的话，那么你到了上海之后，不妨去试一试，那就知道我的话是不会错了。"

"但是我决不能随俗去浮沉，我们是大地上同样的一个人，我们应该要享受人类的自由平等。其实我以为一个女子的堕落，就是因为常常利用美色去欺骗人家。结果，人家拿金钱来欺骗一般意志薄弱的女子，因此而丧失了宝贵的清白，牺牲了纯洁的灵魂。姐姐，你想那是一件多么痛心的事情呢！"

"你这话也说得是，不过照你所说，那还是一个最普通的女子，假使要真正牺牲清白去换取人家金钱的话，那我当然也决不愿这样地干。我的意思，把这些身拥巨产的老色迷玩弄玩弄，叫他们可望而不可即。同时在这一个时期里面，他们的金钱也会挥金如土一般地用出来。因为这种守财奴，除了女人家身上情情愿愿地用出来之外，恐怕谁都用不着他们一个子儿的钱吧！"

红美对于妹妹这种志高气傲的态度，不但寄以无限的同情，而且还感到十分的欢喜。不过她的见解当然是不同的，因为她恨一般有钱的富商，所以在她的意思，要把这般富商玩弄得啼笑皆非不可。绿美听了，这就并不表示什么，两手只管玩弄着那条粉红色的小手帕儿，呆呆地想了一回子心事。

晚上，姐妹两人躺在床上，因为风浪很大，她们睡着的身子，似乎会颠簸得坐了起来。四周是那么静悄，更衬风浪澎湃的声音不绝于耳。绿美胆子小，因为颠簸得厉害，使她害怕得竭叫起来。红美忍不住好笑，遂问道："妹妹，你做什么这样大惊小怪的，不怕被人笑吗？"

"姐姐，我实在觉得有些儿害怕，今天夜里的风浪为什么突然地大起来？明天早晨是可以到上海了，难道还要发生什么意外的不幸吗？"

12

"唉！你这孩子干吗偏喜欢信着嘴儿胡说呢？既然你觉得害怕，那么你就睡到我这一张床上来吧！我们两人一块儿睡比较好一点。"

绿美巴不得姐姐有这一句话，遂连忙掀被跳下床来。谁知道站脚不住，人儿竟跌了下去。红美见了，连忙伸手把她拉了过来，掀开被儿，把她纳入怀内。姐妹两人抱在一起，大家又害怕又焦急，连连地祝告上帝，但愿平安无事才好。幸而不上一个钟头，始告风平浪静。这不但使她们姐妹两人放下心来，就是全船的旅客，也方才惊魂稍停，无不庆幸脱了危险。

红美见船身并不颠簸了，于是推了推妹妹的身子，说道："妹妹，好了，你现在可以睡到那一张床上去了。"

"不，我不要。怪冷的，今夜我就陪着姐姐睡吧！"

"你瞧你又闹孩子气了，这么一张狭小的床儿，两个人睡多不舒服呢。"

"嗯！要如姐夫陪着你睡，那你就觉得舒服了，对不对？"绿美忸怩了一下腰肢儿，顽皮的神气，笑嘻嘻地说。不料这一句话倒把红美勾引起无限的伤心事来了，一时悲酸触鼻，叹了一口气，那眼泪便忍不住扑簌簌地直滚落下来了。绿美见姐姐伤心了，心里十分焦急，便抱住了姐姐的颈项，偎着她的粉脸，低低地说道："好姐姐，你不要难过，这是我做妹妹的不好，不该拿这些取笑的话来触动你心头的创痛，真是该打，该打！姐姐，你就饶了我吧！"

"唉！妹妹，想不到我的命会这么苦，总而言之，社会太黑暗，人心太险恶。但是，你的姐夫为人也太忠厚一点了。"红美的脑海里又浮上了沉痛的一幕，她轻轻地叹了一口气，眼泪止不住地又在眼角旁涌上来。

绿美伸手抹着她粉脸上的泪水，像孩子那么撒娇似的说道："好姐姐，过去的事别想它了。徒然地伤心，除了有损于身体之外，又有什么益处呢？姐姐的年纪还轻，将来不难还有光明的前途哩！"

"光明的前途？那只怕是在做梦吧，其实我今生再也不作团圆的想，我只希望给你姐夫报了仇，给我自己心中吐了一口怨气，也已经够心满意足的了。"

绿美听姐姐这么地说，在她眉宇之间似乎含了一股子杀气，从可知她的心头是痛愤到这一分样儿的程度，遂低低地安慰着道："你放心，有志者事竟成。只要我们有这一个存心，就可以给姐夫报了大仇的。况且这贼子他也到上海来了，说不定在上海我们就会遇见了他，到那时候，姐姐若不给姐夫报仇，我也要给姐夫报仇呢！"

"妹妹，我真感谢你对我有这一份儿的同情。时候不早，我们睡吧！"

绿美点了点头，她在姐姐的怀抱里真的酣然入睡了。但是红美的心中还是那么地思绪起伏不停，听了妹妹微微的鼻鼾之声，更加不能睡去。她胡思乱想着过去的事情，只觉甜酸苦辣，一起涌上了心头。她本来眼睁睁地望着那一盏灯光，接着便慢慢地模糊起来了。

这好像还是一个春天的季节里，风和日暖，鸟语花香，一切的景物都呈现了生气勃勃的样子。红美正在凭窗远眺着白云堆里的双飞燕，忽然见一个西服少年，在院子里的花丛内钻出来。他手里还折了一枝花朵，好像四周在找人的模样。红美一见这少年正是自己的夫婿宋祖贻，这就立刻招了招手，笑盈盈地叫道："祖哥，祖哥，我在这里呀！"

"哦，红妹，你瞧，这一朵玫瑰花多么美丽，我送给了你吧！"祖贻奔到窗口旁边来，一面笑嘻嘻地说，一面把花朵儿插到红美的胸襟上去。

红美心里是甜蜜蜜的，拉了祖贻的手儿，温和地说道："祖哥，你在院子外，我在卧房里，把我们隔开在两边，多么讨厌！你能不能到我的卧房里来啊？唉！我这几天真的太孤单太可怜了！"

"红妹，你这是什么话呢？我天天陪在你的身边，难道你还嫌孤单吗？"

"哪里？我好像记得你丢了我曾经到什么地方去了。"

"不，我现在不是仍旧在你的身旁吗？好妹妹，我的好妻子，你瞧我在吻你。"

红美糊糊涂涂地好像见祖贻真的已在卧房里了,而且他们两人还一同偎在沙发上,享受着闺房之乐。红美这时心中在想:"啊!我丈夫真的又回来了,从此以后,我的生命又可以活跃起来了。"这仿佛死灰复燃,槁木逢春,她欢喜得拉开了嘴儿只管得意地笑起来了。

这时又听祖贻低低地说道:"红妹,你真是一个聪敏的家庭主妇,几个小菜烧得太好了。那天我行里的行长熊子云到我家来吃饭,他就老是对我赞不绝口,他说我福气好,有这么一个美丽聪敏的好太太,不但会料理家政,而且会在外面跟了丈夫交际,那真可以说是个里外全才的好太太呢!红妹,我听熊行长这么地赞美你,你想叫我心中高兴不高兴呢?"

"祖哥,我说熊行长这人有点色眯眯的样子,看他的脸孔满显着阴险的神气,所以这种人你还是少接近点好,否则,将来恐怕就要受他的亏哩!"

红美虽然听了丈夫的话,心中感到十分的欢喜,但是提起熊行长这个人,她又皱了眉尖儿,表示这种人狡猾险恶,不宜讨好,还是远开点为妙。但祖贻听了,却摇摇头说道:"红妹,你说的话虽然对,但到底太会多疑了。熊行长近来待我很好,他说我办事能干,等下届开董事会的时候,他一定提议,委任我做会计科长哩!你想,他既然这么地器重我,我不是应该向他常常地应酬应酬吗?"

"祖哥,可是你不知道,他所以对你这么地好,照我的猜测,他一定是有目的的。也许他是一种阴谋,其实他的阴谋,在我的面前是曾经暴露过的了。"红美听丈夫一味地还把熊行长当作知己看待,因此她素来爽直的个性便再也忍熬不住了,所以向她夫婿老实地劝谏。

祖贻听了,似乎有点不大了解的样子,两眼呆呆地望着娇妻红晕的粉脸,急急地问道:"红妹,你这句话是什么意思呀?难道他提拔我做科长,还有什么恶意不成?再说他对我们有什么阴谋呢?你从哪一点看出来的呀?"

"祖哥，你是忠厚的人，你当然没有理会到这许多。但我在他几次到我家来吃饭的情形中看出来，我知道他是不怀好意，简直不是一个有心肝的人类。他完全是一个色胆包天的淫贼，这种没有人格的奴才，实在是太可恶了。唉！"红美滔滔不绝地说到这里，似乎在怨恨之中又感到十分的感喟，她忍不住又长长地叹了一口气。

　　祖贻真是一个忠厚的老实人，他还不明白的神情，低低地说道："红妹，我真不懂得，你为什么要对熊行长发生这么的恶感呢？"

　　"祖哥，我老实地告诉你，他在背地里曾经向我调戏过的。"

　　"啊！他向你调戏过？"祖贻听红美这么地说，脸上似乎起了一点惊骇的颜色，啊了一声问。

　　红美点了点头，她鼓着红红的脸腮子，冷笑了一声，说道："是的，他曾经拿言语来挑逗我，追求我。祖哥，他这种行为，根本不是一个体面有地位的人，他和流氓差不多。所以我劝祖哥，你还是不要和他太接近了好。因为他是一只凶恶的狼，和他在一起，将来就难免有被他咬伤的日子。祖哥，你要听从我的话，我情愿你和他绝交，凭你自己的才干，还是做一个科员的好。"

　　"哦，原来如此。但我以为这是妹妹的多心病，熊行长任他怎么地贪爱女色，也决不会爱到朋友妻子的头上来。因为他平日这个人的脾气，原是非常地爱开玩笑，也许他是说说笑话而已。所以妹妹不必多疑，今天晚上，他还请我们吃夜饭，你到底去不去呢？"

　　红美听祖贻并不相信，而且还要代为他辩护，一时倒弄得无话可说了，呆呆地想了一会儿，方才摇摇头说道："祖哥，不管他对我是真的调戏，还是开玩笑而已，但我对他的印象太恶了，所以照我的意思，今夜你不要去跟他吃饭，我也不愿意去。"

　　"但是，我已经答应了人家，假使临时变卦的话，那可不大好意思吧。妹妹，你看在我的面子上，你就同我去应这个约会吧！"祖贻含了央求的口吻，一面低低地说，一面搂住了红美的娇躯，向她柔情绵绵地温存。红美为了顺从丈夫的心，她没有勇气再表示反对，秋波逗了他一

16

瞥又爱又嗔的媚眼，也只好含笑答应下来。

在罗琳酒家的宴会上，祖贻因为听了红美的告诉之后，虽然他是一个老实的青年，但究竟也要开始注意熊行长对待红美的行动了。果然，只见熊行长满面春风地望着红美，殷殷地招待，好像馋涎欲滴的样子。祖贻到此，方才相信爱妻的话是不错的，原来熊行长对自己亲近，完全是利用自己而借此勾引我的爱妻。他心中在一气之下，那喝下的酒也就更加容易醉起来。

红美见丈夫红红的两颊上至少笼了层层的愁云，明知他是因为心中气恼的缘故，于是向他低低地问道："祖哥，你怎么啦？喝醉了吗？"

"是的，我竟醉了。头晕得厉害，红妹，我真有些儿坐不住。"

"那么我送你回家去吧。"

"好的，我们还是回家去。"

祖贻闭上了眼睛回答，他靠了红美的身子，却已站了起来。红美于是向熊行长作别，祖贻因为恼恨的缘故，所以并没理睬熊行长，就靠着红美走了。熊行长并没挽留，小心地送他们下楼，而且还把汽车送他们夫妇回家。

红美和祖贻回到了家里，祖贻坐在沙发上，神情显得分外的不乐。红美亲自给他倒了一杯茶，秋波斜乜了他一眼，温和地说道："祖哥，你为什么闷闷不乐的样子？"

"红妹，想不到这小子果然这样存心不良，我在今天的宴会上也有一点看出来了。红妹，你真是我的好妻子，我心中真是又恨又爱，恨的是这奴才的禽兽行为，爱的是你贤明过人。唉！我真不知该怎么来疼爱你才好呢？"

"祖哥，你既然也明白了，那就好了。近贤人，远小人，以后千万自己留心才好。气也不用气了，气出毛病来，那也犯不着呀！祖哥，你有点醉了，还是早点儿到床上去休息吧！"

红美见祖贻这么愤愤地说，遂笑了一笑，温情蜜意地安慰他。一面扶起他身子，预备走到床边去的时候，忽然祖贻哦哟了一声，立刻弯了腰肢，皱了眉毛，好像有种痛苦的样子。这倒把红美吃了一惊，急急地问道："祖哥，你……怎么啦？你……有点儿不舒服吗？"

"真奇怪，不知怎么的，好好儿竟腹痛如绞起来……"

"难道受了一点凉了吗……快到床上去睡吧。我给你吃一包人丹好不好？"红美听他腹痛如绞，芳心不由别别地一跳，立刻把他扶到床边坐下，一面又低低地问。

不料祖贻没有回答，他只觉一阵子泛漾，便哇的一声呕吐起来。祖贻这一吐不打紧，把个红美的魂灵儿吓去了一大半。你道为什么？原来祖贻这一口吐出来的不是吃下去的菜蔬鱼肉，却是鲜红的血水。你想，这岂不是把红美急得啊呀了一声喝叫起来了吗？当时祖贻吐了这一堆血水之后，神志便陷入了昏迷的状态，红美忍不住哭起来叫道："祖哥，祖哥，你……你……这……这是怎么啦？"

"红妹，不对了，快给我请医生来。"祖贻虽然是全身无力，满腹多痛，但他心头是十分清楚，他觉得自己突然地吐血，这到底不是一件儿戏的事情，所以当他倒在床上去的时候，便向红美急急地关照。

红美正在心碎肠断急得六神无主时，被祖贻一语提醒，这才连忙叫仆人去把医生请了来。经医生诊察之后，说是腹内有毒的缘故，非赶快地送医院急救，否则，是恐怕难以活命的了。祖贻一听这话，心早冷了大半，红美急得更加双泪交流，立刻把祖贻抱上了汽车，预备送到医院去救治。但一路上，祖贻吐血不停，脸白如纸，已经是奄奄一息的光景。祖贻向红美垂泪说道："红妹，我恐怕是等不及赶到医院的了……红妹，我今天的死，死得太奇怪了，太不明不白了。难道菜蔬里面有什么毒质吗？不，我想这是绝不会的，因为吃的不是我一个人，你为什么没有中毒呢？显然，那一定是在酒中有毒了。但是，吃酒的人也不是我单一个呀。在这么一想之下，这熊子云的阴谋和毒计是很显明了。他要夺我的爱妻，他所以先把我来害死。红妹……我悔不听从你的劝告，以致今日遭到这样的惨死。唉！我太对不住你了，我……害苦你的终身了。"

18

"祖哥，你为什么还要说这些话呢？我此刻的心全都碎了，我……恨这般狠毒的奴才，竟有这么的黑良心。他害死了你，等于害死了我。祖哥，我……一定要给你报仇，我……一定要亲手杀死这个恶贼！否则，我决不活在这个世界再来做人！"红美眼泪像泉水似的涌上来，她咬紧了银齿，大有恨不得生啖其肉的样子。

祖贻在万分痛苦之余，听了红美这几句话，他的脸上展现了一丝惨淡的苦笑。点头说道："红妹，你……能够给我报仇，我……就是死了，也瞑目的了。"

"贻哥，贻哥，你……到了医院，也许还有救的。"

"唉！不中用了。哎哟，哎哟。"

"贻哥，你又吐血了，你又吐血了。"

"红妹，红妹，我……完了，我……死了，你……千万不要忘记我们的仇人熊子云……"

祖贻一面吐血，一面眼睛已向上翻了过去，他在悠然消逝之前，终于挣扎着说出了这两句话。于是他颓然地倒在红美的怀抱里，就永远地咽气了。红美在三小时之前，还和亲爱的丈夫好好儿在卧房里说话，想不到三小时之后，她的丈夫就这样不明不白地被人家害死了。她痛心得完全地疯狂了，这就猛可地把祖贻紧紧地抱住，一面忍不住放声大哭起来。

二、似真疑假黑暗满荆棘

红美把祖贻紧紧地抱住，忍不住号啕大哭起来。但她的耳朵旁边，却有人轻轻地在叫唤道："姐姐！姐姐！你醒醒！你醒醒！你梦魇了吧，怎么把我紧紧地抱住了就大哭起来？我被你吵醒了不算，而且真被你大吃一惊呢！姐姐，你到底梦见了什么，却要这么地伤心呢？"

原来红美因为被绿美提起了姐夫两个字，她的脑海里便浮起了过去沉痛的一幕，因此昏昏沉沉地便做起梦来了。她在梦中无非把已往的惨剧重新搬演了一下，其实她一把抱住的当然不是祖贻，却把旁边睡着的绿美抱醒了。绿美揉了揉眼皮，一听姐姐还仍旧呜呜咽咽地哭得伤心，这就推了她的身子，连声地叫喊。红美被绿美虽然是一阵子叫醒了，但是她还不能压制她内心的悲痛，索性认真地哭泣起来了。

绿美连忙又拍着她的腰肢，低低地说道："姐姐，你怎么也闹起孩子气来了？难道你把梦境中的事情就当作真的了吗？到底受了谁的委屈，你竟伤心得这一分样儿？快告诉给我做妹妹的听听吧。"

"妹妹，我梦中见到了你的姐夫，可怜他死得真是悲惨极了。我假使不给他报仇，叫我还有什么脸再做人呢？唉！我真不知前生作了什么孽，今生才会遭到这么悲惨的结局。"红美方才停止了哭泣，流着眼泪，向她低低地告诉。

绿美这才明白姐姐是梦见了姐夫，这当然是日有所思、夜有所梦的缘故，也只好安慰她说道："事情已经到了这个地步，你徒然地难过悲痛，又有什么用处呢？姐姐，我也劝你想明白一点儿吧。熊子云这贼子他算聪敏，做出这种卑劣的行为来，但是他损人不利己，根本不会给他达到目的。这次要如在上海遇见了他，我们当然是不肯把他放过的。所以古人有句话，留得青山在，不怕没柴烧，可见你还应该保重有用之身，将来替姐夫报这血海大仇呢！"

"妹妹这话说得有理，我就不再伤心了。"

绿美这一番劝慰，方才把红美收束了泪痕。姐妹两人又互相勉励了几句，仍旧沉沉地睡着了。等她们第二天醒来，早已日上三竿，原来轮船已到上海的码头，所以一阵嘈杂的声音，不绝于耳。当下姐妹两人急急披衣起身，茶房端了面水，含笑入内，说道："两位小姐起身了吗？上海已经到了，快洗脸吃点心吧。"

"阿根，回头给我们叫一辆汽车，谢谢你。"

"陶小姐，你这么客气干吗？服侍客人，这原是我们分内之事呀。"阿根一面答应，一面便笑嘻嘻地走出去。

这里姐妹两人匆匆地漱洗完毕，把两只皮箱整理舒齐。不多一会儿，阿根进来，说汽车已经在码头上叫好，行李不知道可整舒齐了没有。红美说整理好了，别的也没有什么行李，无非两只皮箱而已。阿根点点头儿，遂给她们拿了，三人一同匆匆地出了房舱，由铁扶梯步行而下。到了码头上，见那边停了一辆出差汽车。阿根上前拉开车厢，给两人跳上汽车，然后又放好皮箱。红美在皮包内取出钞票，给了阿根的赏钱。阿根一面道谢，一面把车门关上了。

绿美忽然瞥见那边也停着一辆自备汽车，有个男子站在车旁，正欲跨步入内。因为这个男子就是昨天在船上和自己搭讪的乔伯乐，于是拉了拉姐姐的衣袖，低低地告诉着道："姐姐，你瞧，那辆自备汽车旁的西服男子就是这个乔伯乐呀。"

"喂，两位小姐，开到什么地方？"

红美回头去望，见是一个五十左右的男子，只见到一个侧面的脸儿，他已经跳上车厢去了。就在这时，车夫又问她们到什么地方，红美这才胸有成竹地说道："开到国际饭店去吧。"

车夫应了一声，汽车便向南京路上直开了。在路上她们姐妹两人默默地并不说什么，在十分钟之后，汽车便在国际饭店门口停下。红美付了车资，随即提了皮箱下车，匆匆步入国际饭店，乘电梯到九楼，由茶役招待，在九百十九号那个大房间里住了下来。

绿美待姐姐付了房金，填写了姓名之后，见茶役悄悄地退出去了，方才蹙了眉尖儿，秋波脉脉地凝望着红美，用了怀疑的神气，低低地问道："姐姐，我真不明白你这是什么意思，这次我们到上海来，原是为了谋生路上的出路，并非是来旅行游历的，你……怎么能这样地浪费金钱呢？要知道住国际饭店完全是贵族化官僚派，我们恐怕是太不配吧。为了永久的生活着想，我觉得一切非节省不可。否则，明日流落异乡，街头求乞，那是多么丢脸，多么可耻呢。所以我不能看着姐姐这样地糊涂下去，虽然我知道姐夫死后，还留了一点遗产给你。但是，你到底也得把你自己的将来做一个打算啊。"

"妹妹，你何必代我这么地着急呢？其实我比你知道得更多一点"

"什么？比我知道得更多一点？难道住国际饭店，这也是我们应该浪费的吗？"绿美听姐姐这样说，心中十分不服气，遂沉着脸儿，向她很严肃地诘问。

红美却微微地一笑，她凭了窗槛，远望着对面那个圆形的跑马厅，沉吟着说道："妹妹，你不知道，这根本不是什么浪费，你要在上海找出路，非得牺牲一点本钿，那么才有一种丰富的收获。所以这是我找出路的一种计划，你也许不了解我个中的情形，所以你才会这么地代我着急呢。哈哈！"

"的确，我倒真的并不了解你这是一种什么计划，难道住了大旅馆，就容易找生意了吗？倒要请教请教，让我来洗耳恭听。"绿美听姐姐这样回答，而且还哈哈地大笑了一阵，这就呆呆地愣住了，用了猜疑的目光，望着她粉脸儿急急地追问。

红美且不作答，回身走到沙发旁来坐下了。在茶几上取了一支烟枪，划了火柴，吸了一口烟，很悠闲的样子说道："妹妹，你现在可不用问，等我计划成功了之后，你自然慢慢地会知道了。"

"我真不知道你在弄点儿什么鬼把戏，不说就不说，反正你有你的计划，我有我的计划，大家分头实行计划吧!"绿美很纳闷的神气，一面说，一面表示有点儿着恼。但红美并不理睬她，只管静悄悄地抽吸烟卷，两眼望着从小嘴里喷出来的烟雾，一圆圈一圆圈地向半空里飞腾上去，呆呆地想了一会儿心事。

绿美忽然走到门旁去按了一下电铃，侍者推门入内，问什么事，绿美说去买张报纸来。侍者答应，便即退下。这里绿美来回地在室中踱步，从她这不安的态度上看起来，就可见她的内心是乱得哪一分儿的程度。不多一会儿，侍者把报纸拿上，绿美付了钱，接过报纸，坐到沙发上急急地翻阅招考栏内是否有招考适合自己程度的职员，只见有一则招考，遂仔细地念道：

> 兹有某大公司拟招请男女会计员数名，及男女推销员数名。凡年在十八岁以上，品貌端整，思想纯正，无不良嗜好，中学毕业或有同等程度为合格，录取后，月薪从丰，并供膳宿。愿任此项职业者，请开履历书一纸，半身小照一张及通信住址，于本月十六日前，投寄本报信箱六七八五四号。合则面谈，不合原函奉还。

绿美瞧毕这则招考，不禁暗暗欢喜，便呀了一声叫起来。红美在沉思中被她惊觉过原有的知觉来，遂望了她一眼，低声儿问道："妹妹，你瞧到了什么？干吗这样大惊小怪的？"

"姐姐，你看这一则招考，不是很合我的程度吗？"绿美听问，遂急忙把报纸拿到红美的面前，她脸上含了欣喜的微笑，似乎发现了新生的希望。

红美看了一遍之后，点了点头，说道："能供膳宿，这倒很好，妹妹不妨去试试看。倘然能够成功，那么将来的生活，自然可以不成什么问题了。妹妹，事不宜迟，还是赶快地写信吧。今天十四日了，他不是写明要在十六日之前吗?"

绿美听姐姐这么催促,遂在皮箱内取了信笺信封,很快地写了一履历书。又在皮箱内找出一张旧时拍的半身小照,放在信封里,一并寄了出去。

匆匆地过了两天,绿美见并无回信到来,一时真有说不出的焦急,时时刻刻地不安在心,真好像热锅上的蚂蚁一样。幸而在黄昏的时候,侍者送上一封信来。绿美接过一看,见信封上除了自己姓名之外,却写着内详。这就好生奇怪,因为自己在上海根本没有人知道,那么除了某大公司写信给我之外,还有什么人呢? 但这里所疑惑的,为什么用的是个白信封,照理当然是什么公司的用笺才对。但这些也不必加以研究,第一要紧还是把它急急地拆开来,展开信笺一看,不由喜上眉梢,几乎快乐得雀跃起来了。

红美在旁边见她这个神情,遂向她急急地问道:"妹妹,是不是已经录取了?"

"不,虽然并没有写着已经录取,但他们约我明天上午十时去面谈一切,看起来事情至少已经有了九分把握了。姐姐,我们再也不用愁眉苦脸了。"

绿美把信交给姐姐看阅,她的神情是分外的轻松和兴奋,好像是拨云见青天那么有生望,她那个酒窝儿是显得格外的娇媚了。红美看接洽地址是景云大楼四百五十一号,一时有点猜疑的,就是为什么并没有公司的招牌。不过这也不必去管他,反正明天到了那边,一切详细的情形就可以知道了。当晚姐妹两人表示十分欢喜,遂很早地熄灯就寝。

第二天,绿美梳洗完毕,遂兴冲冲地去了。剩下红美一个人,坐在房中无事,她便略事修饰,预备出外购物。刚到电梯门口,忽见一个身穿西服的男子,年约五十,慢慢地从西首走来。他的发饰,完全是绅士的气派,一望而知是个有钱的富翁。他对红美微微地一笑,好像欲语又止的样子。红美被他这么一来,猛可想到妹妹在码头上指给自己看的那个老头子,莫非他就是乔伯乐吗? 一时暗暗欢喜,遂一撩眼皮,秋波一

24

转，浅笑含颦地招呼道："咦，这位莫非就是乔伯乐先生吗？"

"啊，不错，不错。你这位女士贵姓大名？怎么会认识我的呀？"那男子听红美向自己这么招呼，一时感到意外的惊喜，不觉也啊了一声，一面向她低低地还问姓名。

红美笑了一笑，秋波逗给他一个媚眼，说道："乔先生，你真是贵人多忘，我们一路从汉口到来，你怎的就忘了？哦，哦，说起来，那也怪不了你的，因为你和我妹妹谈过许多的话，和我原没有见过面，这也怨不得你不认识我了。告诉你吧，我姓陶，小名红美，我妹妹叫绿美，乔先生大概终还记得吧！"

"唔！唔！是的，是的，我的记忆力太不好了。陶小姐，你们姐妹两人住在这里吗？"乔伯乐支支吾吾地应了两声，他的脸儿便微微地红了起来，不过他还竭力镇静了态度，向她笑嘻嘻地问。

红美以为他是因怕难为情所以才脸红的，这就嫣然地一笑，还俏皮地说道："乔先生，还隔不了三五天的事情，你怎么会忘记？在船上的时候，你不是还跟我妹妹看过相吗？说我妹妹八字硬，要嫁人非嫁个年纪大的不可……我这么提了你两句，你总该可以想起来了。"

"是……是的，陶小姐，你妹妹也在这里吗？"

红美见他好像有点怕见妹妹的样子，这就忍不住又嫣然地笑了，斜乜了他一个媚眼，说道："乔先生，我妹妹出去了，没有什么事情，到我房间里去坐下来谈谈好吗？"

"很好，很好。"

乔伯乐连连点头，跟着红美走进九百十九号房间。红美亲自给他倒了一杯茶，又给他递上一支烟卷，还给他划了火柴。她的俏眼儿是只管注视在他手指上那枚挺大的钻戒上，觉得他准是妹妹认识的那个乔伯乐了，遂又笑嘻嘻地说道："乔先生，我妹妹年纪小，她不懂得什么的，所以她在过去有什么言语得罪你的地方，你千万看在我的面上，就原谅她三分吧。"

"哪里哪里？陶小姐，你也太客气了，你妹妹天真活泼，十足还带了孩子的成分，真是叫人感到可爱哩。"乔伯乐一面在沙发上坐下，一面吸着烟卷。他口里虽然是这么地回答，但他的心中似乎还在暗暗地想什么心事的样子。

红美坐在他对面的沙发上，也微微地抽着烟卷。过了一会儿，遂问道："乔先生，你这次从汉口到上海不知有什么贵干啊？"

"哦，哦……我吗？我是回故乡去探望我父亲去的，因为我父亲生了病，家中来了电报，所以我特地赶回去一次。但是在上海的事情又多，我始终不能分身，所以父亲病体好了一点以后，我就马上赶回上海来的。"乔伯乐在经过一阵子考虑之后，方才向红美回答了这几句话。

红美点点头，但又微蹙了翠眉，似乎有点奇怪的模样，低低问道："乔先生的福气真好，这么大的年纪，还有父亲在故乡呢。恕我冒昧，请问乔先生在上海干什么贵业呢？"

"哦，我是东华银行的经理，还有其他做一点小事业，算不得什么。哎，哎，算不得什么。"

"那么乔先生府上都在汉口吗？在上海难道只有一个人？"

"唔！我在上海是在大华公寓里的，陶小姐这次和你妹妹一同到上海来也有点什么事情吗？看你们住在旅馆内的情形猜想，可见你们在上海是没有什么亲戚朋友的了。"

红美听他在上海只有一个人，因为一心地只管在实行自己的计划，所以对于他的情况是否有什么可疑的地方，她却不再加以严格的考虑，只管在做作自己的表情和态度，她故意深深地叹了一口气，表示十分凄悲的样子。

乔伯乐心中有点奇怪，遂温和地问道："陶小姐，我看你好像有什么隐痛似的，莫非有什么不如意的事情吗？能不能说给我听听？也许我乔伯乐可以使你有解除苦闷的能力。"

"唉！这事情说起来叫人心痛。不瞒你说，我原是个有夫之妇，丈夫在汉口是个茶商，虽然不能说在汉口算为第一豪富，但也着实多几个钱。万不料我结婚不到两年，我的丈夫就死了，族中人想谋夺我丈夫的家产，便逼我再嫁。我知道了他们的阴谋，所以把丈夫的产业变换了现钞，和我亲妹妹向上海一走，看他们也奈何我不得呀。不过现在到了上海，人地生疏，假使没有一个人来帮助我，那叫我们姐妹两人也是十分担心。你看我们到了上海之后，就一直在旅馆内，连房子都没有去找一座呢。"

红美那种一本正经的态度和语气，当然谁都会相信她说的是实在的事。尤其是看了她身上那样服饰完全是个太太的神气，所以使这个乔伯乐格外地相信。他表示十分同情的样子，也微微地叹了一口气，说道："陶小姐，你这么轻的年纪就做了未亡人，那的确是太不幸太可怜了。我除了感到同情之外，而且我更替你感到难过。唉！正是貌艳于花、命薄如纸，为什么美丽的女子都会这样命苦呢？老天似乎也太会捉弄人了。"

"乔先生，你不是会看相的吗？那么给我看一看，是不是还有好日子过呢？"红美听他替自己难过，遂逗了他一瞥感激的目光，又低低地问。在她这时的粉脸上，却又浮现了一丝微微的浅笑。

乔伯乐趁势向她打量了一会儿，笑道："陶小姐，照你这副面相看起来，年轻的时候不大得意，但一到中年，你的运道着实不错，而且你命中还要嫁一个丈夫，这个丈夫在上海也是一个有地位的人。你静静地等候着吧，将来的福气，你是享不尽的了。"

"乔先生，你这话可是真的吗？"

"哪里有假？我说的句句都是真心话。陶小姐，你虽然是个未亡人，但你的年纪还很轻，你的前途还是不可限量呢！"

"不过……像我这样命苦的人还有谁来要我呢？"红美俏眼儿斜乜了他一眼，感叹地说。

乔伯乐感到受宠若惊，他的神魂几乎有点飘荡起来，色眯眯地站起身子，走到红美前面来，低低地说道："陶小姐，你何必担这一种心事呢？像你这么花朵儿似的美人，只怕追求的人太多了，还怕没有人来娶你吗？比方拿我来说吧，我在上海就是这么一个孤零零的人，虽然在汉口家里还有一个黄脸婆子，不过又笨又蠢，我把她早已当作死了一样。假使我能有你这么一个美丽的太太，我真是趴在地上给你当马骑也甘心情愿的呢！"

"你是一个银行经理，只怕我的身份还不够吧！"红美听他这样说，遂红晕了粉脸儿，浮现了羞涩和喜悦的神色，故意这么地说了一句。

但乔伯乐听了，却耸了两耸肩膀，拉开了嘴儿，笑得像尊弥勒佛似的，说道："陶小姐，你太客气了，我觉得你的身份、你的资格、你的容貌，一切的条件，太配做银行经理的太太了。只要你肯委屈，我马上可以给你做丈夫，不，不，我说得太不恭敬了，我马上可以给你做个忠心的随从，永远地侍候在你的身边。陶小姐，不知道你芳心里觉得欢喜吗？"

"乔先生……你说的是真心话，还是和我开玩笑呢？"红美忍不住站起身子来，秋波含情脉脉地凝望着他脸儿，嫣然地媚笑。

乔伯乐色眯眯地拉过她的纤手，温情地抚摸了一会儿，笑道："陶小姐，我决不和你开玩笑，我完全是真心地爱你，因为你的身世太令人感到同情了，只要你不嫌我老，我到死都爱你的。"

"你老什么？我觉得你一点儿也不老。再说年纪大一点的人，良心比年轻小伙子好，不会见花折花，爱了一个就会爱到底的。比不得一般油腔滑调的小白脸，嘴里说得好，转身就忘记。所以我今日所以爱你，也是爱你老成忠厚呀！"红美说到这里，偎着他的身子，还把纤手儿去抬了他一记下巴。乔伯乐怎禁得红美这种柔媚的手腕来迷恋，所以贼秃嘻嘻地几乎把身子都酥软得跌到地上去了。红美在他神魂颠倒的时候，遂又低低地问道："乔先生，你在大华公寓住了多少大的房子呀？"

"因为我在那边也暂时居住的，所以并不十分大，只有两间。我想你我假使结婚之后，那当然得另外找座洋房住住不可。而且还得给你买辆自备汽车，进出的时候可以便利一点，你心中欢喜吗？"

"咦！你不是本来原有一辆自备汽车吗？那天我在码头上看见你跳进汽车去的。"

"不错，我管我的，因为我天天要到行里去办公，当然不能给你常常地去坐。所以我预备给你买一辆小型的福特汽车，那么彼此可以不用抢坐了，你说是不是？"

红美听他这样说，芳心里自然十分欢喜，便微微地一笑，娇媚不胜地偎到他的胸怀里去，低低地说道："其实，对于汽车我倒不需要，最要紧的还是解决这房子问题。因为我还有一个妹妹，她是一定要跟在我这个姐姐的身边，那你大概也很知道的吧。"

"我当然知道，你的妹妹，就是我的小姨，那么她也就是我的妹妹一样。好在我要的是花园洋房，不要说你只有一个妹妹，就是有十个妹妹，那也决不至于发生什么问题的了。"

"很好，你有这种思想，那我心里就觉得非常地感激你。"

"陶小姐，不，我该叫你一声太太了。你我已经成为夫妇了，所以请你不必再说什么感激的话，因为你的就是我的，我的也就是你的，彼此根本不必再有什么分别，你说是不是？"乔伯乐用了无限诚恳的态度，向红美认真地说。在他这句话中可以体会他对红美的爱情，是深刻到哪一分儿的程度。

红美拉了他的手，一同到沙发上坐下，把娇躯倒在他的身上，纤手去抚弄他金链子上的表坠，撒娇地说道："乔先生，那么你几时去找寻花园洋房呢？"

"事情当然说干就干，其实我心里比你还要着急呢。在我最好马上买好了洋房，那么我们就可以结婚。到了洞房花烛之夜，嘿，我心里的欢喜，还有什么话儿可以形容了吗？"

"是的，那时候我终叫你乐得拉开嘴儿笑得合不拢来……"红美扑哧地一笑，她说完了这两句话，羞得别转身子去，大有娇媚不胜的意态。

伯乐心里不住地荡漾，拉了她的纤手，却在鼻子上吻了一下。过了一会儿，伯乐才站起身子，说道："时候不早，我该走了。"

"乔先生，你此刻到什么地方去呢？"

红美听他要走了，方才也跟着站起，秋波斜乜了他一眼，显然有些依恋之情。伯乐把她纤手儿握了一阵，微微地笑道："我要到行里办事去了，下午我叫地产公司里代为去找寻花园洋房。一有了头绪，我就来告诉你。"

"那么你今天晚上来不来？"

"不一定，今晚不来，明天早晨一定会来看望你。红美，我们再见。"

乔伯乐一面说，一面低下头儿去，在她手背上又吻了一下，方才匆匆地走了。红美待他走后，她轻轻地吐了一口气，暗想，我的计划总算是成功了。假使不住到国际饭店来，这种大富翁哪里会碰得到呢？所以她脸上是浮现了得意的微笑。一看手表，已经快十二点钟了。她伏到窗口旁去，向下面马路上望着出了一会子神，暗自想道，绿美去了快近两个钟点了，不知道为什么还没有回来呢。

正在想时，忽然肩上有一条手懒懒地搭了上来，心中倒是一惊。回头去望，原来正是绿美回来了，这就笑道："妹妹，你什么时候进房来的？为什么不声不响的？倒把我唬了一跳呢！"

"唉……"绿美却并没有回答什么，只深长地叹了一口气，她颓然地倒在沙发上去，大有垂头丧气的样子。

红美这才开始有点奇怪起来，遂坐到她的身旁，抱住她的脖子，低低地问道："为什么一点儿精神都没有？是不是没有录取啊？"

"唉！这万恶的社会，这万恶的上海！果然不出姐姐所料，我真想不到一个女子的职业，难道除了牺牲色相之外，就再没有第二条出路了吗？"绿美呆呆地木然了一会儿，方才咬牙切齿，表示十分痛心疾首的样子，愤愤地说出了这几句话。但是她一颗处女的芳心，禁不住一重打击而感到悲伤，她眼角旁已涌上一颗晶莹的泪水来了。

红美拍拍她的肩胛，伸手抹着她粉颊上的泪水，低低地问道："妹妹，你不要难过呀，到底是怎么一回事情？你快点儿告诉我吧。"

"姐姐，你以为报上登的某大公司，真的是什么商号吗？唉！想不

30

到，想不到，原来他们不是什么商号公司，却是一个向导社里招考向导女子呀。这种变相卖淫的生活是人过的吗？唉！上海想不到也没有女子立足之地，早知道如此，我们又何必一定要到上海来呢？"绿美说完了这些话，她伏在沙发背上真的呜呜咽咽地哭泣起来了。

红美知道妹妹是感到失望而伤心的，遂给她拭去了泪水，低低地慰劝道："妹妹，你不要伤心啊。现在你终可以相信我的话了，女子在社会上所占的地位实在是太渺小了。不过在这个世界上做人，就是你骗我、我骗你，大家欺骗着过生活。你要找真实，除非到另一个世界上去。妹妹，现在你的计划已经失败了，但是我的计划到底成功了。"

"什么？姐姐，你到底是什么计划？你又到底怎么样地成功了？我真有些儿不明白，你还是爽爽快快地告诉我吧。"绿美听了姐姐的话，她泪眼盈盈地望着红美的粉脸，十分急促而十分奇怪地追问。

红美笑了一笑，她又安闲地吸了一口烟卷，说道："你在船上遇到的那个乔伯乐先生，我在这里遇见过了，这也正是个巧事，我们彼此谈了许多的话。妹妹，你从此不用再找寻什么职业了，因为凭我这一点点魅力，以后的生活，我们是不必再担什么心事的了。"

"姐姐，你别说梦话吧。这个老头子你真的碰见过了吗？那么他知道你就是我的姐姐吗？"绿美似乎有点将信将疑的样子，微蹙了眉尖儿，向她急急地问。

红美站起身子来，在室内踱了一圈，一面吸烟，一面望了她一眼，笑道："我一点也不说梦话，他是东华银行的经理，而且很有娶我做太太的意思。"

"哼！太太？别说得那么好听吧，也许他是娶你做姨太太。姐姐，并非我做妹妹的来教训你，你应该尊重我们女人家的人格，要如给人家做玩物而享受福气，那我情愿活活地饿死。"

红美说的话听到绿美的耳朵里，不由起了大大的反感，她猛可地站起身子来，绷住了粉脸儿，表示无限着恼的意思。红美见妹妹这种愤激的意态，她倒反而忍不住笑起来了，淡淡地说道："妹妹，你把人生不要看得太认真了吧。姐姐我比不了你，你是一个小姑娘，你当然还有一种希望。但像姐姐我这么的苦命人，还希望些儿什么呢？"

"你没有希望了，你就应该把你身子糟蹋在一个老头子的手里吗？姐姐，你要是真的这么做，那么我觉得你也对不住已死的姐夫呀。"

绿美听姐姐的话声虽然已经包含了一点凄凉的成分，但是她还并不肯放松地一再向她责备。红美的眼泪终究忍熬不住地滚了下来，她的脸上还含了一丝苦笑，然而这苦笑是包含了多少惨痛的意味。绿美见了一时又不忍心起来，遂扑到姐姐的怀里去，低低地说道："姐姐，你不要伤心，你恕妹妹的话说得太过分了。其实妹妹是为你的终身而感到可惜。因为姐姐的年纪很轻，而且容貌不坏，为什么不找个好点的对象，却喜欢嫁给老头子做姨太太？那不是太不值得了吗？"

"妹妹，我并没有怨恨你，你这些话是对的。但是你并不知道我心中的痛苦，而且你更不了解我深刻的计划。"红美觉得妹妹是爱护自己的，她是一个思想纯正、理智坚强的好姑娘，所以抱住了她的身子，一面回答，一面默默地亲热。

绿美用了惊奇的目光，凝视着她，急急地问道："姐姐，你有什么深刻的计划呢？你能不能告诉给我听听啊？"

"妹妹，你以为我真的情愿嫁给乔伯乐吗？这是你把姐姐的人格认得太不清楚了。我告诉你，我要利用他来安定我们的生活，因为他是一个银行界的人，他一定知道有熊子云这个人，那么我们可以慢慢地接近起来。等到机会成熟，哼，我老实地对你说，我的目的是在给我的祖贻报仇。"

绿美见姐姐说到这里，两颊已变成了铁青的颜色，明眸里发出了绿绿的光芒，她眉宇之间是浮现了骇人的杀气，一时才恍然大悟，原来姐姐是别有怀抱，我倒小觑她了。遂点了点头，不过又担了一些忧愁的神情，低低地说道："姐姐，你的存心虽然不错，但是你既然答应嫁给乔伯乐了，他若不占了你的身子，他怎么肯出力来帮助你呢？"

"傻孩子，事情当然是没有那么容易，不过随机应变，凭我这一点点智慧，也许还能够把一个色眯眯的老头子玩诸手掌之上吧。"红美抚着绿美的头发，低低地回答，表示她自有手段来使伯乐对自己服帖的意思。绿美微微地一笑，知道姐姐绝不是一个含糊的人，于是也就不再说什么了。

　　下午三点钟的光景，红美、绿美坐在房中的沙发上，大家正在闲谈乔伯乐的身世，觉得有些儿可疑的地方。一个银行的经理，为什么家眷远在汉口，并不带在上海？这不是有点奇怪？正在各自猜疑，忽见侍者推门入内，手里还拿了一张名片。绿美接过一看，见是乔晓保三字，心中不由暗想，奇怪，他竟等不到明天就来望我了。

三、各显身手以假易假闹趣剧

红美见妹妹拿了这张名片，竟然呆呆地愕住了。一时心中好生奇怪，遂挨近她的身旁，斜眼望了过去，见上面写的是乔晓保三字，因为自己也并不认识，所以连忙问道："妹妹，这乔晓保是谁？你认识他吗？"

"是我刚才投考回来在马路上碰见的……"

"马路上碰见的？这就奇了，马路上来来去去的人可多着呢，你们无缘无故的难道一碰就认识了？我想其中多少有点缘故吧。"

"你别忙呀，我下面的话还没有说完啦。因为在电车里，他摸皮匣买票子，忽然落下一张支票。其实我也并不知道是一张支票，所以拾起来交还给他。他展开一看，是张支票，而且数目相当大。所以对我表示感激，连连道谢之外，还向我请教姓名，并问我住在哪里，说明天奉访重谢。我见他非常诚意，所以只好告诉了他。因为支票上填写着乔晓保三个字，我心中猜想，这一定就是他的名字了。谁知道他等不及明天，今天下午就到这里来望我了，真是有趣得很。"

绿美絮絮地告诉到这里，回头又向侍者吩咐一声请他进来吧。侍者点头退出，不多一会儿，就见一个年轻的西服男子推门进来。他手里拿了许多衣料化妆品等东西，先向绿美很恭敬地鞠了一个躬，然后把送来的东西放在桌子上，微微地笑道："陶小姐，您没有出去吗？我总算没有白走一趟。这一点点算不来是礼物，还请陶小姐不要嫌少。"

"哪里哪里！乔先生，你何必这么客气，一定还要买东西来谢我，

其实路不拾遗，这是一个人应该如此的呀!"绿美听他说到后面，还迂
腐腾腾地咬文嚼字起来，一时十分好笑，遂连忙客气着回答。

乔晓保见室内还有一个年轻的女子，和绿美的容貌有点仿佛，遂忙
又请教道:"陶小姐，请介绍，这位是……"

"哦，这是我的姐姐陶红美。姐姐，这位就是我路上碰见的乔晓保
先生了。"

绿美被他一提，方才理会过来给他们介绍着说。乔晓保听了，又向
红美深深地一鞠躬，叫了一声"大小姐，鄙人来得孟浪，望勿见责是
幸"。

红美见他年纪在二十左右，生得一副白净的脸蛋儿，英气勃勃之中
还带了一点婀娜柔弱的姿态，真是一个美少年。单见了他这张俊美的脸
儿，已经使人感到欢喜，此刻又见他这么彬彬有礼、温文的态度，更加
令人感到可爱，一时也不免笑容满面地说道:"乔先生，你不要客气，
快请坐吧! 抽支烟。"

"哦，谢谢你，我不会抽烟。"

"唔，真是一个现代青年，令人可敬得很。"红美一面点着自己卷
烟上的火，一面不胜钦敬的样子回答。

绿美亲自给他倒了一杯茶，乔晓保欠了身子，连说不敢不敢，绿美
秋波斜瞟了他一眼，笑道:"站起来干吗? 你坐着吧。"

随了绿美这一句话，三个人在房中坐了一个三角形。乔晓保捧了茶
杯，因为见红美那样洒脱的态度，知道她是个会交际的女子，因此使自
己反而感到局促起来，呆呆地坐着，竟然是一句话都说不出。红美见他
一面孔的老实相，心中愈加爱怜，遂先替妹妹代为搭讪问道:"乔先生
还在求学，还是在社会上经商了?"

"唔，我还在圣乔司大学读书。"

"那是一个教会学校，里面注重的是英文一科，我想乔先生对于英
文一定是很有研究的了，是不?"

"说不上研究，青年人读书，就像还债一样，不去过分地荒唐，已经是很好的了，假使再去用功，那在上海学生里就很难找的了。"

　　红美听他这样说，可见他是因为有感而发的。那么在他本身至少是个很守本分的青年，不过转念一想到他身边藏着支票，一个学校读书的人，哪里来这么许多的钱呢？因了好奇心的驱使，红美在一个老成的年轻小伙子面前就毫不遮掩地开口问道："乔先生，恕我冒昧，你既然是个学生子，袋里藏了支票干什么？再说你……又不做生意，这许多钱又从哪里来的呢？并非我要多管闲事，因为我见你是个很朴实的青年，然而在事实上又觉得不相符，所以忍不住问一声，还得请你不要动气才好。"

　　"没有关系，没有关系，因为我旧时做的西装都不好穿了，所以订制了两套西装，这支票是爸爸给我的，预备去付给西服店里的。要不是陶二小姐拾给我，那可糟了，西服拿不成，而且还得让爸爸误会我把钱花到别的地方去了。所以二小姐这么一帮助我，真叫我感激得无可形容的了。"乔晓保听她问到不与她相干的事情上去，一时倒忍不住暗暗好笑，但她既然事先声明，遂也只好老实地向她告诉出来回答。

　　绿美听到这里，便转了转乌圆眸珠，低低地插嘴说道："乔先生，你这支票既然是付西服钱去的，那么你为什么还要买这些东西来送我呢？我劝你还是拿回去吧。害你把整数的钱打散了，那么西服不是又拿不成了？叫我接受了你这些礼物，我的心中也觉得不安啊。"

　　"哎，哎，我已经送了来，怎么好意思再拿回去？二小姐倘若不肯接受，那你就是看不起我了。况且这些礼物的钱，并非是从支票里提出来的，这是我平日的零用钱省下来的。二小姐，这是所谓物微情重，你应该委屈地收下才是。"乔晓保听她不肯收受礼物，他心中一急，不由什么话儿全都说了出来，但仔细一想，觉得在一个很陌生的女人面前，说出省下零用钱等的话，那到底坦白得太不好意思一点了，因此他的两颊，也会像女孩儿家一般红起来。

绿美听了，倒忍不住抿嘴嫣然笑了，说道："乔先生，你把零用钱省下来买这些东西给我，那叫我更不好意思接受了。那么你要买糖吃的钱，不是没有了吗?"

"唔，二小姐，你怎么把我当作小孩子看待了呢? 难道我的零用钱就是为了买点糖吃吗? 比方说，我本来可以坐车子，现在就安步当车。比方说，我每星期要看一次电影，现在我就不看了，其实熬过了这一个月，第二个月就不成问题了。"

绿美听他这么说，一时更觉有趣了，遂啊了一声，秋波斜乜了他一眼，包含了俏皮的口吻，低声儿笑起来，说道："要是这样子，我的阴鸷可伤得更大了。"

"二小姐，你这话是什么意思呢? 我可听不懂了。"乔晓保的两颊是热辣辣的，他在羞愧之中又掺和了一点猜疑的成分，忍不住急急地问。

绿美微微地一笑，她有点支吾的神气，但到底又说出来道："要如你每星期和女朋友看电影一次，现在为了送我的礼物，使你们这一点宝贵的享受都损失了，这还不能算是我的罪孽吗?"

"妹妹，你这话倒也说得不错，哈哈，哈哈哈。"红美听到这里，也在旁边插嘴开玩笑，而且还大笑起来。

这一笑乔晓保的脸儿更红晕起来，也只好附和着笑了。笑过了一会儿之后，他才一本正经的态度，辩白道："想不到二小姐倒是惯会开玩笑的，其实我们求学时代，根本没有什么女朋友。"

"求学时代，女朋友最多，你还骗谁呢?"绿美噘了噘小嘴儿，低低地说，表示并不相信的意思。

乔晓保待要声明，但红美却又想到了什么似的，低低问道："乔先生，我们是说着玩玩的，你别生气，不知府上还有些什么人?"

"有爸妈和哥哥三个人，此外就没有什么人了。"

"你还没有娶太太吗?"

"大小姐，你又跟我开玩笑了，我才不过二十岁的年纪，哪里就娶女人了？"乔晓保摇了摇头，急急地辩白。

绿美听了，也不知为什么缘故，她的芳心里会感到一阵甜蜜蜜的得意，粉颊上浮现了欣慰的微笑。遂又问道："乔先生，你哥哥叫什么名字？他在读书还在做事情了？"

"我哥哥叫大保，他也在圣乔司读书，比我高一班。"

"那么兄弟两个宝贝，怎么取这样俗的名字呢？"绿美情不自禁地说出这两句话，她忍不住抿嘴笑了。

乔晓保听了，不免有点儿难为情，遂咳嗽了一声，还竭力镇静了态度，解释道："我们的保不是宝贝的宝，是保护的保，其实名字原是一个人的记号，叫什么就什么，我倒并不注意这些的。"

"乔先生，我妹妹原是说着笑话，你听了不要生气。那么你爸爸叫什么名字？他老人家在什么地方办事情的呢？"

"我爸爸叫乔伯乐，他是东华银行的经理……"

"啊，乔伯乐就是你的爸爸吗？"红美绿美听他这么回答，一时便不约而同地啊了一声叫起来。

乔晓保见她们都显出惊奇的神气，这就也感到奇怪起来，连忙向她们反问道："怎么？难道我爸爸你们认识的吗？"

"唔，唔……真想不到你爸爸人老心不老，比你年轻漂亮的儿子要风流得多呢。"红美姐妹两人面面相觑，呆住了一会儿，大家忍不住都笑了起来。绿美立刻又唔了两声，表示有些儿生气的样子回答。

乔晓保的心头跳跃得厉害，他觉得绿美这两句话中显然是大有道理，难道爸爸对她们有野心的企图吗？但是奇怪得很，他们又怎么会认识的呢？于是又急急地问道："二小姐，你这是什么话？难道我爸爸……请你们详细地告诉我，这到底是怎么的一回事呢？"

"我先问你，你爸爸是不是从汉口刚回来啊？"绿美且不回答什么，先向他低低地问了一句。

乔晓保点了点头，微皱了眉毛，大有猜疑的样子，说道："不错，因为东华银行在汉口原有分行开设，这次是为了行里事务到汉口去的。怎么啦？你们又如何会知道得这么详细呢？"

"姐姐，你听，那就大不相同，原来他是一片巧言花语地欺骗我们呢。"

"二小姐，到底是怎么一回事？把我闷得急坏了，请你们详细说给我听听好不好？"乔晓保听她们话中，好像爸爸对她们有勾引的意思，他急得什么似的追问。

红美方才把这次从汉口到上海的船内遇见了乔伯乐，他向妹妹看相调戏的话，并今天上午自己在这儿遇见他要娶自己为妻的话，全都详详细细地对他告诉了一遍。一面又说道："你爸爸还说他的家里都在汉口，在上海只有他一个人，这次回汉口，原是探望他父亲的病。现在遇到了乔先生，才知道他是个老滑头呢。"

"啊，想不到真有这么一回事吗？那就太岂有此理了。爸爸在我们儿子的面前老是显出一面孔道学先生的样子，谁知他在外面竟色眯眯到这个地步，那不是天大的笑话吗？今天回家，我非去讽刺他几句不可了。"乔晓保听红美告诉的，都很合乎事实，这才相信父亲在外面确实是很荒唐的。所以显出很不自然的态度，愤愤地说。

红美笑道："你做儿子的去讽刺爸爸，那到底不大妥当，我看还是把这话偷偷地告诉了你的母亲，你母亲在平日厉害不厉害？假使很有点权威的话，叫你母亲跟你爸爸吵了一场，那不是更好吗？"

"大小姐，你这话对极了，我母亲是个很精明能干的人，爸爸见了她有些害怕的。我还是告诉母亲，叫母亲给爸爸一点厉害看看。"

"哈哈，你爸爸原来还是一个怕老婆。乔先生，那么你将来说不定也会有遗传性的呢。"

"二小姐，你又跟我开玩笑了，那么你们二位到上海来预备做什么呢？我见你们住在旅馆内，大概在上海是没有什么亲戚朋友的了。"乔晓保见绿美还是那么地爱说笑话，遂微红了脸儿，一面回答，一面又显出很关怀的口吻，向她们低低地探问。

红美在晓保面前，似乎不需要有什么虚伪的掩饰，这就轻轻地叹了一口气，老实地告诉说道："乔先生，不瞒你说，我们到上海原是找出路来的。因为我们的父母是没有了，只剩了姐妹两个人，在故乡坐吃山空，那也不是一个道理，所以很想做一点事情。"

"既然是到上海来找事情做的，那么找得到找不到，一时里当然还是一个问题。并非我心直口快，我以为住在这里的开销到底太大一点，万一耽搁的日子倒很久长，那么这些日子的花费似乎也应该有一个打算才对呀。"

红美听他很诚恳地代自己着想，一时倒弄得哑口无言，向妹妹望了一眼。不料绿美却正在望着自己微微地笑，好像有神秘的作用似的，这就愕住了一会儿，说道："我们原以为到了上海便有事情可做，所以便在这里住着比较舒服一点。谁知道在上海找事情，也相当地困难，早晨妹妹去投考，不料招考的却是向导女子。我妹妹心中一气，便跑回来了。"

"啊，上海本来到处都是骗局，所以你们千万不要上当才好。请问二位不知是什么程度？或许我可以给你们介绍介绍职业的。"乔晓保听了，似乎代她们十分着急。为了恐怕她们也会步入了堕落的途径，所以他是愿意给她助一臂之力。

红美被他一种诚实所感动了，想起了自己预定的计划，她内心感到无限的惭愧，不禁红晕了粉脸，低低地说道："我妹妹是高中毕业的，她或许有办事的能力，乔先生倘肯介绍的话，那当然是很使我感激不尽的了。"

"那么大小姐呢？大概也是高中毕业的吧。"

"不，我只有初中毕业，说起来很是惭愧，对于办事的希望，在我恐怕是已经很少的了。唉！"红美说到末了，芳心有点感触，她忍不住深长地叹了一口气。

乔晓保知道她的学问是已经荒废了的意思，所以她在感到前途的黯淡，因此而引起她心头的悲哀，于是安慰她说道："大小姐，你不要难过，只要你妹妹找到了职业，那么你的生活当然也是不成问题的了。天下没有饿死人，那你只管放心好了。"

"我倒并不是为了忧愁饿死而感到难过，我觉得人生真是太空虚了……"

绿美知道姐姐是伤心人别有所思的意思，她怕姐姐把过去的身世向乔晓保吐露出来，所以向红美丢了一个颜色，故意打岔说道："姐姐，你何必太抱悲观呢？乔先生这话不错，只要我有了职业，那你的生活难道还怕发生什么问题吗？乔先生，那么你应该言而有信，我的职业可以拜托你啦。"

"当然，当然，我说给你介绍，那我一定不会忘记的。"

"你在几天之内给我成功呢？因为我这人的脾气就是愈快愈好的。"绿美似乎还信不过他的样子，向他敲钉钻脚地追问。

乔晓保搓了搓手儿，微微地一笑，说道："那倒难说，总而言之，我在竭尽心力之下，给你设法介绍。当然啰，早一日给你介绍成功，我自然也有面子，你说对不对？"

"你这话虽然对，但是没有一个肯定的日子，我觉得你这张支票是很不容易兑现的。"

"二小姐，你这是哪儿话？好！我在三天之内，保险给你介绍成功好不好？"

乔晓保被她这么一激，他终于拍了拍胸部，在三天之内应承下来。绿美心中好生欢喜，满堆了笑脸，还向他鞠了一个躬。就在这个时候，侍者又推门入内，报告说有个乔伯乐先生来拜望小姐。

三人听了这个报告，因为已经知道他们是父子关系，所以心中不免别别地一跳。红美忙说道："唔，叫他在外面等一会儿，我在房里揿了电铃，你叫他入内好了。"

"是。"侍者点头，答应出去。

这里乔晓保站起身子，涨红了脸儿，好像急得热锅上蚂蚁一般在室中团团打转。绿美见了，不禁取笑他说道："乔先生，你不是还要向你爸爸讽刺几句吗？干吗急得这个样子呢？"

"好二小姐，你不要开玩笑了，在这个地方和爸爸遇见了，说起来总是我儿子不好。所以我非躲一躲不可，你们也给我想一个法子呀。"

"别急，别急，你瞧，那边不是垂着帷幔吗？妹妹和你一块儿躲进去吧，让我一个人来对付他好了。"

红美连忙把靠窗旁的帷幔掀起，让两人躲进里面去藏了身子。然后她去按了门铃，一面坐到沙发上，拿了一支烟卷吸着。不一会儿，房门慢慢推开，只见乔伯乐悄悄地走进房来。红美起身相迎，含笑招呼道："乔先生，我想不到你此刻会到来，刚才你不是说明天早晨来望我吗？"

"唔，因为我那座花园洋房已经找到了，所以我等不及地先来告诉你一声，明天早晨，我陪你一同去看看，不知合你的意思吗？咦，有客来过了吗？"乔伯乐满面春风的样子，笑嘻嘻地告诉。他的视线接触到桌子上许多的东西和两杯茶，遂又低低地问。

红美因为有点心虚的缘故，她的脸儿忍不住微微地一红，但立刻又镇静了态度，微笑着说道："是我刚才到外面去买一点儿东西。乔先生，你请坐，不知道那座花园洋房的地段落在什么路上？"

"哦，哦，在静安寺路海格路口，地段是很清静，完全是住宅区。我刚才跟地产公司里的人已经一同去看过，房子真不错，价钿也不贵，只有五十六万，大概五十万元是可以成交的。听说要买这座洋房的人不少，所以我怕被别人捷足先得，故而特地付了五万元定洋，但我还不知道你心中欢喜不欢喜，还得要你去做个主意才好。"乔伯乐手里原拿了一支雪茄烟，说完了话之后，又吸了两口，表示对红美是宠爱到一百二十分的样子。

红美听了，芳心里不免荡漾了一下，遂笑盈盈地说道："其实你看过说好，大概就不会坏到什么地方去。乔先生，你为了我，花费这么许多的代价，不怕你家里的太太知道了生气吗？"

"我这个黄脸婆反正又不在上海，她哪里会知道呢？所以你根本不必为我忧虑到这一层。红美，你的妹妹呢？"乔伯乐说到后面，又向她随便地问。

红美见他眼望着床旁的帷幔上呆呆地出神，一时还以为他有点发觉到了，一颗芳心忐忑得不免像小鹿般地乱撞起来，勉强笑嘻嘻地说道："我妹妹出去还没有回来呢。乔先生，我见你好像有什么心事的样子，难道你又肉痛着这一笔买洋房的钱了吗？"

"不，不，我哪里是为这个缘故呢？"

"那么你是为了什么缘故呢？我觉得你那种不安的神情上看起来，至少还有一点什么心事吧。"红美听他这样说，遂又故作关怀的神气，向他低低地追问。

乔伯乐微微地蹙了眉尖儿，似乎有些儿支支吾吾的样子。过了一会儿，才微笑着说道："红美，说起来事情很不巧，因为这几天银根很紧，存户都来提取存款，而银行放给人家的款子却还没有到期，因此我东调西拉，总算是渡过了这个难关。不过对于这座洋房的款子，却还少二十万元，虽然我到外面再去调动二十万也不算难事，但我一算拆息，似乎不大上算。所以我的意思，你身边假使有现成的话，能不能借给我先付一付？好在没有几天，等银根松动的时候，我可以照数归还。就是你要利息的话，我也可以照数算给你，因为这样子利权可以不致外溢。但是我的心中是这么地想，还不知道你心中是否相信我呢？"

红美做梦也想不到他会说出这一番话来，一时弄得面红耳赤，不知如何回答才好。但瞧在乔伯乐的眼睛里，一颗心儿也不免暗暗地焦急。不过他还淡淡地一笑，站起身子来，在室中踱了一个圈子，望了红美一眼，很俏皮地说道："怎么啦？唔，我知道了，你信不过我是不是？"

"不，你倒不要误会我，我并不是信不过你。"

红美摇了摇头，先这么地辩白了两句，她灵敏的脑海里，还在寻思着用什么言语来对付他算为最妥当。但乔伯乐却不待她再往下说，又接着笑道："既然你信任我的，那事情就好办了，不过我还可以拿东西给你做抵押，其实这座洋房我可以过在你的户名下，我想你也不会受亏到什么地方去是不是？"

"乔先生，你怎么说出这些话来？你给我买了洋房，就是我拿出一半的钱来，那也是应该的事情，所以抵押两字更谈不到。况且我们成了夫妇，我的就是你的，你的就是我的，何必还分什么彼此呢？不过……"红美听他这样地说，于是也显出洒脱的态度。

她的话儿也说得很坦白，乔伯乐方才又含了笑容，不住地点头。但是听到她不过的时候，立刻把脸色又转变了一点点急急地下去道："不过什么？红美，我这样地爱你，你难道竟把我当作外人看待吗？"

"乔先生，请你不要生气，因为我身边也没有这么许多的现钞呀。"

乔伯乐见她通红了粉脸，好像很不好意思地说出了这两句话。一时他皱了眉毛儿，表示有点失望的样子，咦了一声，奇怪地问道："你不是说你的丈夫生前是一个茶商吗？而且你不是又说你把所有家产都变换了现钞吗？我想你也不必瞒骗我了，难道连二十万的现钞都没有带在身边吗？想不到我一个银行经理的身份，连二十万元的信用都没有。唉！"

"乔先生，你何必要这么地说呢？假使你真心爱我的话，你又何必要借用我的钱呢？你应该知道我是一个女人家，所有的无非是一点死铜钿，并非是不信任你的意思，实在我有点儿放心不下。"

红美见他说完了这些话，却又深长地叹了一口气。从他脸部上的表情看起来，显然是有些儿不喜悦的样子，这就也沉着脸色，坐到沙发上去，表示女人家有一种固有的胆小的意思。乔伯乐听她这么回答，可见她并非没有钞票，总而言之，还是舍不得拿出来的缘故。一时立刻又堆下了笑容，喜滋滋地走到沙发旁去坐下，拍了拍红美的肩胛。正欲有所表示的时候，忽然听得有人一阵冷笑，红美和乔伯乐回头去望，只见窗旁已出现了一男一女，原来绿美和乔晓保已从帷幔内钻出来了。乔伯乐和红美都吃了一惊，不约而同地站起身子来。

绿美秋波斜睨了他一眼，问道："这位就是乔伯乐先生吗？"

"不敢，不敢，这位是……"

"她是我的妹妹……"红美在心急忙慌之下，向他这样地介绍着。

乔伯乐倒是一个很聪明的人，他立刻浮现了一丝笑容，"哦，哦"地响了两声，说道："是的，是的。二小姐，你难道忘记了，我在船上还给你看过相呢。"

"唔，我听姐姐说，你是东华银行经理对不对？"

"是啊，原来你们姐妹两人已经谈过话了，红美还说你到外面去了没有回来，谁知却躲在房里呢。哈哈，你们真会跟我开玩笑的。"

乔伯乐竭力掩饰着他脸部上慌张的表情，而且还故意哈哈大笑了一阵。这时红美站在旁边，忽然想到他们父子两人见面却一点儿都不认识，因此心头也开始疑惑起来了。但是她并不开口说话，觉得妹妹和乔晓保突然地走出来，显然是下面大有文章，这就静静地看着戏文的展开。

绿美见他那副老奸巨猾的样子，遂绷住了粉脸，又冷冷地问他说道："乔先生，我要请教你，在上海有几个东华银行？"

"二小姐，那你又不是和我开玩笑吗？当然只有一个东华银行啰！"乔伯乐口里虽然是这么地回答，但心中的跳跃也是分外地快速起来。

绿美点了点头，伸手把乔晓保拉了过来，含了俏皮的笑容，问道："乔先生，这位是什么人？你认识他吗？"

"这位……当然是二小姐的朋友啰！你不给我解释，那叫我怎么认识呢？"

"哼，他妈的！我打你这个老不要脸。"

乔晓保不等他说完，就撩起手儿来，一面骂，一面啪的一记，就重重地量了他一下耳刮子。打得这个乔伯乐按住了面孔，怔怔地愕住了，但是他还回过身子去，对红美说道："红美，这……小子是什么人？他……胆敢在这里如此地放肆吗？"

"是什么人？哈哈，哈哈，他是你的儿子呀。难道你做爸爸的连自己儿子都不认识吗？这可不是天大的笑话？哼！你这无耻的老奴才，胆敢顶了人家的名儿来欺骗我们吗？今日撞在真正乔伯乐的儿子手里，我看你还有什么话说。"红美到底是个绝顶聪敏的女子，她见乔晓保突然用这种手段对付乔伯乐，这就早已明白那个老头子绝不是真正的乔伯乐了，于是猛可地从沙发上跳起来，向他戟指怒骂着。

乔伯乐在听到了红美这些话儿之后，心中这一吃惊真是非同小可，脸儿顿时变成了灰白的颜色，觉得三十六计，走为上计，也不再说什么话，掉转身子，便即夺门而逃。但乔晓保倒又不肯把他放松了，抢步上前，一把将他抓了回来，狠命向后一拉，那西贝乔伯乐站脚不住，身子便仰天跌倒。乔晓保把他一脚踏住，怒气冲冲地骂道："你这个该死的东西，胆敢冒了我爸爸的姓名，在外面欺骗人家良家妇女。你到底姓什么、叫什么？骗过人家几次了？快快从实地说来。否则，哼，我就送你到警察局里去尝尝铁窗的风味哩！"

"不，不，你……你……们不能行凶殴打好人。难道你们就不怕犯法吗？"

这个西贝乔伯乐还一口地否认着，表示和他们评理的意思。乔晓保恨得什么似的，把脚在他身上狠命地踢了两脚，痛得他大喊起来，连说你们打人你们打人。红美在旁边说道："还是把警察去叫来，给他带到局子里去吧，看他那时候还一味地再装大富翁。"

"这老狗真是太欺人了，冒充我的爸爸，他不是明明地借刀杀人，毁坏我爸爸的名誉吗？我非把他带到警察局里，好好儿重办不可。"

乔晓保一把又抓起了他，恶狠狠地拖着他又向外面走了，但这回子他却赖着不肯走，完全把强硬的态度软化下来，哭丧着脸儿，含了哀求的口吻，低低地说道："乔少爷，你饶饶我吧，我下次再也不敢了。"

"他妈的！你这老王八蛋！看你穿得很体面，倒像个银行的经理，原来完全是一个骗局……什么？你手里戴的不是金钻戒，是水钻？这表链也不是金的，原来是人造金的东西。好，好，你这老狗，现在还不是显原形了吗？他妈的，我打了你，你敢把我怎么样？"

乔晓保完全揭露他的秘密，心中愤怒得什么似的，说到后面，伸手在他颊上又是啪啪两记，打得他脸上热辣辣的，好像吃了两片生姜。真是哭也哭不出，说也说不出，他像泥塑木雕似的呆住了。

红美也气得柳眉倒竖的，冷笑道："你真是一个大骗子，花言巧语，我若把二十万元的钱交给了你，那我不是大上你当了吗？乔先生，不过你得问明他到底是什么人，因为他知道你爸爸在东华银行做经理，可见他对你爸爸很熟悉呀。"

"不错。你姓什么叫什么？你快老实地说呀，你不说，我又要打了！"

乔晓保手儿一扬，做个又要打下去的样子，急得那老头子满额是汗，连连求饶，一面口吃了语气，低低地说道："我姓马，名叫晓初，原是东华银行做老司务的，因为那天做错一点小事情，被上面开除了。人家都说我像经理乔伯乐，所以我为了生活，只好乔装改扮地在外面骗人钱财。但是我还只是第一次，还没有人上过我的当，这些都是真话。请你们饶了我，不要把我抓到警察局里去，那真叫我感恩不尽了。"

"好家伙，你真的还只是第一次吗？"

众人听了，这才明白了，乔晓保又好气又好笑地伸手又打了他一记耳光，声色俱厉地逼问。马晓初连说真的真的，一面已是跪了下去。

红美说道："我看这种事情对你爸爸的名誉也有关系，所以能够不扩大，还是不要闹开来的好。乔先生，我看还是放他去吧。"

"他妈的！我问你，你下次还敢玩这一套鬼把戏吗？"乔晓保听红美这样说，也觉得很有道理，遂故意又这地向他喝问。

马晓初连连摇头，显出那副哭笑不得的脸儿，说道："我下次再也不敢了……其实都是她自己来承认我的，我几时要冒充过乔伯乐呢？唉！这真是算我倒霉！"

"什么？你还敢这么说吗？人家就是认错了你，你难道不能否认吗？谁叫你将错就错地竟骗起人家的钱财来？你还要这么地说，我可老实地对你不客气了"

"是，是，是。我说错了，我在放屁，我在放屁。你就饶了我这个苦老头子吧。"

"他妈的！你把金刚钻金链子全都卸下来。"

马晓初在这个时候，哪里还有半点儿反抗的勇气，遂把假钻戒假链子全都拿下。乔晓保伸手接过，就向九层楼的窗口外飞掷了出去，恨恨地骂道："你这该死的狗奴才，快给我滚出去吧！"

"哦哟！"

乔晓保一面骂，一面在他屁股上就是狠命地一脚。马晓初叫声哦哟，一骨碌翻身滚了出去。立刻又摸着屁股，一溜烟似的逃出去了。大家见了这一幕情景，倒忍不住都笑起来了。

乔晓保叹息着道："上海这万恶之地，异想天开，各种的骗局，真是层出不穷。今天要不是我在这里，大小姐这二十万元的钱被他骗了去，明天恐怕还要问我爸爸去算账呢。"

"可不是？但事情真也太巧了。因为在码头上的时候，妹妹指点给我看，我只见了你爸爸一个侧面，所以我就糊里糊涂地把他也认作你爸爸了。"红美听他这么说，一时想起自己本来的存心，真觉得有些儿惭愧，遂红了脸儿，只好勉强地回答。

但这时候乔晓保忽然想到了刚才他们的谈话，觉得红美至少也有点欺骗的行为，这就向她微微地一笑，用了俏皮的口吻，低低地说道："大小姐，你怎么为了他是个行长就答应嫁给他了呢？假使他真的是我爸爸的话，那么你难道也甘心情愿做我爸爸的小老婆了吗？"

"不。乔先生，这个请你不要误会，我姐姐绝不是这么一个贪爱虚荣的女子，姐姐老早地对我说过了，她完全是和他开个玩笑而已。"绿美见姐姐被他问得面红耳赤，却是哑口无言，看她意态，好像羞得无地自容的样子。虽然自己的心中也有点怨恨姐姐，不该实行那种空虚的计划，但是她表面上终不能让姐姐大失了面子，所以用了严肃的态度，代为姐姐竭力地辩白。同时她又接下去说道："不过在船上给我看相的那位朋友，再不会有谁冒认你爸爸的吧？"

　　"是的，我爸爸实在也是个老糊涂。大小姐，我刚才说的得罪了你，还得请你不要生气才好。现在时候不早了，我此刻该回去了。二小姐，你的事情，三天之内，包在我的身上，再见，再见。"

　　乔晓保一面向红美赔错，一面又向绿美低低地安慰，他向姐妹两人鞠了一个四十五度的躬，便匆匆地向房门外走了。这里姐妹两人相互地望了一眼，大家垂下了头儿，忍不住轻轻地叹了一口气。黄昏已降临了宇宙，卧房里也已笼上了一层轻罗那么的薄暮了。

四、为卿奔走意真情真演把戏

夜色是笼罩了整个的大地，室内已亮了电灯的光芒了。红美坐在沙发上，口里吸着烟卷，两眼有点呆滞的样子，望着灯泡下在盘绕的烟圈子，似乎十分懊伤的态度，木然地出神。绿美伏在窗槛上，却在瞭望着马路上来回不停的车马。因为是在九层楼的缘故，所以那些车马就仿佛是耗子般地在爬行一样。至于那些行人，是更细小得像蚂蚁了。虽然是在黑暗的夜里，但在上海的夜都市，电红灯的照耀、无线电的播送，比白天里是更显热闹得多。但绿美此刻的心中却有无限的感触，觉得都会里外表的繁华，是更衬托出内部的空虚和腐化，这和一个投机商一样，外表衣冠楚楚，完全是个高等体面的绅士，可是谁知道他们内心的卑鄙和思想的龌龊，真会令人感到痛心疾首的呢！

绿美想到这里，由不得轻轻地叹了一口气。谁料红美在室内也长叹了一声，绿美灵敏的感觉也已听到了，这就回身过来，望了她一眼，用了俏皮的口吻微笑道："姐姐，你刚才说我的计划失败了，但现在相反，是你的计划失败了。"

"我的计划，并不能说是完全失败，而你的计划，也未必是完全成功。"红美见妹妹那种态度，多少包含了一点讽刺的成分，遂淡淡地一笑，她有她一种见解地回答。

绿美眨了眨眼皮，奇怪的样子，问道："你这话是怎样说的？难道你险些儿上了人家的当还不能算是失败吗？"

"我以为这是我的一种尝试，不管他是不是一个骗子，但一个有钱人的富翁，他的心理到底被我完全地测验出来了。社会上的事情，机会

50

是不会完的，这一次失败，给我多得到一个教训。而且我可以说，失败便是成功之母。比方说你，乔先生虽然答应在三天之内给你找到职业，不过无论什么事情，在还未成现实之前，那就根本还是一个问题。不要说是只答应了你，就是给你介绍成功了之后，那以后的变化还是捉摸不定呢。"

绿美觉得姐姐说的未免近乎强词夺理，但也许她是因为天性好胜的缘故，所以对她微微地一笑，却不再去抢白她了。忽然她又想到了什么似的，说道："姐姐，照你的意思，难道还没有心死再要去试试你这个计划吗？我劝你省省吧，一个人终要向正大光明的路上走，千万不要存着这种歪曲的思想。因为上海本是一个万恶之地，你要知道到处都满备着荆棘，说不定第二次又上了人家的当，弄得身败名裂，那时候就追悔莫及了。"

"哼，你说这些话，简直是太侮辱我了。"

红美并不同情她的劝告，冷笑了一声，便恨恨地站起身子。忽然披上了大衣，拿了皮包，预备匆匆出房去了。这一来倒把绿美急了起来，连忙追上去一把拉住了她，问道："姐姐，你预备走到哪儿去？"

"随便到什么地方去，我不用你管。"

"姐姐，你为什么把妹妹一番好意当作恶意猜呢？就说妹妹得罪了你，你也得看在姐妹的情分上，就原谅我这一遭吧。"

绿美见姐姐这样愤激的态度，她心中表示十分的难过，话声是包含了一点凄凉的成分。红美这时的心里是完全受了一种刺激而有点失了常，遂挣脱了绿美的手，她只觉得胸口闷得像镇压着一块大石般地透不过气来，于是不再说什么的，就疯狂地奔出房外。绿美拉她不住，她想不到姐姐会变成了这样的脾气，心中一阵悲酸，只觉人海茫茫，知音何觅？因此倒在沙发上忍不住呜呜咽咽地哭泣起来了。

绿美正在暗暗啜泣的时候，忽然门外轻轻地推进一个西装少年来，他似乎也感到意外，奇怪地呆住了，咳嗽了一声，低低地唤道："陶二小姐，你……你……怎么啦？"

"哦，原来是乔先生。你……你此刻怎么又会到这儿来呀？"绿美一听有人叫唤自己，遂慌忙收束了泪痕，坐整了身子，回头去望。一见是乔晓保，芳心倒是别别地一跳，忍不住涨红了脸儿，向他支支吾吾地回答。

乔晓保这时且不回答她，只用了一种猜疑的目光，在她泪眼盈盈的粉脸儿上逗了那么一瞥，低声儿又问道："陶二小姐，干吗一个人在房中哭泣？"

"没有什么，没有什么。乔先生，你请坐吧。"

绿美竭力掩饰着悲哀的态度，一面拭干了眼泪，一面倒了一杯茶，亲自交到他的手里，那神情显得分外的温文，而且还令人感到一种楚楚可怜的样子。乔晓保道了一声谢，退到沙发旁坐下，把茶杯放在茶几上，又问道："陶二小姐，你的姐姐呢？她不在房里吗？"

"唔，她刚出去不多一会儿。"

绿美也在对面那张沙发上坐下了，她觉得有点赧赧然的意思。乔晓保沉吟了一会儿，他搓了搓手，表示很诚恳的样子，说道："陶二小姐，你既然没有什么事情，那你干吗要哭得这样伤心呢？我觉得你多少终有一点不如意的事吧。假使你认为我够得上你交朋友的话，那你似乎应该很坦白地告诉我。"

"其实我真的没有什么呀。我在这环境下，那可说不如意事常八九，可对人言无二三。你想，那还叫我对你说些什么好呢？"绿美被他紧紧地逼问着，一时又不好意思把和姐姐吵闹的事情向他告诉，所以她用一种俏皮的方式，低低地叹了一口气。

乔晓保点点头儿，心中不免暗想，在她这两句话中已经很显明地在表示为了自感身世凄凉而所以哭泣的，那么从种种情形看起来，她们绝不是个有钱的小姐，但刚才听那个假伯乐对她姐姐说的话，显然她姐姐已经是个有过丈夫的女子了，而且还是一个茶商，难道她们本来是人家的弃妇吗？晓保在这样思忖之下，他心头开始起了怀疑，恐怕这对姐妹也是个不正当的女子，我好心去帮助她们，不要她们反而来给我上当？

觉得今夜在她一个人的面前，我非详详细细打听一个明白不可，于是又说道："陶二小姐，我这人很直爽，说话不怕你们见气，我觉得你们姐妹两人至少叫人感到有点神秘。这么孤单单的两个人，住在上海最贵族化的旅馆里，你们以后的生活究竟做如何的打算呢？好像你姐姐已经是嫁过人了是不是？"

"确实，我对你说的话，和我们的现实，真有些儿不符合，这也怨不得你对我们起了一种怀疑。但是，你不要奇怪，我可以很坦白地告诉你。我姐姐真的是嫁过丈夫的，丈夫不幸死了，剩下她孤零零一个弱女子，是多么可怜。偏偏遇到我这个妹妹，父母双亡，除了姐妹之外，根本就没有一个亲人。所以我们在商量之下，就决心到上海来找出路。常言道，一母生九子，连娘十条心，那么我和姐姐因思想的不同，又因环境的各别，所以各人有各人的打算和计划。住在这个贵族化的大饭店里来，这也是姐姐的一种计划。至于如何计划，你也不必去研究，反正我的心里就不赞成。不过姐姐的内心也许还有一点苦衷，那是以后在事情发展之后才可以明白的。乔先生，你现在终可以明白一点了吧。"

绿美絮絮地向他告诉了这一大篇的话，但说到后面，还是隐隐约约地令人感到有些煞费苦心地猜疑着。乔晓保是个聪敏的少年，他知道一个已嫁过丈夫的妇人和一个姑娘的思想完全是不同的。他知道红美所以住到这样贵族化的大饭店里来，是便利勾搭一般豪富的阔少爷和大富翁，那么在她的存心，也是有了一点骗的意思。想不到这个假伯乐，也是一个骗子，天下的事情，无独有偶，想起来也真令人感到好笑。不过绿美到底是否是个姑娘，这也还是一个问题，说不定是人家的姨太太，冒充小姑娘，那不是叫我白费心血吗？想到这里，他终于又大着胆子，低低地问道："陶二小姐，恕我冒昧，你姐姐嫁过人了，那么你……不知道也曾嫁过人吗？"

"乔先生，我觉得你一定要这么问，那未免是多余的事。我嫁过人了，你便怎么样？我没有嫁过人，你又怎么样呢？我以为一个真正仗义的人，他帮助人，是出于人类的一片同情心，绝不是另外有一种企图的。乔先生，我是一个没有知识的女孩子，说话不知轻重，千万请你别生气，假使你认为不值得给我介绍职业的话，那我也不敢过分地勉强你。因为将来也许使你得不到酬报的时候，我看你一定会感到失望的懊恼吧。"绿美不是一个呆笨的人，对乔晓保这样地问自己，她当然是猜透他心中所存的作用，因为一个女孩儿多少总有一点自尊心，所以绿美的心头不免感到生气，她用了一种讥讽的口吻，对他很严肃地回答。

在乔晓保听到这两句话儿之后，他的心中是惭愧极了。他并不因绿美的讽刺使他感到愤怒，而且他还敬佩绿美有思想有志气，所以红了脸儿，连连地点头，表示认错的意思，说道："陶二小姐这些话是说得对极了，我觉得十分羞愧。不过请你不要误会，我倒并不是希望你有所报答的意思。况且我之所以帮助你介绍职业，也正是因为你良心好把支票拾还给我的一点小小酬谢。再说交朋友完全是性情相投，意气相合。那么两性的相爱，当然是更要注重这一点，绝不是在乎处女不处女问题上的……"

"哈哈，乔先生，我觉得你后面这两句话似乎更牛头不对马嘴了，我和你还只有仅仅相识了这么一天的日子，根本还是一个极普通的朋友，哪里就谈得到两性的相爱问题上去呢？这可是太笑话的了。"素来志高气傲的绿美，她终觉得晓保的话未免有些不中听，所以她冷笑了一阵，还是显出那种强硬的态度，愤愤地抢白他回答。

乔晓保虽然很感到难堪，但是他却并不表示恼怒，默然不答，垂下了头，呆住了一会儿。绿美自己心中确实是感到了一阵痛快，但是她也想到人家的心中也许感到这一分儿的难受，所以立刻又放低了语气，温和地笑道："乔先生，怎么啦？你生气吗？"

"不，我没有生气，我觉得太不应该了，因为我不该跟你说这些冒昧而荒谬的话。唉！这也许正是我的一种痴念吧。"乔晓保方才又抬起头来，低低地回答，语气是那么凄婉，而且还轻轻地叹了一声。

从这痴念两个字里，绿美可以知道他确实对自己已有一片爱怜之心，要不然，今夜也不会又匆匆地到来了。一个年轻美貌的女子是每个

54

男子所心爱的，反转来说，一个漂亮的男子，当然每个姑娘也会动心的。那么绿美对晓保，到此也不免软化起来了，秋波脉脉含情地斜乜了他一眼，妩媚地笑道："乔先生，你不要生气，我原和你说着玩玩的。老实告诉你吧，我今年才二十岁不到的小姑娘，怎么会已经嫁过人了呢？那你不是多问的吗？"

"陶二小姐，这是我的错，请你千万地原谅我吧！"

乔晓保一见她又变换了这么温情可爱的态度，知道她对自己的一片痴心，一定也不能不无动于衷，心头方才又欢喜十分，猛可地站起身子来，走到绿美的面前，弯了弯腰肢，表示赔罪的意思。绿美忍不住嫣然地一笑，挥了挥手，说道："算了，算了，这倒又不必要你这么多赔小心了。乔先生，那么我得问你，你此刻在夜里又做什么来呢？难道我的职业你已经替我介绍成功了吗？我想你无端端地是不会到来的吧。"

"陶二小姐，你真聪明，被你一猜就猜到了。可不是？假使职业没有给你介绍成功，那我怎么好意思有脸皮儿来见你呢？"乔晓保听她这样说，显然地就是表明她不再生气的意思，所以心中一快乐，便耸了耸肩膀，笑嘻嘻地回答。

绿美听到了这个消息，当然也是喜欢得了不得，忍不住掬着酒窝儿笑起来，着急问道："乔先生，你这话可是真的？哪有这么的快？刚才你离开这儿不是已经四点多了吗？各写字间恐怕都已下办公时间了，你又到什么地方去拜托人家呢？哦，哦，莫非你在恳求你爸妈吗？"

"不，我如何肯把你去介绍给我爸爸，爸爸这老色迷不是已经向你调戏过吗？我真不愿意你在爸爸的行里去做事情。"

绿美听他恨恨地说，一时真有些难为情，红晕了两颊，秋波逗给他一个媚眼，低低地笑道："那么你把我介绍到什么地方去做事情呢？"

"你不要性急，我告诉你呀。当我离开你这里之后，我心中也在暗暗地转念头，虽然是这么地答应了你，但一时叫我去托谁好呢？后来给我想出一个人来了，你道是哪一位？"

"问我我哪儿知道？"

"是我的舅父高瘦鸥，他老人家开办了一家保险公司，听说近来营业很发达，说不定要添用几个女职员。所以我一辆车子坐到舅父家里，说我有个女同学，才学很好，能不能给她想想办法插一个位置。舅父说事情很巧，他保险公司里正预备添用职员，女的也不要紧，不过最好要懂得几句英语，而且还要会打字。我想你英语也许可以来几句，不过打字不知你学过没有？"乔晓保方才向她老实地告诉出来，一面又低低地问。

绿美扬了眉毛儿，很得意点了点头，微笑着道："你所考虑的却恰巧相反，打字我倒学过的，那不用担心。但叫我说英语……这有点难了，我可没有这样深的程度呀。"

"只要你会打字，那就不成问题。至于会英语，那倒还在其次，最多你不跟洋人开口。不过凭你这么聪敏的姑娘，和洋人混久了，说几句普通英语，那也是容易的事。况且你空下来的时候，不是可以补习补习吗？"乔晓保听她打字不成问题，遂很欢喜地回答，因为保险公司里做事注重的就是打字，所以劝慰她别胆子小。

绿美乌圆眸珠一转，瞟了他一眼，笑盈盈地说道："哦，对了，你是一个圣乔司的大学生，对于补习英文的教授，那我倒可以不用担心去找寻的了。"

"只怕教授你我还没有这个资格。"

"唔，你这话是不是不愿意有我这么一个学生了？"绿美忸怩了一下腰肢儿，表示撒娇的样子。

乔晓保有点情不自禁的，把她纤手儿握了握，笑起来道："承蒙你看得起，我怎么还会不愿意？只不过我才疏学浅，似乎当之有愧罢了。"

"哦哟，何必这么客气呢？不是你没有资格做我的教授，也许是我没有资格做你的学生吧？"

"哪里，哪里，我有你这么聪敏美丽的好学生，只怕我前世敲碎了木鱼才修来的呢。"

"岂敢，岂敢，我有你这么一个学贯中西的好教师，那才是我的好福分呢。"

两人互相地谦虚着说，大家都忍不住笑起来了。绿美因为他兀是握紧了自己的手儿，好像有点爱不忍释的样子，心中有些难为情，遂羞涩地逗给他一个媚眼，挣脱了他的手，身子躲避到窗口旁去。但乔晓保却跟了上去，又笑嘻嘻地说道："陶二小姐，你既然承认我是你的老师了，那么你该对我行个师生之礼才对呀。"

"看你这人就等不及做老师了，还没有到开学上课的时候哩。"

"这话也不错，那么你预备几时上课呢？"

"几时上课？这话倒难说，我以为第一步解决的是先能够在保险公司里任职了，那么才能够谈得到第二步开学上课，你说是不是？"绿美一本正经的态度，趁此机会是催促他事情要进行得快速的意思。

乔晓保点了点头，说道："你以为事情还没有可靠吗？其实我和舅父就这么决定了。明天上午十时，我来陪你一同到写字间和舅父碰碰面，你把打字机给他试验一遍，你就可以开始在那边办事情了。"

"明天上午十时？你不是要上学校里去念书吗？怎么抽得出空来呢？"

"不要紧，我就缺课一小时吧。"

"为了我，累你荒废学业，那叫我真不好意思。"绿美听他这样说，芳心里有点感动，含情脉脉地瞟了他一眼，表示有种过意不去的样子。

乔晓保笑了一笑，俏皮地说道："你不要认为我是一个专门荒废学业的人，其实我完全是为了你。"

"我知道，你不听见我已说过了吗？"

"你知道就好，我觉得为你牺牲这一个钟点的课，那是算不得什么的。假使牺牲了我的性命吧，只要是为了你，我也觉得并不可惜！"

"嗯，乔先生，你干吗要这样说？要如真的这样，我当然不愿独生，会追随你从死于地下。"

乔晓保听她到这里，大有盈盈泪下的样子，一时觉得她和刚才对我那种态度，完全判若两人。可见她也是一个富于情感的姑娘，她刚才所以对我冷讥热嘲，当然因为我对她少不得有点侮辱的意思。说起来还是自己的不好，怨不得她要讽刺我了，一面想，一面觉得无限的安慰。又把她手儿握住了，笑嘻嘻说道："陶二小姐，有你这两句话，我心里实在是太安慰太高兴了，现在我们不要再说这些无聊的话了，我觉得还是来解决这住的问题吧。你们假使不另外找寻房屋居住的话，不管你姐姐有多少积蓄，这样无谓的浪费，到底是太莫名其妙的了。我说的完全是一片正经话，不知道你也听得入耳去吗？"

"不但听得入耳，而且还十二分的感激。因为你对我们太关心了，完全是一片真心真意，所以我认为非常不错。不过我们初来上海，人地生疏，找寻房子，那也不是一件容易的事情。所以我的意思，你此刻有没有空，最好陪我一同去找寻找寻，不知道在晚上看房子人家肯不肯接谈。"绿美觉得晓保说的都是实事求是，绝没有一点吃豆腐的意思，所以频频地点头，向他低低地央求。

晓保想了一会儿，说道："夜里去寻房子，别的没有什么问题，就是在黑暗里找不到召租贴在什么地方，那似乎太不方便了一点。哦！有了，你若真的要我此刻陪你去找房子，那只有先翻阅新闻报，看报上有没有登着房屋分租的广告。"

"报纸我每天买一份看的。"

绿美听他这样说，遂在沙发上接过几张报纸，展放在桌子上，乔晓保走过去，和绿美一同细细地翻阅。只见青岛路斯文里十八号内有客堂楼一间分租，晓保看了，回头向绿美望了一眼，说道："这一间客堂楼给你姐妹两人住倒很不错，要不要我们就去看看这屋子的大小？假使房屋租还不贵的话，我们就可租定下来。你不知道这个年头儿，上海的房子最难租。原因是各地的人纷纷到上海来找出路，以为上海是遍地黄金之处，因此弄得大有人满为患的情景了。这就给予一般黑心的二房东一个敲诈的好机会，小小一间亭子楼，还要挖费，还要保证金，简直比养了一个儿子还会赚钱呢！"

"既然上海的房子这样不容易租到，那当然是愈快愈好的，那么我们马上去找吧。不知道这儿离开青岛路远不远？"

"也远不了什么，反正我们坐车子去吧。"

乔晓保说着，遂和绿美匆匆地走出了国际饭店的大门，坐了人力车，拉到青岛路。付去车资，一同步进斯文里，找到十八号门牌，晓保伸手在铜环上敲了两下，却不听有人答应。于是接连地敲了数下，过了好一会儿，方才听得有个尖锐的女子声音在里面问道："敲门是谁呀？"

"是我，对不起！里面可不是有客堂楼分租吗？我们是来看房子的。"

"什么？看房子这么晚来吗？夜里不看房子，明天早晨来看好了。"

乔晓保听里面说话的语气，好像还包含了一点训斥的成分，一时好生着恼，不由暗暗骂声他妈的，看房子不是上写字间，难道还有规定的时间吗？这真是可恶极了。正欲发作的时候，忽见有一个少妇模样的人，打扮得十分妖艳，走到十八号门口停下。她向晓保绿美两人斜瞟了一眼，伸手也就敲了两记门环，只听见里面这回子的喉咙更响了，简直有点恼怒的样子，呵斥道："关照你们夜里不看房子，你们还敲什么门啊？难道你们不吃饭的？连这两句中国话都听不懂吗？"

"阿姨，你在说谁呀？是我在敲门哪！难道我的声音都听不出来吗？"

"啊，原来是熊少奶奶吗？该死，该死。真对不起你……"

那个熊少奶一面哧哧地笑，一面向她高声地叫。里面这个阿姨似乎听出了声音，她也啊了一声叫起来。随了这两句话，大门便开了。乔晓保这人也有点横对脾气，所以一见大门开了，便偏偏拉了绿美的手儿，跟着熊少奶奶一同走进天井里去。阿姨生得一面孔横肉，两只三角眼，见熊少奶奶后面还有一男一女跟着，遂问道："熊少奶奶，这两位是你的朋友吗？"

"不是，我也不认识他们的。"

"对不起，我们很远地到来看房子，反正我们不是什么歹人，就给我们看看吧！"绿美见二房东听了这个熊少奶的话，瞪着那只三角眼，

59

好像对他们又要发脾气的样子，这就不等她开口，先含了笑容，忍气吞声地央求着说。

二房东阿姨见绿美晓保穿得很体面，一时倒发作不出来，但是她还咕噜着说道："倒不是为了什么歹人的缘故，因为这里的规矩，夜里就不看房子的。"

"什么规矩不规矩！他妈的！我吃这一项公事饭的人，倒不知道什么叫作规矩！你是不是二房东？你不给我看房子，我就到这儿调查调查，你们这幢房子里住了多少人哪！"

乔晓保倒还有这一手噱头，立刻把脸儿一沉，操了一口北方话，两手插在西裤袋内，显出十分凶恶的样子。熊少奶听了他这两句话，那是很明显的了，他是一定在捕房里办事的了。就凭他西裤袋内竖起两只手，还猜想着很可能是带了手枪。回头儿见阿姨的三角眼，此刻已少了一角，额角上的汗水像珍珠一般大地冒上来，几乎吓得有点魂飞魄散的样子。

熊少奶到底是个很机警的女人，当时便从中立刻打圆场笑盈盈地说道："你这位先生请不要光火，我们这位阿姨实在因为胆子小的缘故，所以在夜里不敢给人家看房子。现在你先生要看，那么就请到楼上去看看好了，先生，您贵姓啊？"

"唔，我姓王。"

"哦！王先生，请走好。"

熊少奶见乔晓保还是铁青了脸儿，很严正地回答，这就向阿姨丢了一个眼色，一面领导晓保走到楼上去了。绿美见了这一幕情景，觉得上海人都有点蜡烛脾气，一时忍不住暗暗好笑。大家到了客堂楼上，见里面四壁还算清洁，地方也很宽大，绿美瞧着颇为合意。这时阿姨还端上两杯茶来，而且又给晓保递过一支烟卷，晓保虽然不会吸烟，但这时也装作会吸烟的神气，把头一点，接了烟卷。阿姨还没有去拿自来火，旁边的熊少奶先献殷勤地摸出火柴来给他燃烟。晓保在灯光之下，见熊少奶是个二十五六岁的年纪，倒也生得一副媚人的脸儿，眉目之间透露着风流之情态，从可知她是个人家姨太太的身份，总而言之，并不是个稳重端庄的女子。她给晓保点着了烟卷之后，还飞给他一个媚眼儿，嫣然地一笑。

晓保的心头倒是别别地一跳，但他还竭力镇静着态度，向阿姨一本正经地问道："你是二房东吗？这间屋子要租多少钱一个月？"

阿姨被他这样一问，真不知叫她怎么回答才好。原来她要说却又说不出，不说吧，又觉得不是一个根本解决的办法。心里只管焦急，两颊是涨成了猪肝的颜色，额角上急得汗冒如露，大有啼笑不得之概。

晓保见她这个样子，心中虽然知道一点，但自己到底不是真正吃这碗公事饭的朋友，所以也不愿过分地仗势欺人，遂又说道："干什么呀，一句话儿都不回答我？没有关系，你要租多少钱一个月，你只管说出来。咱们吃公事饭的人顶讲道理，你要良心放得平一点，没有第二句话，我马上给你定下了。"

"王先生，二房东阿姨是个顶老实的人，她一见了陌生人，就一句话也说不出来。我听阿姨说过，因为有一个朋友已经问她要这一间房子，情愿出一千元挖费，五十元一月租金，我想王先生既然看得起来做这儿邻居，那好极了……"

熊少奶终算很会说几句话，把阿姨不敢说的话全都说了出来。晓保听了，暗想，这回子又得放一点手段出来不可了。遂把眼睛一瞪，沉着脸色，说道："什么叫作挖费呀？这挖费两个字怎么解释的？还有这儿两楼两底的大房钱每月多少钱？一间客堂楼要五十元一月租金，这是谁定的规矩呀？唔，你们这里一共住多少人家？"

"不多，一共八家，大房钱要一百多元，还得加房捐、自来水、电灯费，起码近两百元，所以客堂楼租五十元钱一月实在并不多。"

"并不多？你们做二房东是不是断子绝孙专门靠房子来赚钱过生活啊？这真是岂有此理！我老实跟你说，你这么地赚钱就好像是敲竹杠，难道你不晓得犯法吗？唔，我明天马上做报告书上去，叫你到行里去吃官司，以后才知道把你良心放平一点儿呢！"

乔晓保一面愤愤地说，一面向绿美丢了一个颜色，便预备要走的神气。这一下子，真把阿姨急得几乎要哭出来，遂上前一把去拉住了他的身子，在害怕而又慌张的成分中，还勉强地赔着笑脸，说道："王先生，你何必动气呢？有话大家好商量的。那么照你的意思，你预备出几个钱一月房钿啊？"

"王先生，我们年轻人做事情就要爽气，只要王先生说一句话，我们就没有不接受的。譬如我们多结交一个朋友，假使以后有什么为难的事情，还得请您多多地帮忙呢！"熊少奶也走了上去，含了满面妩媚的笑容，也向晓保代为说情。

晓保回过身子来，冷笑了一声，说道："我的意思，房租三十元，什么挖费不挖费？咱们不大懂的。你要挖费，那就是敲竹杠。敲竹杠是流氓的行为，在咱们吃公事饭的人儿是最犯忌的，你们知道了没有？"

"王先生，这挖费其实就是房间内的装修费，比方说，四壁粉刷油漆、电灯装置，不是都得花许多钱吗？王先生，你也是明亮人，一定知道二房东的苦楚。阿姨的身世很可怜，丈夫是早已死去了，又没一男半女，全靠这两幢房子过生活的。所以我说句公正话，不论多少，王先生终要给阿姨一点装修费，补贴补贴她，在你们譬如做做好事。王先生，不知道你肯给我买一点儿面子吗？"

乔晓保听熊少奶这样地代为讲交情，一时也乐得顺水推舟地放一点交情给她了，便点了点头，表示答应的意思，说道："既然这位大嫂说得那么可怜，我就补贴她一百元钱吧！"

"一百元？那可不行吧。"

"什么？不行？是你说的不行吗？你想明白一点儿，我给你一百元，这完全还是那位大嫂的面子。你要这么说，那很好，我就不要这房子了。"乔晓保听阿姨说不行，他的面孔又显得很不好看了，遂冷笑了一声，推了推绿美，表示宁可不租房子，回头给她颜色看的意思。

熊少奶到此又不得不拉住晓保，做好做歹地说情。绿美因为晓保这一记噱头已经做足了，万一二房东硬一硬，那么外面再去租房子恐怕还是要挖费的，这叫作东山老虎要吃人，西山老虎一样也要咬人的。所以遂插嘴说道："难为这位大嫂一再地讨面子，我也很爽快的，就加一百元，算二百元吧！"

"阿姨，我看就这样子吧。王先生和王师母都是很漂亮的人，你要再不肯的话，那倒显得太不解意了。好在我们大家交一个朋友，以后日子长，彼此帮忙的时候正多着呢！"

熊少奶听了，遂向阿姨眨眨眼睛劝告她。阿姨在无可奈何的情形之下，虽然并不说话，但似乎也只好委委屈屈地答应下来。这时绿美听熊少奶误会自己和晓保是两夫妻，芳心里真是好生羞涩，秋波向他斜飞了一眼，不料晓保望着自己，亦在微微地憨笑。在这笑的神态上看来，至少是包含了一点得意的成分。因此红了脸儿，也益发难为情起来。熊少奶和阿姨窃窃地私议了一会儿后，方才对晓保说道："王先生，阿姨答应了，那么就准定这样吧！"

"很好，很好！我把第一个月的房租先付给你，还有那装修费二百元钱明天搬进来的时候，照数付清就是了。"

乔晓保一面回答，一面在皮匣内取出三十元钱来，交给了阿姨。阿姨恐怕他明天搬进之后，两百元的钱要赖掉，所以这三十元钱真有点不敢接受。熊少奶也许懂得阿姨的意思，遂从中出个主意，说收了房租，应该写一张收据，凭凭信用。她在收据内注明装修费二百元还未付清的字样，说进屋后须照数付清。晓保看了收据，觉得这个女人不但识几个字，而且也很有点心计。因为自己已经占了便宜，明天两百元当然不会少她，遂把收据藏在身边了。临走的时候，阿姨又低低问道："明天搬进来除了王先生两夫妻之外，还有什么人吗？"

"不，我们还没有结过婚，这里暂时由我未婚妻她们姐妹两人居住的。"晓保和绿美被她问得哑口无言，一时真不知回答什么才好，幸亏晓保在一急之下，总算急出一点主意来回答。

阿姨"哦"了一声，心中虽然怨恨，但也放心了不少，你道为什么？原来阿姨在楼上后厢房还偷开一家燕子窝，这个熊少奶是她的老主顾，每天晚上来吸鸦片烟的。她不但供给人家抽大烟，而且还专门给人家拉皮条，所以进进出出的都是些风流姨太太和一般色情的浪荡子，不过这是私人开设的，所以非常秘密。就是来抽烟的人，也都是很有钱的。阿姨一听王先生不住这房子，那么自己的秘密，当然他也不大注意了。对于这一点，她总算还觉得一点儿安慰，遂和熊少奶把他们送出了大门。

在关上大门之后，越想越气，由不得杀千刀烂浮尸地大骂了一场，倒引得熊少奶咻咻地好笑起来了，阿姨恨恨地道："熊少奶，你太会幸灾乐祸了，我今天触了这么一个大霉头，损失了八百元钱，多么肉痛，比挖去了我一颗心还难过呢！谁知道你还高兴呢！"

"我笑你刚才吓得这个样儿，此刻又天不怕地不怕地大骂起来，这不是有趣吗？"

"你不知道，我别的倒不怕，单怕他假痴假呆调查起来，发现了我这个后厢房的秘密，那不是要我这条命了吗？说起来千不该，万不该，是登报的不该。否则，怎么会碰着这种赤佬。那不是引鬼上门吧！"

"好了，好了，也算你晦气，我看你这个月月底多花一点长锭吧！哦哟，我的呵欠又打起来了，快陪我到楼上抽烟去吧！"

熊少奶一面伸手按住小嘴儿上打呵欠，一面已向楼上走。这里阿姨满嘴里还叽里咕噜地骂着山门，也就匆匆地跟着熊少奶到楼上去了。

乔晓保和绿美在走出弄堂口的时候，方才忍不住哈哈地大笑起来。绿美逗给他一个娇嗔，一面笑，一面说道："乔先生，你刚才感叹着上海社会的黑暗，到处都是骗局，但是你自己，怎么此刻也来这一套呢？"

"你不知道，在这种黑心二房东的面前，摆点噱头，占点便宜，这是一点也不罪过的。其实我们并没有便宜甩卖，无缘无故付她二百元钱挖费，说起来还不是我们吃亏吗？照他们这样地猖獗起来，一般穷人永远没有住房子的资格，大家是只好睡在露天里了。唉！说起来还不叫人可恨吗？"乔晓保表示无限痛愤的样子，滔滔不绝地说，无非声明自己以毒制毒的意思，绝不是存了不良之心去欺压人的。

绿美听了，也觉得上海这地方都是欺善怕恶，假使不来这一套把戏的话，不要说房子租不成，连今夜看都不能看到呢。一时真有说不出的感慨，点点头儿，说道："你这话真说得是，现在这个时代，强权是公理，要如老实忠厚的话，恐怕连立足之地都没有了。不过话又得说回来，社会的不良，是需要人们去改造。人心的险恶，也应该用一种教育去感化。假使这样地欺骗下去，这究竟不是一种根本解决的办法，我真担忧着中国的社会将弄到不堪设想的地步。唉！"

"那你未免在效杞人之忧了，这问题太大了，未免还是少谈。要人心忠厚，除非把世界上的人全都剖开肚子，取出心肝心肺来洗涤一下，那么才会良善而忠厚呢！否则，世界永远是无理的，社会永远是黑暗的。"

绿美听他这样说，两人又连连地感叹了一会儿，这时晓保忽然又想起了一件什么事情般的，望了绿美一眼，微微地一笑。绿美觉得他这一笑，多少包含了一点神秘的作用，猛可也想到了刚才这一回事，她的颊儿上会浮现了一朵一朵玫瑰花瓣起来。晓保低低地说道："陶二小姐，刚才我对二房东说的末了这两句话，倒并不是存心占你的便宜，这是一种急中生智、无可奈何的应付办法，所以我现在应该向你道歉，一方面还得请你加以原谅。"

"……"

"为什么不回答我？陶二小姐，你难道心中生我的气吗？"

"不……我以为过去的事，还谈它做什么？"绿美这回子才抬起粉颊来，含了三分羞涩三分喜悦而带着四分娇嗔的秋波，斜瞟了他一眼，低低地回答。

晓保知道这是她怕难为情的意思，想不到这么一来，在无形之中倒促成了我们友谊上的增进，也许可以达到了情人的阶段。他的心里是不住地荡漾，像春风吹动水波一样，温情中带着甜蜜，他忍不住得意地笑起来了。过了一会儿，绿美忽然记得了，在她皮包内取出三十元钱来，交还给晓保。晓保却摇头说道："陶二小姐，你何必再还给我呢？我的意思，你们还得买一点家具，所以钱是越多越好的。我此刻和你再到北京路去买好几样实用的家具，明天叫他们搬到新屋里去，那不是省却许多麻烦吗？"

"也好，那么暂时算我问你借用的，等我明天有的时候归还你吧。"

"何必算得那么清楚？那倒显得太生疏一点了。"

"不是这么说，俗语说得好，亲兄弟，明算账，你说是不？"

绿美向他盈盈一笑，晓保这就不说什么了。两人坐车到北京路，在一家木器店里配一张床、一张梳妆台、一张桌子、四把椅子以及便桶等实用之物，先付了三成定洋，叫他们明天中午十二时车到青岛路斯文里十八号。

一切舒齐之后，晓保要送她回国际饭店。绿美说时候不早，不必送了。晓保说道："那么明天上午十时，我来陪你到保险公司去。"

"好的，一切有劳你费神，叫我真是感激，我们再见了。"

两人握了握手，方才匆匆分别。绿美坐车回到国际饭店，谁知姐姐倒在床上烂醉如泥，一时心中有些儿难过，倒忍不住怔怔地愕住了。

五、灯红酒绿萍水相逢成知己

红美当时急匆匆地走出来国际饭店，因为她胸口感到十分的闷沉，所以很需要找一些刺激，来麻醉她痛苦的心境。当下跳上车子，叫车夫拉到好莱坞舞厅门口停下。付了车资，遂急急地入内。侍者招待坐下，泡了一杯香茗。这时舞池里的热闹，使每个人的心灵都会忘记了忧愁和痛苦。爵士乐声的兴奋、伴舞姑娘的甜蜜，大家仿佛身入仙境，都不免笑意生春，大有飘飘然的样子。红美被了一种浓烈的感情所冲动，使她终于大胆地走到舞池里去，就在座位上那个舞娘面前站住，表示求舞的意思。那个舞娘遂站起来，和红美一同去跳舞了。

那舞娘是个二十四五岁的年纪，在舞国之中，对于这些花信年华的舞女，实在是不大吃香了。但是她们自己也很明白将要人老色衰不值钱了，所以她们不得不用另一种功夫来勾引舞客。这功夫就是迷汤，十个男子，倒有十一个是接受迷汤的。所以越是年龄较大的舞女，迷汤功夫也越好，为了生活的鞭策，在她们也可说是个不得已的办法。当时那舞女见红美也是一个女子，遂望了她一眼，一面跳舞，一面和她含笑搭讪着问道："你这位小姐贵姓？你的舞步跳得很好。"

"我姓陶，马马虎虎跳着玩玩，说不上什么好的。你这位小姐贵姓？"

"我姓林，名叫爱仙。陶小姐在什么地方办事？"

"在一家银行里做事情。林小姐，你做舞女有多少日子了？"红美不好意思说空闲着没有事情，遂低低地圆了一个谎。一面又向她随口地探问，在她心中也是想在这一条路上找一口饭吃。

林爱仙似乎很羡慕的样子，叹了一口气，说道："不瞒陶小姐说，我在舞海里浮沉是已经有九个年头儿了。因为没有高深的学问，因此只好像玩具似的供人搂抱玩弄，为了一口吃不饱的三餐淡饭。比不了陶小姐，在银行里做职员，那是多么高尚呢！"

"哦！有这么许多的日子了？那么为什么不早点儿嫁个丈夫呢？难道这几年来，连一个好点的客人都碰不到吗？"红美听爱仙这么说，一时心头有些儿隐隐地作痛。暗想，你哪儿知道我也是吃亏在没有高深学问的痛苦呢？因为自己也想步她的后尘，万不料她先对自己诉起苦来，那未免给予自己兜头一盆冷水，因此皱了眉尖儿，又怀疑地追问。

爱仙摇了摇头，表示一言难尽的意思。就在这时，音乐停止，红美便只好回座。第二次音乐又起，红美因为还要继续和她谈话，所以便又去和她跳舞。爱仙站起身子的时候，却向对面点点头儿，微微地一笑。红美连忙也回头去望，见一个西服少年快快地走开了。知道那少年也是来和爱仙跳的，大概被我捷足先得了，所以打了他一个回票。这就对爱仙低低地说道："对不起！打了你客人一个回票。"

"没有关系，你不也是我的客人吗？"爱仙倒很和气，并不介意的样子回答。

红美笑了一笑，望着她又继续问道："林小姐，我刚才问你的，你还没有回答我呀！是不是你都眼界很高，所以这几年来的舞客之中，就一个人都没有被你看上眼吗？"

"倒并不是为了这个缘故，唉！陶小姐，你该知道我们做舞女的人，被人家是当作玩具而已，这好像是公园里的花一样，游人在游园的时候，也无非欣赏着玩玩罢了。即使被人折了一枝，但也绝不会永远带在身边的。有的未出公园，便把花枝丢了；有的出了公园门口，也要把花枝丢了；就是有人把花枝带回家中去吧，放在花瓶里供养着，爱护着，但不到几天，也终是免不了被人抛弃到垃圾桶里去的。陶小姐，拿公园里的花枝，来比方我们做舞女的人，那是再贴切也没有的了。想你也是一个聪敏人，听了我以上这些话，大概也可以知道我们苦命的女子，从头至尾，恐怕一生一世就是苦命而已。"

爱仙说完了这一大篇的话，她心中有点悲感的思绪，大有凄然泪下的样子。红美听了，觉得她比方的正是再好也没有了。一个舞女在舞客的眼睛里看起来，就像公园里的花朵一样，谁肯跟舞女来谈真正的爱情呢，也不是玩过丢了，那算得了什么稀奇呢？想到这里，心中真有无限的同情，也忍不住叹了一口气，遂又低低问道："林小姐，那么你们每月的进益大概有多少呢？不知道还能维持个人的开销吗？"

"我们的进益是每月不同的，运道好，客人多，那么进益也很可观。假使运道不好，客人少，每夜吃汤团不算，还要贴车钿、脂粉费。有时候落了一场大雨，那就更糟了，晚上回家，叫车子，车夫大敲竹杠。不坐车子，浑身像个落汤鸡。那时候的痛苦，岂是笔墨所能形容其万一的呢？"

红美听她说到这里，好似真的要盈盈落下泪了，一时十分难过，待要安慰她几句的时候，音乐又停止了，于是只好各自回座。爱仙刚回到座位上，音乐之声又悠扬而起了，这是一节华尔兹的乐曲，爱仙抬头，见面前已站立了一个西服少年了。于是强颜含笑地站起身子，一面和他搂着到舞池中心去，一面温柔地叫道："乔先生，对不起！刚才打了你一个回票。你多早晚来的？这儿快半个月没有来玩了。我知道你们有了新爱，就把旧人抛置于脑后了是不是？"

"不，不。你不要冤枉我，我实在因为学校里功课太忙的缘故。"

这个姓乔的少年是谁？原来就是晓保的哥哥大保。大保比弟弟浮滑一点，所以时常出入于歌榭舞台。他和林爱仙的认识还在半年之前，因为爱仙的迷汤功夫甚好，而且同时也真的爱上了大保的小白脸，因此两人也曾经发生过肉体关系。但每一个人都是喜新嫌旧的，日子久了，大保对于爱仙自然也慢慢地淡然了。这就是爱仙比方她们像公园里的花枝一样，她在短短的几个月日子中，也好像是游人走出公园门口就把花枝丢弃了。

当时乔大保听她哀怨十分地说着，而且颊儿上真的沾了一点泪痕，于是便急急地向她否认着回答。爱仙听了，把小嘴儿一噘，逗给他一个娇嗔，说道："哼，我真不会来冤枉你，你也不必花言巧语地来骗我。前两天我在大光明戏院门口，看见你和一个女子挽手入内的，那你还不是有了新欢吗？"

"那么你既然看见了我，为什么不来招呼我呢？"

"我为什么要来撞破你的秘密，而使你心中讨厌我？那我就觉得太犯不着。因为我想得明白，我到底不是你的妻子，何必要严紧地管束你？"

"凭你这两句话，我心中就知道你当初看见我的时候，你的身旁一定也是挽了一个新欢，你老实地说，我可猜得对吗？"乔大保是个很聪敏的人，他想，爱仙要如一个人看见我的话，她一定要来招呼我，因为十个女子倒有九个是好妒的，她岂有这么地好人，会不来撞破我的秘密？于是望着她粉脸儿，笑嘻嘻地说。

爱仙想不到被他猜到心眼儿里去，一时倒愕住了。但她又显出伤心的神气，叹了一声，说道："我以为我跟客人在外面一同走，那是为了生活，而没有办法只好去敷衍人家的。所以这就是我们身为舞女的一种痛苦，假使你是明亮的话，那你一定会原谅我。倘然你把我讨了回去，我的生活有了着落，我当然天天可以陪伴在你的身边，怎么还会跟别人去游玩呢？"

"你这话虽然不错，但我是个求学时代的青年。第一，经济不能独立；第二，家庭还有父母，我若不经过父母的答应，我如何有能力来讨你回去呢？所以在这样情形之下，我们的关系，可说是以此为止，那实在也是没有办法的事情啊！"

"我以为你这些都是不负责任的话，当然，我们做舞女的，始终不过是一个舞女罢了，哪里有福气做人家正式的太太呢？这是我们生成的苦命，我所以倒也并不怨恨你的，因为我们和舞客之间的关系，说得明白一点，无非是色相和金钱的一种交易罢了。"

乔大保听她这样坦白地说，一时心里有点难过。不过事实上，我假使要讨一个舞女做妻子，不论是家庭里，是我本身的地位上，恐怕都有点不相配，因此呆呆地望着她粉脸儿，内心不免有点歉疚。

爱仙此刻却又洒脱地笑道："为什么呆呆地望着我出神？你难道以为我这几句话说得不对吗？"

"并不是说不对，我觉得你说得很对。嗳，爱仙，刚才和你跳舞的那个女子是什么人？是不是也做舞女的？"乔大保一面回答，一面忽然想起了这一个美丽的女子，一种好奇心使他又向她低低地问。

爱仙撇了撇嘴，冷笑了一声，说道："我瞧你这人又在不转好念头了，管她是谁，要你问她做什么呢？"

"我不过随便地问一声，不料你又多心了。"

"我真不会多心你，但是我倒要老老实实地告诉你，你不要把我们女子太看轻了，以为在舞厅里的女子个个都是做舞女的吗？哼，人家是个银行里的女职员呢，我劝你快死了这条心吧！"

"哦！原来还是银行里办事情的。"

两人说着话，音乐又停止了。乔大保回到座桌旁，心里不由暗暗地思忖，像银行里办事的那个女子，假使和我配成一对的话，那方才相称呢！不料正在这时，只见爱仙匆匆地走过来，向大保低低地说道："乔先生，很对不起你，一个客人买票带我到外面去游玩，我不好意思拒绝人家，所以只好答应了。今天不能奉陪你，你心里生气吗？"

"我生什么气？这是你们为了生活问题，我既不能讨你做妻子，我当然不能束缚你的自由，你只管去吧！"乔大保装出毫不介意的样子，向她微笑着回答。

在爱仙的心中，还认为大保说这几句话，至少是包含了一点酸素的作用，这就显出娇媚的意态，秋波斜乜了他一眼，柔情蜜意地说道："乔先生，那么你明天夜里到这儿来游玩好不好？"

"好的，好的，我明天一定也带你出去游玩。"

"闲话一句，你不要做黄牛，那么我们明天晚上见。"爱仙似乎十分欢喜的神气，把他手儿紧紧地握了一阵，便自管匆匆地走了。

71

这里乔大保向对面望了过去，只见和爱仙跳舞的那个女子，呆呆地还坐在那里。而且手托香腮，好像还在想什么心事的样子。一时心中暗想，我用什么方法去和她搭讪呢？因为她的座桌旁只有一个人，那不是一个绝好的去和她认识的机会吗？一面想，一面便情不自禁地把身子向她桌子旁走了过去，刚走近她桌子面前，忽然见她取出烟卷来点火吸烟。大保触动灵机，立刻也摸出烟盒子来，取了烟卷，向她弯了弯腰，说道："对不起，让我讨一个火。"

红美刚把自己的烟卷点着，就听有人这么说，于是抬头望了他一眼。一见是个很俊美的少年，芳心中倒是怦然一动。因为手里拿的火柴梗子还没有熄灭，所以把手儿提高了一点，还亲自给他燃火。大保吸着了烟卷，心中真有些儿受宠若惊，便含了满面的笑容，低低地说道："谢谢你，谢谢你！你这位小姐，我好像在什么地方看见过了？哦！是了，你好像在一家银行里办事对不对？请教贵姓？"

"唔！是的，我也好像有点面熟，敝姓陶，您贵姓？"红美听他这样说，又向他仔细地一望，这才认出他就是刚才和爱仙跳舞打回票的少年。猛可想到自己曾经对爱仙告诉在银行里办事的话，这就觉得他来讨火的举动，无非借此可以和自己搭讪的意思。不过自己到舞厅来的目的，一方面是找点刺激，一方面也想结交几个朋友。因为在这举目无亲的上海，倘若一个朋友都没有，万一有什么急难的话，不是喊爹不应、呼娘不理了吗？红美在这样盘算之下，便将错就错地答应一声是的，同时也故作面熟的神气，低低地问他姓名。

大保见她对自己并无憎嫌的表示，这就乐得什么似的，便大着胆子在她沙发旁坐了下来，笑着说道："原来陶小姐也有一点认识我，这就对了，有时候我到银行去取款的日子，也许我们是已经见过面了。敝姓乔，是乔国老的乔。"

"哦！乔先生，你的大号是……"红美听他这样胡扯地回答，一时真觉得他有些儿好笑。不过听他说是姓乔，心中倒又暗暗地表示奇怪。为什么我们遇见的人都是姓乔？难道这个少年就是晓保的哥哥吗？于是

72

又急急地问他名字。

大保连忙告诉道："小名很粗俗，叫作大保。"

"大保？大小大，保护保，对不对？"这是出乎红美意料的，想不到这位乔先生真的是晓保的哥哥。她有些惊喜的样子，望着他低低地问。

大保似乎也有点奇怪，点点头儿，笑道："陶小姐，你怎么知道得这样仔细呀？"

"这算不得仔细，而且我还知道你在圣乔司大学里读书，是不是？"

"啊呀！这可奇怪了！你难道真认识我？哦，哦，我明白了，是林爱仙告诉你的对不？"大保啊呀了一声，在满腹寻思之下，他猛可地想过来了。因为陶小姐也是爱仙的舞客，说不定两人在无意中谈起我的。大保以为自己这猜测有点不错，遂又连连地哦了两声回答。

但红美却摇了摇头，笑道："不是的，我和林爱仙无缘无故怎么会谈起你的事情来呢？"

"既然不是爱仙告诉你的，你又怎么会知道我在圣乔司大学读书呢？那不是叫人太奇怪了吗？"

"其实这算不得奇怪，更奇怪的事情还有呢！我知道你家里一共只有四个人，爸爸、妈妈、你和弟弟两人。你爸爸叫乔伯乐，他是东华银行的经理。你弟弟叫乔晓保，也是圣乔司大学读书的，比你低一班。我会看相，从你这脸部上看来，我就什么都全知道了。你不要奇怪呀！我说的可曾错了没有？"红美絮絮地说到这里，因为大保的神情由惊奇而转变成木然地呆住了。她忍不住感到有趣，这就咭咭地笑起来了。

大保在愕住了一会儿之后，忽然他又想到了什么似的，笑嘻嘻地说道："陶小姐，任你怎么会看相，也没有看得这样准确的。其实你这些技巧，我全都明白，你也瞒不了我呀！"

"你明白什么呢？"

"我明白你并非真的会看相，无非是你在我爸爸的行里做女职员罢了。所以我家的情形，你会知道得这么详细，我猜测得可是吗？"

73

红美听他这样说，觉得大保倒也是个聪敏的人，他居然也会想到这一层关系上去，那也亏他的了。不过他虽然会猜，哪里猜得到其中这些曲折奥妙呢？于是摇了摇头，秋波斜乜了他一眼，妩媚地笑了起来，说道："你猜错了，我根本不是东华银行里做职员的。"

　　"我不相信，你一定骗我，那么你如何会知道我家的情形？难道你真会看相不成？"

　　大保听她否认在东华银行里做职员，一时奇怪得更有点糊涂起来了。红美却并不回答什么，只管望着他哧哧地媚笑，大保蹙了眉尖儿，忽然又说道："哦！我猜到了，你和我弟弟是朋友，对不对？"

　　"不对，我有一个朋友，和你弟弟是同学，是他告诉我的。"

　　红美听他慢慢地猜得接近起来了，因为不愿意他们兄弟两人去接头，所以她不得不又圆了一个谎。她怕晓保把实情告诉了他，那么自己在银行里办事的谎话，岂不是又要拆穿了吗？为了这样，在她当然也有不得已的苦衷。大保听了，也不必再去加以研究，遂点头问道："陶小姐，那么我也得请教你大名叫什么、府上住哪里，老太爷老太太都健在吗？"

　　"我的贱名叫秀琴，舍间有爸爸和妈，还有哥哥嫂嫂、弟弟妹妹，一共有十多个人。"

　　"那么是一个大家庭呀！比我家要热闹得多了。陶小姐，你府上住哪儿还没有告诉我呀！"

　　"对不起！恕我不能告诉你。"

　　"那为什么？是不是我还够不上资格和你交一个朋友？"

　　"不！这是你太客气，因为我心中自有我的苦衷，请乔先生原谅！"

　　"你有什么苦衷呢？能否告诉给我听听？"

　　"因为我家庭是很旧式的，而且嫂嫂和我感情又不大好，对于我在外面银行里办事，她已经说我名义上在办事，实际上是交男朋友的丑话。假使给她真的知道了有你这么一个男朋友，那么她的闲话一定是更多了。"

红美在种种困难的情形之下，她不得不全部地构成了一个谎话。不过她内心是感到一种羞惭，使她粉脸儿会涨得喝过了酒一般地通红。而且在说这几句话的时候，她的脸部又竭力显出郁郁不欢的表情，大有凄凉的样子。大保当然信以为真，一时十二分地同情，显出代为愤愤不平的神气，说道："在这个二十世纪的时代里，一个女子在社会上办事，那是最正大光明的，就说有几个男朋友，那也算不得什么稀奇呀！我想你这位嫂嫂一定是个没有知识的女子，所以才这么地妒忌呢！"

　　"可不是！所以我为了怕被她多嘴起见，对于外面的朋友之间，暂时把舍间的地址保守秘密。这是我的苦衷，乔先生一定会原谅我。"

　　"那么陶小姐到底在什么银行里办事呢？那终该可以告诉我呀！"

　　"这个，请乔先生最好也不必问起……"红美已经挨过了一个难关，想不到又会来一个难关，一时她真觉得回答不出什么话来才好，红了脸儿，大有支支吾吾的神气。

　　大保对于她这一点也不肯实说，心中似乎开始有了一点怀疑，遂皱了眉毛儿，低低地问道："这又是为了什么缘故呢？那叫我倒有点奇怪起来了。"

　　"哼，这又有什么奇怪？我以为乔先生太爱多事，我和你不过萍水相逢，要问得这么清楚，那还不到这个时候呢。"

　　红美在乌圆眸珠一转之下，她到底有了一个主意，遂冷冷地一笑，大有生气的表示。大保听了，方才知道她是因为我们还只萍水之交，所以不肯和我倾心相吐的意思。换句话说，自己还不够资格去和她交朋友，一时颇为闷闷不乐，遂呆呆地坐了一会儿，并不作声。红美当然看出他很不快乐的神情，遂微微地一笑，又搭讪着问道："乔先生，今夜你是一个人来游玩吗？"

　　"唔，是的。陶小姐，我们去舞一次好不好？"

　　大保听她又笑盈盈地向自己说话，这就觉得一个女子对一个男子的若即若离，这也许正是她们故意假惺惺作态的一种手段。常言道：只要功夫深，铁条磨成针。那么我又何必在此刻急急地要向她详细追问呢？

一面想，一面便用另一种方式，站起来向她求舞。这当然也是一种增进友谊的办法。

红美听了，并不拒绝，遂笑盈盈地点点头，和他携手一同到舞池里去了。在舞池里，大保跳舞的姿势，是显得分外温文大方，红美的芳心里似乎也感到特别的兴奋和欢喜，所以大保的态度越大方，她却偎着大保的怀里，越加显出亲热的样子。大保见她粉脸儿几乎要偎贴到自己的颊旁来，一阵阵的细香，只管在鼻子管里盘旋，他真有些神魂颠倒的。觉得今夜的艳遇，可说是生命史上最快乐的一页了。

两人舞罢归座，大保望着她的粉脸，得意地笑了一笑，说道："陶小姐，你的舞步跳得好极了！"

"不见得，也许是你故意地捧我，我觉得你的舞也跳得不坏，从这一点子猜想，你跑舞场的历史也相当悠久了吧！"

"唔！已经有三年多了，不过也并不常常跳，无非逢场作戏罢了。"

"逢场作戏？你骗谁？我觉得你把跳舞是作为夜里的功课吧！"红美撇了撇嘴，俏皮地回答。

大保的脸儿，有些红晕起来，至少是包含了一点羞愧的成分，憨笑着不答。过了一会儿，才低低地说道："一个青年在到了相当的年龄，似乎很需要有个异性的慰藉，所以我跑舞厅，完全是我内心的一种苦闷。然而和舞女谈爱情，是越谈越痛苦的。假使我有了一个像陶小姐那么的女朋友，那我敢发誓，可以绝迹舞场，不再作灯红酒绿之沉迷。"

"我觉得你这话未免几乎迷汤，可惜我不是一个三岁的小孩子，否则，我一定可以相信你对我有这一分的诚恳。"

大保被她冷讥热嘲这么一讽刺，他额角上的汗点都冒了上来，遂急得指天点地地说道："陶小姐，我对你说的完全是真心真意的话，假使我对你有半句花言巧语的作用，那我一定不得好死的！"

"啊呀！你这又何苦来呢？偏要这么地说死说活，那可不是笑话？其实像你这么一个大学生，玩弄几个舞女，那也算不得什么稀奇的事，对不对？"

大保听她这样说，好像已经知道了自己和爱仙发生关系似的，所以他那颗心儿，是别别地乱跳着，呆呆地除了傻笑之外，却再也回答不出什么话来了。过了一会儿，才说道："陶小姐，在过去，我是在歧途上徘徊，所以昏昏沉沉地好像在沙漠之中迷了路。但是现在我遇见了陶小姐，我好像在迷途中遇到了一盏明灯。只要明灯肯永远地照着我，我一定会走入光明的大道。但我还不知道自己有没有这个福气，可以永远地得到明灯的照耀呢？"

　　"乔先生，只怕你失了眼吧！你认为这是一盏明灯，然而等你到了理想与事实相反的时候，也许你会感到失望和痛苦。"

　　"不！不！绝对不会，我自信我的眼力还不会错。陶小姐，我坦白地跟你说吧！我见到了你之后，我的心中已对你有了爱的成分。假使承蒙你不弃的话，我一定把我全部的生命都交到你的手里。"

　　红美想不到他竟对自己用求爱的方式，而说出了这几句话，一时感到大保的痴心，真不亚于他的弟弟，两人可说是难兄难弟，一时倒忍不住暗暗地好笑。不过在交际场中的男子，他对我会一见倾心，那么对别人自然也会一见钟情。所以在没有经过相当的时间，我自然也不能轻易地信任他，这是所谓热情愈燃炽得快，明天也会愈熄灭得快的。红美在这样考虑之下，她便淡淡地一笑，又说道："乔先生，我觉得你对我这一番热情未免是近乎盲目吧！因为我和你到底还只是第一次见面，彼此的性情脾气都还不大明了，你怎么就能肯定我是你一盏明灯呢？我觉得你实在太会多情了，这叫我心中有点不敢接受，假使你认为我这女子还算不错的话，那么我们也只有初步地先结交一个朋友，看将来彼此有没有诚意。常言道，君子之交淡如水，所以我不希望我们两人的感情突然地会增加到沸点之上，因为这种情形不是正常的现象。一件事情，假使到了不正常的时候，那么结局终是糟得一塌糊涂的。乔先生，你是一个聪敏的人，听了我这些话，大概一定也不会以为不然吧！"

　　"陶小姐，听了你这几句话，使我顿开茅塞。不错，结交朋友，不管是同性是异性，都应该从久长的日子中看出好坏来。所以我对你求爱的举动，确实是太幼稚得可怜了。不过从这一点，也可见我对你痴心是到这一份儿的程度。陶小姐，现在既然承蒙你答应我和你交一个朋友，我的心中已经是够满足了。不过彼此既成了朋友，那似乎应该有个通信的地址。否则，今夜分手之后，我又到什么地方来找你好呢？"乔大保细细地体念她这一篇话，觉得她说得实在非常有见识，因此内心更加敬佩得五体投地。一面连连地点头，一面却又皱了眉毛儿，表示他内心这一分忧愁的样子。

红美听他这样说，倒忍不住抿嘴笑了。想了一会儿，方才说道："我倒有一个好主意了，乔先生可以留给我一个通信的地址。那么有什么事情的时候，我不是可以来约会你吗？"

"唔！这倒也是一个办法，那么我就写一个地址给你吧。"

乔大保点点头儿，遂在袋内摸出日记簿来，撕下一页，拿自来水笔写了几行字儿，交到她的手里。红美接过一看，只见上面写的是：吕班路三百六十五号舍间地址，电话二〇七八九。遂把它藏入皮包内，微微地笑道："很好，你家里有着电话，那就更便当了。假使我要约你的话，可以打电话给你的。"

"你打电话给我的时间，最好在上午九点之前。因为那时候我还没有上学校里去，大概终可以接得到，否则，你就打到学校里来，电话号码是一九八九二，这是有要紧的事情，不然，那还是留着在早晨打到我家里来。因为我学校里这个教务主任很凶恶，不许我们学生在外面交女朋友的。"

红美听他后面又这么地补充了两句，表示很怨恨的样子，这就忍不住笑起来了，点了点头，很俏皮地说道："你学校里这位教务主任很有意思，我倒表示非常地赞成。不过所可惜的，任他管束得这么严紧，可是一般学生们在外面照旧地逛舞厅、交女朋友，假使被他这位老师知道了，岂不是要大为痛心了吗？"

"不过我们到底不是三岁两岁的小学生，只要学业不荒废，对于外面的交女朋友，这也不能算是完全的荒唐。比方说，我今夜认识了你这么一个女朋友，我觉得这是我生命中最感兴奋的一回事情，难道能说我的不好吗？"

"你这话说得不错，一个大学生只要不荒废学业，交女朋友也不能算是一件罪恶的事。不过事实是这样的，你一有了女朋友，就会分开了你求学的心思。所以真不知有多少的大学生，因沉醉在酒色之中而消沉了志气、堕落了前途的。这我觉得非常可惜，所以你要和我交朋友，非得约法三章不可。"

乔大保听红美说出了这几句话，那是几年来在女人的口里所从没有听到过的，一时觉得她真不愧是个时代的女性，不免肃然起敬。遂急急地问道："你要约法三章，那我是无不遵命。你说吧，哪三章呢？"

"第一，你以后不许再跑舞场。"

"这我依得到，没有问题。"

"第二，我们每星期日见面一次，平日不要多见。"

"这也办得到，其实每天见面反而觉得无话可说，所以你这意思我也表示赞成。"

"第三，你要用功读书，每学期考试，至少要在三名以前，那么我做了你的女朋友，也不会被人家说你是因了有女朋友而荒废了学业了。这三件事情你倘然办得到，那么我们就不妨交一个朋友。否则，我决不愿担当女人是祸水的罪名。"

"好的，好的，你这三个条件，我统统都可以做得到。啊，我的天哪！这一盏明灯果然是渐渐地显露光明了。假使你不是一盏明灯的话，那你怎么会对我说出这几句话来呢？我今天真的太高兴了！陶小姐，从今以后，我是可以得到新生的气息了。"

乔大保也许是乐而忘形的缘故，他猛可地握住了红美的手儿，忍不住紧紧地摇撼了一阵。红美被他这么地颂赞着，一颗芳心，自然也得意万分，拉开了小嘴儿，笑得合不拢来了。过了一会儿，大保忽然又低低地声明道："不过我有一句话，需要说明的，就是我每星期和你见面的时候，少不得要到舞场里去坐一会儿，这应该是例外的，你说对不？"

"那是所谓逢场作戏，我并不表示反对。但你一个人终不能踏进舞厅的大门，假使被我知道了的话，那我马上得和你绝交。"

"一定，一定！陶小姐，我们此刻到外面去吃点点心好吗？其实我对于跳舞，根本也没有什么特别的兴趣。"

红美见他十分有诚意，一时不忍推却，遂点头答应。大保早已叫侍者过来，付了茶账。并说对面十四号台子上的茶账，也一同付去了。红美要买舞票，大保问道："你买舞票给谁？"

"我给你相好林爱仙啊。"

"别取笑我，爱仙已跟客人出去了，你舞票可以不用买了。"乔大保红了脸儿，向她低低地回答。

红美于是披上大衣，跟着大保一同走出舞厅去。在人行道上走了一截路，弯进了杏花村的小吃部，两人拣了一个座位坐下。侍者泡上了茶，拿上点心单子。大保向红美望了一眼，微微地笑道："我们点两个菜，喝一点儿酒好不好？点心你爱吃面还是春卷？"

"随便吃点儿什么，你点什么就吃什么好了。"红美很温情地回答。

大保遂点了一盆白鸡、一盆呛虾、一斤花雕、两碗虾仁肉丝面。侍者答应下去，这里大保摸出烟盒子来，递过一支烟卷给红美。红美一面给他划火柴，一面暗暗地细想。因为刚才在舞厅里，灯光是十分的暗淡，所以也没有仔细地看他。现在在日光灯明亮照映之下，觉得大保的脸儿以及一切的举动，真是太像自己的祖贻了。因此一颗芳心，在无限感触之余，把他也起了一点真心的爱意。大保见她两道秋波，脉脉含情地呆望着自己出神，这就忍不住微微地笑道："陶小姐，为什么呆呆地望着我？好像在想什么心事的样子。"

"我在想人生何处不相逢，今夜偶然地玩一次舞厅，想不到就和你认识成了朋友，而且是很不平常的朋友，那不是奇怪吗？"

"可不是，这叫作有缘千里来相会，无缘对面不相识。大概我和陶小姐三生石上有缘，故而谈得情投意合。我觉得我此后的生命中是不能再缺少陶小姐的了，假使没有了陶小姐，那就好比缺少我一魄魂灵了。"

红美听他这样说，觉得其痴可知，想起了祖贻，倒反而感伤了一回子。这时酒菜端上，红美因为心中感触，不免酒落愁肠愁加愁。所以不多一会儿，两颊绯红，大有醉意。大保不敢多劝她喝酒，遂叫侍者拿上面来，两人就匆匆地吃面。红美只吃了半碗面就不吃了。大保见她好像要盈盈泪下的样子，恐怕她酒后想起了家庭的不如意，所以伤心，便一面劝慰她几句，一面付了账单，说送她回家。红美在走出杏花村小吃部的时候，被一阵夜风的吹送，脑子似乎清醒了一点，遂和他握手道别，跳上人力车，匆匆地走了。大保在人力车拉远的时候，才想到了忘记问她什么日子再相会，一时懊悔不及，也只好怏怏地回去。红美回到国际饭店，经过车子上一阵颠簸，此刻更加头晕眼花。她脱了大衣，丢了皮包，也不管妹妹到哪里去了，便倒向床上，呜呜咽咽地哭泣了一会儿，便昏昏迷迷地睡去了。

六、月白风清飘零身世感时泪

　　绿美回到国际饭店，只见姐姐躺在床上，衣服也没脱去，连鞋子也还在脚上，就这样地睡熟着，遂伸手向她推了一推。俯身去低唤她的时候，有股子浓烈的酒味冲上了鼻子管来。显然，姐姐因为心中烦闷，所以在外面喝醉了酒。此刻单凭绿美当然是不会醒转的，所以绿美只好把她皮鞋脱了，又把她旗袍脱了，然后把身子扔进被窝里去。经过这一阵子忙碌，在绿美已经是花费了很大的气力，所以坐在沙发上休息了一会儿。想着姐姐这样地糟蹋自己的身子，虽然在这样恶劣的环境之下，这也是免不得有这一种找寻刺激的举动。不过仔细想来，那当然是不应该的事情，因为环境愈恶劣，是需要抱着奋斗的精神去应付的，终要把恶劣的环境屈服在我们的努力之下，使它感到失却了一种威胁的压力。那么我们愈消极，这给予环境也更加地施虐来压迫我们了。绿美呆呆地想到这里，觉得非把姐姐好好儿地劝慰一番不可。否则，姐姐的前途那是太危险的了。想了一会儿，一看手表时已十一点三刻，这就站起身子，伸手打了一个呵欠，方才脱衣安寝了。

　　第二天醒来，时已九点相近，绿美发觉姐姐在一阵阵地咳嗽，知道姐姐也已醒了。她便从床上靠起身子，披了衣服，望着脚后一头的姐姐，低低地问道："姐姐，你昨天晚上又在哪儿喝醉了酒呀？我回来见你衣服也不脱，就这样地躺在床上。要如受了凉，那就得不舒服了。"

　　"我心里烦闷得很，所以我要用酒来麻醉自己的知觉，这样可以减少许多的痛苦！唉！可是酒的力量到底是有限制的，它只能麻醉我一时之间，假使昨夜能够使我醉得永远不醒回来的话，这是多么好呢！"红美因为昨晚醉了酒，使她今天反而感觉得有些儿头痛。所以蹙了眉尖儿，很消极地回答，忍不住又深长地叹了一口气。

绿美觉得这该是自己开口劝告的时候了，于是摇了摇头，表示大不以为然的样子，一本正经地说道："姐姐，我以为你这几句话完全错了，假使你要这样地消极，不图挣扎，不求生存，那么你这次到上海来可说是一无目的。你应该要弄清楚我们为什么要离开故乡而到上海来。当然，我们到上海来找一条出路，预备求生存，在世界上做一个有意义的人。那么四周环境虽恶，我们的壮志不可衰，我们的勇气不可馁。假使你要糊里糊涂毁灭自己的身体，那又何必老远地从故乡经过千山万水而到上海来丢脸来自毁呢？姐姐，我是一片金玉之言，你千万不要以为我做妹妹的老气横秋，你应该深深地加以考虑才好。"

"妹妹，你这话虽然说得不错，但是，上海又何尝是我们理想中那么美满的好地方呢？它外表的繁华，终究掩不住它内部的空虚。只要看到一面是高楼大厦，一面是满街小乞，那就可知上海并非完全是天堂，在天堂的旁边还有不少的地狱。唉！满地的除了荆棘、陷阱，使人堕落、使人沉迷之外，哪一条是光明的道路呢？我觉得与其是到处碰壁，受挫折、受痛苦、受压迫地慢性而死，那还是痛痛快快地早点死了来得干净。"

红美被妹妹这一番劝告，虽然也觉得自己太自暴自弃了，不过她想到流浪在这举目无亲的上海，找寻职业是你的困难，就是牺牲色相去做舞女吧。然而听了林爱仙的话，也可见她们外表的欢乐，是更衬她们内心的悲酸和痛苦。在左思右想之下，她的思绪还是趋向于消极，忍不住凄然掉下泪来。

绿美听了，也觉十分难过，但她还是很认真地劝告道："姐姐，你以为在上海这个都会里，是只有罪恶之门，而没有光明之路，其实这也是你眼光浅近的缘故。要知道罪恶之门和光明之路在都市里同样地等着我们去走，只不过光明之路是躲藏在角落里，假使不用一点气力和精神去找寻的话，那当然是很难发现的。至于罪恶之门呢，它是各处都布满着，而且在门上还张满了灯红酒绿、五光十色，令人感到暂时欢乐的兴奋。所以这不但是使人们易于找寻，而且是还乐于接近。那么总而言之，还是要看各人的意志和理智是否能有克服环境的力量了。姐姐，人生本来是苦味的，但从苦味之中能够找到甜蜜，这和从甜蜜里而得到痛苦是一样的道理。姐姐，妹妹已经和你说得这样明白了，你大概终可以理会过来一点了吧！"

"是的，你的话说得太透彻了，我怎么还会不知道呢？然而姐姐可比不了你啊！你是一个年轻的姑娘啊，学问又这么好，眼前纵然是吃苦，但凭你奋斗的精神将来终可以达上光明之路。看看你苦命的姐姐吧，纵然费尽九牛二虎之力，恐怕也找不到这一条光明的道路了。"

红美不是一个呆笨的女子，她对于妹妹这些话又何尝不明白呢？但自己是个死了丈夫的女子，这和妹妹还是一个小姑娘的心理，所抱的思想、所怀的希望，当然是大不相同的了。所以她用了凄婉的口吻，低低地说完了这两句话，眼泪便又扑簌簌地直滚下来了。绿美被姐姐一哭，眼皮儿也有点红润，遂哽咽着说道："姐姐，你何必还说这些话呢？我和你姐妹两人，患难与共，难道还分什么你我吗？我有光明之路，也就是姐姐有光明之路；我有幸福的一日，也就是姐姐有幸福的一日。你难道还怕我有了好日子就把相依为命的姐姐抛弃于脑后吗？要如这样的话，那我还能算是一个人了吗？姐姐，我劝你千万不要再做无谓的考虑吧！你应该保重你的身子要紧。"绿美说完了这两句话，她一颗善感的芳心里是被手足之情感动得太过分了。因此一阵悲酸，泪水也夺眶而出。不过她到底还是一个童心未泯的姑娘，一骨碌爬了过来，钻进姐姐那一头的被窝里，抱着姐姐的身子，表示亲热不愿分离的样子。

红美见妹妹这个模样，一时在空虚的心灵里多少也得到了一点暖意的安慰。吻着她的粉脸，也由不得破涕笑起来了。过了一会儿，方才低低地又问道："妹妹，昨晚你到哪里去的？我回来的时候，你也没有在房中啊！"

"姐姐，我还没有告诉你一个好消息呢！我的职业已经成功了，而且连我们永久住的房子也都找到了。从此以后，我们虽然是寄居在歇浦，但我们也有一株之栖了，大概不至于再受到飘零之苦了吧。"绿美被姐姐这么一提，方才含了笑容，絮絮地告诉她这些进行顺利的事情。

红美听了，心里也很欢喜，遂急问她详细的经过。绿美于是又把乔晓保到来找自己，报告介绍成功，并一同出外找寻房子的话，向她仔仔细细地诉说了一遍。红美听了，这才明白了，遂推了推她的身子，笑道："啊呀！乔先生既然十点钟要来陪你到保险公司里去，那你为什么还赖在床上不想起来呢？你瞧瞧表吧，不是已经九点多了吗？"

"我本来就早起来了，还不是为了你吗？"

姐妹两人一面笑着说话，一面遂匆匆地起身。大家漱洗完毕，叫侍者进来，去账房间里结清了账单，付清了房饭金，又匆匆地整理了皮箱。就在这时候，乔晓保便到来了，一面她们都已预备舒齐，遂笑着说道："你们都整理舒齐了吗？此刻九点半，时候还早，我们再商量商量，因为北京路买好的家具要在中午十二点才可以送到，大姐此刻太早到斯文里也没有什么事情。我的意思，大姐等在这儿，等我陪了二小姐到保险公司去接洽回来，大家一同再到新屋里去。大姐，你看好不好？"

"你这意思很好，那么我就在这里等着你们吧。不过你们在十一点左右应该要回来了，因为我们把房金的账目都已结清了呢！"红美听他改叫自己为大姐了，又这样热心地代她们出力做事，当然知道他无非是为了爱上妹妹的意思，所以十分欢喜，便点了点头，含笑回答。晓保连说一定一定，当时便和绿美匆匆地坐车到他舅父的国华保险公司里去了。

在途中，晓保望着绿美的粉脸，微微地笑着。绿美觉得他这笑的神情至少包含了一点神秘的作用，这就娇羞地逗了他一瞥媚眼，低低地问道："乔先生，你为什么这样好笑？"

"我笑你们真睡得香甜，九点钟快敲了，还不醒来。"

"啊！你……难道……早已到来过了吗？"

"唔，我想到你那里来吃早点心，谁知道你们姐妹两人睡得甜甜蜜蜜的，所以我只好到外面去吃了点心再来的。这回子你们要如再不起身的话，我可不管什么把你们的被儿非揭开了吵醒你们不可了。"乔晓保说到这里，忍不住顽皮地笑起来。

绿美红了脸儿，在逗了他一个娇嗔之后，立刻又显出很抱歉的态度，低低地说道："这样说来，那我们真不好意思了。其实你已经叫侍者开了门进来，那你不是可以把我们叫醒吗？那你也未免太老实一点了。"

"咦！我说要吵醒你，你刚才给我白眼看，怎么此刻又叫我叫醒你了呢？"

"我只叫你把我们喊醒，可是并没有叫你把我们被儿揭开呀！你这人贼秃嘻嘻的真不是个好东西。"

绿美听他这么说，遂又白了他一眼，但嘴角旁终掩不住露出一丝笑容来。晓保哧的一声，也得意地笑了。过了一会儿，绿美想到了什么似的，瞟了他一眼，又低低地问道："乔先生，你今天叫我姐姐为大姐了，但是叫我却二小姐，我问你这是一笔什么账呀？"

"我想叫大家比较亲热一点，怎么啦？难道不可以叫吗？"

"那么你是不是爱上我姐姐了？"

"哈哈，你这话……我明白了，一定你心中吃醋了是不是？"晓保忍不住笑了一声哈哈，他不肯错过这个机会地向她取笑着说。

绿美听了，红了粉颊，真有些儿难为情，遂呸了他一口，恨恨地说道："瞧你这人越说越不对了，你再胡说八道，我可恼了。"

"谁叫你来取笑我的呢？你说我爱上你的姐姐，那叫我听了，难道我就不要恼吗？"

"你说比较亲热一点，这可是你自己说的吧。"

"我说比较亲热一点，原是拍拍她马屁的意思。"

绿美听他这样说，一时倒有些不明白他这是什么意思，遂凝眸含矍地瞅住了他脸儿，蹙了眉尖儿，低低地问道："我不懂，你为什么又要拍我姐姐的马屁呢？难道你有什么事情要求靠我姐姐帮助你吗？"

"这还用说吗？你上无父母，又无叔伯，姐姐就好像是你的长辈一样。假使我要想和你结成一对，不是第一要拍你姐姐的马屁吗？那么你姐姐一定也会赞成你和我结为伴侣了，你说是不是？"

晓保这才厚着脸皮儿，向她笑嘻嘻地说出了这几句话。绿美听了，真是又喜又羞，嗯了一声，表示撒娇不依的样子，白了他一眼之后，却又赧赧然地垂下头儿来了。晓保却显出无限得意的样子，又低低地说道："二小姐，为什么不回答我？难道我说得不对吗？"

"你叫我姐姐为大姐，那么你也应该叫我二姐呀！"

"你想做二姐，那恐怕没有资格，要做也只好做我的二妹。"

"不要。"

"那么我叫你一声名字吧！叫名字最普通，朋友知己的大家叫名字，同学之间也叫名字，夫妇之间叫名字的也很多……"

"喏，喏！看你这人说到末了还是转不出好的念头来。"绿美妩媚地白了他一眼，两人都忍不住笑起来了。

电车到北京路外滩停下，晓保和绿美遂匆匆地跳下车站。转入二马路，见一个大楼，门口有商号的名牌，国华保险公司当然也列入在里面。晓保遂带了绿美，乘电梯到四楼，找到四百十六号门口，推门入内。见里面共有三间，一间的玻璃门上写了经理室三字。茶房见了晓保，上前问他们找谁。晓保说明了，茶房便入内通报。不多一会儿，便来请他们进去。

晓保和绿美遂走进经理室，只见舅父高瘦鸥坐在写字台旁吸雪茄。遂上前叫了一声，一面给他们介绍了。绿美见他穿了灰色华达呢的长袍，戴了一副金丝边的眼镜，人中上还留了一小撮的胡须，一望而知是个很严肃的长者。这就躬而敬之地向他深深地鞠了一个躬，叫声高老伯。

瘦鸥早已站起身子，因为见她十分有礼貌，所以非常欢喜，便摆了摆手，请他们先在沙发上坐下。这里茶房倒上两杯茶，瘦鸥便向她约略地问了几句，然后叫她坐到打字机旁，试一试样子。瘦鸥见她手法甚

87

熟，而且格式也一点不错，心中颇为满意。遂又低低地说道："陶小姐，你既然是晓保的要好同事，那么我当然也十分地信任你。保单也不用了，今天随便明天，你就在这里开始办公吧。至于薪水方面，暂定一百二十元，看以后办事成绩并生活程度的涨落，随时增加。公司方面，只供一顿午饭，夜饭要你们自己回家去吃的。不知陶小姐对于这一种微薄的待遇，还感到满意吗？"

"高老伯，你太客气了，承蒙您录取收用，我心中已经是感激不尽了，哪里还计较待遇两个字呢？"

"如此很好，还有英语方面，陶小姐普通的也会几句吗？"

"这个要让我慢慢地练习练习，也许可以说几句。高老伯，今天舍间搬场，所以能不能明天早晨前来开始办公呢？"绿美一面红了脸儿回答，一面又低低地要求。瘦鸥听了，连说可以可以。

绿美和晓保遂告别出来，依旧坐车回到国际饭店里去。绿美望了他一眼，笑道："你舅父要我说普通的英语，我口里虽然这么地答应了他，但是心中却很有点担心。不过我是要你给我负责任的，因为我已拜认你做老师的了。"

"你放心，凭你这么聪敏的姑娘，我每晚来教你两个钟点会话，保险两个月之后，你就会说几句英语了。因为你不是一二年级程度，到底原底子有很好的根基呀。"

"这也未必，我就怕自己太笨一点……唉！你现在不是要上学校里去了吗？因为昨天说好，你是只荒废一个钟点课的。"绿美说到后面，忽然想起了他读书问题，遂对他低低地说。

晓保摇了摇头，伸手一看表上已经快十一点钟了，遂说道："此刻赶到校里去，恐怕也赶不上课了，还是下午去吧。再说这个可恶的二房东，若不是我一同去的话，也许他会欺侮你们呢！"

"可是累你荒废学业，叫我心中真过意不去。"

"你还说这些客气话做什么？你姐姐等在旅馆内一定心焦哩！"

两人说着，电车已到跑马厅停下。遂匆匆下车，回到国际饭店。把到保险公司里的情形，对红美告诉了一遍。于是三个人提了皮箱，坐车到斯文里十八号的新屋里去。说来事有凑巧，他们到了斯文里后三分钟，北京路木器店内的家具也都送到了，于是设法吊到楼上。店员把发票交给红美，红美见尚有余款未付，遂照数付清。这时二房东阿姨也走上楼来，和晓保含笑招呼。晓保又把红美介绍，一面在袋里取出二百元钱来交给阿姨，阿姨伸手接过，还特别客气地连连道谢，并讨还那张收据。晓保遂在皮匣内取出，交还给她，一面要她另外写一张照数收到装修费的收据，阿姨也只好叫人写给了他。

这里姐妹两人把房间陈设舒齐，收拾清洁，时已十二点多了，大家肚子也有点饿了。晓保说道："我们还是吃饭去吧，尚有锅子炉子碗筷等日用东西，你们在下午再细细地去买齐了吧！"

"被你一说，我的肚子真是像响雷似的怪叫起来了。"

"妹妹，你早晨原还没有东西下肚过呢。那么我们快点先到外吃饭去吧！"红美听妹妹说肚子怪叫，遂笑嘻嘻地说。

于是三人关上司必令锁，大家出了斯文里。附近有家广东饭馆子，遂入内坐定，叫了三客虾仁蛋炒饭。红美说道："这两百元钱是乔先生代付出的，我们应该归还才是。"

"姐姐，还有三十元房钱，也是他付出的，那么一起还给他吧！"

"大姐，这些钱代付着就算了，你们不要还给我了。"

"这是哪里话？你为我们尽了这么多的精神和气力，我们心中已经感恩不尽了，如何还能花费你的金钱？那叫我们太不好意思了。"

"大姐，你要这么地说，就是看不起我了。"

"不是那么地说，你还在求学时代，上次买了礼物送给我妹妹，还是你把零用钱省下来的。这回子那笔数目太大了，你又到哪儿去节省呢？"红美听他这样说，遂忍不住抿了嘴儿，笑盈盈地回答。

绿美听姐姐提起节省零用钱的话，这就也笑了。乔晓保被她们姐妹两人笑得有些难为情，不禁红了两颊，但是还显出很认真的神气，说道："这两百元钱是我问妈拿来的，不用节省什么钱的。因为你们在上海重新组织一个家庭，一切日用东西都要配买起来，钱当然是越多越好，所以你们留着只管用好了，我放在身边也是毫无用处的。大姐，你假使把我当作自己人看待，那么就不要跟我再闹客气。否则，你就只管还给我好了。"

"姐姐，他既然这么地说，就不还给他吧！"

"都是你不好，什么三十元房钱也要你无事端端地提了起来。"晓保听绿美此刻又这么地说，遂故意恨恨地白了她一眼。绿美和红美忍不住感到有趣，这就抿嘴又好笑起来了。这时蛋炒饭端上来，三人遂匆匆地吃饭了。因为大家肚子很饿，所以吃得津津有味。

这一餐饭，是让红美抢着付去的。晓保也不客气，就让她去付了。大家出了饭馆子，晓保遂作别到学校里去。绿美还依恋地问他晚上来不来，晓保点点头儿。他好像是完成了一件重大使命的样子，全身似乎感到轻松了许多，便跳上人力车匆匆地走了。

这里姐妹两人回到家里，先休息了一会儿。红美吸着烟卷，似乎有所深思的样子，忽然回头望了绿美一眼，微微地一笑，说道："妹妹，我看乔先生对我们这么的慷慨仗义，在他当然是为了爱你的缘故，我觉得他的用情倒是很痴，假使妹妹真能够和他结成一对的话，那倒未始不是妹妹的好福气。妹妹，不知道他对你也有过什么明显的表示吗？"

"……"

"咦！妹妹，你说呀！在姐姐的面前，你怕什么难为情呢？"红美见妹妹垂了绯红的粉颊儿，却羞答答地并不作声，这就咦了一声，向她很正经地追问。

绿美想起了一件事，这还不曾向姐姐告诉过，假使大家不接头的话，那么唯恐将来就要露马脚了。为了这缘故，她不得不厚了面皮，向红美低低地说道："姐姐，我们到这儿来租房子的时候，还闹了一个很大的笑话。"

"唔，是个什么笑话呢？"

"因为二房东太黑心，本来她狮子大开口地要讨一千元挖费、五十

90

元一月房租。后来乔先生冒充了公务人员，说她敲诈，不该这样勒索巨价。否则，报告行里，要请她吃官司。二房东心中一急，才害怕起来，苦苦哀求，总算出了二百元钱的装修费。当初她以为我们是两夫妻，所以问我们除了两口子外还有谁一同居住。乔先生被她问得急了，只好回答我们是未婚夫妻，暂时这房子由我们姐妹居住，二房东才没有话说呢。所以明儿要如二房东阿姨和姐姐谈起我们这些家庭中的事情，那你千万可不要露马脚呢。"

红美听妹妹这样叮嘱自己，可见他们将错就错地已经承认一对未婚夫妻了。当然，像晓保这么多情而又俊美的少年，哪一个女子见了不动心呢？妹妹自然也已爱上他了。他们既然心心相印了，我做姐姐的岂有不玉成之理？所以趁此也向她取笑了两句，姐妹两人扭股糖儿似的亲热了一会儿，方才一同到外面去购买日用的物品去了。

等她们把日用品买舒齐了回来，时候已经黄昏了。姐妹两人表示第一日进屋的意思，还点了一对大红蜡烛。然后忙着淘米烧饭，小菜是外面买了一点鸡鸭蛋肉现成烧好的东西。在她们姐妹两人吃晚饭的时候，忽见晓保匆匆地到来了。他见房中点了融融的烛火，衬着通明的电灯，更有一种新生的气象，遂笑着说道："好，好。你们吃饭，也不等我一等。哦！这样好的小菜哩！""你说晚上来，我以为你晚饭总在家里吃的了。别急别急，小菜还没有吃完哩！"

绿美一见晓保到来，不知怎么的，一颗芳心里便有点甜蜜蜜的滋味。遂连忙放下碗筷，笑盈盈地站起身子来，亲自给他盛了一碗饭，拿了一双筷子，放在桌子上。回头见他手里还拿了一个纸包，遂猜疑地问道："你手里拿着的是什么东西？"

"是一本英语会话和文法，我特地到福州路去给你买来的。"

晓保一面交给她，一面坐下来吃饭了。绿美接过来连忙打开纸包，想着晓保对自己那种真心的爱护，欢喜得心花儿也朵朵地乐开了。遂翻了翻会话本子看，见里面有大半都认识的。不过她表面上还故作为难的样子，皱了眉尖儿，低低笑道："啊呀！你把会话本买得这样深，我可

91

不够资格呢。"

"你急什么？我不是慢慢儿会教你的吗？"晓保一面握了筷子连连划饭吃，一面微笑着说。

红美见他们两小无猜柔情绵绵的样子，真叫人看了有些儿羡慕，遂也说道："妹妹，你有这么一个老师在身边，那你还怕什么呢？饭凉了，快先吃完了饭，你们可以上课读书了。"

"乔先生，你今夜就开始教我了吗？"

"今夜大家都很辛苦，应该好好儿休息一天，从明夜起，我们开始上课吧！"

绿美听了，也觉不错，遂含笑说好。这里三人吃饭，红美把鸡肉夹到晓保的碗内去，晓保又连连地道谢，倒引得姐妹两人都好笑起来了。晚饭毕，大家闲谈了一会儿，晓保便起身告别，绿美却欲送他一阵。红美见他们俩影双双地走了出去，一时不免想起了大保。觉得大保虽然和晓保是一样多情，但他到底是常常涉足于歌榭舞台的人，恐怕用情没有像晓保那么专一。况且自己和妹妹也不能同日而语，妹妹是个纯洁的小姑娘，自己是个嫁过丈夫的未亡人，假使以后让大保知道了我是一个妇人，他的心中不是立刻会变心吗？

红美想到这里，心中十分悲酸，红了眼皮儿，忍不住深深地叹了一口气，一颗晶莹莹的眼泪，也就夺眶流了下来。一会儿又想，妹妹虽然有了职业，但据她告诉，每月也只不过一百二十元的薪水。维持个人的生活固然可以不成问题，但要添置什么东西和添置几件衣服及鞋袜的话，那就觉得有些儿困难了。何况还有我也要跟着她一同生活呢！妹妹虽然不会讨厌我，但我终不好意思叫妹妹一个人来担负这一个家庭的开销，那么在我当然也得非生产不可呀。不过我既没有办事的能力，叫我拿什么去赚钱好呢？除了牺牲色相之外，还有什么第二条出路？红美暗自叹息，独个儿伤心了一会儿。一面把被儿折开，遂脱衣先睡到床上去。

约莫一个钟点之后，绿美方才匆匆地回来。她拿了一袋橘子，一进房就笑盈盈地叫道："姐姐，你怎么啦？已经睡了吗？乔先生在外面又买了橘子，叫我带回来给你吃的。咦！姐姐，你好好儿又干吗伤心起来呢？"

"不，我为什么又要伤心呢？你别胡说八道吧！"

绿美在挨近床边的时候，似乎发现了姐姐的颊上有丝丝的泪痕，所以忍不住皱了眉尖儿，又难过地问。红美慌忙把手儿揉擦了眼皮，竭力掩饰着她脸部上的表情，还装了一丝微笑地回答。绿美知道姐姐是因为见了我们俩影双双，所以回想到她自己的身世而感到伤心。虽然很想竭力地安慰她，但一时却叫自己无从说起。因此只好显出孩子的神情，把橘子亲自剥了皮抽了筋，塞到姐姐的嘴里，还把自己的粉脸儿偎到姐姐的颊上去，笑嘻嘻地说："好姐姐，亲姐姐，你不要难过，你不要伤心，妹妹剥橘子给你吃，你吃了橘子，一定会甜蜜蜜哩！"

红美被她这么天真地说着，一时也忍不住笑了起来。一面吃了橘子，一面忽然又十分感触的样子，低低地说道："同样的是橘子，吃在妹妹的嘴里，是感到甜蜜蜜的。但是吃到我的嘴里，却会觉得有点儿辛酸。这和天上的月亮一样，在妹妹的眼睛里看起来，当然是富有诗情画意，令人感到无限温情幽美。然而在我的眼睛里看起来，却会觉得无限惨白，令人悲哀而凄凉哩！"

"姐姐，你又要说这些话了，我早晨不是已经向你劝过了许多的话吗？为什么你偏偏要抱这种消极的观念呢？"

"并非是我抱着消极的观念，实在因为我的身世太可怜太凄凉，我的前途太黯淡了，我只有希望妹妹和乔先生能够步入幸福的乐园！"

红美说完了这两句话，她的眼泪终于忍熬不住地又滚落下来。绿美还劝什么好呢？她没有办法的，陪了姐姐也扑簌簌地流眼泪。倒是红美心中过意不去，拉了她的手儿，破涕笑道："傻孩子，你哭些什么呢？好了，好了，快点儿睡吧！明天早晨还得往保险公司办事情去哩！"

"我不哭，那么你也不要哭。好姐姐，我今夜和你一头睡。"

绿美听了，才用手背擦了擦眼皮，一面脱了衣服，一面钻身睡进红

93

美一头的被窝里去。她和姐姐身子碰在一起的时候，似乎感到有些儿肉痒，因此挂着眼泪却哧哧地笑起来了。红美见她一会儿陪着自己哭，一会儿却又笑起来，可见妹妹完全还是一个稚气未脱的小姑娘，真是令人感到可爱。抱着她身子，姐妹两人方才沉沉地睡着了。

第二天早晨，红美为了妹妹要出外去办公，所以她偷偷地起得特别早，把炉子拢旺，烧开了水，煮好了粥。等绿美起身，洗脸水也舒齐了，早粥也备好了，给妹妹洗脸吃粥，到保险公司里去办事。绿美觉得姐姐真像慈母一般地爱护自己，一时心中的感动，也就难以形容的了。

红美等绿美走后，她便到菜市里去买菜，回家又料理着家务。下午吃过饭，她独个儿想了一会儿心事，便披上大衣，匆匆地到外面去了。直到黄昏的时候，绿美下写字间回家，却还不见红美回来。幸亏司必令锁大家都有钥匙，所以绿美自己开房入内。因为不见姐姐在家，心中颇为纳闷，也不知她在什么时候出去的，更不知她是到什么地方去的。这屋子里的邻居都很陌生，根本没有向什么人可以去探问。就是问了人家，恐怕别人也未必会知道。看看锅子里的饭，都烧好了，菜也有三四碗。于是把菜碗拿出，放在桌子上，又把冷饭用开水泡了，放在电炉上滚热了。就在这个时候，红美方才匆匆地回来。她手里拿了一包烧肉，神态似乎十分喜悦。绿美因问姐姐到什么地方去的，红美含笑回答，说刚到外面去买了一包烧肉，不料你就回来了。一面又问她公司里忙不忙，事情办得惯吗？绿美很高兴地说，也没有什么忙，无非打打字，写几封信。这位高老先生见我一笔字，连连赞美我，说我学的是王字，不但清秀，而且妩媚。红美听了，也代为欢喜。

姐妹两人一面谈话，一面吃饭。不料就在这时候，却见乔晓保又匆匆地走进房中来了。红美笑道："乔先生，你大概还没有吃过饭，快坐下来吃饭吧！"

"大姐，以后请你直呼我名字好不好？因为你叫我先生，我实在有点当不住。"

"那么我也叫你名字吧！"绿美一面给他盛饭，一面也微笑着说。

晓保摇了摇头，却一本正经的样子，笑道："你这人门槛最精，专门想占便宜，你是我的学生子，叫我一声先生也不算罪过呀！大姐，你说句公道话，学生子叫先生呼名字，可有这个理由吗？"

"我说句公道话，你叫我大姐，那你就叫她二妹，我妹妹叫你一声保哥哥。这不是很好吗？"

红美这两句话，说得两人红了脸儿，都忍不住笑起来了。三人吃毕饭，匆匆地收拾了碗筷。红美又披上大衣，向两人微笑道："学生先生可以读书教书了，我到外面去一会儿，就回来的。"

"姐姐，你到哪儿去呢？"

"我去买点儿东西。"

绿美觉得姐姐从外面回来，此刻又匆匆地到外面去，这样忙碌，到底是为了些什么缘故呢？所以追上一步去，又急急地问。但红美连头也不回过来，一面回答，一面已奔到楼下去了。绿美愕住了一会儿，才懒懒地回过身子来，神情颇为凄凉。晓保却笑道："二妹，我知道大姐的意思，她是成全我们两人在房中可以亲热亲热，所以她故意避到外面去了。"

"呸，你这人狗嘴里终是吐不出象牙来，人家心中难过，你偏又来胡说八道地寻开心。"

绿美向他啐了一口，秋波逗给他一个白眼，大有嗔恨的意思。晓保似乎有些莫名其妙的样子，怔住了一会儿，方才奇怪地问道："二妹，你这话是什么意思？为什么心中要难过呢？莫非你们姐妹两人吵过嘴了吗？"

"不，你又误会我的意思了。我姐姐的身世，你也该知道一点，她是一个凄凉的人，所以她到了上海，觉得种种的不如意，使她思想会趋于到极度消极的地步。我见她老是郁郁寡欢的神态，我的心里终会觉得十分难过。"

晓保听了，这才明白过来，遂轻轻地叹了一口气，表示非常同情的样子，低低地说道："不过现在时代不同了，女子再醮，不能算是件可耻的事。只要正大光明，不偷偷摸摸，那也不能算是不合法。况且你姐姐的年纪正轻，又没有一男半女，以后这么的悠久岁月，怎样过下去？所以我的意思，她尽管可以找一个对象呀。"

"话虽这么地说，但是……唉！天下的事情也有许多为难的地方。"

绿美欲语还停的样子，显然是意犹未尽，她忍不住也轻轻地叹了一声。晓保似乎并不注意到这些，遂把英文会话放在桌子上。绿美知道他是预备开始教授了，这就坐在桌子旁去，两人便认真地教书读书了。

教完了第一课，时候已近九点。绿美见他咳嗽了两声，遂连忙倒一杯茶给他喝。正在这时，房门外有人张望了一下。绿美回眸去望，见是前天打圆场的熊少奶，因为大家是认识的，遂含笑点点头。熊少奶却厚了脸皮，自说自话地步进房中来，笑嘻嘻道："你们已经搬进来了，这儿房子还算清洁。王先生，你这位未婚妻贵姓呀？"

"我姓陶，你贵姓？请坐一会儿。"

"我姓熊，也住在这儿弄内的，我家在八号，和这里阿姨有点亲戚，所以我常到这儿来游玩的。"

绿美因为人家到自己屋子里来，当然得尽点主人的义务。所以一面含笑回答，一面还给她倒了一杯茶。熊少奶道了谢，却做个自我介绍。晓保听了，觉得这个女人真有点十三点作风，遂望了她。不料她把俏眼儿，也不住地斜乜了过来，大有一种勾引的样子。接着瞥见到桌子上的书本，便又笑嘻嘻地说道："你们两口子真是恩爱，大家还在互相研究学问吗？好极了，你们真是一对新时代的新青年，别人家到外面去跳舞瞧电影还来不及呢。"

"熊少奶，外面跳舞瞧电影得花费钞票呀。"绿美和晓保见她只管说着未婚妻呀，两口子呀，一时真觉得又甜蜜又羞涩，红晕了脸儿，只好谦虚着回答。

熊少奶听了，却啊呀了一声，笑道："陶小姐，你也太客气了，想王先生这么体面的人，花些钞票算得了什么稀奇呢？"

"这个年头儿钞票不容易赚，怎么说不算稀奇呢？你又不肯借一点来用用。"晓保见熊少奶那种风骚的样子,遂也笑嘻嘻地吃她豆腐。

不料熊少奶听了,却显出十分慷慨的神气,说道:"闲话一句,王先生,你要借多少用用?"

"你倒相信我?"

"当然相信,你们吃公事饭的人顶讲道理,还怕你赖掉不成?"熊少奶含了勾人魂灵那么的媚眼,又向晓保含情脉脉地瞟,而且还微微地笑。

晓保的心里,倒是别别地一跳。但回头见绿美的神情,好像有点酸溜溜的表示,这就不敢再和她多搭讪,站起身子,说道:"二妹,我走了。"

"唔!是该早点儿回去了,明天晚饭来吃吗?"

"说不定,但是你们不必等候我,反正我来吃终在六点之前赶到的。"晓保一面回答,一面又向熊少奶点点头,他便自管匆匆地走了。

熊少奶待晓保走后,便望了绿美一眼,笑嘻嘻说道:"陶小姐,你把王先生管得很紧吧!"

"其实要人家管得紧,那是没有用的,一个人总要自己学好,否则,他要如喜欢荒唐的话,就是天天盯在他后面,也没有什么效力的了。"绿美在这个情形之下,似乎不得不厚了面皮,来说这几句话,表示正适合一对未婚夫妻的身份。

熊少奶点点头儿,笑道:"你这话说得真不错,比方像我那口子,我也算得管牢了,但是有什么用呢?他还是天天在外面荒唐,真叫人没有法子。"

"我想像你这样的妻子,一个丈夫应该是不用到外面去荒唐了。"

绿美说这两句话,完全是包含了一点讽刺的成分。可惜这种俏皮的作用,熊少奶一时听不出意思来,还怔怔地问道:"陶小姐,你这话是什么意思?我可有些儿听不懂了。"

"嗐!那有什么不懂的?像你这么美丽,这么会说笑话的脾气,难道对待丈夫还有什么不周到,还有什么不温柔体贴的地方吗?"

"唉！陶小姐，这个你不知道，就叫作家花哪有野花香。常言道，癞痢头儿子自己的好，妻子却是别人家好了。"

熊少奶方才明白过来地回答，她还说了一个比方，忍不住微微地叹了一口气。绿美听了，觉得喜新嫌旧，人之常情，何独男子对女人如此，世界上多少东西，哪一样不喜爱新的呢？所以也有些儿感触。但熊少奶这时却又笑道："男女之间最甜蜜的时候，就是你此刻和王先生的这一个阶段。王先生每天在你那儿吃一餐夜饭，虽然是咸菜淡饭的话，恐怕在他感觉上也会比海参鱼翅美味得多。这是所谓花是将开的红，人是未婚的好那两句话了。其实像你们这样的滋味，从前我也享受过。不过现在，那境况就完全不同了。"

绿美听她这样说，觉得这女人真会说话，一时倒也非常地同情她。两人又谈笑了一会儿，熊少奶方才告别回去。绿美待她走后，想起熊少奶的遭遇，这叫自己不免也有些担着忧愁，明天晓保和我结了婚之后，不知是否也会抛掉我吗？但仔细一想，这种忧愁未免太无聊了，假使要想得那么不放心，除非不嫁丈夫，独身到老。其实一个人能不能嫁一个好丈夫，这也是命中早已注定的了。

绿美胡思乱想地忖了一会儿，时候快近十一点了。猛可想到姐姐出去了这许多时候，还没有回家来，一时又暗暗地焦虑。她到什么地方去了？柔肠百转，也是想不出来，等人性急，所以索性把晓保教自己的英语会话读了几遍。研究了一会儿，这样不知不觉地已经到了子夜十二点了，绿美揉了揉眼皮，疲倦得快要入睡了。她在室内踱着圈子，表示心中的不安和着急，真像热锅上的蚂蚁一样。就在这个当儿，方听一阵步履的声，姐姐已从房外走了进来。绿美这就急急问道："姐姐，你到什么地方去的？怎么直到这时候才回来呀？人家等得急都急死了！"

"我又不是三岁的小孩子，难道还怕被人家拐卖了不成？你急什么呢？妹妹，晓保回去了吗？"红美微微地一笑，她把身子在床边坐了下来。放下了皮包，那种情态是显得非常吃力的样子。

绿美心里似乎有点儿疑惑起来，因为姐姐的行动，至少是包含了一点神秘的成分。这就又急急地追问说道："姐姐，你不是说去买点儿东西吗？但是此刻却又空手回来了。你到底在什么地方？好歹也说给妹妹知道呀！难道你把妹妹当作了外人看待了吗？"

"妹妹，你别闹孩子气了，反正我又不在做贼做强盗，你为什么要问得这样的紧呢？"红美一面说，一面脱了皮鞋，把两脚搁到床沿边去，还是显出很安闲的态度。

绿美也在床边坐了下来，她的眼眶子里好像已经急得要淌下泪来，说道："并非我要追问你这么的紧，我以为我们姐妹两人相依为命，所干的事情，谁也不能瞒骗谁呀！但是，姐姐现在把我当作外人看待，我觉得你的行动，真令人感到有些儿可疑。"

"有什么可疑呢？我老实地告诉你，因为我心里烦闷，所以我在外面瞧一场电影。"

"瞧电影？那你为什么老早地不说？我觉得你这话不大可靠。"

"奇怪，你难道这样不信任你的姐姐吗？"

红美秋波斜乜了她一眼，按着她的肩胛，始终是含了微微的笑容。绿美这就觉得无话可说了，瞧着姐姐的脸庞儿，虽然是含了笑容，但这笑里面多少包含了一点痛苦的成分。她忽然想到了什么似的，又一本正经地问道："你在什么影戏院里瞧电影？说明书有没有？"

"啊呀，瞧你这小妮子，竟把我当作犯人一样地审问了。说明书没有卖，戏票根还藏在皮包里呢？"

红美啊呀了一声，忍不住笑了起来，因为被她逼问得急了，所以情不自禁就这么地圆了一个谎。在她当初是没有料到绿美还会来翻阅自己的皮包，直待绿美伸手来抢皮包的时候，方才记得了，连忙上前去夺还，但已来不及，早被绿美把皮包拿了去。她身子还逃到桌子旁，把皮包打开，检视了一会儿。谁知票根没有寻到，却找出一叠新光舞厅的舞票来。绿美这才恍然大悟了，她愕住了一会儿，奔到姐姐的怀里，却是哇的一声哭起来了。

七、药石无效一纸香笺疗相思

红美被妹妹这么一哭，一时也忍不住眼圈儿一红，几乎盈盈泪下。但她到底竭力地忍熬住了悲哀的发展，还是含了一丝痛苦的微笑，拍了拍绿美在抽噎的肩胛，低低地说道："妹妹，你别那么傻呀！好好儿的，你哭些什么呢？"

"姐姐，你太不应该了，你瞒着我，为什么要去做这一种被人视作玩物的事情呢？难道你怕妹妹我就这样地没有良心，是会把姐姐的生活置之不管吗？况且我常对你说过，我们姐妹相依为命，生生死死也得在一起。你现在去干这种事情，叫我心中还能不感到悲痛吗？"绿美抬起满沾着泪水的粉脸儿，哀怨十分地望着姐姐，带哭带说，眼泪像断线珍珠般扑簌簌地滚落下来。

红美勉强地笑着，心里虽然是感激着妹妹对自己确实有这一分儿爱护之情。不过她始终坚强着理智，来给她低低地解释道："妹妹，你是个时代的新女性，所以你不应该有这一种迂腐的见识，舞女虽然是供人作搂抱而去赚钱的一种职业，但只要不去出卖自己的灵魂和肉体，我觉得做舞女并不算是件丢脸可耻的事情。这和一般社会上囤积居奇、投机操纵的体面商人的行为，相较起来，似乎更要比较体面高尚一点。因为他们赚的钱，能使百物飞涨，民不聊生。多少百姓，因不能维持生计的，强者铤而走险，弱者自杀灭亡，造成社会的罪恶，种种惨剧的发生，这都是他们一般大富翁造成的。所以我今日去下海伴舞，这也是我在社会上能够自立的一条出路。妹妹，你不要为我痛惜，你也不要为我流泪。哪一个人是应该享福做贵族小姐？哪一个人是应该吃苦做舞女仆役等事情的？吃苦是算不得什么稀奇的。妹妹，你对待姐姐的好，我都明白。只不过，我并不希望在社会上做一个安闲享乐的人，我要在荆棘遍地万种艰难的环境里去找人生的真意。何况你也明白姐姐的生命中，还有一件未了的大事情。我想在这个交际场中，也许能够有狭路相逢的机遇吧。"

"姐姐，你这一篇话是对的，你真不愧是个伟大的女性！但是我所担忧的是道高一丈，魔高十丈。在这个万恶的社会中，到处都布满了陷阱，尤其是我们可怜的女子，一不小心，恐怕有失足的可能。假使你不嫌在家里过着清苦的生活，我做妹妹的是还不希望你到这种灯红酒绿的场所中去浮沉。姐姐，不知你也能够听从妹妹的劝告吗？"绿美虽然觉得姐姐说的也有她的道理，但是她还坚持着她自己的意见，向她再三地劝阻。

红美苦笑了一笑，摇摇头，又说道："妹妹，你对我这样说，那你还没有明白我的苦衷。我今日去做舞女，难道是为了贪图我的富贵和享乐吗？唉……"

"姐姐，你不要生气，这是我错了……"

红美这会子方才悲酸地流下眼泪来，似乎感到无限痛心的样子。绿美觉得自己的话，好像对姐姐有了一种轻蔑的成分。她感到不安，所以偎在姐姐的怀里，只好又低低地赔错。红美没有回答什么，姐妹两人默默地流了一会儿说不出所以然的眼泪。谈判并没有一个终局，就这样糊里糊涂地脱衣安寝了。从此以后，她们姐妹两人的工作，在时间上，恰巧是相反的。一个很早地上写字间去，但一个还疲倦地睡熟在床上；当黄昏的时候，一个下写字间回家来了，但一个却要预备上舞场里去了。

绿美每次在独坐卧房的时候，凄凉寂寂，她总有无限的惆怅。这天绿美从公司回家，见姐姐正在对镜漱洗，遂叹息道："姐姐，昨晚你回来的时候，我却一点儿也没有觉得；今天早晨我醒来的时候，你又睡得那么的香甜；此刻我回家了，你又得出去了，我觉得这样子下去，我们姐妹两人就永远没有好好儿说话的机会了。"

"其实要如天天相见在一处的话，也未见得有什么话儿可以谈的。妹妹，晓保昨天晚上可曾来吃饭吗？我做了茶舞的时间之后，和他也有三四天不见面了。"红美见妹妹的神情，至少有些儿哀怨的样子，遂含了笑容，竭力地拿话去和她搭讪。

绿美在椅子上坐下了，倒了一杯茶，喝了一口，说道："昨天吃过晚饭才来的，他说因为他哥哥生了病，他在请医生，所以忙得没有空了。"

"什么？他哥哥生了病？"这消息突然听到了红美的耳朵里，使她那颗芳心顿时别别地乱跳起来了，情不自禁啊呀了一声，向她急急地追问。

绿美见姐姐的神色有点惨然的样子，一时十分奇怪，遂皱了眉尖儿，问道："怎么啦？姐姐，你干吗急得这个样子？难道你和他哥哥相识的吗？"

"哪里，哪里，妹妹，你又说呆话了，我怎么会认识他呢？"

红美被妹妹一句话说到心眼儿里去，粉脸儿由灰白立刻又涨得红晕起来，不过她还竭力镇静了态度，微笑着否认。虽然她想问一问生的什么病，但是为了避一点嫌疑的缘故，她就再也没有勇气问出来了。但绿美却并不注意这些的，又自管地告诉着道："晓保告诉我，说他哥哥的病生得有点儿古怪。医生诊视之后，觉得并没有什么热度，但是他的神志有点昏迷，饭也不想吃，茶也不想喝，好像另有什么痛苦的样子。照迷信说，中了邪气，说是生了邪病。但按诸实际而言，我想也许是心病。"

"心病？他生什么心病呢？"

红美听妹妹这样地研究着，遂故意随口地问了一句。其实她心中却有刀割的一般痛苦，想不到大保对自己真的有这样痴心。他和我分别之后，到今天足足有六天了，一个电话也没有给他，在他心中想起来，这好像是石沉大海，也无怪他要闷闷不乐地生起病来了。

绿美听姐姐这么问，遂噗地笑道："那还用说吗？当然他是在想人家一个姑娘。"

"想哪一个姑娘？他们家里不知道也有一点头绪吗？"

"这倒没有问晓保，大概没有知道，假使知道的话，还不设法去请她到来吗？"

"唔，这倒不错。我想你要如和晓保不见面的话，说不定晓保也会害相思病哩！"

红美一面站起身子来，一面笑盈盈地说。她披上了大衣，似乎又要走的样子。绿美却有点难为情地红了两颊，秋波逗给她一个娇嗔，垂下了粉脸儿，默不作答。直待姐姐走出房外的时候，方才追到房门外来，连连叮嘱着她早点儿回来。红美应了一声，身子已走下楼去。当她步出大门，一阵黄昏的秋风，扑送到脸上。她全身抖了一抖，觉得无限的悲哀。

红美在舞厅里细细地想了一会儿心事，她想打电话去安慰大保。但大保既然病在床上，他自己当然不会来接听的。那么我纵然打了电话去，也是枉然的了。再说被他们家里人知道了，也不大好。最妥当的办法，是写一封信去安慰他，而且最好要差人送了去，使他今天就可以接到。那么他心里一快乐，说不定这病就逃之夭夭了。

红美打定了主意，便悄悄地走到马桶间里去。预先在皮包内取了一张纸儿和一支自来水笔，费了半个小时，才完成了一封很长的书信。套入信封，粘上了胶水，在封面上写了地址。然后找到了一个卖糖的仆欧，叫他到吕班路三百六十五号去送一封信，谢他两块钱。卖糖果的仆欧，还是一个童儿，一见两块钱，不免欢喜起来，遂即答应。他在糖果部里请了假，便急急地把信送到吕班路三百六十五号。见是一座洋房，气象巍峨，看来是有钱人家的住宅。当下把信送到门房间里，门后乔阿二接到此信，一见上面写的大少爷名字，遂点头说有的。等童儿走后，他便把那封信匆匆地拿到大少爷的卧房来。在卧房门口遇见了丫头阿菊，遂把信交给她，说是大少爷的信，便回身走了。

阿菊接了信儿，走进房中，见大少爷躺在床上，还是那么昏昏迷迷

103

的样子，遂低低地唤道："大少爷，大少爷，你有一封信接到了，你快看看吧！这好像是个女人的名字。"

"女人的名字？是什么女人写给我的？"大保听了阿菊的呼唤，还是懒洋洋地一点儿提不起精神来，直等听到是个女子写信给自己，这好像是一枚强心针，立刻使他的神志由昏迷之中而感到清醒过来。猛可地拉住了阿菊的手，睁大了眼睛，向她急急地追问。当他瞥见到信封上具名的秀琴两个字，这好像是天空中掉落一件宝贝来，又好像是哥伦布发现新大陆那么惊喜。把信怀抱在胸口，他的眼睛里充满了新生的光芒，他的脸上浮现了多少希望的笑容，自言自语地说道："啊，我的天哪！你……真是想得我太苦了。"

"大少爷，大少爷，你……原来就是为了这封信而生病的吗？"阿菊站在旁边，见了大少爷这个神情，心中似乎也明白了。她含了神秘的笑容，还把手指划在颊上羞他说。

大保这才想到旁边还有阿菊站着，自己未免有点得意忘形了，红了脸儿，啐她一口，笑起来道："阿菊，你这小丫头不许没有规矩，胡说八道地来取笑我少爷。我问你，这封信你是哪里来的？咦，并不是从邮政局来的呀！"

"是门役乔阿二拿进来的，大概是派人送来的了。大少爷，啊呀，你怎么能坐起来了？你刚才不是昏昏迷迷地还生着病吗？"

"你不要多管闲账，我根本就没有生什么病，你快给我开亮了电灯，让我看信吧！"

"原来大少爷的病一忽儿就好了，真是好得快极了。我告诉老太太去，也好叫老太太心里感到欢喜哩！"阿菊开亮了电灯之后，一面笑嘻嘻地说，一面便向房外匆匆地奔走了。

大保恐怕被她传开出去，给公馆内上上下下的人知道了要取笑，所以连忙把她叫住了，说道："阿菊，阿菊。"

"大少爷，叫我有什么吩咐？"

"请你不要去告诉老太太，我回头给你好处。"

"这有什么关系呢？我想老太太早晚终要知道的，难道您这么快地就把病生好了，药也没吃，针也没打，是什么医好的？那还能瞒得了吗？"

阿菊说了这几句话，嘻嘻地一笑，还向他扮了一个兔子脸，便一骨碌转身，匆匆地奔出去了。大保觉得一个十五岁的小姑娘到底是太顽皮一点了，因此火星发不出，也只好笑着骂声鬼丫头，真岂有此理。一面急急地拆开信封，一面展了信笺，低低地念道：

大保先生伟鉴：自从杏花村别后，转眼光阴，不觉已有五六天了。为了公务的羁身，兼之私事的冗繁，所以连打个电话给你的工夫都抽不出来，这里我觉得应该向你表示深深的抱歉。

我和你的认识，这完全是偶然的事情，好比是萍水相逢，其实原不值得使你长悬心头。因为你是一个善于交际的男子，在这灯红酒绿中所见到的女子，漂亮的、美丽的、温柔的，想必不在少数，不知何以独独对我竟会这样地产生好感，居然对我说出那些赤裸裸的话来？我当初以为你也许是因了一时被情感冲动的缘故，但哪里知道你果然有这一分样儿的痴情。唉，我真觉得你有点儿可笑和可怜。想你是个正在求学时代的青年，那你应该努力你的学业，将来在社会上可以干一番烈烈轰轰的事业。这样既可以替你祖宗扬眉吐气，而且又可以给国家社会争光造福。并非是我老气横秋地来劝导你，好像你为我这么渴念，竟得不到我一点同情，反而向你责备。其实我不愿意一个有作为的青年，因了一个女人，而抱了消极的观念，甚至郁郁地生起病来。这在我一个女子的地位上想起来，我的心中是多么不安，多么歉疚哩！

现在我特地写了这封信来安慰你，明天是星期日，你假使有空的话，下午两点钟在大上海戏院门口等我，我们一定可以相见，不多说了。

　　祝你

健康！

陶秀琴谨启　即日

　　大保瞧完了这一封信，他那颗心儿是跳跃得快速，虽然自己在外面接触的女子已经很多，不过对于女子写信给自己实在还只有破题儿第一遭。尤其是这一封柔情绵绵而包含了神秘气氛的情书，使他惊奇得那颗心儿由快速几乎跳出口腔外来了。心中在无限感愧之余，不免又暗暗地叫着奇怪。照她信中的词句猜想，好像我为她生病，她也已经知道了。那么她如何知道的呢？难道她是顺风耳千里眼吗？这就未免太奇怪了。

　　"唉！秀琴，她是一个什么样的姑娘？"大保想到这里，忍不住独个儿说出了这一句话，还深深地叹了一口气。就在这时候，听外面有父母咳嗽的声音，知道这是阿菊小丫头走漏了消息，一时连忙把信在枕头底下一塞，立刻把身子又从床上躺下，还转了一个侧，把脸儿向着床里去了。

　　从房外进来的就是乔伯乐夫妇两人，他们听了阿菊报告之后，心中方才恍然大悟，想不到儿子倒还是一个情痴，但他这个女朋友不知是怎么样的女子，那么做父母的当然应该要向他打听一个详细。假使也是上等人家的女儿，不妨就此成就这一头姻缘。要不然，对于我们家里的地位也有关系。两老夫妇在商量之下，所以匆匆地到儿子房中来了。谁知到了房里，却见儿子静静地躺着好像睡熟的样子，这明明是假痴假呆地装腔，伯乐向他夫人望了一眼，大家都忍不住好笑起来。在沙发上坐定了之后，伯乐方才低低地叫道："大保，大保。"

　　"大保，爸爸在叫你，你为什么不理他？"

　　"哦，妈，你什么时候进房来的？"

　　伯乐叫了两声，大保却并不作答。乔太太便走到床边，推了推大保的身子，又低低地问。在这样情形之下，那叫大保再也不能假装含糊

106

了。但是他还表示刚被叫醒的样子，把手揉了揉眼皮，矇眬地向乔太太望了一眼，低低地反问。

乔太太笑了一笑，说道："傻孩子，你还装什么腔呢？快坐起来，你爸爸要跟你谈谈呢！"

"爸爸要跟我谈谈？谈些什么？"大保觉得丑媳妇难免要见公婆的面，所以也只好厚了面皮，一骨碌从床上翻身坐起，红了脸儿，向伯乐故作奇怪地问。

乔伯乐见他坐起床来的姿势，似乎很有劲的样子，这就微微地笑道："唔，很灵，很灵。早晨还那么昏昏迷迷的模样，此刻……太神奇了，太神奇了！"

"瞧你做爸爸也没有一点儿资格的，还和儿子寻什么开心呢？"乔太太听伯乐说得那么有趣的神情，一时也忍不住哧哧地笑起来了。

大保看着两老人家一唱一和的样子，这就面红耳赤地垂下了头儿，真有些儿难为情。伯乐这才正经地说道："大保，听说你刚才接了一封女朋友的信，把你这么沉重的病儿医好了。我心里十分高兴，那女朋友可说真是你的恩人。但是我很想知道你那个女朋友的一点身世和家境，不知道你能不能向我告诉。"

"假使果然是个好人才儿的话，我想差媒人去，索性定了下来，那不是可以使你安心了吗？"乔太太跟在丈夫的后面，也继续低低地说。

大保听了这些话，觉得父母到底是疼爱儿子的，所以十分欢喜。但是始终鼓不起这个勇气，还是垂了头儿，没有作答。乔伯乐遂又说道："你这个女朋友的脸儿一定生得很漂亮，那我不用问得，因为生得不漂亮的话，你也不会这样痴心地想她，对不对？现在我需要知道的，是她姓什么叫什么。"

"姓陶，名叫秀琴。"

"陶秀琴，唔，名字倒还不俗。她几岁了？在读书，还是在做事情？"

"她在银行里做女职员，年纪……倒还不知道……但是总比我轻两三岁的。"

"那么她在什么银行里办事呢……"

"不知道。"

"怎么不知道？那你骗我了，难道怕我去找她吗？"

"瞧你这老头子越说越不像话……不过你这人色眯眯的真有点靠不住，不告诉他也好。"乔太太听伯乐这样说，觉得简直是失了做父亲的身份了，忍不住又好笑又好气，但是想到他平日的行为，又觉得很不放心，真的包含了一点酸素的语气，向儿子叮嘱。

其实大保真的并不知道，所以故意装作不肯实话的样子，望着父母两人憨然地微笑。伯乐吸了一口雪茄，遂又说道："那么她家里有些什么人呢？祖籍在哪儿？这些你总该知道吧。"

"家里的人可不少，有父母，有兄嫂，还有弟妹，也可说是个大家庭。她大概是湖北人吧！不过她说的是一口北平话，说得清脆动听，好像听话剧似的。"

"这么说来，她到我家做了媳妇，我们可不用再去瞧话剧了。"

"你听，你听，这还像是个做父亲说的话吗？唉！这一把年纪不知活到什么地方去了。"

乔伯乐偏生是爱说笑话的，但乔太太听着总觉得不太入耳地在后面钉牢他责备。伯乐却毫不介意地笑起来，望着大保的脸儿，说道："那么你们交了多少日子朋友了？她的家里你大概也已经做过上门姑爷了吧？不知还算有钱吗？"

"爸爸，我以为两性的结合，根本不在门户相对、有钱没有钱的问题而做标准的，尤其是我们男子讨女人，根本不必去注意女方的贫富。因为我们娶的是她人，并非是想讨一个女人而发一票财，希望女家备一副好嫁妆。只要我争气，我将来自然会有得意的日子。"

"唔，照你这么说，女方大概是很清贫的了？"

"这倒也未必，我是不过随便代社会上一般做子女的发表一点意见。

因为年纪老的人，不免思想有些儿落伍陈旧了。不过爸妈是例外，你们老人家听了，可不要生气。"大保说着话，一面又注视到父母的脸色，觉得有点不大好看了，于是连忙又掉转话头来，大拍其马屁。

伯乐因此又展现一丝笑容来，点点头儿，说道："你的意思，我很知道，在你无非是把她爱入骨髓的缘故。那么她今天这一封信里面究竟写些什么？我虽不能叫你拿出来公开地看，但是你也应该从你口中说一点给我听听。"

"别的没有什么话，是向我问候的意思。"

"你们有多少日子不见面了？她就写信来问候你了。再说同在上海一个地方，何必写信问候，不是可以约个地方碰碰头吗？"

"爸爸，我们其实还是很普通的友谊。假使有机会的话，我可以约她到我家来玩玩，那时候你们见了她的人样儿，就可以知道她的性情脾气了。"

"这话倒也不错，我想过几天请她吃饭，也让我看看她的人品。大保，你说好吗？"乔太太听儿子这样说，心中十分地赞成，便笑嘻嘻地问。

大保点了点头，表示答应的意思。伯乐觉得话说到这里，似乎没有什么可以说了，遂站起身子，一面又向他教导了几句，总算是尽了他做父亲的责任，遂和乔太太走出房外去了。

第二天是星期日，大保本来没有什么大病，所以照常起身，而且因为下午有约会的缘故，他的精神还显得十分兴奋，恨不得时间像飞马般地过去。最好立刻到了下午一点钟，那么纵然是饿了肚子，他也不顾一切地非先去见到了心爱的人不可了。

大保在房中焦急地想着，只见弟弟笑嘻嘻地走了进来，说道："哥哥，你的病好了？"

凭晓保这一句话，在大保耳朵听起来，已经是够包含着俏皮的成分了。所以红了脸儿，真觉得有些儿难为情，勉强回答道："好得多了。

晓弟，你昨晚什么时候回来的？怎么不到我房中来坐一会儿？"

"快近十点了，我怕你生着病，晚上不便到你房中来。今天早晨听了妈的告诉，才知道哥哥被一封信医得完全好了。"晓保一面说，一面忍不住哧的一声笑起来。

大保也只好附和着笑了，说道："你不用取笑我，我见你这几天晚饭都不大在家里吃，恐怕路道也不大靠得住。"

"我是因为组织同学会……"

"你这话瞒骗谁？我和你一个学校里读书，怎么没有听见别的同学说起过？"

"各班有各班的同学，和你一班本来就都不搭讪的。"

晓保本来还要向他取笑几句，但自己心中也怀着鬼胎，所以也不必去追究他了。兄弟两人又谈了一点别的事情，总算时间是很多情的，一会儿，阿菊来请大少爷二少爷吃饭去了。午饭后，兄弟两人各有约会，但是还故意竭力地做作，一个一个地各自溜到外面去了。

大保急匆匆地赶到大上海门口，因为是星期日的缘故，所以观众已经是十分拥挤。大保向人丛中找寻了一会儿，见没有秀琴的人，心中未免感到失望，但一看手表，还只有一点半钟，这才放心了大半。原来信中约定时间原在两点，那当然是因为自己太性急的缘故。他便先去买好了花楼的戏票，然后又到大门口来等候，昂起了头儿，好像是想吃天鹅肉的样子。好容易等到一点五十分的时候，才见秀琴坐了人力车匆匆来了。大保三脚两步地奔下阶级，走到人行道旁，给她付了车资。红美向他嫣然地一笑，说道："乔先生，你太客气一点了。"

"陶小姐，我已恭候多时了。"

"还只有一点五十分，那是你自己性急。唔，乔先生，你似乎消瘦一点儿了。"红美秋波斜乜了他一眼，一面和他走进戏院大门，一面低低地说。

大保红了脸儿，倒回答不出什么话来，只说戏票已经买好，我们且到里面坐下了再说。于是两人到了花楼，对号入座。大保还买了一排咖啡糖和一包甜心糖，交给红美。红美把一包甜心糖还给大保，带着娇媚的神情，说道："这一包糖你吃吧。"

"我分一半给你吃，大家甜甜心。"大保是个聪敏的人，听她说时，还微微地一笑，可见她是包含了俏皮的成分，这就把甜心糖抽出两片，又交到红美的手里，也贼秃嘻嘻地回答。

红美的粉颊上，飞过了一朵桃花，白了他一眼，也微微地笑了。两人静悄悄地坐了一会儿，各人的嘴里都嚼着甜心糖，在这情形之下，他们嘴里是甜的，他们的心里也是甜的，恐怕甚至于骨髓里也觉得是甜蜜蜜的了。

大保低低地说道："陶小姐，你的信我接到了。"

"唔，当然啰！不接到的话，你怎么会到这里来呢?"

"你心中说的话，真是一百二十分的真挚和多情，我除了深深地感激之外，而且还觉得惭愧。陶小姐，你说的句句是金玉良言，你真是一个伟大的女性!"

"说不上伟大两字，我觉得我们之间完全是被一种情感所拨弄着，因此造成了自寻烦恼，其实我们到底还是个平凡的人。"红美见他脉脉含情地望着自己，好像无限忠诚地崇拜着的神气，这就摇了摇头，微微地叹了一口气，表示并不以为然地回答。

大保听了，更觉得她思想的超人，遂奇怪地又说道："陶小姐，对于信中的词句，我有些感到奇怪，你怎么知道我为了你生着病呢?"

"这……我因为打过电话给你，你家的仆人回答你病着，所以我知道了。"红美被他问住了，觉得这似乎很不容易来掩饰。但心中一急，到底又急出了一个主意来回答。

大保这才恍然大悟，但心中暗想，为什么仆人们没有告诉我? 大概我正病得昏迷的时候吧。于是又低低说道："陶小姐，你和我虽然在今天还不过是仅仅见了两次的面，但你总可以知道我对你是痴心到这一分

111

样儿的程度？唉，你为什么分别之后第二天不先来给我一个电话呢？那夜你有些儿喝醉了酒，我心中真为你担了一夜的忧愁。因为酒后吹了风，不是要呕吐的吗？"

"承蒙你这样地关心我，真不知叫我如何来感谢你。但你这次的生病，实在是太痴一点，因为我不是预先跟你说好的吗？每星期日见面一次，我根本没有失你的信用呀。"

大保用了温和的语气，对她说出了这几句话。红美觉得自从祖贻死后，这样温情蜜意的话，实在还只有今天第一次听到。所以一颗芳心里，在万分寂寞之余，也感到了一点暖意的安慰。但是她还用了充分的理由，表示自己并没有错。大保点了点头，说道："是的，所以我并没有怪你的不是，都是我自己的不好。唉，真奇怪，我现在是不能够没有你的了，否则，我简直是不能再生活下去了。"

"可是，我不希望你对我有这一种意思，因为说不定有一天我会永远地离开你。"

"永远地离开我？你预备到哪儿去？"大保心中一惊，他已顾不得许多地紧紧地握住了红美的手儿，好像是怕她马上就要走的样子。

红美倒是愣住了，微微地一笑，又轻声儿说道："到另一个环境里去生活，也许比这繁华的都会可以舒服安逸一点，至少是不用再遭到做人的麻烦和痛苦。"

"你这是什么话？你要如到另一个环境里去生活，我一定可以跟你一同去。"

"但这个地方，你也许不能去，而且你也不情愿去的。"

"你去得，我也去得。只要有去处，不管赴汤蹈火，我情愿跟你一同走！"

"那么我去死呢？"

"要如你真的去死，我当然跟你一同死！"

"那么我抛弃了你，跟别人了呢？"

"这是失了我的心，失了我的灵魂。我也只有一死，来了却我毕生的痛苦！"

红美一句一句地逼问，大保不加以思索地回答。当他说到末了这两句话的时候，脸上还显出无限痛苦的神情。红美这就没有勇气再开口说话了，她慢慢地垂下头来，内心是说不出的悲酸的滋味，她的眼角旁已涌上晶莹莹的泪水来了。

大保见她低头不说什么了，遂把手去抬她的下巴，忽然见到她满颊是泪，不免又吃了一惊，急急地问道："为什么？你又伤心起来？"

"也许是我太感动的缘故，我觉得你太痴了。"

"不过我相信你，你一定不会抛弃我。"

大保这才明白了她所以淌泪的缘故，心里不免由吃惊而感到欢喜起来，他紧紧地握住了红美的手，满面含笑地说，似乎很有把握的样子。红美没有回答什么，她心里是只管在忐忑地跳跃着，她是担心着将来会演出双重的惨剧来。但大保却又很欢喜地说道："陶小姐，你给我的信，我爸妈也都知道了。"

"哦！真的吗？你爸妈赞成你有我这么一个女朋友吗？"

"不但赞成，而且欢喜。他们说你这一封信医好我的病，将来还预备请你到我家里去吃饭，不知道你肯不肯赏光？"

"什么？难道你见到了我这一封信，病就好了，这些你的爸妈也都知道吗？啊呀，亏你装得出生病，我也给你羞死了。"红美把手在他颊上一划，这会子才算展现出一丝笑容来。

大保满心眼儿里又甜蜜蜜了，他只管痴痴地笑着，低低地说道："要他们知道有这一回事，那就好呀，这在无形中表示我没有你，今生情愿不讨。陶小姐，下星期日，你到我家去吃饭好不好？"

"没有一定，到下星期日再说，陌陌生生的，况且已经被你爸妈知道了这一回事，那我就觉得更难为情了一点。"

大保方欲再说什么，全场忽然黑暗，电影已经开映了。为了怕妨碍旁人，所以他们就不再说什么话了。这一场电影在大保心中看得并不十分满意，而且还有点懊恼。原因是剧中男女主角并没有圆满的结局，完全是一幕凄凉的悲剧。红美心中也有和大保同样的感觉，不过各人的嘴里并没有说出来。默默地一同步出电影院门口的时候，大保方才说道："我们去吃点儿点心好吗？"

"不，我一点儿也不饿。乔先生，你到底是病才痊愈的人，不要以为游玩是快乐的，其实也非常吃力。所以我劝你早点儿回去休息吧，这样既可以少花点金钱，而且又可以保养点精神。往后的日子正长，我们有缘的，总有长相守的日子。你若真心爱我的，那你应该听从我的话。"红美是无限温情真挚的态度，对他低低地劝告。

大保在她柔媚的手腕之下，这就没有了违拗的勇气，和她握了握手，说声再见，便跳上人力车，匆匆地走了。红美站在人行道旁，见大保虽然是依顺了自己，但他脸上的表情至少是包含了一点凄怨的成分。也不知为了什么缘故，她的芳心里总感到有阵悲酸的滋味，秋风扑面，颇感无限的怅惘。

红美看了看表，还只有四点半。茶舞时间，是五点到七点。还有这半个钟点，到什么地方去消磨？一个人在没有地方可以去的时候，往往更会感到徘徊和彷徨。她想到此刻的情景，真象征着自己这可怜的身世，茫茫四海，好比秋风中飘荡的落叶，何处是永久的归宿呢？红美在马路上正踟蹰着，感叹着，忽然见前面有一对情侣，手挽手儿笑盈盈地走了过来，边谈边走，意殊亲热。仔细一瞧，不是别人，正是自己的妹妹和乔晓保两个人。因为不愿去打扰他们的话头，所以想躲避过去。谁知晓保早已看见了红美，口里叫着大姐，先拉了绿美奔过来了。

八、进谗有心两瓣樱唇惹情劫

红美是个识趣的人，她知道一对情侣在情话绵绵的时候，最犯忌的是有人去招呼他们，使他们受到一种拘束而感到局促，所以她便假装没有看见的，预备躲避开去。现在被他们叫住了，这就不得不停住了步，回过头来，笑道："啊呀！我道是谁？原来是晓保和妹妹，你们在哪里游玩？"

"我们在大光明瞧一场电影，姐姐此刻上舞厅里去吗？"绿美一面告诉，一面也笑盈盈地说。

红美听了，不由暗想，正是无独有偶，他们哪知道我和大保也在瞧电影呢。心中是这么地想，但口里却回答说道："是的，上舞厅还太早一点，所以我在马路上兜圈子。"

"那么我们到金门茶室去吃点儿点心，大姐我们一同去坐一会儿。"晓保是竭力地向红美奉承，很温和地请她。

绿美唯恐姐姐不答应，便先拉着她走了。红美见他们情意真挚，遂也不好意思推却。大家一同步入金门茶室，侍者招待入座。晓保问红美爱吃什么，红美含笑说问妹妹吧，我随便什么吃一点，反正也不饿。正说时，有个女侍者手托茶盘，里面盛着几客春卷，走近桌边。晓保遂叫她都放在桌上，一面握了茶壶，给红美绿美的杯子里斟满了茶汁，笑道："这儿的春卷油氽得很酥，味儿还算不错，大姐爱吃吗？"

"姐姐在点心之中最爱吃的就是春卷了，你总算聪敏，第一样就要了大姐心爱吃的东西。"

"其实，这倒并不是我的聪敏，原是碰得凑巧的缘故。大姐，你既然欢喜吃，就多吃一点。反正吃完了，还可以问他们要的。"

晓保听绿美这样说，遂望了红美一眼，把筷子点着春卷，表示非常客气。红美点点头儿，三个人便默默地吃点心了。在吃点心的时候，绿美无意之中向晓保问道："我还没有问你，你哥哥的病不知可曾好点了吗？"

晓保被她这一问，倒由不得扑哧的一声笑起来了。红美的心中是很明白他所以发笑的原因，所以全身一阵子热臊，两颊热辣辣地红起来。不过为了怕被他们发觉自己秘密起见，她还竭力掩饰着自己心跳脸慌的表情，低了头儿，自管吃着点心。不过绿美当然是莫名其妙，所以定住了乌圆的眸珠，瞅住了晓保神秘的脸色，奇怪地问道："你这人是什么意思？难道你哥哥生了病，倒害得你这样的好笑吗？"

"你不知道其中的曲折，因为我哥哥昨天接了一封女朋友的情书，他的病便马上好起来了。你想，这样奇怪的病，还不叫人感到好笑吗？"

晓保方才向她低低地告诉，绿美这才明白了，秋波斜乜了他一眼，笑道："我真想不到你哥哥会有这样的痴心，不知道你这位未来的嫂嫂姓什么、叫什么、是个怎样女子，你都有些详细吗？"

"我听妈说，好像叫什么琴……我记不得了。其实哥哥的事情，我不大欢喜过问。这和我的事情，哥哥也并不来管闲账的。"

"可见你们兄弟，总不及我们姐妹亲热，比方说我们，就不同了。我的事情，姐姐一定会管我，姐姐的事情，我也得常常地关心。假使你有不良的行为，我姐姐一定会不许我跟你交朋友的。"绿美借题发挥，暗暗地在警劝晓保的意思。

晓保向红美望了一眼，却微微地笑起来，低低地说道："大姐，你看我这人还不算坏吧。我想你一定不会叫二妹跟我绝交的。"

"你听妹妹胡说八道，我和她是姐妹关系，妹妹的事情，我做姐姐的只有做个顾问的资格，要我管教，那我可不敢当。因为我这妹妹不是一个三岁的孩子，她的见识比我这个姐姐广，理智比我强，什么事情都比姐姐懂，难道她还怕你来欺侮她吗？再说你这个青年也很有作为，我倒非常赞成你。要如妹妹和你绝了交，你也看你哥哥的样子害起病来，这不是我们作孽太深了吗？"

红美絮絮地说了一大套，显然是包含了一点俏皮的作用。晓保红了脸儿，倒不免有些儿羞涩。但绿美十分得意，掀着酒窝儿只管微微地笑。三个人一面吃，一面谈笑，倒也相形甚欢。晓保又叫侍者添一锅子虾仁伊府面，红美捂着嘴儿咳嗽了一会儿，一面还说道："我是吃饱了……不要喊这么一锅，回头吃不了，岂不是很浪费？"

"没有关系，我们夜饭可以不吃的。"晓保微笑着回答。

绿美因为姐姐还连连地咳嗽，遂给她斟一杯茶，说姐姐快喝一口。红美把眼泪水也咳了出来，一面拿手帕拭眼皮，一面遂微微地喝茶，还把她纤手儿，轻轻地抚摸着自己胸部，好像咳嗽得非常难过的样子。晓保有点关怀的样子，说道："大姐，你这咳嗽有多少日子了？我想该请大夫瞧瞧才是。"

"唔，日子倒也不少了，时好时咳，大概秋风起了，那咳嗽也比较厉害一点。其实我在汉口的时候，也瞧过了好多个医生，但却治疗不断根。尤其是那一年他……死……之后，我的咳嗽就更没有好的日子了。唉！我想……我将来的性命，就会送在这咳嗽上面的。"红美不免勾引起了无限的旧恨新愁，她深深地叹了一口气，大有盈盈泪下的样子。

绿美听姐姐这样地说，心中有点黯然神伤，皱了翠眉，哀怨地说道："姐姐，你好好儿的，为什么又要说到这个悲哀的思虑上去呢？"

"咳嗽原是一点儿小毛病，原没有什么稀奇的。大姐，你不要难过，我有个朋友在药厂里做药剂师，有一种咳嗽药水，非常灵验，吃一瓶就可以完全好的。明天我去要一瓶来，你吃了一定会好的。"

"你们以为我是怕死吗？哈哈，这也许是你们错理会我的意思。人生百年，如白驹过隙，一个人的死，不过是迟早问题。我觉得在这个世界上做人，还不如痛痛快快地死了干净。就只怕死不死、活不活，那当然是更感到痛苦的了。"

红美听晓保和妹妹都向自己安慰，遂苦笑了一下。她粉脸儿上是浮现了一层惨白，虽然她本来还涂过了一层脂粉的颜色，但内心的苦闷和忧愤，已掩饰不住地显露出来了。绿美和晓保互相地望了一眼，不觉凄然无语，喉间都觉得有骨鲠住了一样，要想劝慰的话，一时里说不出，大家几乎泫然泪下。幸亏那锅子虾仁伊府面端了上来，晓保才有了说话的机会，低低地说道："大姐，我们别谈这些伤感的话吧，还是快点儿地吃面。"

"你们吃好了，我真的已经很饱，一点儿也吃不下。"在经过了一阵伤心后的红美，她如何吃得下点心呢？遂摇了摇头，是叫他们两人只管自己吃的意思。

晓保还劝她多少吃一点，绿美知道姐姐的脾气，遂说道："姐姐吃不下，你别硬要她吃。她吃得不舒服，又要胸口痛的。姐姐，我劝你不要太消极，常言道，做一日和尚撞一日钟，又道是，春蚕到死丝方尽，谁人肯向死前休？所以我以为既然在这个世界上做了人，总应图一个最后的挣扎才好。"

"大姐，二妹这话是不错的。所以你要保重身子才是，要知道没有了身子，就是没有了所有的一切。死有重于泰山、轻于鸿毛之分别，况且自古道，好死不如恶活，那你又何必郁郁不乐地自己糟蹋自己的身子呢？"

红美听两人好像在说教似的劝慰着，于是也不再忧形于色，只把头儿点了点，并不作答。因了红美的不欢，使绿美和晓保两人都有点悲哀的感觉。红美见他们虽然吃着面，却大有食而不知其味的样子。因为不忍他们为了自己也受到一种感伤，所以她故意瞧了一下手表，便呀了一声，说时候不早，快到茶舞时间了，我该先走一步，再会了。她说着话，也不等他们回答，就点了点头，拿了皮包，匆匆地走了。

绿美待姐姐走后，忍不住眼皮儿一红，轻轻地叹了一口气，垂泪说道："唉！照这样子下去，姐姐的寿命，是恐怕不会长久的了。"

"绿美，你为什么也要这么地说呢？我知道你姐姐完全是因为感到身世可怜，所以觉得心灵上无限地空虚，才有这样消极的思想。明天只要给她找到了一个相当的对象，使她心灵上有了寄托，那么她一定就会有新生的安慰，再不会说这些伤心的话了。"

"但是在这灯红酒绿的场所中，一切都是虚伪、诈骗、势利、险恶，哪里找到一个好对象呢？所以对于姐姐的做舞女，我本来就大不赞成。但是姐姐也有姐姐的意思，求人不如求自己，问人家要钱用，总是自己袋里有比较舒服。再说我又赚不得大钱，因此我也没法去劝阻她。晓保，你有没有好的同学？给我姐姐介绍一个，那么我就不愿姐姐再抛头露脸地到这种地方去浮沉了。"

"我当初倒很想把我哥哥来介绍给你姐姐，但哥哥偏有了这么一个女朋友了，所以我这意思，也只好打消了。"

两人说到这里，觉得这些都是一种空谈，遂各自叹了一声，不再说什么了。匆匆吃毕点心，晓保付去了账单，和绿美挽手出了金门茶室。时已傍晚，因为今天星期日，他们晚上也不教书的。绿美恐怕晓保天天太晚了回家，会遭到他父母的猜疑，所以叫他早点回去。自己的功课，也应该去温习温习。晓保听了，不敢违拗，遂握手分开，各自回家了。

绿美平日是很节省的，差不多连电车都不大舍得乘上去，反正没有事情，所以她便安步当车地在马路上走着。忽然见前面走来一个西服少年，向自己含笑招呼。绿美仔细一看，原来是保险公司里的同事汪贤琳，于是也微微地笑道："汪先生，你上哪儿去？"

"陶小姐，我想去看一场五点半的影戏，我请你一同去看好吗？"

"谢谢你，我刚看了一场回来，真疲倦得很，我想回家去休息了。"绿美含笑摇了摇头，婉言向他谢绝了。

汪贤琳听了，当然有点失望，不过他还一再地向她要求着说道："陶小姐，今天是星期日，很难得的，就再去看一场电影吧！难道这一点儿面子都不肯赏给我吗？"

"汪先生，这个请你原谅，我改天一定奉陪你好不好？因为我这个人有点乡下脾气，多看了电影，会感到有些儿头晕目眩的。"

"既然陶小姐这么说，那我就不勉强你了。陶小姐府上在哪儿？要我送你一程吗?"

"咦,你不是要去赶这一场五点半的影戏吗?我看你还是快点儿赶时间去吧,要不然,恐怕是来不及了。"

绿美听他真有些儿自说自话的,一时觉得十分有趣。世界上的男子,见了女人,好像都会苍蝇见了糖似的飞不开,难道女人的魔力就有这么大吗?幸亏他是去瞧电影的,假使有什么要紧公事去的话,那不是因女人而误了公务吗?想到这里,自不免十分感叹。但汪贤琳却又自说自话地说道:"其实一个人闷坐在电影院里去消磨两个钟点,那也没有多大的意思。我也不高兴去了,还是一路送你回去,这么谈谈说说,比较有意思多了。陶小姐,你府上还有什么人吗?"

"我家里的人可不少呢!爸妈、兄弟姐妹,还有侄儿侄女,一共有十多个。"

汪贤琳这种态度对待着绿美,绿美心中自然是十分明亮,这可说是初步的追求。不过他是和自己一个公司里的同事,既不能声色俱厉地和他板面孔,但也不能和他有亲热的表示。又恐怕他借着陪送的名义,要到自己家中去,所以眸珠一转,故意又这么地圆了一个谎。汪贤琳信以为真,遂微微地一笑,脉脉含情地望了她一会儿,说道:"陶小姐,你真是好福气!不知你挨着老几?"

"我是老四,上面两个哥哥、一个姐姐,下面还有三个弟弟、两个妹妹。"绿美一面说,一面连自己也说得笑起来了。

汪贤琳见她那种笑的神情,真是越看越美丽,越看越可爱。遂呀了一声,说道:"想不到你兄弟姐妹有九个,真了不得,每天在家庭里一定很热闹的了。"

"唔……啊呀!汪先生,你难道真预备送我回家吗?我看不必了,你还是去看你的电影吧!"绿美停止了步,向他再三地拒绝。

汪贤琳却并不感觉到人家有点讨厌自己,还一味地自作多情,温文地说道:"其实我此刻去看电影,好的座位也买不到了。所以我真的不去看了,那么我送你到弄门口,我也回家去了。"

"那可真对不起你，叫我真不好意思。"

汪贤琳一定要送她，这叫绿美倒不能过分地拒绝人家了。好在青岛路原不多远，由白克路转弯，那斯文里也就在眼前了。绿美在里门口站住了，向他点了点头，说道："汪先生，本当请您到里面去坐一会儿，但是家里地方太小，再说我爸爸的思想很旧，恐怕有许多的不方便，我们再见吧！"

"陶小姐，你家几号门牌呢？"汪贤琳恋恋不舍地追上两步去，忍不住又急急地问。

就在这个时候，忽然见八号里面走出一个少妇来。她老远地先向绿美叫了一声陶小姐，绿美不及回答贤琳，转身去望，原来是熊少奶，便忙也含笑招呼了一声。熊少奶见那个少年是个陌生的面孔，并不是王先生，她一面向弄外走，一面心中暗暗地细想，觉得这位陶小姐倒也是个交际广阔的姑娘，自己已经有了这么一个美貌的未婚夫婿，谁知她在外面还要交男朋友呢。像我说也可怜，断命这个烂浮尸把我丢在这个冷冰冰的屋子里，好像是活地狱里在受苦一样。假使我有王先生那么一个丈夫，不，只要有他那么一个情人好了，我已经是够欢喜的了。熊少奶一面想，一面跳上一辆人力车，叫他拉到维也纳舞厅里去。

原来这个熊少奶是人家一个小老婆，斯文里八号这房子也是人家租的小公馆。得宠的时候，夜夜住到小公馆里来陪伴熊少奶。但日久生厌，熊少奶渐渐地失宠了。一个月之中，也有不得三五夜到她那里去住宿的。不过生活费还是照常给付，熊少奶为了见在钞票的面上，所以只好竭力地忍耐着。但春闺寂寂，空房独守，一个如花如玉的少妇，怎么过得惯这样凄凉的生活？所以她也只好时常出入歌榭舞台去找寻她的快乐和安慰了。

熊少奶坐了人力车到维也纳舞厅门口停下，付了车资，正欲走进舞厅门口去的时候，出乎意料之外的，却会碰见了晓保。晓保和绿美分手，原是回到家里去的，怎么还会在马路上游荡呢？原来晓保正欲坐车回家，路上又遇见了一个同学，带着两三个舞女，拉了他一同到咖啡室

121

去坐一会儿。晓保情意难却，只好答应了人家。但坐不了一会儿，便即告别出来。这真是一件太巧的事情，想不到在维也纳舞厅门口，会和熊少奶遇见了。

当时熊少奶遇到了晓保，这真仿佛得了宝贝一样地欢喜，立刻抢步上前，把他拉住了，笑盈盈地问道："王先生，王先生，你到什么地方去呀？"

"啊，我道是谁？原来是熊少奶！"在冷不防之间，晓保听人家呼他为王先生，他以为是人家一定认错了人。但当他回头见到了熊少奶的时候，方才猛可想到我这个王姓是她面前暂时的姓氏，遂忍不住好笑地向她点点头儿，也低低地招呼。

熊少奶眉花眼笑地显出无限娇媚的态度，说道："王先生，我们难得在这里遇见了，大家到舞厅里去坐一会儿好吗？"

"不，对不起，我没有工夫，改天奉陪你好不好？"晓保因为自己有了绿美这一个心爱的人，他对于外界女人，好像谁都瞧不入眼。为了表示爱情专一，他当然是不愿意随便跟了什么女人去一块儿游玩。所以急急地摇头，回身要走的样子。

熊少奶哪里肯轻易地放走他？遂拉住了他，紧紧地不放，说道："王先生，今天是星期日，你们写字间里也放假的。再说此刻快六点多了，晚上还有什么事情呢？哦，我明白了，你是不是又要去教你未婚妻的英文去啊？"

"不，今天星期日，我们也放假的！"

"其实，你要如去的话，我此刻也劝你不要去！"

"熊少奶，你这话是什么意思？"晓保听她这话中好像有点神秘的意思，一时倒不免猜疑起来，遂皱了眉尖儿，向她奇怪地问。

熊少奶笑了一笑，还故意用了俏皮的口吻，低低地说道："唔，你此刻到斯文里去，保险你心中要生气！"

"到底是什么意思？你爽爽快快地告诉我吧！"

"你别急，我就告诉你，因为陶小姐此刻带了一个男朋友正在家里谈话。你若去了，岂不是要白板对煞了吗？"熊少奶说到这里，忍不住哧哧地笑起来了。

晓保听了这话，脸上一阵血红，他的心里立刻觉得不受用起来。但仔细一想，我和绿美还只有刚刚分手，她怎么会约了男朋友到家里去呢？时间上也没有这么快速呀！这就冷笑了一声，板住了面孔，瞪了她一眼，说道："熊少奶，谢谢你的好意，还要你来关照我，我觉得你未免太操心一点了。"

"王先生，你这话……难道误会我来离间你们的感情吗？这实在完全是真实的事情，我假使说一句谎话，我马上不得好死，今夜就断气。"

晓保见她急得罚咒念誓，表示那分儿认真的样子，一时倒又弄得将信将疑，不禁怔怔地想了一会儿心事，然后低低地问道："那么是你亲眼瞧见的吗？"

"当然亲眼瞧见的，这不是一件开玩笑的事情，我岂肯胡乱地冤枉人？"

"是个怎么样的男子呢？"

"和你长得差不多高低，一副白净的脸蛋儿，也是穿着西服的，看上去是个很漂亮的少年。"

"你这话当是真的？"

"若是捕风捉影，含血喷人，今夜死在汽车底下。"

"好！这不要脸的贱人！算我瞎了眼睛，白费一场心血！"晓保听熊少奶这样认真地罚咒，可见事情不会有假的了。他只觉得有股子酸气冲上脑门儿，脸儿由红转白而变成了铁青的颜色。他情不自禁恨恨地骂出了这几句话，眼睛里好像要冒出来火星的样子。

熊少奶见了，却又很慌张的样子，说道："王先生，你这又何苦？你这又何苦？你们到底是对未婚夫妻，她如何会另去爱上别人呢？我说白板对煞，这原是和你开玩笑的，你又何必认真呢？"

"你不是说她约了一个小白脸儿在家里谈话吗？"

"虽然她约了男朋友在家里谈话，但是你总也不能肯定说他们是在谈

123

爱情呀！我所以告诉你这个消息，倒并非是为了搬弄是非，要你们闹意见。我的意思，即使你们成了夫妻吧，那么她有她的朋友，你有你的朋友，大家在坦白的情形之下，就是偶然和朋友在外面玩一次那也没有关系。比方说，陶小姐和她男朋友在家里谈天，我和你到舞厅里去玩一会儿，这些都是很普通的事情。所以我的意思，劝你不要太痴心、太专一，随便一点，这就可以除却许多的烦恼。"

"你这话虽然有理，但是你要知道人是'性'的动物，不论他有怎么坚强的意志，一旦被情感冲动的时候，恐怕圣贤人也难免性欲横溢了。所以我以为男女之间，除了夫妇之外，简直是不能接触的。"晓保听她这时倒又代为绿美解释起来，遂摇了摇头，表示自己的见解完全是现实的理论。

熊少奶扑哧一笑，说道："你这话也不尽然，比方说，你此刻和我到舞厅里去坐一会儿，那么我们也未必会闹出什么花样精来呀！王先生，你别生气了，一个人要及时行乐，免得老大徒自伤悲。"熊少奶一面笑盈盈地说，一面便拉着他步入舞厅里去了。

晓保在舞厅里，身子虽然和熊少奶跳着舞，但是他的心中却是十分气愤。只管想着绿美的可恶，水性杨花，女子到底没有一个靠得住的，想我待她这样的恩情，也可谓至矣尽矣，谁知道她还要另外去交男朋友，怪不得她刚才叫我早点回家，原来他们是早已约好的了。这姑娘外表的秀丽，到底掩不住内心的龌龊，在不久的今日，居然完全地暴露出来了。晓保越想越气，他觉得非把她痛骂一顿不可，但是当面见到了，也许有许多的话骂不出来。这就想到了写信，于是在跳完了一次舞之后，便在袋内取出日记簿，撕下了两页，立刻写了一封信，交给熊少奶，托她带给绿美。一面也无心再在舞厅里游玩，和熊少奶握了握手，便匆匆地奔出舞厅外去了。

这晚熊少奶从舞厅里回来，已经十一时了，她想这封信假使自己去交给绿美，似乎有点不好意思，绿美心中一定要怨恨自己搬弄是非，以为破坏他们的爱情。所以她在转念之下，便把这封信交给阿姨，由阿姨交到绿美的手里。

绿美这时坐在灯下，一面做着功课，一面借此等待姐姐回来。此刻接到阿姨送来的信儿，还连连地道谢。送了阿姨出房之后，方才展开两张日记簿的纸儿，只见上面很潦草的字迹写道：

陶二小姐台鉴：我是一个可怜的愚蠢者，我枉为生了这两只很有光的眼睛，但我到底是受了人家的拨弄，让人家把我当作一个活死人看待。唉，说起来是多么心痛啊！我这里白白花费了劳力不算，而且又花费了多少的精神和心血！我要把一枝落在污泥的花朵拾了起来，让清洁的水来洗涤干净。谁知道这一枝花朵，并非是现在九月里天气清高的菊花，却是三月里最轻薄的桃花。她的外形虽然是那么艳丽、那么诱人，但她的品格是低贱的，是卑劣的！她不知道什么叫情、什么叫爱，她根本是个水性杨花、视男子为玩物的淫娃！她见了新的，比旧的好。她没有廉耻！她没有心肝！我是盲目的人，我始终还在歧途徘徊。但我今天明白了，清醒了。我的眼睛已完全亮了，我好像是这么地做了一场梦啊！以上这些话，在表面上看起来，好像叫人有点莫名其妙。但是你自己做的事，你自己当然知道！我也不必再来和你解释了。哼！希望你和你新的朋友去永远地相爱吧！我们在这短短的这些日子中，从此分手了，完了！

被人玩弄的乔晓保　即日

绿美在瞧完了这一封剪刀般的书信，她真是弄得丈二和尚摸不着头脑了。粉脸一阵红、一阵青、一阵白，不禁转变了死灰的颜色。她不知道这是怎么的一回事，她还以为自己在做梦。她摸摸自己的脸儿，这才感到完全是现实的时候，她的心碎了，她的肠断了。正欲疯狂起来的样

125

子，忽然见房门开处，红美跌跌冲冲地奔进房中来，她也发了狂般地哈哈大笑，口里叫着："子云，子云，你今天也被我找到了吗？我就杀了你！哈哈，哈哈！"但是她的话声未完，身子已向前直扑地上去了……

红粉飘零在此告一段落，欲知以后这一对飘零女的结局如何，且待《叶落西风》中再行奉告读者诸君了。

三五年深秋作者

叶落西风

一、舞海悲彷徨　狭路逢仇惊芳心

华灯初上，暮霭笼罩大地的时候，在上海这夜都会里，和普通的城市不同，却相反更加热闹起来。粉白黛绿，钗光鬓影，在这五颜六色、光怪陆离的霓虹灯光之下都婀婀娜娜地出现了。新光舞厅的装置和设备，极尽富丽堂皇，在市中心允称第一流舞厅。虽然这是一个消耗金钱的艳窟，但一般囤积居奇的暴发户，有了钱没处花，当然要大大地活动一下。因此茶资虽贵，而营业还是蒸蒸日上。一般娱乐场所在上海好似雨后春笋，今天这家戏院揭幕，明儿那家舞厅剪彩，真是拥挤得不得了、热闹得不得了。不过几家工厂商店，因为人工涨、原料少，而最大原因，是舶来品源源而入，货色好，价钱贱，国人只图便宜，而根本没有国家思想。所以弄得工商业一败涂地，今天店关了，明儿厂闭了。回首看着雨后春笋的娱乐场所，那真叫人感到望尘莫及的叹息。娱乐救国，这也是中华民族最先进的思想了？

香槟酒气满场飞，爵士音乐声吹奏，新光舞厅里此刻是最热闹的时候。虽然已经是秋天的季节，但舞厅里根本没有一点儿秋天萧条的景象，灯红酒绿，完全呈现了春的气息。你瞧女人的玉腿，嫩藕似的白臂，高耸耸的酥胸，亮晶晶的媚眼，甜蜜蜜的笑容，一切都是那么勾人灵魂，使人心荡。无怪一般醉生梦死者，拔一毛而利天下有些不大情愿，在女人身上，一掷千金，却是在所不惜。

这时舞池里的舞女座位上，有一个舞女，她低垂了头，好像对于眼前这狂欢的情景，她心头感到十分感慨。她觉得自己在这舞海的旁边，也是永远没有光明的日子。所以她心中只有难过，而没有欢乐。这个舞女是什么人呢？原来就是陶绿美的姐姐陶红美。红美在舞厅里改名秀琴，因为她长有非常美丽的姿容，所以拥有大量的舞客。晓保的哥哥大保，为了红美，还生了一场相思病，要不是红美写信去安慰他，恐怕大保一时还不会好起来。大保兄弟两人热恋着陶家姐妹花，除了绿美和晓保是公开的，红美和大保的相爱，却是相当秘密，绿美和晓保都一些也不知道。这是红美一个计划，因为她常常在无意之中就可以从晓保口里得到大保的消息。

　　红美此刻是正和晓保、绿美在金门茶室里分别出来的，因为见到了妹妹和晓保心心相印、亲亲热热的神情，使她当然会想起了大保对自己这一份痴心的情意。"不过妹妹和晓保的友谊是坦白的、真挚的，并没有一点儿虚伪的掩饰。然而自己呢？对待大保，未免太不诚实，因为我完全是欺骗着他。虽然我对他也不免动了一点儿爱怜之心，但我到底没有向他说过一句真心话呀！在大保心中是只道自己在银行里办事，他却不知道我是一个供人搂抱的舞女。假使有一日被他拆穿了我的秘密之后，那么他是不是还像现在一样爱我呢？我觉得这当然还是一个问题。"红美垂了粉脸，呆呆地想到这里，心中便开始悲哀起来。

　　就在这个当口，她面前已站立了一个西服少年。红美于是不得不抬起脸，向他望了一眼。但出乎意料的，却是一个陌生的面孔，红美遂只好强颜含笑地起身，让他搂住了腰肢，到舞池里去了。因为是陌生的舞客，彼此默默地并不说一句话，跳完了一节音乐，也就各自分手回座。红美见他临分手的时候，对自己微微地一笑。在这一笑当中，也许正是他对自己表示的一种好感。红美心中暗想："这少年的样貌倒还长得不错。但社会上的人，越是面目端正、衣冠楚楚，他的居心，也许越是卑鄙龌龊的。"这虽不能一概而论，不过红美的意思，认为在舞厅里溜达的青年，至少是一个半麻醉不学上进的人。所以她对于每一个舞客，心里从来不起爱的波纹。

　　那个青年第二次来和红美跳舞了，他把红美身子微微地推远了一点儿。两人的脸，这就相对着距离不到三寸光景。从暗绿色掺和了暗红色的灯光之下，望着红美的粉脸，当然是更见妩媚艳丽。那个青年似乎因为她的美色而动了心，他脸上老是浮了微笑，嘴唇一掀一掀、欲语还停的样子。因为这节音乐是快步华尔兹，跳舞的时候，原不相偎一起，所以红美对他倒并不怪有轻薄的表示。不过她是微偏着粉脸，避过他的视线，一本正经地跳着舞。跳华尔兹的时候，最怕是舞池里的人多，因为舞步开得大，容易相撞。就为了这个缘故，红美被人一撞，身子向前冲跌，便扑向那青年的胸怀来。那青年冷不防被推，一时站不住脚，便向后跌了下去。红美想不到他会跌了下去，自己的身子也就毫无自主地连带着跌了下去，齐巧压在那青年的身上。这一幕情景，在舞厅里演出，大家的心中只感到是一件有趣的事情。所以不但并没有人去搀扶他们，而且还拍手叫好起来。有几个爱吃豆腐的朋友，更加连喊着一种不堪入耳的淫秽语句。众人舞也不跳，索性围在他们的旁边，嘻嘻哈哈地看热闹了。

红美被他们这么一来，心里的难为情，真不是一支秃笔所能形容其万一的了。一时涨红了两颊，只好连忙地爬起身子。但回眸一看那青年，躺在地上，两手捧着后脑，似乎跌得有些昏厥的样子。因为这一跤跌下去，说起来还是自己连累了他，假使自己不把身子扑到他怀内去，他当然不会跌倒。虽然和那青年是毫不相识，但一颗芳心，到底不忍。于是不得不俯身下去，把那青年的身子扶了起来，还用了抱歉的口吻，向他急急地问道："你怎么啦？你怎么啦？头部受伤了吗？"

"不，没有，没有。还好，还好。"

那青年站定了身子，听她很急慌地问。这就向她望了一眼，见她紧锁翠眉、又羞又急的意态，好像急得要哭出来的样子。虽然自己的颈部真的有些疼痛，不过他还竭力地否认，表示安慰她别急的意思。红美知道他也许是强装好汉，心中很有些过意不去，遂扶着他又温情地说道："我瞧你还是快到座桌旁去坐一会儿吧。"

"很好，很好。"

红美听他一面回答，一面已向舞池外走了。这也许是为了一点儿人

131

情上的关系，她不得不扶着他一同走到座桌旁的沙发椅上坐下了。在红美的意思，把他扶着坐下之后，自己也就完了责任。但她想不到自己转身要走开的时候，却被那青年伸手拉住了。红美回头望了他一眼，齐巧他也向红美望过来，四目就接了一个正着。因为他既拉住了红美，却又脉脉含情地并不说话。红美当然有些受窘，这就熬不住地向他反问着道："先生，你……"

"哦，我想请你坐一会儿……"

红美听他这样回答，知道他是叫自己坐台子的意思了。于是在他身旁的沙发椅子上坐下了，垂下了粉脸。不知怎么的，她心里感到有些局促。那青年吩咐侍者给她泡上了茶，然后在袋内摸出烟盒子来，递给红美，低低地说道："你抽烟吗？真对不起，累你也跌了一跤。"

"谢谢你，你别这么说，这是我累你跌跤，你太客气了，怎么反而怪到你自己了呢？你跌痛了哪里没有？我对你倒是觉得十分抱歉。"

红美一面取过了一支烟卷，一面含了微笑，低低地回答。因为他彬彬有礼，所以她先把火柴划了，忍不住向他献一点儿殷勤。那青年听她这么说，又见她对待自己这一个举动，不免有些受宠若惊。他凑过脸去，吸着了烟卷，连声地道谢，一面说道："那么大家都没有不好，其实是撞了你一下的人最不好。请问小姐贵姓？"

"敝姓陶，贱名秀琴。先生，你贵姓呢？"

"我姓汪，草字贤琳。"

原来这个汪贤琳就是绿美的保险公司里的同事，自从绿美上写字间办公之后，贤琳对她就产生了爱慕之心，他希望和绿美有谈恋爱的途径。但绿美是在经理室一间办公的，所以贤琳就苦在没有和她接近的机会。今天下午五点光景，贤琳在马路上和绿美遇见了，他认为这是千载难逢的好机会，岂肯错过？遂一路伴送绿美回去，有一搭没一搭地和她说着话。可是绿美早有意中人晓保，对于贤琳的关切之情，也只有付之东流。贤琳见绿美对自己并没有热烈相爱之意，心中自然大为失望，所以在斯文里门口，和绿美匆匆地分手，便上舞厅里来找刺激了。想不到在舞厅里发现了红美，他觉得这个舞女和自己心爱而又追不到手的绿美小姐十分相像，于是他便要把爱绿美的心，去爱到那舞女的身上去。他心中的意思，也无非是慰情聊胜于无的一种痴意办法，此刻听她告诉也姓陶，一时更加欢喜起来。暗自想道，难道她们是两姐妹吗？不过转念一忖，又觉得好笑，既然她们是姐妹，也总不至于一个做职员，一个却在做舞女的。那么天下巧合的事情，当然也时有发生，不足为奇。贤琳一面想，一面望着她只管呆呆地出神。

红美倒被他看得难为情起来了，秋波羞涩地逗了他一瞥，低低地说道："汪先生，你在想什么？是不是头脑还有点儿疼痛呢？"

"不，头脑倒不痛什么了。我见了陶小姐，使我想起了一个人……"

"想起了什么人来？难道和我有什么连带关系吗？"

"嗯，是的，因为你太像她了……"

"我像谁？"

"像我公司里一个女同事，她和你的脸，真好像是一对姐妹的样子。"

红美听他这样说，芳心里倒是别别地一跳。不由得暗想，莫非他和我妹妹是一个地方办事的吗？但表面上还故作不相信的神气，撇了撇嘴儿，笑道："真的吗？我想没有这么巧的事情，一定是你在跟我开玩笑。"

"真的，真的，完全真的，不但容貌相像，而且……而且……她也姓陶……"贤琳却显出一本正经的态度，表示他很诚实的意思。

红美听了，益发心跳起来。她担忧着自己会被他知道是绿美的姐姐，那么不是要失了妹妹的面子吗？不过仔细一想，自己何必担这样的心呢，遂还是装作不信任的样子，问道："那么她叫什么名字？总不见得她也会叫秀琴的呀？"

"这当然喽，我这位女同事叫绿美。"

"汪先生在什么公司里办事呢？"

"在国华保险公司里做小职员，说来很不好意思。"

"客气，客气，谁知道你也许是一位大经理！"红美想不到他果然是和妹妹在一个保险公司里办事情的，口里虽然是这么回答，但心是跳跃得厉害。她竭力镇静着态度，一口一口地吸着烟卷。

贤琳听她后面这一句话，心里就冷了大半。暗想："她猜测我也许是一位大经理，那么在她心中就是希望我是个有钱的大经理。假使被她知道我真的是一个小职员，恐怕她心里就大大地不欢迎了。因为在歌台舞榭中的女子，她们的心目之中，当然是只认得'金钱'两个字。那么我要和她去谈真正的恋爱，那不是成个大傻瓜了吗？"贤琳想到这里，心中不免感到痛苦起来。因此呆呆地也只管抽着烟卷，默不作声。

红美见他神情冷淡，似乎有些不乐意，遂瞟了他一眼，又低低地问道："汪先生，你常在舞厅里玩儿吗？"

"不，一个月之中也只不过两三次罢了。"

贤琳摇了摇头回答，他心中有个考虑，要试试这位舞女的意思，是不是崇拜金钱的人物。红美点点头，表示赞成他的样子，说道："这样很好，因为这种灯红酒绿的场所，容易使青年人的头脑麻醉。假使入了迷途之后，大者可以倾家荡产，至少也得花费精神、有损金钱，所以汪先生能够不入其门更好。否则，一个月一次，聊作逢场之戏才是。"

"陶小姐这话说得很有道理，我想不到在一个做舞女的口里会说出这几句话。可见你和普通舞女不可同日而语，我心中十分敬仰，陶小姐真不愧是一个有思想有智慧的新女性。"

红美所以向他劝慰这两句话，是因为知道他是一个有正当职业的青年，而且还是和妹妹一个公司里工作的同事。所以对他不免有了关怀之意，无非劝他不要深入迷途而遭到将来身败名裂的意思。但贤琳听了她这几句话，一时倒不免呆呆地愣住了。他感到惊奇，他感到欢喜。因为凭她这几句话，已经是显出她的人格和身份了。这就含了满面的笑容，似乎佩服得五体投地的样子，竭力地称赞。

红美忍不住好笑，坦然说道："请你不要过分地捧我，做舞女的人，到底还是一个舞女罢了。假使我真的是一个新女性的话，那么我也不在这纸醉金迷的上海做舞女了。"

"不，我以为并不是这么说的，因为女子在社会上的出路太狭窄了。为了生活，为了面包问题，我知道你也许是出于不得已的办法，陶小姐，我倒很有意思跟你交一个朋友，不晓得你的心中怎么样？"贤琳听她说得那么自谦，一时更加感到她不是一个平庸的女子，他十分同情的样子，向她低低地请求。

红美望着他微微一笑，说道："也许我不够资格吧！"

"不，不但足够，而且还有余哩！陶小姐，我相信你假使肯和我交朋友的话，不但对我无害，并且还有很大的益处。"

"汪先生，你这几句话是怎么解释的？我倒不明白了。比方说，你此刻叫我坐台子，至少就得叫你花费金钱来买舞票。那么这对你到底有益还是有害呢？所以你要和我交朋友，我以为大可不必，因为我们做舞女的人，我喜欢老老实实坦白地说，对你们跳舞的朋友，绝对是有十二分的害处。"

"和别的舞女交朋友，这也许是有害无益的。不过像你陶小姐……只要听到你这番话，我觉得花费区区之数的舞票所收获的代价，却至少已有十倍以上的了。陶小姐，我已决心交你这么一个女朋友了，除非你嫌我是个小职员，那么我就觉得不能向你高攀了。"贤琳有些自说自话的样子，说到末一句话，他望着红美的粉脸，希望她能够有个圆满的答复。

红美暗想：像我这么一个苦命的人，想不到还有大保、贤琳这些痴呆的人来一心爱恋着我，一时倒又感觉无限的欣慰。不过我既然对大保有了相爱的意思，那我怎么可以再跟贤琳交朋友呢？所以她又觉得十分为难。不过自己心中这一层为难，又不好意思向他剖解。但听了他后面这两句话，分明有俏皮自己的作用。红美当然不肯承认，遂认真地说道："汪先生，你以为我是一个拜金主义的女子吗？假使我要因为你是一个小职员而不愿和你交朋友的话，那我又何必向你很关切地劝告呢？

其实我肯坦白地跟你说这些话，我已经承认你是我的朋友了。"

"承蒙陶小姐看得起我，那我除了万分欢喜之外，又感到无限荣幸。不过我们既然成了朋友，你府上的地址，似乎应该有告诉我的义务。"

红美听他自说自话，猜度他的意思，总不外乎是色眯眯地有了野心。因此又觉得不高兴起来，冷笑了一声，说道："汪先生，你这义务两个字从哪儿说起呀？我劝你不必这么痴心妄想了。做舞女的人，是不懂得什么叫爱情的。你假使感到生活枯燥的话，那么你可以跟你爸妈去说，还是早点儿结婚吧！"

"这个……陶小姐，我明白了，你以为我对你有什么不良的存心吗？那你完全误会了我，我和陶小姐想交一个朋友，无非是彼此可以得到一点儿帮助，你要认为我是有野心的话，那你把我的人格就太看轻了。"贤琳见她绷住了粉脸，倒是回答得十分爽快。因此说了"这个"两字，通红了脸，支支吾吾的倒有些说不下去了。不过他眸珠一转，立刻急急地又辩白了这几句话，表示自己真心想和她有交朋友的意思。

红美淡淡地一笑，说道："男女间结交朋友，到结果，总脱不了是谈情说爱。所以你这些话，都是一种美其名而已。你要晓得，我们为什么要做舞女？那很明显的，是为了生活。再说得痛快一点儿，为了赚钱。那么你要和我交朋友，时常到舞厅来找我，我试问你，你的金钱不是要源源不断流到外面来了吗？所以我很关心地对你说，你要和舞女交朋友，你这个思想是绝对错误的。"

"陶小姐，你这些话要如换作别人口里说出来，那我一定会绝迹舞厅。但是从你一个做舞女的口里对我说这些话，我觉得你并不是一个舞女，而是一个伟大的女性，我对你的印象实在太好了。像你这么一个有思想的姑娘，会在舞海里浮沉，那真是叫人代你可惜！"红美越是向他警劝拒绝，表示做舞女的人是个害人之物，但在贤琳耳朵里听来，却越加感到红美的可爱和不平凡，他含了多情的目光，向她脉脉地望着，包含了惋惜的口吻，低声叹了一口气。

红美觉得这个青年的痴头怪脑，倒实在不下于大保，遂好笑道：

"你不要以为我是一个了不起的女性，其实我和普通的舞女没有两样。你和我跳舞，叫我坐台子，不照样要买舞票花钱吗？"

"话虽不错，但一样到舞厅里来游玩，花钱也有值得不值得、冤枉不冤枉的分别。比方说，今天我跟你认识了，而听你许多雅教，我这些钱不是花得很有价值了吗？所以我今天非常高兴，因为在舞厅里面要再找个像你这样的舞女，恐怕是没有的了。"

红美说的话，无非是叫他在自己身上感到失望和灰心。所以她故意装出以金钱为前提的样子，叫他感到觉悟而不再痴迷。可是贤琳好像已经猜透了她的芳心，他还一心一意表示对红美发生好感的意思。红美在这个情形之下，就弄得没有了办法，对他嫣然一笑，也就不再说什么了。音乐起了，贤琳站起来，向红美求舞，两人便走向舞池里去。跳舞的时候，红美向他低低地问道："汪先生，你府上有些什么人呢？"

"爸爸、妈妈和我，一共只有三个人。"

"兄弟姐妹一个都没有吗？"

"嗯，一个也没有，爸妈只有我这么一个独生子。"

"你青春多少了？我想你爸妈照理应该给你结婚了。假使你有了家室之后，我想你也许不会再到舞厅来游玩了。"

"我今年二十四岁，说年纪大也不算大……"

"不算大？照你的行为和言语看起来，我知道你是很需要结婚的了。"红美秋波斜了他一眼，忍不住笑起来说。

贤琳被她说得两颊有些发红，沉吟了一会儿，好像有所考虑的样子，回答道："但是，结婚两字谈何容易？这是一个人的终身大事，岂可以随随便便呢？爸妈也给我说过好多个姑娘，但我总觉得不是我理想的配偶。"

"那么你理想中的配偶，像什么样的姑娘才合你的条件呢？"

"我不瞒你说，我公司里这位姓陶的女同事，她是我理想中的配偶。不过天下的事情，你的理想，未必也是她的理想，所以我对她是只有单方面的理想，这当然是不发生效力的。现在我把爱她的心不知不觉爱到你的身上来了，但是……我听你的口吻，好像也未必能接受我的爱……这一再的打击，真使我心头感到有些痛苦。"贤琳毫不顾忌地絮絮地向她很坦白地告诉了这几句话，说到末了，他紧紧地锁着眉毛，还叹了一口气。

红美听了，暗自想道："原来他起先是爱上了我的妹妹，因为妹妹有了晓保，所以使他感到失望。今天无意之中遇到了我，他便又要爱到我的身上来，那么他的用情真也有些可怜了。"遂微微地笑道："汪先生，你想把我的躯壳来代替你公司里这个女同事吗？那么我老实地对你说，在你心中也不是真正地爱上我呀！因为你的心上，不是只有你这个女同事吗？"

"不，不。这我可不能承认有这个意思，她是她，你是你，难道我见了你就会当作她吗？"

"说不定，因为你没法使她可以爱上你，所以你只好来爱上我，无非把我当作一个木偶而已。"

"陶小姐，你要这样说，那就叫我无法辩解了。其实你这么一个有思想的姑娘，她两个来抵你一个，恐怕还差得多多呢！"

"岂敢，岂敢，我不过是一个舞女而已啊！"

两人话说到这里，一节音乐停止，遂匆匆地携手归座。不料舞女大班李阿四已候在桌旁，他向贤琳弯了弯腰，表示很抱歉的样子，说道："对不起，陶小姐要转一转台子，不多一会儿，就可以过来的。"

"汪先生，那么你请坐一会儿。"

"没有关系，没有关系，陶小姐只管自便。"

红美听他这样说，方才向他含笑一点头，便跟着李阿四到音乐台面前那几张台子旁去了。这边坐了五六个男子，中服西服都有，每人旁边都已坐了一个舞女，只有一个穿中服男子的身旁，还空了一个位子。李阿四引到这空位子边，叫红美坐下，并且给那个中服男子介绍道："这位是陶秀琴小姐，这位是陈先生，你快坐下来谈谈。"

红美听了，遂向陈先生点点头，表示招呼的意思。那个陈先生一见红美的容貌不俗，心中十分欢喜，便向众人得意地笑道："我留着最后喊，到底给我喊着一个国色天香了。陶小姐，这几位都是我的朋友，我给你介绍介绍，这位小王，是纸业界巨头。这位老熊，是银行界领袖……这位……"

红美一面听他介绍，一面随着他手指的人望去。当她看到老熊的时候，芳心顿时大惊起来，同时她的脸部也转变成铁青的颜色。不过一会儿之后，她的脸色又慢慢地转红了，照旧地和众人一一点头。不过陈先生后面介绍的几位，姓什么则全然没有听到，连他们是个怎么样的人，红美也不再去注意了。这到底是什么缘故呢？原来这个老熊不是别人，正是红美要找寻的熊子云。熊子云是杀害红美丈夫的仇人，这在《红粉飘零》中已经叙述得很详细了。红美所以流落到上海来，大半也是为了来找寻她的仇人。不过茫茫大地，何处去找寻好呢？所以她要下海来做舞女，一半固然是为了解决生活，一半也是为了便利找寻仇人起见。因为这种有钱的人，难免时常涉足于歌台舞榭，现在不出红美所料，果然在无意之中发现了仇人。你想，她在骤见之下，怎能不叫她粉脸色变呢？当时子云在瞧到红美的时候，脑海里也有这么一个感觉，这个舞女好生面熟，仿佛在什么地方看见过似的。不过他却想不到秀琴就是宋祖贻的夫人，自己曾经为了她而下毒手把祖贻的性命害了。就在这个时候，音乐声起，这里六对舞侣，便挽手到舞池里去了。

红美为了要探听子云的消息，所以不得不向陈先生显出特别亲热的样子，低低地问道："陈先生，你的大号是……"

"哦，草字文达，陶小姐跳舞有几年了？"

"唉！哪里谈得上一个年字？不瞒陈先生说，我做舞女还不到一个月呢！"

"还不到一个月？可是你的舞跳得很不错呀！"文达见她很感慨的样子回答，一时不免有些将信将疑，遂望着她的粉脸，微笑着说。

红美知道他有些怀疑的意思，遂哀怨地说道："跳舞我本来会的，那算不得什么稀奇。总而言之，我从前也是一个小姐的身份。因为运道不好，才没有办法，沦落舞海，暂操舞女生涯的。"

"哦，这么说来，陶小姐从前的环境一定很好啰？"

"当然，我爸爸在世时也是一个银行家，和你刚才介绍的这位熊先生一样。唉！陈先生，你干什么贵业的？"

"我吗？在证券交易所做股票的……"

"那么这几天股票大涨，陈先生一定是发足财的了。"

"这也不见得，因为前两天我做的空头，所以股票大涨，我反而大大蚀本哩！这位熊先生，他把银行的存款，大量地去买股票，倒真的给他发足了财。"

"熊先生在什么银行做事？"

"他是海文银行经理，我和他还有一点儿亲戚关系。"红美听他说到这里，遂不再细问，点了点头，微微地一笑。这时音乐停止，大家遂携手回座。

熊子云在跳舞的时候，他的脑海里还是一阵一阵地细想：这个舞女到底在什么地方见过了呢？忽然被他想到了，这……这……不是宋祖贻的夫人陶红美小姐吗？哎呀！她怎么会流落到上海来做舞女呢？不知道她晓得祖贻是我用毒药害死的吗？倘若她知道的话，那么她一定不肯和我罢休了。子云这样想着，所以他回座的时候，不免怀了鬼胎，竭力避免和她的视线相接在一起。但他心里十分矛盾，虽然是竭力避过她的视线，而自己却还偷偷地要去窥测红美的举止。不料子云向红美脸上偷望的时候，红美的秋波也向他含情脉脉地瞟了过来，而且还非常娇媚地微笑，在这微笑中至少是包含了一点儿勾引的成分。男子都是爱色的多，何况子云本是色中饿鬼。他见红美向自己微微地笑，在这笑的成分中包含了无限的柔情蜜意，一时心中不免又有一个感觉，莫非她死了丈夫之后，性情改变了吗？那么她对我微笑，当然还有一点儿感情了。假使她肯嫁给我做姨太太的话，我还是把她当作珍宝一般看待呢！子云想到这里，胆子便慢慢地大起来，于是含情脉脉地也向红美报之以微笑。

两人这样地眉来眼去，却被子云旁边那个舞女发觉了。这个舞女名叫夏秀娟，和子云是早已发生过肉体关系的，所以近来打得火热。子云固然把秀娟视作泄欲器具，而秀娟也无非把他当作一家钱庄而已。现在见子云对红美这一种色眯眯的态度，心里当然酸溜溜的大不受用，遂伸过手去，在子云大腿上狠狠地拧了一把。子云手里正拿着一支雪茄烟，他的两眼全神贯注到红美的粉脸上去，此刻冷不防被秀娟一拧，他便情不自禁"哎哟"一声叫起来，而且他手里那支雪茄烟也落到地上去了。众人回头都向子云望去，笑问做什么？子云明知是秀娟吃醋，口中却说不出，一面俯身拾烟，一面才情急智生地说道："雪茄烟灰烫了手，没有什么。"

"好好的拿着怎么会烫痛了手？你的魂灵敢是飞掉了不成？"秀娟听他这样说，便向他嘲笑着回答。

这一句俏皮的话，除了子云本身明白，别人当然不大明了。所以那个小王还接口笑道："对啦，熊先生的魂灵本来早就飞到你的身上去了。哈哈，哈哈！"

"王先生，你不要跟我开玩笑了，你们要好朋友，难道还会不知道熊行长的脾气吗？他是见了新的，就忘旧的，他此刻的魂灵捉也捉不到我的身上来呢！"

"那么照你说，他的魂灵飞到什么人身上去了呢？"

"问他自己好了，死人肚子里自明白。陈先生，你不要笑眯眯，我劝你自己当心一点儿吧！"秀娟见文达笑嘻嘻地向自己望着，这就灵机一动地向他关照着说。

其实秀娟后面这两句话说得非常明显，但在众人一阵嘻嘻哈哈的笑声中便也含糊了过去。只有红美是个心细如发的姑娘，她知道那个舞女是指自己而言的，从而可知他们的关系不是平常可比的了。因为她和自己吃醋，想想真有些好笑。遂故作毫不介意的样子，自管和陈文达好像很亲热似的说话了。

茶舞时间，是五点半到七点半，在灯红酒绿、爵士乐声中的光阴过得分外快速。不多一会儿，音乐已成了尾声，客人都络绎地散去。这时子云先发言道:"时候差不多了,我们大家还是到荣光酒家吃晚饭去吧!"

"熊先生请客,再好也没有了,我们赞成!"小王是刮皮鬼,他首先这么声明了一句,脸上是含了一种卑鄙的笑容。子云今天特别干脆,他说道:"我们开步走吧!"于是大家买了舞票,付了茶账,一共六男六女,浩浩荡荡地开赴荣光酒家去了。

在荣光酒家的筵席上,十二个人团团地围坐了一桌子,嘻嘻哈哈,莺莺燕燕,男女的笑声充满了一室。红美这时的脑海里,又浮现了过去在罗琳酒家宴会上的一幕,这是子云特地请我和祖贻两人吃饭的,万不料祖贻在吃完了这一餐饭后,他的性命就被子云害了。此刻面对仇人,酒落愁肠,却不能立刻把仇人手刃以快人心,所以她不免醉了起来。陈文达见她手捧额角,好像十分不舒服的样子,这就向她低低地问道:"陶小姐,你怎么啦?只喝了一杯酒,难道你就醉了吗?"

"是的,我不会喝酒,恐怕真有些醉了。各位慢用,让我在沙发上去靠一会儿吧!"红美一面说,一面已站起身子来,坐到靠窗那张沙发上去歪躺着。

子云很关怀地站起来,准备叫侍者拿些水果来醒醒酒,但还没有向侍者吩咐,却被秀娟把手一拉,他只好又坐下来了。但这里陈文达已叫侍者端上一盆蜜橘,给红美醒酒。红美吃了几瓣,便静静地靠着沙发养神。她心里是暗暗计划着,仇人已经有了下落,那么将来总有报仇的日子,我眼前千万要忍耐,绝对不能露一点儿痕迹。红美只管呆呆地思忖,他们的酒饭亦已完毕。文达悄悄地走到红美身边,低低地问道:"陶小姐,你此刻觉得好一点儿了吗?"

"嗯,好得多了,谢谢你。"

"那么你肚子饿了没有?我给你叫一客火腿蛋饭吃好吗?"

"不要,我一点儿也没有饿,几点钟了?"

"九点多了,你舞厅里还去吗?假使支撑不住,我给你签票,送你回家去休息怎么样?"

"谢谢你，那可不必了，我还是仍旧上舞厅去吧！"

"好，那么我们仍旧一同去吧！陶小姐，我扶着你走。"

文达见红美站起身子，好像有些跌跌撞撞的样子，一时便显出十分多情，上前去搀扶着她。红美这时也觉得有些头重脚轻，遂靠着文达，大家一同下楼，坐车到新光舞厅。红美向他们点点头，先到盥洗室内去，洗了一个冷水面，把头脑清醒了一下，方才觉得好过一点儿。她走到舞池旁边去坐下的时候，陈文达早又叫侍者来请她坐台子了。文达因为刚才扶着红美，只觉一阵阵的脂粉香味，甜人心腑，所以有些想入非非。他此刻见了红美，和她偎坐一起，更加显出柔情蜜意的态度，向她关心地问道："陶小姐，你酒可曾醒了吗？其实你也没有喝多少酒，怎么就会醉起来？"

"因为我是向来不会喝酒的，再说我近来身体很不好，时常闹着咳嗽，心中一烦，就会头痛脑涨，只怕我这已成了病呢！"

红美微蹙着弯弯的眉尖儿，她说这几句话的表情，至少是包含了一点儿楚楚可怜的成分。在陈文达眼中看来，更感到她有西子捧心的美丽，遂很怜惜地说道："我想陶小姐身子既然这么孱弱，照理是应该休养休养的了。现在你天天过着夜生活，确实是太劳苦了。"

"休养？哈！陈先生，你不要跟我开玩笑了。像我们这样命穷的女子，哪里有福气配得上休养呢？不休养，生活已经难以维持了。你想，生活水平是这么飞涨，比不得你们大老板，今天赚一万，明儿赚八千，不算什么回事。我们一天不跳舞，得饿一天肚子，除非两脚一直，才可以总休养了。"红美说完了这些话，使她激起了旧恨新愁的悲哀，忍不住深长地叹了一口气。

文达听她这么诉苦，在一个女人的身上，他感到了一点儿同情，遂温和地说道："陶小姐，我想你这么一个美人儿，把青春在舞海里消沉，这确实也是一件可惜的事。我的意思，你不是可以拣一个对象，作为归宿吗？"

"话虽这么说，但社会上可靠的人太少了。要找个忠实的对象，那可太不容易了。假使给人家做姨太太后，再被抛弃，那我觉得还是一个人干净。"

"社会上坏的人虽然多，但良心好的人，也未始没有。我以为妻妾不过是一个名义，那倒不必斤斤计较。因为一个没有娶亲的少年，假使他在舞厅里沉迷，那大都是脱抵小开，没有事业、没有才能，所以你们假使要醉心于小白脸的话，往往反被他们连累的……哦，陶小姐，我说的不过是一个比方，你听了可不要生气。"

"没有关系，因为你说的，也是社会上常有的事情，所以我说要在舞厅里找对象，没有一个是靠得住的。好在我已打定主意，既不看中小白脸，也不去嫁大富翁，一个人自由自在，多么好呢！常言道，受人一饭，听人使唤。嫁了人，不是自寻麻烦吗？"

陈文达听她这么说，一时暗暗叫着糟糕。因为自己纵然有不少的话要跟她说，可是却无从说起了。就在这个时候，舞女大班又来请红美转台子了。红美向文达说声坐会儿，她便到另一张台子旁去了。这倒是出乎意料的事情，原来叫自己坐台子的却是汪贤琳，红美这才想到了，表示很歉意地说道："哎呀，汪先生，你……对不起，刚才他们请我吃晚饭，我连回头告诉你一声都忘记了……你……你……用了晚饭没有？"

"谢谢你还记挂我吃了饭没有。陶小姐，这是茶舞时间的舞票，我虽然不能像他们大老板那么成千成万地买舞票给你，但我也不愿意白跳你的舞。"

汪贤琳的脸色很不好看，他一面把舞票交给红美，一面便冷讥热嘲地向她讽刺。红美却毫不介意地把舞票接过，藏在随身带着的皮包内。她微微地一笑，很自然地说道："汪先生，你何必说这些话来挖苦我？要如你们到舞厅里来是为了争风吃醋的话，那么我劝你以后还是在家里看看书比较省却麻烦。我早已对你说过，你们辛辛苦苦赚来的钱，买了这些花花绿绿的舞票，情情愿愿送到人家手里，所得代价，还是一泡气，那又是何苦？你一定说不叫冤枉，现在总可以知道是冤枉了吧！"

"好！好！原来欢场中的女子，都是口是心非、只认金钱、不懂情义的贱货，算我瞎了眼睛，从此以后，烂掉我脚后跟不跑舞厅。陶小姐，我们再见！"

"汪先生，你且慢走。"

贤琳再也想不到红美伸手又会拉住了自己，一时望着她倒不免愕住了，遂怒气冲冲地问道："你还有什么话说？"

"既然你已经觉悟到欢场中的女子，都是只认金钱、不认人的，你以后烂掉脚后跟也不上舞厅了，那么你后面这'我们再见'四个字又从哪儿说起呢？难道你还想有一个时期再进舞厅来找我吗？"

"笑话？难道只有舞厅里可以相见？说不定路上也会碰到的。算了，我没有工夫跟你说这些废话，再……"贤琳听她这样问，自己细细一想，也觉得"我们再见"这四个字说得近乎矛盾，但他表面上还竭力保持着严肃的态度，向她强辩着回答。因为说得太快，几乎又忘记了，他后面又要来上这"再见"两个字了。但到底没有说下去，转身匆匆地走了。

红美并不因为他侮辱自己而感到难堪和气愤，她只觉得这般青年可怜，遂又说道："我希望你再不要踏进这万恶之门，那就是你的幸福了。"

红美这两句话是近乎自言自语的，远去了的贤琳，当然是没有听到。红美心中总觉得十分感触，忍不住微微地叹了一口气，方才回到陈文达的座桌旁来。齐巧陈文达等都到舞池里跳舞去了，只有熊子云一个人坐在桌子旁边吸烟卷。他低了头，好像在想什么心事的样子。不知怎么的，红美一见了子云，她的芳心便开始跳跃得厉害起来。同时全身的血液，好像在热烈地沸腾。她的眉宇之间，无形之中浮现了一股子杀气。就在这时候，子云忽然抬头瞥见了红美，他立刻站起身子，微微地一笑，很温情地说道："陶小姐，那边的客人走了吗？陈先生因为嫌冷清，他去请别一个舞女了，我叫的这个秀娟，她也转台子去了，我们坐下来谈谈吧！"

"嗯，这位是……哦，对了，我的记性最坏，你是熊先生。"红美竭力压制心中的痛愤，她一面坐下，一面显出自然的态度，微笑着回答。

子云见她并不认识自己，一时心中倒有些怀疑起来，这位陶秀琴小姐到底是不是宋祖贻的夫人呢？难道是真的面目相同吗？不过自己和祖贻夫人确实只见过四五次的面，到现在分别差不多快两年了，那么事实上也许是我认错了人，或者是这位小姐把我忘记了。一面想，一面便低问道："陶小姐，你是什么地方人呀？"

"我……我是广东人，不过在上海住很久了。"红美见他对自己装作不认识的样子，一时转了转乌圆的眸珠，便圆了一个谎回答。

子云听她说是广东人，一时便肯定自己认错了人。既然明白她不是祖贻的夫人，因此他就放心了不少，遂色眯眯地说道："陶小姐，我觉得你这个人很和气，处处地方令人可爱可亲，所以我想和你交一个朋友，不知道你心中愿意吗？"

"陈先生介绍说，你不是银行界巨子吗？想你这么一个有地位的人，我哪儿来福气跟你高攀做朋友呢？"

子云见她秋波盈盈地向自己瞟，说话的表情是十二分的妩媚。他心里不住地荡漾，情不自禁伸过手去，把她柔荑微微一握，说道："陶小姐，你何必这么客气呢？像你这样倾国倾城的女子，我和你交了朋友，这真是我的福气，你怎么说是高攀了我呢？陶小姐，我是赤胆忠心地对你有十万分的诚意，你到底会不会使我感到失望？"

"哎呀！我不过是一个舞女罢了，就怕我无福消受。"

"陶小姐，舞女不也是一个人吗？请你不要自视太低。假使你一定不答应的话，我想你一定忘不了这位陈先生。"

红美听他这样说，不由得嫣然地一笑，秋波向他逗了一瞥勾人灵魂的媚眼，却并不作答。子云有些酸素的，很难堪的样子，苦笑着道："可不是，我猜到你心眼儿里去了吧？"

"熊先生，你不要跟我开玩笑了，陈先生又不是老舞客，他和我根本也只是今天认识呀！所以你这种猜测，简直是寻我开心。我老实地对你说，你有了这位夏秀娟小姐做朋友，不是已经很好了吗?"红美这才正了脸色，向他认真地解释。但说到后面，又故意用了俏皮的口吻，低低地问他。

子云听她这样说，方才明白她不肯答应的缘故。因此心里立刻又欢喜起来，望着她的粉脸，说道："陶小姐，你不要误会呀! 我和夏秀娟根本谈不上朋友两个字。她无非是一个舞女，我花钞票跟她跳舞，那算得了什么稀奇? 难道我跟你交朋友，她有权力过问我吗?"

"嘿，熊先生，我觉得你这几句话未免说得太矛盾了。你说她是一个舞女而已，那么我难道就不是舞女吗? 你此刻见了我，把夏秀娟当作舞女看待，明儿见了别的女子，不是把我也同样地视作现在的夏秀娟一般看待了吗? 所以凭这一点，就可以知道男子都是见花爱花得新忘旧。老实说，你看不起夏秀娟，那就是看不起我呀! 因为你该知道我和夏秀娟是同样供人搂抱的舞女呀!"

子云听了红美这一番话，他才猛可想到自己这话不免得罪了人，一时红了两颊，倒有些发窘，但他慌忙又辩白道："不! 不! 陶小姐，你千万不要生气，我敢向你发誓，我确实没有把你当作舞女看待，所以才愿意跟你交朋友呀! 你的性情是那么温柔，你的态度又那么大方，你的容貌，这不用说了，无论哪一个女子，都及不上你万分之一的。所以你虽然是个舞女的身份，而你的品格，却比贵族小姐更要高上万倍。陶小姐，我绝对没有跟你说一点儿虚伪的话，假使我有半分假情假意对待你，那我一定没有好死的!"

"哎哟! 熊先生，你念了这么重的誓，那又何苦呢? 你把我捧得这么高，我虽然是万分感激你，不过我也有些惭愧，因为你说得有些言过其实，我不过是个最普通最庸俗的女子罢了。"红美听他一连串很快地说了这许多的话，好像是一个教徒在主耶稣面前，读赞美诗般的恭敬虔诚，一时又可笑，又可恨，暗自骂声恶贼，你本来没有什么好死的。不过表面上还显出无限欣喜的样子，向他竭力地自谦。

子云连忙摇着头，笑嘻嘻道："不对，不对，我觉得你不用这么客气，我的目光向来是十分准确的。比方说这个夏秀娟，她的容貌，虽然也算不错，不过她的脾气就十分泼辣，而且平日的行为，也并不十分规矩。听说舞客和她坐过三只台子，便可以跟她发生肉体关系。你想，这种女子，有资格跟我做朋友吗？"

"我倒不相信，一个做舞女的人，虽然是为了吃饭，不过用两只脚去跳来的代价养活自己，这也不算低贱。我以为你说这种话，根本就是侮辱了我。"

子云怎么也想不到自己对她十二分地讨好，反而使她感到十分生气，一时倒不免急了起来，脸涨得血喷猪头那么红，急急说道："陶小姐，你千万别多心，我怎么敢来侮辱你呢？我说舞厅里的舞女，免不得是良莠不齐，有好的，当然也有坏的。我说秀娟，也不过是坏之中的一个。比方你陶小姐，那就和她天壤之别，好坏岂能以道理计呢？"

"我也不希望你说我太好，同时也不希望你说别的舞女就一钱不值。只要你们舞客不存野心去玩弄舞女，我觉得已经是够好了。"

"对，对，你这话才是真正金玉良言了。陶小姐，你好像是我们男子的指南针，我简直是少不了你。现在我跟你约定，明天下午，我们在大光明看影戏好不好？届时我还要面聆雅教，承蒙不弃，我是感铭心腑，至死不忘。"

"好！我就答应了你，可是别让陈先生知道。"

"当然，当然。"红美故意对他叮嘱了一句，子云心中乐得什么似的，把她纤手紧紧一握，含笑连连答应。

两人商量定妥，一节音乐已完，陈文达等都舞毕归座。一见红美回来，心中甚喜，但却又怀了鬼胎，因为自己又去跳了别个舞女，生怕红美吃醋，便向她更加殷勤奉承。红美明知其故，但却愈加显出不高兴的样子，表示非常冷淡。子云见了，十分得意，还从中笑嘻嘻地俏皮地说道："老陈，你看陶小姐在酸溜溜了呢！我老早对你说过，陶小姐一会儿就会过来的，你偏性急，去跟别人跳舞了。而且还跳得那么恶形恶状贴住了面孔，无怪陶小姐见了要生气哩！"

"老熊，你这人也太不够朋友了，人家已经生了气，你还要搬弄是非吗？其实我根本没有贴过面孔，你为什么要冤枉我呢？老实说，这种老蟹，就是贴了面孔，也没有什么胃口啊！"陈文达对于红美冷淡的表情，心中已经感到十分着急。此刻又听子云这么说，一时便非常怨恨，向他认真地埋怨。

红美见他们两人要多嘴起来，还故意把手搭在文达的肩胛上，笑盈盈地说道："陈先生，你别听熊先生胡说八道，一个舞客到舞厅里来跳舞，当然有自由之权。只要有钞票，你爱跳谁就跳谁，那根本不算怎么回事。假使我要跟陈先生吃醋的话，那我除非是傻子了。"

"不过……我倒愿意你跟我吃醋，只怕你不肯。"

"对啦，陈先生这话不错，我就根本不想和谁吃醋，只要拿到我应拿的舞票，我就什么都不管了。"

红美点了点头回答，她的意思，自己在舞厅跳舞也是一种为了解决面包问题的职业，根本不会和谁发生情感的作用。陈文达听她这么说，心中有些灰冷，觉得舞厅里的女子，本来是以金钱为目标，所以不再谈论这些，站起身子，和红美到舞池里跳舞去了。

这晚子云文达等到舞厅快散场了，方才买了舞票，兴尽而归。临走，子云还向红美丢眼色，表示明天约会不要忘记的意思。红美点头会意，方才匆匆而别。她叫了车子，也自管回家。一路之上，想起祖贻惨死的情形以及他叮嘱自己报仇的话，她怒目切齿，但又痛心万分，忍不住暗暗地淌了许多眼泪。车到斯文里的家，红美匆匆忙忙地奔到楼上。因为仇人已经有了下落，她神经受了一种刺激，推进房门，忍不住便发狂地大笑起来，口里还叫着："子云，子云！你今天也被我找到了吗？我要杀死你！"谁知话声未完，她的身子已向地上扑倒了。

二、情场痛失恋　歧途遇艳堕失足

　　绿美做梦也想不到会接着晓保这一封像尖刀似的凶恶来信，一时万分心痛之余，又感到莫名其妙。她不知道这是怎么一回事，她还以为自己在做噩梦。她伸手摸摸自己的脸颊，但事实告诉她，这是现实，不是梦境。因此她委屈得心都碎了、肠都断了，正欲哇的一声痛哭起来的时候，忽然见姐姐跌跌撞撞地推门进来，而且口里还大骂着子云，同时她的身子也扑向地上去了。因为这突如其来的情形，更是出人意料，所以把她要哭出来的声音惊住了。她很快地奔了过去，把姐姐扶到床边坐下，口里还急急地问道："姐姐，姐姐！你怎么啦？你……你……难道已经找到这个熊子云了吗？"

　　"是的，我已经找到了这个仇人！正是踏破铁鞋无觅处，得来全不费工夫。妹妹，我因为兴奋过了度的缘故，所以我……咦！你……你……为什么哭得像个泪人呢？妹妹，你……你……难道也有比姐姐我更伤心的事情吗？"

　　红美坐在床边定了定神，她的粉脸方才由灰白的颜色渐渐地转变红润起来，含了痛苦的微笑，点了点头回答。但是她说到"所以我"这三个字的时候，偶然回眸瞥见绿美满沾泪水的面容，使她也呆呆地惊住了，于是掉过话锋来，很奇怪地向妹妹问出了这几句话。绿美起初还忍熬住了悲痛，此刻被姐姐一问，她的神情惨然了，掩着脸，忍不住又哇的一声哭出来了。红美被绿美这么一哭，心中益发不明白了，一时把自己的苦痛暂时丢到一旁，拉了绿美的手，急急问道："妹妹，你……这到底是为了什么缘故呢？"

"唉！这是我做梦也想不到的事情……"

"什么事情？你快点儿告诉我，姐姐心中都急死了。"

"这是一封什么样的信，你拿去看吧！"

绿美见姐姐的神情急得这副样，于是停止了呜咽，把桌子上那封信，恨恨地掷到红美的怀里去。红美拾起一看，不是什么信笺，无非是一张日记簿，遂连忙很快地读了一遍，当她读完了这一封绝交信之后，红美也不禁气得柳眉倒竖，杏眼圆睁，猛可地站起身子，愤愤地说道："这……话是打从哪儿说起的呀？晓保这人想不到竟会糊涂到这个样子。太岂有此理了，我非打电话去把他叫来问个详细才好！"

"不，姐姐，你不用打电话去，我不需要向他解释我是一个清白的女子。也许他是有意借此来跟我闹翻的，那么他显然是另外爱上别的姑娘了，假使他真正是我知己的话，他又如何会贸然地写这一封信来跟我绝交呢？可见他已经有过一度郑重的考虑了。他既然已经这么决绝，我又何必蒙受侮辱而向人家乞怜呢？"绿美见她匆匆向外欲去打电话的样子，这就赶上一步，把她拉了回来，用了坚决的口吻，对姐姐劝阻。

红美也知道妹妹是个志高气傲的姑娘，一时便把打电话去的主意打消，但却又感叹地说道："我真想不到人事的变幻，竟有这么快速啊！下午我们三人在金门茶室大家还好好地吃点心，谁知没有到明天，你们之间就发生了这样的不幸，那叫我做梦也是想不到呀！不过……"

"姐姐，算了吧！你还不过什么呢？"绿美不等红美说下去，便先抢着回答。她慢慢地坐到写字台旁去，泪眼盈盈地望着那本英语会话，无限心灰的样子。

红美却并不因妹妹的劝阻而终止发言，她微皱了眉尖儿，依然说下去道："不过，我心中就觉得有些怀疑，对于这一件不幸事情的发生，我认为大有研究的必要。"

"怀疑？这还用什么怀疑呢？"

"晓保突然给你这封信，我以为其中还有一点儿曲折。假使他早对你有不满意的地方，那么刚才下午你们相叙了这样久，他为什么一点儿没有向你表示呢？"

"这也许正是他为人阴险的地方。"

"不，并非我庇护晓保，说他这个人阴险，似乎有些冤枉了他。不过年轻的人，火气大、忍耐功夫浅，说不定有人在离间你们感情，在他听了一面之词，因此误会你果然是个这样下贱的女子了。妹妹，我问你，这封信是由谁送到你手里的？"红美觉得妹妹的话，未免有些意气用事，这就摇摇头，表示不以为然的意思，一面她用了侦探学识的态度，向绿美细细地询问。

绿美觉得姐姐猜测的，倒也未始没有理由，遂站起身子来，说道："这字条儿是房东太太交给我的……"

"你可曾问她是哪儿来的？"

"我问过她，她说是一个小孩子模样的人送来的。"

"那么你再仔细看看，这字到底是不是晓保写的呢？"

"他的字，我怎么不认识呢？姐姐，你来看这儿练习簿上，他给我写上英文解释的字，和这纸条儿上不是一式一样的吗？"

绿美听姐姐这样说，遂把书桌上的练习簿展开，叫红美把这张字条儿拿过去两相对照着细看。红美见果然是一个笔迹，因此倒又默然无语了。两人呆了一会儿，绿美愤愤地说道："不管他另有爱人也好，被人离间也好，总而言之，他会写出这么一封狠毒的信给我，也可知他是一个毫无情义的人了。幸亏我此刻还没有嫁给他，假使我已经跟他做了夫妻的话，他也这么不问三七二十一地给我这一封无头无脑的信，那不是叫我跳黄浦还来不及吗？"

"但是，你此刻在痛恨着他，也许他亦正痛恨着你呢，社会上的事情，最怕的就是发生误会，照我的猜测，你们的事情，大半还是为了误会而起。所以我希望妹妹也不要过于愤激，只要有解释明白的机会，那么你们自然还有和好如初的日子。"

"唉！茫茫的人海，知音到底是不容易找的！其实我也不再想在恋爱圈内做甜蜜的美梦了。能够终身服务社会，安安闲闲地度过这一生，不也很好吗？"

"妹妹，你不过是稍经挫折，竟然也心灰意懒，何况是我呢？我现在没有什么牵挂了，因为我已经找到了仇人，只要仇人被我杀死了之后，我也很安慰地离开这个烦恼的尘世了⋯⋯"

绿美听姐姐这么说，一时悲从中来，她猛可地抱住了姐姐的身子，忍不住又呜呜咽咽地大哭起来。红美被她一哭，自然也给引逗得泪如雨下，拍着她的肩胛，低低说道："妹妹，你不要哭呀！"

"姐姐，你报了大仇死了，你虽然感到痛快，但是你丢下我这一个孤零零可怜的妹妹，你叫我怎么不痛哭流涕呢？"

"但是，我总希望你和晓保有言归于好的日子。只要你安身有所，那我有什么放不下呢？妹妹，你放心，我要眼瞧着你有了安定的生活，我才开始报我的血海大仇！"

"不！不！姐姐，我绝对不愿意和你有分离的一天⋯⋯"

绿美紧紧地抱住了红美，好像姐妹两人已到了生死离别的一刹那，她的神情极度紧张，眼泪不断地从眼角旁滚了下来。红美的芳心里仿佛是含了一颗青梅那么酸，她几乎哽咽着说道："妹妹，那么⋯⋯你⋯⋯你⋯⋯难道叫我不要报这个血海大仇吗？可是⋯⋯你⋯⋯叫我又怎能够对得住含冤不白的祖贻呢？"

"姐姐，不！妹妹并不是这个意思，姐夫的大仇，当然应该报的。不过⋯⋯最好能够杀了这恶贼之后，我们依然可以安然脱逃。这样我们姐妹两人，决定不要再在这纸醉金迷万恶的上海住下去。我们要为国家去干一点儿有意义的事情，要死我们也应该死得有价值一点儿。"

"妹妹，你这意思很好，我当然也有这一个愿望，如能如愿以偿，那真是老天爷可怜我们了。"

姐妹两人说到这里，时钟已经敲一点了。于是不再多谈，遂各自脱衣就寝。这晚她们睡在床上，姐妹两人各有心事，一时里怎么能够睡得着？因此翻来覆去的大家难以合眼。红美心中想着明天下午大光明电影院里遇到了子云之后，该用什么手段去笼络他。他糊糊涂涂地不认识我了，我是不是应该戳穿他？那当然是不戳穿他好。不过在他临死的时候，我是应该对他说一个明白的，也好叫他知今日之死，完全是他从前作恶的果报。绿美这时心中想的和红美当然不同，她在想晓保写这张字条给自己的缘故，到底是受人拨弄呢，抑或是故意借此而和我闹翻呢？不过细细地猜想，也许是听信人家的谗言而或恼怒的。假使他真的是听了别人的话而写这一张字条，那我相信他到了明天就会懊悔的。因为一个聪明人，受人拨弄，无非在一时之间。过后细想，因为我确实没有和别的男子有亲密的往来，那么他到底也会明白起来。绿美这样想着，芳心里略有安慰，遂也不再悲伤。耳听姐姐已有微微的鼻息之声，显然姐姐已经睡着了，于是她也沉沉地入梦乡了。

第二天早晨，红美先一觉醒来。看时钟已鸣八下，但妹妹还没有醒转。因为爱惜妹妹的身子，所以不敢惊动她。自管悄悄地起床，给她烧水煮粥，一面想着她和晓保闹着意见，遂到外面打个电话给乔公馆。这电话号码原是大保抄给她的，可是那边回答说，二少爷已经到学校里去了。红美想要再打电话到学校去，又怕此刻晓保还在路上，没有到校，于是只好怏怏地回房。此刻绿美亦已起身，正在梳洗。见了红美，便丢下手巾，问道：“姐姐，你大清早上哪儿去了？”

“我在打电话。”

“打电话给谁？”

“给晓保……”

“犯不着，找到了他没有？”绿美虽然对于姐姐爱护自己之情，觉得无限感激和欣喜，不过她素来强硬的个性，不肯甘心示弱，还�’了小嘴，说了一句犯不着，表示很怨恨的意思。但接着还是免不了很开心的样子，向她急急地问。

红美说道：“晓保已经到学校里去了，我想回头打电话到学校里再去找他吧！”

“姐姐，我劝你不必再多此一举，我就不相信我们女子难道应该低贱三分吗？他写了这样没有人格的信来侮辱我，我们再去找他，那不是

154

叫他更可以向我们女子搭起架子来了吗？所以我已想得十分明白，我没有他这个朋友，看我就死了不成？"

红美听妹妹这样愤愤不平地说，虽然话是不错，但晓保在我们身上到底帮过许多的忙。比方说，找寻屋子，还代为付了房租的挖费，又介绍妹妹的职业，这样热心奔波，劳了精神不算，又花了金钱。况且他对我们的态度，也很光明正大，并无不良的野心恶意，那么我们岂能受恩而忘怀呢？于是低低地说道："妹妹，你的火气也不要太大，一个人要饮水思源。晓保这张字条虽然写得可恶，但我们对他的好处也不能一概抹杀。所以我认为这件事情，我们总要和他碰了面之后，才会水落石出、真相大白了。"

"你要找他，只管去找他了，我总不愿意低声下气地再跟他去说好话。"绿美对于姐姐这几句话，她那颗芳心怦然一动，也不禁慢慢地软了下来。不过她口里还是很怨恨地回答，这一方面当然也是为了不肯坍台的缘故。红美微微地一笑，点了点头，表示她已经知道的意思。一面把早粥盛出，一面和绿美匆匆吃毕早餐。绿美挟了皮包，方才到保险公司里办公去了。

今天比往常迟了一点儿，绿美推进经理室门的时候，见高瘦鸥已经坐在写字楼旁，一面翻着账册细阅，一面吸着雪茄。绿美见了，心中不免有些惊慌，因为自己比经理迟到，说起来到底有些不好意思，遂很小心地叫了一声"高老伯"。高瘦鸥抬头见是绿美在招呼自己，照例地点点头，含笑回答道："陶小姐，你早。"

"高老伯，今天我迟到了，真对不起！"绿美听他这样说，还以为他是故意在俏皮自己。因此十分难堪，粉脸便像玫瑰花般娇艳起来，一面走到自己的案桌旁坐下，一面含了歉意的口吻，柔和地说。

高瘦鸥其实说得原是无心，因为每天早晨见面的时候，总是绿美先叫他一声老伯，然后自己回答一句"陶小姐你早"，但没有想到今天的情形不同，因为绿美是后到写字间，那么自己这句你早的话，就不免叫人引起误会来了。高瘦鸥在这样细想之下，一时倒也弄得不好意思起来了。遂只好忙又微笑着说道："也迟不了什么，因为今天我原出来得比较早点儿。"

"昨天晚上有些寒热，今天懒洋洋的就起不得早，要不是家里人叫醒了我，我怕还不能到写字间呢！"绿美是个聪明的姑娘，她明白高瘦鸥此刻又这么补充着回答，他当然是给自己一点儿面子的意思。一时心中又觉得很感激他，不过自己迟到，总得说出一个原因来。所以她在乌圆眸珠一转之下，不得已只好圆了这一个谎。

高瘦鸥听了，倒信以为真，便"哦"了一声，说道："原来陶小姐昨天晚上还有些不舒服，那你办事真的也太认真了。既然身子不大好，你就打个电话来请一天假也没有关系呀！因为勉强支撑着起来，对于身体的健康，是很会受一些影响的。陶小姐，你假使坐在桌旁有些头晕的话，你只管回去休养好了。"

"谢谢高老伯！我此刻倒不觉得什么。"

高瘦鸥一面说话，一面注视着她的脸部。见她的粉脸，果然并不像前几天那么有血色，心中暗想，她也许真的有些不舒服吗？那么她抱病前来办公，倒真是个好女孩子了。高瘦鸥因为自己没有儿女，因此对绿美不免起了一点儿爱怜之情，对她很关切地叮咛。绿美其实因为今天没有涂一层胭脂的缘故，兼之夜里没有好好睡，所以面色比较憔悴了。她听高瘦鸥这样说，含笑点了点头，很感激地回答。但她的行动，却把写字台抽屉拉开，预备开始工作了。瘦鸥于是不再多说，也自管翻阅账册。

午饭的时候，绿美只吃了一小碗饭，从这一点看起来，瘦鸥证实她的确是有着不舒服。所以又很关心地叮嘱她回家去休养，说公事虽然要紧，身子当然格外要紧。绿美知道他是一番好意，不过他哪里知道自己并不是真的有了不舒服，实在的原因，还是为了心事重重，以致废寝忘餐坐立不安。假使回到家里去呆坐，那当然更加感到难堪，所以她含笑回答，说没有什么要紧，自己很支撑得住。高瘦鸥见她不肯回家，也只得罢了。

黄昏的时候，各写字间都下办公室了。绿美把信札账册放入抽屉，和瘦鸥说声"明儿见"，预备回家。瘦鸥望着她的脸，低低地说道："陶小姐，你明儿来不来没有关系，我希望你把身子调养调养，因为你的脸色很不好看，我想你该请个大夫瞧瞧才是。我这个人素来就是很直爽的，在我下面办事的年轻人，我都把他们当作自己儿女一般看待，这儿有一百元钱，你要暂时支去用吗？"

"谢谢高老伯这么热心相待，不过我现在钱还够用，回头短少时，再向老伯拿吧！"

绿美不肯在没有到月底之前就向人家暂支薪水，所以便低低地婉言谢绝。一面转身，便匆匆地出了国华保险公司。刚走了不几步路，忽听后面有人轻轻叫了一声"陶小姐"。绿美回头去望，原来不是别人，就是公司里同事汪贤琳。遂含笑说道："汪先生，你回家吗？"

"嗯，回家太早，昨天你不肯赏我的面子，今天我想请你看一场电影，陶小姐大概总不会再拒绝我了吧！"

原来贤琳昨天晚上在红美那儿受了刺激，觉得要和做舞女的姑娘去谈情说爱，那本来是自己大傻瓜。所以今天见了绿美，他还是抱着无限希望，想和她竭力地亲近。绿美听他这样说，不由得把眉毛微微地一蹙，似乎有些为难的样子，低低地说道："对不起！今天我的心很闷，实在没有兴趣，我想回家去早点儿休息了。"

"陶小姐，你心中烦闷，看看电影，不是可以散散心吗？今天我无论如何要请你赏我一个脸了。"

"汪先生，你既然这么诚心诚意地请我，我若一味地不答应，似乎我的架子也太大了。也好，我们就一同去看一次吧！"

"陶小姐，我总算今天没有失面子，那我心中真是太感激你了。"贤琳听绿美答应下来，心中这一欢喜，好像是含了一块糖那么甜蜜，忍不住笑出声音来回答。

绿美见他这种受宠若惊的神情，想起一个男子在追求女子的时候那样殷勤的态度，和遗弃女子时候那种讨厌的神气，真有天壤之差别。一

157

时想到晓保的心狠，备觉感伤，忍不住微微地叹了一口气。贤琳见她脸色似乎愁云密密的样子，心中倒又开始怀疑起来。于是低低地问道："陶小姐，我见你今天的神情有些郁郁不欢的样子，难道有什么心事吗？假使你真的有什么困难的地方，那你不妨老实告诉我，说不定我有能力及得到，一定可以帮你的忙。"

"谢谢你，我没有什么心事。因为我昨晚有些寒热，所以今天脸色不免显得有些苍白。汪先生，你预备请我到哪家戏院去看电影呢？因为时候可不大早了。"

"哦！不错，我想南京那张《豆蔻年华》的片子，报上评得很好，我们就到南京去看好不好？"

贤琳被绿美这么一问，方才醒过来似的哦了一声，笑嘻嘻地征求她的同意。绿美点头说好，两人遂跳上车子，到了南京大剧院，贤琳买了两张花楼的票子，和绿美并肩走到楼上去入座了。

天下的事情，凑巧起来，真有些意想不到的。贤琳和绿美并肩走到楼上去的后影，却被乔晓保看在眼里了。原来晓保听信了熊少奶奶的谣言之后，他便以为绿美真的爱上别的男子了，心中这一气愤，恨不得拿支手枪把绿美打死了，才感到痛快。他觉得自己白白花费了一番精神和心血，到结果，美人儿还是投入了别人的怀抱。他在怒不可遏的情绪之下，于是写了这一封尖刀似的厉害信，交给绿美，把绿美大大地侮辱了一番，好像才出了胸中一口怨气。不过这愤怒到底在一时之间，正被红美所猜着了。晓保在回家之后，睡到床上的时候，心中细细地想起来，觉得自己的性子也未免太急躁了，因为绿美爱上了别的男子，这到底是一种传说而已。事情在没有得到真相之前，我岂能判定她变心的罪名呢？可怜她那颗芳心也不知要痛苦得怎样了呢？晓保在这么感觉之下，倒又懊悔起来了。所以到了第二天放晚学的时候，他坐车赶到南京大剧院，在附近打个电话到国华保险公司，预备约绿美看电影，并细问这件事情的真相。

不料晓保电话打去，那边只剩了一个茶房，回答说大家已经离开写字间了。晓保找不着绿美，颓然地回到南京大剧院门口，心里正感到彷徨，不知如何是好，忽然给他瞥见绿美和一个西服美少年并肩向楼上而去。这是一个铁的证据了，晓保的眼里几乎要冒出火星来。暗想，那我可以不必再怀疑了，显然熊少奶的话是很不错了。绿美这个贱人，我只当她是个有思想有人格的女子，万不料却是一个水性杨花、忘恩负义的贱东西。唉！我晓保难道真的是瞎了眼睛吗？晓保想到这里，猛可地奔上两步，他想追上去，把绿美和那少年痛打一顿，但理智告诉他，自己和绿美到底没有订过什么嫁娶的婚约，有什么权力去束缚人家的自由呢？晓保在这样一想之后，他又停下了步。不过他心中是痛苦极了，他需要狂欢一下，来麻醉他痛苦的心境。于是他转身走出南京大戏院，跳上车子，叫他拉到维也纳舞厅里去了。

晓保在舞厅里，吩咐侍者拿上一瓶啤酒，独个儿先喝了半瓶，然后吸了一支烟卷，听音乐一敲，他便站起身子，正欲到舞池里去跟舞女跳舞的时候，忽然见那边走来一个花枝招展的少妇。她很快地拉住了晓保，叫道："王先生，巧极了，我们在舞厅里又碰见了，你一个人来玩儿的吗？"

"啊！我道是谁，原来是熊太太，我一个人，你也一个人吗？"

"是的，我正预备找你那么一个对象呢！"

"好极了，那么你就和我一块儿坐吧！"

原来这个少妇就是昨天向晓保搬弄是非的熊少奶。熊少奶也是住在斯文里的，当晓保绿美在十八号租房子的时候，熊少奶也在那边。其实熊少奶在见到了晓保之后，她心中就早有勾引晓保的意思。不过绿美和晓保爱情弥笃，苦于没有下手的机会。昨天熊少奶在晓保那儿是第一步计划，想不到晓保果然十分愤怒，写了一张绝交的字条，叫她带给绿美，那么她使用的第一步计划总算是成功了。天遂人愿，想不到今天又会在舞厅里碰见了晓保。于是她便要实行第二步计划了。所以当下满面堆笑地和晓保一同坐下，秋波脉脉含情地逗给他一瞥勾人灵魂的媚眼。这时候晓保心中的思想，和平日就大不相同了。他觉得女子可以任意地玩弄男子，难道我们男子就不可以把女子玩弄玩弄吗？于是他预备用报复的手段，来出一出他情场失意的气愤。当时向熊少奶殷殷招待，递上了一支烟卷，还给她划了火柴，微笑着问道："熊太太，你喝什么？"

"我喝一杯淡茶好了……王先生，你兴趣真好，怎么这时候喝起啤酒来了？"

晓保听她说自己兴趣好，一时真有些感到啼笑皆非，他一面吩咐侍役泡茶，一面忍不住轻轻地叹了一口气。熊少奶见他闷闷不乐的样子，遂把身子移近了一点儿过去，一手按住他的肩胛，故作亲热地，低低问道："王先生，你好好的为什么叹气呀？"

"我想到你这一句说我兴趣好的话，所以我觉得感慨罢了。"

"哦，那么你喝酒难道是另有缘故吗？"

"熊太太，你何必向我明知故问呢？难道你还不晓得我的未婚妻已经爱上了别人了吗？唉！我之喝酒，是以酒消愁，但所可惜的，愁未消去反添愁，你叫我心中如何不难过呢？"

熊少奶见他说完了这几句话，锁着眉峰，大有凄然泪下的样子，可知王先生是个很痴情的男子，一时心头倒有些不忍起来。暗暗想道，我今生为人做妾，已经是这样的命苦，那么我岂能再无冤无仇地拆散人家这一对小夫妻呢？下世岂不是更要有报应了吗？想到这里，她便很认真的神情，对晓保安慰着说道："王先生，我昨天和你说的，无非是向你开个玩笑而已。其实，现在这个社会上，男女一律平等，就是陶小姐外面有几个男朋友，那也算不得是一回稀奇的事呀！所以你不用胡思乱想地瞎猜疑，也许她的男朋友是很普通的，那你倒不能含血喷人去冤枉了她呀！"

"哼！很普通？你不知道，我起初的确还有些不相信，但是事情到了今天，我才完全地相信，她这个不要脸的贱人是真的另爱别人了。"晓保听熊少奶还给绿美辩护，这就冷笑了一声，咬牙切齿，愤愤地回答。

熊少奶对于他这几句话，感到无限惊异，遂急急地问道："为什么？

难道你拿到什么证据了不成?"

"还不单是证据,而且还是我亲眼目睹的情形。他们两人挽着手,今天一同在南京大剧院看电影,这贱人还不是有了野心吗?照理说起来,绿美是不应该对我变心的,所以我觉得社会上的女子,一个都没有良心的。"

"王先生,那倒也不能一概而论的吧!"

"嗯,是的,也许是我说得太愤激的缘故。熊太太,我并不是有心侮辱女子,请你听了不要生气。"

熊少奶听他痛恨到这样的程度,便向他微微地一笑,低声地回答。晓保说这句话原是无心的,现在被熊少奶这么一辩白,猛可想到在一个女人家面前说没有一个女人有良心,这当然要引起人家心头的反感。于是连忙又含了歉意的目光,望了她一眼,表示赔不是的意思。熊少奶把他肩胛一拍,嫣然笑道:"王先生,我并不是生气,其实我很同情你,因为你所以说这一句话,我知道你是受了过分的刺激的缘故。不过你可以向陶小姐直接地问一问呀!假使她真的爱上了别人,那么你们也得早解除了婚约才是。"

"其实我们的婚约,无非是口头上的一句话,并没有什么证书的,那么解除和不解除根本也是无所谓的一件事。"

"哦,这样说来,那也无怪其然了。王先生,不是我埋怨你太痴心了,既然你们没有正式地订过婚,那么你何必认真地把她当作未婚妻看待呢?王先生,世界上的女子有多少?陶小姐既然无情,那你也不必对她留恋了。像你这么翩翩风流的美少年,并非我来捧你,难道找一个漂亮的姑娘会是件困难的事情吗?"

"熊太太,你这话对极了,过去的就当它是一个梦,我何必悲伤呢?我应该追求未来的幸福和快乐。我决定忘了她,忘了她。熊太太,我求你去跳一次舞好吗?"

晓保因为气愤极了,所以把自己的实情也都向她告诉了。他此刻对熊少奶是发生了一种好感,同时因为熊少奶对他竭力地奉承,使他把已灰的心又活跃起来。他十分欢喜地含了笑容，站起身子，向熊少奶鞠了一个躬，是向她求舞的意思。熊少奶当然没有拒绝，笑盈盈地起立，两人携手到舞池里去了。

晓保和熊少奶跳舞，在昨天晚上已经有过几次的欢舞。然而那时候的晓保，正在愤怒到最高峰的当儿，所以他一切都觉得糊糊涂涂。在写完了这张字条之后，便匆匆地回去了。不过今天的愤怒，已经在一度平静之后，所以此时此刻和熊少奶在舞池里跳舞，自不免暗暗地领会着这温柔的滋味了。他把手按着熊少奶的腰肢，只觉其软如绵。她的腰肢尚且如是，胸部的乳峰，更加令人感到无限的温柔。晓保紧紧地偎住了她，只觉飘飘然，几乎灵魂也飞出躯壳去了。

熊少奶是个热情的少妇，她名义上虽然算是有个丈夫的，但实际上她好像是个死了丈夫的寡妇。闺房之中冷冰冰的，一点儿享受不到人生的乐趣，原因是她的丈夫外面公馆太多，因此在一个月之中，她那里最多也不过挨到三四天的日子。你想，叫一个青春少妇，怎么不苦闷得在外面寻欢作乐呢？所以今天遇到了晓保，而且知道晓保在情场上是经过一度的失意。她认为只要把自己的热情向他尽量地爆发，那么说不定今天夜里就可以叫他服服帖帖拜倒在自己的旗袍角下。熊少奶既然存了这么一个甜蜜的希望，她自然也施展着女人最热情的技能，把晓保竭力地迷惑。晓保到底是个血气方刚的小伙子，他平日和绿美相聚在一起的时候，也只不过谈谈笑笑，彼此维持着一个真正的情字。然而今天的情形就不同了，熊少奶对他的动作、对他的表示，都包含了欲的挑战。晓保起初是感到惊，兼而又感到羞，但一会儿之后，他的胆子大了，虽然他的心还跳得那么厉害迫切，但他觉得熊太太给予的，到底是一种从未尝到过的愉快。因此他在熊少奶柔媚的手腕之下，究竟是神魂颠倒地迷醉起来了。

"王先生，你的舞跳得好极了。"

"不见得，熊太太的舞不是比我跳得更好吗？"晓保在暗红色的霓虹灯光之下，见熊少奶眯着那双盈盈秋波，笑嘻嘻地对自己说出了这两

162

句话，于是摇了摇头，也向她低低地奉承。

熊少奶听了，把腰肢一扭，噘着小嘴，故作撒娇的样子，说道："嗯，你为什么老是喊我熊太太呢？"

"那么我该叫你什么好？"

"叫我名字吧，我叫玲玲。"

"玲玲？这名字倒好听。不过我呼你名字，实在有点儿不敢。"

"为什么不敢呢？"

"因为你的年纪至少比我大几岁，我怎么能够老气横秋地呼你名字？我叫晓保，其实我并不姓王，我是姓乔迁之喜的乔。"

"真的吗？那你为什么要骗我呢？我不依，我不依……"

常言道，英雄难逃美人关，你可知女人的魔力之大，真是厉害。瞧晓保此刻被她一迷惑，因此连真姓名也全都告诉出来了。这虽然是件无关紧要的事，不过假定有什么秘密的话，恐怕晓保也会毫无自主地倾吐出来。当时玲玲把晓保紧紧地一搂，一面连说了两声"我不依"，一面却把小嘴凑到他的面颊上去。晓保把脸部略一倾侧，于是他的嘴和玲玲的嘴就成了一个吕字形。两人脉脉地凝望了一回，晓保觉得她吹气如兰，一阵阵幽香沁人心脾，正压制不住的时候，忽然音乐停止了。晓保和玲玲也只好各自分手，一同回座。

到了桌子旁坐下，晓保很怨恨地说道："他妈的，真不识相！"

"谁不识相？"

"洋琴鬼呀！早不停晚不停，偏偏在紧要关头把音乐停止了。"

"我不懂，什么紧要关头？"玲玲故作不明白的神气，向他怔怔地问。晓保把手指指自己的口，又指她的小嘴，却微微地笑起来。玲玲逗给他一个媚眼，把他的手紧紧地握住了，还把手指抓了抓他手心，笑盈盈地说道："你性急什么？只要你不讨厌我，我一定可以让你得到愉快的满足。"

"我怎么会讨厌你？熊太太，我爱你还来不及呢！"

"晓保，你真的爱我吗？不，我不相信。"

"我实实在在地很爱你，你应该相信我。"

"既然你爱我，你干吗仍旧叫我熊太太呢?"

"哦，原来是为了这个缘故，那么我就叫你玲玲。不对，我看还是叫你玲玲姐，那不是亲热得多了吗?"

"好啊，好啊! 那叫我真是太欢喜了，我有你这么一个漂亮的小弟弟，叫我马上死了，我心里也乐意呀!"

玲玲听晓保这样说，她心头这一欢喜，几乎乐得疯狂起来的样子。她把整个的身子，倒入晓保的怀抱里去，小嘴在他面颊上却喷喷地狂吻。她的热情好像成了三月里一条狗儿的样子，晓保被她吻得痒丝丝的，连他心眼儿都觉得怪痒起来。齐巧这时音乐台上奏了一曲黑灯舞，大家嘴里还都哼着《大家香面孔》的调子。这当然给予晓保一个好机会，于是捧了玲玲的面庞，在她软滑滑的小嘴上吻了一个痛快。等黑灯舞完毕，玲玲已被他吻得满颊血红、气喘吁吁，全身都软化了。她把秋波斜乜着晓保，低低地说道："亲爱的弟弟，你这张嘴太顽皮了，把你姐姐吮吻得几乎气都透不过来气了。你倒摸摸我的心，也跳跃得特别快速呢!"

"哪里? 我不信。"

"你摸。"

晓保口里虽然这么说，但他的举动还没有实行，因为始终鼓不起这个勇气。不过听到玲玲第二个命令下来的时候，晓保是再也顾不得许多了，他的五指，已按到玲玲的胸口上去。

抚摸了之后，晓保的五指于是慢慢地扩展着他侵占的地位。因此，他的心醉了，他的神迷了，他的手指好像也觉甜蜜起来。玲玲见他呆呆的样子，方才把他的手拉了回来，微微地笑道："弟弟，你摸了这许多时候，难道还没有发觉我的心跳跃得厉害吗? 干吗呆呆的不回答我呀?"

"我在测验你那颗心，一分钟之内到底有几跳。"

"那么你现在可曾测验明白了没有?"

"嗯，大约一分钟之内有八十多跳，不过还有一点儿模糊，假使……"晓保说到这里，两颊微微地有些发红，笑了一笑，似乎有些神秘的样子。玲玲不等他说下去，就迫不及待地追问道："假使怎么样？"

"假使……假使……我有些不好意思说出来。"

"奇怪，为什么不好意思说呢？你只管说好了，在姐姐的面前，还有什么隐瞒的话吗？"

"那么我说了，你可不要笑我，也不要骂我。"

"没有关系，我绝不笑你，也绝不骂你。弟弟年纪小，就算顽皮一点儿，我也只有感到你的可爱。弟弟，你倘若怕难为情的话，那么就附在我的耳朵旁边说吧！"玲玲听晓保预先这样打招呼，心中就猜到他有不老实的要求。不过自己对于他肯一同沉醉，真是一件求之不得的事情，所以她心里是微微地荡漾，一面回答，一面把耳朵凑到他的嘴旁。

晓保见了这个情形，一时也忘记他平日的洁身自爱，遂附了她的耳朵，低低地说道："因为有了这一层衣服隔膜的缘故，所以我测验得还不十分明白。假使我的手能够抚摸在你肉身的上面，我想这样测验，比现在当然是更要准确得多了。"

"哼！原来你说的是这几句轻薄的话，我以为你是一个很老实的青年，谁知道你也是一个偷香窃玉的小贼！"对于晓保这几句话，玲玲是意料之中的。虽然她是感到这一分的得意和欢喜，不过她表面上还显出薄怒娇嗔的意态，恨恨地逗给他一个白眼。

晓保被她这样一说，他全身热辣得好像是吃过了两片生姜，通红了脸，不免也感到有些羞愧的颜色，垂了脸，却默不作答。玲玲见他这副神情，忙又拉过他的手，低低地笑道："为什么？你心里气着我吗？"

"不。"

"既然不气我，干吗一脸孔不高兴的样子？"

"我并不是不高兴，因为我觉得有些惭愧，确实，我是不应该向你说这些不正当的话，所以我的良心有些不安。"

"哦，原来你是为了这个缘故，那你才是傻孩子哪！就是我把衣服脱了，整个的肉体给弟弟你抚摸，那我也甘心情愿呀！你何必要不安

165

呢？刚才我说你小贼，原是跟你开玩笑的话，难道你却认真了吗?"

玲玲把他的手温情地抚摸，显出那样柔媚可爱的样子，晓保只觉有股子电流似的热气，从玲玲的手心里传到自己全身每一个细胞里，也不知为什么，他今天的感觉上老是会异样地不安起来。他觉得和玲玲在一起，自己终不免会干出社会上罪恶的事情来。他几次三番想站起身子，和她告别离去。不过自己的口里好像有一团棉花塞住，一时却说不出来。玲玲拉着他又到舞池里跳舞去了，晓保的脑海里，又浮现起这一幕不可思议的镜头来了。

茶舞散场，时候已经七点半了。两人都觉得有些肚子饿，玲玲说她请客，到金谷饭店去晚餐。晓保此刻的理智，已被浓烈的情感所蒙蔽了，他没有违背的力量，只好跟着玲玲到金谷饭店西餐部。两人吃了一客精美的西餐，而且还喝了一杯七色白兰地酒。这种酒本来是很凶的，两人吃下之后，顿时全身发热，满面红晕。尤其是玲玲的眼睛，水汪汪的好像是泛滥着无限春情的模样。晓保的心头也跳跃得很快速，而且还不住地荡漾。这时玲玲忽然手捧了额角，小嘴一张，大有呕吐的样子。晓保见了，心里倒吃了一惊，连忙问道："你怎么啦？有些醉了吗?"

"没有醉，我很清楚，不过我的心头有些泛漾漾的，很不受用。我想回家去了，弟弟。你肯不肯送我回去呢?"玲玲一面说着话，一面伸手在皮夹内取钞票，向侍者付去账单。

晓保因为吃了人家的晚饭，很觉不好意思，对于人家这个要求，当然没有推却的余地。不过他也有一个考虑，遂望着她的粉脸，低低地说道："姐姐已经有些醉了，我送你回家，这是我应尽的义务。不过我得问你，你家里的人见了我，不会有什么问题吗?"

"弟弟，你放心，我家里没有一个人，你只管送我回家，绝对不会发生什么问题。"

"好，那么我就送你回家吧!"

随了他们这几句话，两人匆匆地出了金谷饭店的门口，坐了车子，回到斯文里去了。晓保对于斯文里虽然也时常进出的，不过今天他不是向十八号大门内走，当然，他是走进了玲玲的家里。玲玲住的是个前厢房，里面家具十分考究。电灯的罩子也十分漂亮，一切都含有软性的成分。晓保见房内果然并没有另外一个人，他的心便益发乱撞起来。他觉得要避免这热情的爆发，三十六计，走为上计，于是向玲玲说声："你好好睡吧，我也回去了。"不料晓保这话还未完，玲玲早已抢步上前，把司必令房门砰地关上。她伸张了两手，扑到晓保的脖子上，这回她自动地把小嘴凑上去，和晓保紧紧地吻住了。

晓保不是柳下惠，他当然是屈服了，终于在情场上做了俘虏的俘虏。两人经过一度柔情如水、蜜意如云之后，似乎都感到倦意，于是熄灭了绿纱罩的小台灯，也就沉沉地睡去了。也不知经过多少时候，忽然房门外一阵急促的敲门声，把两人从睡梦中惊醒过来。晓保还有些睡眼惺忪，当时听了这敲门的声音，他心头这一害怕，真是甜蜜之中得到了痛苦，顿时脸色灰白，几乎急得要哭出声音来了。

三、香饵层层诱　忍痛含泪甘受辱

　　红美待绿美到保险公司去上写字间之后，她便忙碌着料理好家务。下午吃过了饭，对镜好好地梳洗了一番，然后披上一件元细呢的夹大衣，挟了黑漆皮包，匆匆先到外面烟纸店里去打个电话。她打给谁呢？原来红美虽然自己心事重重，不过她还是很关心妹妹和晓保的情感问题。因为在她心中想来，晓保是个很诚实的青年。他所以写这一封信给绿美，绝不是为了他另爱别人的缘故，一定是有人在从中搬弄是非，离间他们两人的爱情。那么只要找到了晓保之后，彼此经过一番详细的解释，事情就不难水落石出。所以红美早晨已经打电话到晓保的家里，因为晓保已经到学校去了，所以此刻她又打电话到晓保的学校里去。但天下的事情，偏偏是那么令人不如意，打来打去，却没有打通。瞧瞧时候已经快近下午两点了，因此她没有办法，只好自管坐车到大光明影戏院去赴熊子云的约会了。

　　人力车到大光明门口停下，红美刚付了车资，只见子云满面含笑地迎了上来，和红美握了一阵子手，十分欢喜地说道："陶小姐，我一点钟就等在这里，把我两条腿都站立得酸了起来。我伸长了头颈，心里只管忐忑地跳跃着，我怕你不来了，那就叫我太失望了。幸而你是有信用的人，我一见你跳下人力车，便三脚两步地奔出来迎接你。在我真好像是得到了一件宝贝似的欢喜哩！陶小姐，花楼的票子已经买好了，我们快点儿上楼去吧！"

　　"其实我这人的脾气就是这个样子，答应了人家之后，我是绝不失信用的。熊先生自己太性急，这么早就来等着我，这可怨不了我不好啊!"红美一面和他向楼上走,一面把秋波水盈盈地斜乜他一眼,很妩媚地回答。

子云望着她的粉脸,好像馋涎欲滴的样子,笑嘻嘻地说道:"那当然,那当然,我怎么敢怨你不好呢?你已经不失信用地到来,我实在是对你表示感激还来不及呢!不过我所以这么性急,实在因为对陶小姐的印象太好了。我昨天回家之后,就一整夜没有好好地睡。就是合上眼,我也会梦见你,你对我真好,我心里一快乐,便醒来了。所以我真恨,恨我为什么不梦下去,那时我还量了自己一个耳刮子。陶小姐,你说我这个人好笑不好笑?"

"不,我觉得你一点儿也不好笑。"

"为什么?"

"因为你这种情形,完全是对我一种痴心的证据,我除了安慰、快乐、感激之外,我怎么会笑你?熊先生,你对我真可说是一见如故。"

"我听了你这几句话,我的心里真是感到舒服极了。陶小姐,你是一朵解语的花,你完全了解我对你这一番痴心,我总算是得到一个知心的人了。"

红美用了一本正经的态度,向子云竭力地灌迷汤,好在子云并不知道这是迷汤,他认为红美也是一个多情的姑娘,那么自己在不断的努力追求之下,还怕她不投入自己的怀抱里来吗?子云这样思忖着,他心中乐得什么似的,于是也笑嘻嘻地奉承她说。两人说话时,已由侍童领到对号入座处坐下。子云买了两包留兰香糖,自己嚼了一片,余下的拿到红美的手里。红美也不说什么,剥了纸,塞在口里嚼着。子云向她望了一眼,又低低地道:"陶小姐,我觉得你是我生命中一个知音,但不知你对我是否也有这种感觉呢?"

"我虽然也有这样的感觉,但是我又不敢这么想。"

"那为什么呢?我倒有些不明白了。"

"因为认你做知音的人一定不少,我也许会挨不到这个资格的。"

"不,不!我觉得除了你陶小姐之外,谁也不配做我的朋友,对于

'知音'这两个字，在旁人是更没有资格谈得到了。陶小姐，我今天向你做诚恳的表白，子云愿意给陶小姐做终生的奴役。陶小姐说月亮是方的，我也绝不敢表示否认。总而言之，陶小姐是我的生命之火，没有陶小姐，我的前途完全变成黑暗无光的了。"

子云趁此机会，便竭力地向红美灌迷汤，他好像是一个入了迷的信徒，在主耶稣面前，做虔诚祷告的样子。但子云的迷汤，红美是心中雪亮的，她忍不住俏皮地问道："那么你在没有遇到我之前，你的前途，到底是黑暗还是光明的呢？"

"这……这……当然是黑暗的了。我遇到了陶小姐之后，方才像黎明的早晨，天空中透出了一线微明的曙光。你看我过去的神情是那么郁郁不乐，我现在觉得什么都像春天里一样有生气了。"子云被她问得愣住了，但立刻又掀动着嘴唇皮，很灵活地回答了这几句话。

红美微微地一笑，秋波逗给他一个媚眼，说道："这也不见得，我看秀娟小姐恐怕也是你生命之火中的一分子吧！"

"喏！喏！喏！你……这……两句话，不是明明跟我吃醋了吗？"

"熊先生，你可不要胡说八道，我凭什么资格来跟你吃醋？那不是天大的笑话！"红美见他贼兮兮的样子，遂故作薄怒娇嗔的意态，冷笑着回答。

子云见她有些恼怒的表示，一时心头倒吃了一惊，立刻赔了笑脸，说道："陶小姐，我明白你的意思了，你以为我是一个见花折花的男子吗？不，不！你是绝对误会了我，我和夏秀娟根本是很清白的友谊关系。老实说，我并不爱她，我因为见她可怜，才叫她坐一张台子，比不得你陶小姐，虽然和她同样是舞女，不过在我的目光看起来，我觉得你什么都要高上她十倍。陶小姐，我实在熬不住了，我只好坦白地对你说，我爱你！"

"你爱我？"

"是的，我爱你，我爱你得快要发狂了。陶小姐，假使你可怜我这一番痴心的话，那你应该答应我爱你！"子云说到这里，脸涨得红红的，他紧紧地握住了红美的纤手，有些颤抖的口吻求爱着。

红美知道今天在戏院里必定有一幕精彩的演出，不过她还没有料到子云对自己有这么闪电式的求爱。这就镇静了态度，微微地一笑，问道："熊先生，你到底爱我什么？哪几点是值得你可爱的？你能向我告诉一点儿听听吗？"

"这……是很显而易见的事情，你值得叫我爱的地方，就是你没有一点儿做舞女的习气，更没有做舞女那种轻贱的样子……"

"你这话太欺人了，难道做舞女的人都是轻骨头吗？哼！这叫我听了可有些不服气。"

"陶小姐，你老喜欢生气，这又何苦呢？因为有几个舞女，她们的行为，实在是非常浪漫。她们见了小白脸，情愿奉送了身体，还倒贴钞票。把我们有身价的人物，却视作犬马看待。你想，这种舞女还不是贱骨头吗？"

"那么你所说的，恐怕我也是这种舞女，对不起，你还是不要来爱我的好。"

"不，不！你绝不是这种舞女，你的态度大方极了，不是我故意捧你，贵族人家的太太，恐怕也没有像你那么雍容华贵吧！"

红美见他一面说，一面还竖起了一个大拇指，表示很认真的样子，一时又好气又好笑，遂白了他一眼，淡淡地说道："这是承蒙你过分夸奖，倒叫我有些不好意思了。不过你虽然这么爱我，我却对你还不大信任，因为男子在我眼中看起来，可说是没有一个靠得住的。"

"那不要紧，我可以以许多贵重的东西给你做担保。"

"这倒不需要，我现在问你，你是真心地爱我，还是假意地爱我？"

"当然是真心地爱你，我要是假心假意的话，那我没有好死的！"

"好！凭你这一句话，那你预备怎么爱我呢？是不是今天晚上就跟你一同去开旅馆呢？"

子云听她开门见山地就说出了这几句话，一时心头倒荡漾了一下。但转念一想，陶小姐这个人不是普通的舞女可比，她说的话是有正反面

171

的，我倒不要上她的圈套。于是摇摇头，说道："不，不！我绝不敢这么轻视你。我爱你是永久的，不是什么暂时的，所以你假使答应爱我了，我当然要好好地筹备一下，岂能够草草地就相爱了呢？这似乎也侮辱爱的真意了。"

"你这几句话倒还说得中听，那么你预备怎样来计划一下呢？"

"我预备给你顶一幢房子，买一辆三轮车。其余的首饰不算，单拿以上几样东西来说，也很够给你作为保证了。"

"那么你的意思，让我给你做小老婆是不是？"

子云看红美的神色，好像并没有喜悦的样子，一时倒呆呆地愣住了，不知该怎么回答才好。红美方欲说什么，场子内灯光已慢慢地黑下来，接着电影便开始放映了。子云在黑暗之中，似乎要说什么话可以不受拘束一点儿，于是低低说道："我以为两性结合，只要情深意蜜，彼此真心相爱，那已经是很幸福了。所以对于名义，我倒认为不十分重要。陶小姐，你说我的意思可是不是？"

"电影开映了，我们这问题且慢慢地谈吧！"

红美的两眼注视着银幕上出神，口里却有些讨厌的样子回答。子云终是不敢多说什么，两人静悄悄地看完了这场电影，时候已经是下午四点十分。挽手出了大光明电影院门口，子云方才很小心地问道："陶小姐，我们到隔壁光明咖啡室去吃点儿点心好吗？"

"随便。"

红美毫无表情地说了这两个字，便跟着子云步入光明咖啡室。拣了一个座桌坐下，侍者拿上菜单。子云说拿两客炸鸡块、两杯牛奶、一盘西点，侍者答应，自管下去。这里子云递上烟盒，给红美吸烟，还拿打火机给她燃了火。两人吸完了半支烟卷，侍者把点心端上来。子云一面和红美吃着，一面又低低地说道："陶小姐，我们现在可以把这问题继续谈下去了吧！你心中的意思，要我怎么样办，才称了你的心呢？没有关系，你只管说出来，我们大家不妨讨论讨论。"

"我先问你，你家里有几个太太了？"

172

"凭我这年纪，我要说还没有太太的话，这当然是不可能的事。所以我绝不瞒骗你，我确实是已经有了妻子，不过你说我有几个的话，那我当然不能承认的。"

"你既然承认是已经有了妻子的人了，那么你如何还可以再来爱上我呢？常言道，不犯二色，你犯了二色，你这个人就是不情不义。"

子云听红美这样说，一时脸上浮现了哭笑不得的神情，望着她倒是愣住了一会儿。他喝了一口牛奶，吃了一口鸡肉之后，方才说道："陶小姐这话说得十分有道理，不过无论什么事情，也要看情形而说的。照我说，我的太太，她固然没有在上海……"

"没有在上海？她在什么地方？"

"她在汉口的故乡……"

"那你为什么不把她带到上海来住呢？"

"你不知道，这其中也有一个道理，因为我上面还有爸爸和妈妈，他们的思想非常陈旧而且固执，所以不愿让媳妇跟着儿子一同出远门。第二个原因，我这个黄脸婆子实在太没有资格做行长太太了，不但容貌丑陋，而且举止乡气，土头土脑。假使把她一同带到什么宴会上去，那真把我祖宗三代的脸都丢尽了呢！"

红美听他这样告诉，可知子云确实就是害死自己丈夫的那个魔鬼了。她想，他所以一个人在上海，显然是怕我在汉口控告他的缘故。不过奇怪的是，他见了我，怎么却并不认识了呢？但事实上我们只见过三次面，而且又是这么短短的一刹那。隔别日子久了，或许想不起了。今日撞在我的手里，真所谓冤家有蕶的了。红美一面想，一面便故作笑容说道："原来你的太太是个这样的丑妇吗？那倒怪不了你和她没有感情了……"

"可不是？陶小姐，你知道了我心中的痛苦之后，那你一定会同情我，绝不会再说我是个不情不义的丈夫了吧！老实说，我要有你那么一位如花似玉的好太太，我怎么还有另爱别人的心思呢？"

"照你说来，你是一定要爱上我了？"

子云听红美这样问，好像已经有些心软下来的样子，心中不免又感到欢喜起来，急点点头，说道："当然啰！但是，陶小姐肯不肯可怜我呢？"

"假使你真心要爱上我，我就马马虎虎来做一个行长太太了……"

"陶小姐，你真的答应我了吗？"

"答应并非是件难事情，不过我当然也有一个条件。"红美见他喜之欲狂的神情，遂故意缓慢着语气，接着又说出了这一句话。

子云却毫不介意地含笑问道："是个什么条件呢？陶小姐只要说得出，我总可以做得到。"

"那并不是一件为难的事，你要娶我做行长太太，那你得先跟你家中这位太太离婚。否则，要我给你做小老婆，我可无论如何也不答应。"

"这个……"

"怎么样……是不是有些办不到？"红美见他听了自己这几句话，脸上立刻收了笑容，微皱了眉头，显然是大有为难的样子。于是薄有怒意，向他正色地追问。

子云很慌张地说道："并不是办不到，因为我父母是思想固执的人，他们一定不肯让我这样做的。"

"哼！你这话说得太矛盾了，我真不懂得你这两句话是怎么解释的。"

"陶小姐，请你不要生气，你应该谅解我的苦衷。你现在暂时受一点儿委屈，好在我父母年纪都已老了，他们终不见得在世界上永远地活下去。等他们百年之后，我不是便可以跟妻子离婚了吗？"

"那么我们这头婚姻，也等你父母百年之后再谈吧！"

子云见红美很安闲的样子，至少有些俏皮的成分回答，一时心中十分焦虑，便搓了搓手，很苦闷的神情，叹了一口气，说道："但是，这……这……叫我怎么能够等得及呢？"

"你等不及，你还是去娶别的女人吧！假使你要娶我，那么你就得依我的条件。"红美很坚决地回答，表示毫无一点儿感情作用的样子，

174

再没有什么通融的办法。

子云觉得这倒是一件难事情，遂取了一支烟卷，连连地吸着，似乎在大动其脑筋的神气。两人静默了一会儿，子云忍不住又先开口说道："陶小姐，你这一点就马马虎虎地受些委屈，我别的地方可以补足你的。"

"别的拿什么东西补足我呢？"

"比方说，我本来准备买一克拉钻戒给你，现在我就买三克拉钻戒。本来给你顶一幢石库门房子，我现在给你买一座小洋房。其实我这个黄脸婆子根本不在上海，人家谁知道你是大是小呢？陶小姐，你说我这话中听不中听呢？"

红美心中暗想，我所以有这个条件，也无非是故意刁难刁难他。其实他就是答应我这样办，我也未必真的会嫁给仇人做妻子呀！不过我要报仇，我终得牺牲一点儿。同时为了妹妹着想，我也不得不向他多骗一点儿钱。那么我万一因报仇而判了死刑之后，剩下妹妹这一个可怜的女孩子，她当然也不会受什么生活压迫的痛苦。红美心中这样想着，她的神情自不免沉默了一会儿。子云猜测她的芳心，一定有些被洋房钻戒打动了。这就很快地把自己手上那枚挺大的钻戒先脱了下来，拉过红美的手，轻轻地给她套上了。红美却装作不知道，等戴在手指上了之后，方才故意呀了一声，秋波逗弄了他一瞥媚眼，羞涩似的问道："熊先生，你这个算什么意思呀？"

"这枚钻戒虽然只有一克拉半大，但光头很好，完全是火油钻。陶小姐，你先戴着，明儿我再给你买两枚。"

"你给我戴上了，那么你自己不是没有戴了吗？"

"我明天马上可以去买进的。陶小姐，你喜欢住石库门住宅呢，还是爱住花园小洋房？"

"我说住小洋房太大了，倒反而嫌冷静。假使有两幢两下的石库门房子，那也很不错呀！熊先生，你说是不是？"

子云听她这样说，心中十分欢喜，把她手紧紧地握了一阵，点头说道："那是你为我而打算的，我有你这么一个会持家的好太太，那我子云将来一定还要好好地发大财呢！秀琴，我以后该呼你名字了，请你也不要叫我熊先生吧！"

"你的意思，我叫你什么好？"

"叫名字吧！夫妇之间，男女平权，叫名字最妥当。"

"好，我就叫你子云。"

红美故作羞答答的样子，轻启樱唇，低低地叫了一声，但立刻红晕满颊地低垂下头来。子云瞧在眼睛里，真有说不出的甜蜜，遂笑嘻嘻地说道："秀琴，那么我明天就去顶房子，你可以不必再上舞厅去伴舞了。你现在住在什么地方？最好告诉我，那么我可以直接到你家里来找你。"

"你叫我不去伴舞，那么这几天生活怎么过呢？"

"哈哈，你不要说孩子话了，你要知道，从今天起，你便是一位行长太太了，我叫你不用去伴舞，那我当然会给你生活费呀！我此刻身边有五百元钱，你先拿去。我明儿给你到银行里去开一个存折，在你名下存五万元钱，那你总可以一百二十分的放心了。"

"子云，你待我这样好，我真是感激你。"红美听他这样说，心里也十分安慰，遂把五百元钱老实不客气地放进自己皮包里去，含了得意而欢悦的笑容，热情地回答。

子云暗想，金钱万能，这句话真是不错。但他表面上还一本正经地笑道："秀琴，我们既然成了夫妻，那还用得到感激这两个字吗？"

"唉，我这人也真糊涂得很，不知靠你吃饭的人一共有几个？"

"这倒是你感觉喜欢的一件事情，靠我吃饭的人，可说一个也没有。"

"真的吗？那么你在上海难道就只有一个人不成？"

"虽然我还有一个妹妹，但妹妹她自己有吃饭的本领，用不到姐姐去养活她的。"

子云听她只有姐妹两个人，心里不免乐得什么似的。暗想，姐姐既然这样美丽，那么妹妹当然也是一个绝色的人才，说不定我老熊还有一箭双雕的希望，那不是我交上桃花运了吗？想到这里，便笑出声音来说道："就是多养你妹妹一个人，那也绝对不成问题。你妹妹今年几岁了？"

"还只有十八岁。"

"比你小几岁？她在什么地方办事？也在做舞女吗？"

"我比妹妹大三岁。哼！你这话又气人了，难道我们女子吃饭的职业就只配做舞女吗？告诉你，我妹妹的才学很好，她在写字间里做职员。"

"对不起，这是我失言了，请你不要生气。原来你妹妹的才学很好，那么她的脸蛋儿也和你生得一样美丽吗？"

子云见她薄怒娇嗔的样子，遂慌忙赔了笑脸说好话。因为他有着得陇望蜀的存心，因此情不自禁地向她又问出了这后面一句话。红美似乎猜透了他的心思，便淡淡地一笑，用了俏皮的口吻，说道："这些你可以不必向我打听了，我告诉你，我妹妹是已经有着未婚夫的人了。即使你想见一个爱一个，妹妹也未必会爱上你啊！"

"秀琴，你这人真有趣，怎么一会儿又和你妹妹吃起干醋来了？"子云被红美一语道破，心中十分难为情，因此红了脸，只好笑嘻嘻厚脸皮地回答。红美噘了噘小嘴，逗给他一个白眼，却并不作答。过了一会儿，子云又说道："正经的，你府上住在哪儿？我明天顶好了房子，可以陪你去一同看看呀！"

"住在青岛路斯文里十八号的前楼。"

"什么？斯文里吗？"

"嗯。为什么这样惊奇的样子？"

"哦，哦！没有什么，因为……因为……我有个朋友也住在斯文里的，那边房子倒还不错，就是太老式一点儿。我现在给你顶一幢房子，至少要新式一点儿，最好有卫生设备，你说是吗？"子云被她猜疑地一问，一时连忙哦哦了两声，竭力掩饰他脸部慌张的表情，向她笑嘻嘻地回答。

红美点头说道："那当然，最好要有浴室、抽水马桶，冬天有水汀，夏天有冷气。不过……我也并不一定要这样的房子，假使没有卫生设备，我也可以马马虎虎地将就一点儿。但是我有一个条件，过户的名字要用陶秀琴，你看怎么样？"

　　"用你的名字虽然没有关系，不过外界说起来，好像有些不大好听。"

　　红美见子云沉吟了一会儿，方才低低地说，好像大有为难的神气。这就冷笑了一声，绷住了粉脸说道："请问有什么不大好听？"

　　"我想一个家庭的组成，说起来做丈夫的总是一家之主，那么这过户的名字怎么能用女人家的呢？秀琴，我不明白你这是什么用意？"

　　"因为我怕你们男子没有真心的爱，尤其是你们身拥财产的富翁们。万一你明儿把我抛弃了，那么我有了这一幢房子，至少也是我的一点儿保障。你说丈夫是一家之主，其实你这话又显着矛盾了。你刚才不是说男女平权吗？那么就是给妻子名字过户，这也算不了坍你的台呀！假使你真心爱我的，我想你一定会答应我。否则，那你一定是存了玩弄的心思，说不定将来会把我抛到脑后去的。"

　　子云当初的心里也非常怀疑，恐怕自己花了钱，费了心血，她却是一个骗局，把自己一脚踢开，她倒去另爱了小白脸，这不是叫自己无处伸冤吗？所以他用了沉重的语气，问她是什么用意。现在听她这样说，可见她还在不信任自己，一时倒又放下心来。于是笑了一笑，说道："原来你是怕我没有真心地爱你，其实这是你疑心病太重的缘故。也好，为了使你相信我没有假情假意，那我就决定答应你这样办。"

　　"子云，你样样都依顺了我，那你真是我的好丈夫。"

　　红美把手搭到他的大腿上去，还轻轻地捏了一把。眉开眼笑的情形，真叫子云有些神魂颠倒起来，遂把她手握住了，遮着身子，在她手背上吻了一个香。红美慌忙又挣脱回来，恨恨地逗给他一个甜心的娇嗔。子云看了，那颗心更是荡漾得厉害，他把两眼色眯眯地盯住了红美，像有些精神失常似的傻笑起来了。

从光明咖啡室出来，已经六点将近了。子云要到舞厅去游玩，红美当然没有违拗他。两人坐车到新光舞厅，拣了一个座桌坐下。因为子云觉得很兴奋，遂叫侍者拿两瓶啤酒喝，喝了酒后，和红美到舞池里去欢舞。他的举止上难免有些轻薄的意思，红美为了要报仇，没有办法，也只好含了痛苦的微笑，咬牙切齿地忍受着。舞毕回座，子云当然十分欢喜，望着红美的粉脸，好像最好把她一口吞下去的样子。不料就在这时，却见一个中服男子，笑嘻嘻地走了过来，说道："老熊，你好啊！怎么不打一个电话给我，竟一个人独遛了吗？"

"我知道你会到这儿来的，老陈，一块儿坐吧！"

"陈先生，你几个人来的？"

原来这个姓陈的不是别人，就是昨夜坐红美台子的陈文达。文达自从见了红美之后，自然也有一种野心的企图，因为到舞厅里去白相的男子，十个倒有九个是想转舞女身体的念头。真正为跳舞而跳舞的男子，老实说，简直是一个也拣不出的。此刻他见子云和红美坐在一起心中自然大不高兴。不过自己和子云是要好的朋友，况且头寸紧的时候，还要在他银行里透支款子用用。所以心中虽然不快乐，脸上还只好含了苦笑搭讪着。当时子云见了文达，因为红美是他的户头，心中也有些不好意思。遂站起身子，一面叫他坐下，一面递给他一支香烟。红美当然是认识的，所以也含笑向他低低地问。

文达坐下之后，吸了一口烟卷，笑道："我也一个人来的，原是来望望陶小姐，不料却被老熊捷足先得了。"

"老陈，我还没有告诉你，从今天起，陶小姐不做舞女了，她便是熊子云的太太。你该叫她一声熊家嫂嫂了，哈哈！我明天请你吃喜酒。"

子云听文达这样说，可见他也明明爱上了秀琴，一时假装微醉的样子，哈哈地笑着，一面向文达加以郑重的声明，是叫文达可以死了心的意思。文达这一句捷足先得的话，原是说坐台子先后的意思。可是万不料他真的已把秀琴娶做姨太太了，一时只觉得有股子酸溜溜的气味，直冲上了头顶，他的脸色几乎也气得发青起来，但是他还是笑着说道：

"老熊，你不要开玩笑了，陶小姐昨夜就跟我说好的，她是答应嫁给我的。"

"陈先生，请你放尊重一点儿，这可不是开玩笑的事情，你不能随便瞎说的呀！"

"哈哈，老陈，你听到了没有？我可以不必和你争论，只要听陶小姐说，她承认谁是她的'黑漆板凳'？我老实对你说，我们一切条件都已谈好，不到一星期，你就可以到我们新公馆来吵我们的新房。哈哈！哈哈！"

文达见子云得意的样子，他心中也愈加生气和恼怒。暗想，这小子倒是可恶，他估了我的"比"，我可不肯向他罢休的。但是秀琴已经自愿被他金钱所买到，一时叫自己真有说不出的苦楚。于是涨红了脸，却强笑着不作声。子云知道他有些酸素作用，趁着酒兴，索性气气他，遂站起身子，挽了红美的手，向文达说声"你坐一会儿"，他们便亲亲热热地到舞池里去了。

文达眼看他们去欢舞了，他咬牙切齿的，把烟卷恨恨地向痰盂里一掷，暗自骂声"他妈的，女子都是水性杨花的，我一定叫他们不得太平"。文达暗暗盘算了一回，他便匆匆地走到电话间来。摇了一个电话到大华舞厅，说叫夏秀娟听电话。原来夏秀娟茶舞时间，是在大华舞厅。不多一会儿，有个女子的声音，嗲声嗲气地问道："喂，侬叫啥人听电话？"

"夏秀娟小姐，你是谁？"

"我正是秀娟呀，你是熊先生吗？"

"不是，我是熊先生的朋友陈文达，昨夜在新光舞厅坐陶秀琴台子的陈文达。"

"哦！原来是陈先生，有什么贵干吗？"

"我告诉你一个消息，你的熊先生，已经被陶秀琴夺去了，知道吗？"

"啊！你怎么知道的？"

"我们此刻都在新光舞厅跳茶舞，是熊先生亲口说的，他要我叫秀琴为熊太太，说下星期他们决定在新公馆里组织家庭了。"

"哼！我昨天夜里就看出来了，熊先生对这烂污货色眯眯的样子，这不要脸的贱货，那双媚眼也老是向熊先生勾引。陈先生，你不是很爱秀琴吗？我想你应该跟熊先生办交涉呀！"

"我和秀琴根本是萍水之交，那倒没有什么关系，比不了你和熊先生，彼此都有深厚的交情。现在一旦被秀琴夺去了，我为你着想，所以非常不平。假使你认为自愿放弃，那么我这个电话算是白打给你了。"

文达的意思，原是要激怒秀娟，借秀娟的力量，去捣乱他们的爱情。万不料秀娟却反而来鼓动自己，要自己去跟熊子云办交涉，一时未免感到失望，遂故意又这么地回答，表示自己多此一举的意思。秀娟听了，方才很难过地说道："陈先生，你来告诉我，我当然十分地感谢你。不过一个舞客对舞女变心，说起来也不是一回稀奇的事，我心中气愤，但事实上又有什么办法呢？唉！"

"夏小姐，你不要叹气，你此刻马上到新光舞厅来，不问三七二十一地就拉住这贱货痛打一顿……打出事情来，由我给你负责办理。你有没有这个勇气？"

"不过……我到底不是熊先生的家主婆，我能这样做吗？"

"没有关系，你若不打她一顿，你难道能消心头这口怨气吗？"

"好！只要有你肯给我撑腰，我马上就来。"

"当然我会给你撑腰，而且你茶舞时间的舞票，回头我也都赔偿你损失好了。你此刻快点儿坐车到来，我等着你。"

"好！那么我们回头见！"

文达见自己的计划成功，心中十分欢喜，遂搁下听筒，在糖果部买了一包香烟，便兴冲冲地回到座桌旁来。见子云和秀琴也已舞毕回座，子云先含笑招呼道："老陈，你到哪里去了？"

"我买烟卷儿去了。"

"烟卷这里不是有吗？老陈，这一曲音乐倒很好，你和我太太去跳一次吧!"

"不，陶小姐既然不是舞女了，那我倒不能太随便，似乎应该避一些嫌疑了。"

"老陈，你的思想也未免太落伍了，跳舞是一种交际，也是一种高尚的娱乐。你没听海上某闻人，他活了七十多岁的年纪，照样和媳妇和女儿甚至孙女儿一同跳舞吗？没有关系，你只管和我太太跳好了。"子云笑嘻嘻地回答，表示落落大方的样子。

文达向红美望了一眼，红美却嫣然地一笑。女色的魔力真大，文达被红美一笑，他的怨恨又忘记了大半，果然挽了红美到舞池里去了。

他一面跳舞，一面便忍不住开口说道："陶小姐，你和老熊的恋爱真有些像闪电式的快速，我万万料不到昨夜才和你分手，今天你就做了熊太太了。"

"可不是？我自己也做梦想不到能这么速成。不过熊先生既然对我真心地求爱，想我们做舞女的人，也不好一辈子在舞海里浮沉，能够找个归宿，当然也是一件好事情，所以我只好答应了他。"

红美微微地叹息着说，表示一个做舞女的苦楚，也无非出于不得已。文达很同情的样子，点了点头说道："你这话也不错，不过你要知道，一个男子，他爱你的时候愈快，后来抛弃你的时候也愈快。老熊这个人，据我所知，被他玩弄过的舞女，少说也有两三打之多。并非我来离间你们的爱情，因为你是一个很温和很有希望的姑娘，希望不会落在魔鬼的手里，所以我代你表示可惜罢了。"

"那么落在你的手里，就一点儿也不可惜了？"

红美听他那种假慈悲的话，心中又好气又好笑，遂用了冷隽的口吻，对他很幽默地问。把个文达问得红了两颊，一时回答不出来。但红美又接下去说道："这个年头谈恋爱也和做买卖一样，尤其是在这灯红酒绿的场所。当然啰！谁先接洽，谁便先做成买卖。陈先生是个多情人，我昨夜一见你，就觉得你这个人很好，可惜你没有早点儿向我求爱，否则，我要嫁人也一定先嫁给你的。"

"唉，陶小姐，事到如今，你还吊我什么胃口呢？说来说去，总是恨我没福消受罢了。"

文达听她还这么说，一时不免含了怨恨的表情，向她轻轻地叹了一口气。红美方欲再说什么，一节音乐已完，于是两人只好回座。音乐复起，子云便挽了红美，也到舞池里去婆娑欢舞了。这是子云意料不到的事情，等他们舞罢归座的时候，却见座桌边多坐了一个女子，而这个女子不是别人，却是夏秀娟。子云心头倒不免别别地一跳，但表面上还竭力装出毫不介意的样子，含笑招呼道："咦，秀娟，你怎么也会到这儿来呀？"

"哼，你这个没有良心的人呀！你有了这个不要脸的狐狸精，你就把我丢掉了吗？"秀娟不等他说完，就猛可地站起身子，一面破口大骂，一面却冲向红美，撩上手去，啪的一声，竟量了红美一个耳光。

红美做梦也想不到会挨秀娟这一记耳光，正欲对她理论，但秀娟却像疯了一般，挥了拳头，第二次又打了过来。子云这就把红美拉过一旁，自己拦住了秀娟，怒气冲冲地说道："秀娟，你难道发了神经病？你……你能无缘无故地动手打人吗？"

"她夺了我的丈夫，她这不知廉耻心的妖精，我打了她怎么样？我和她拼命！"

"放你妈的臭屁！谁是你的丈夫？你这不要脸的泼妇！你有颜色，你只管拿出来，我要怕你，我不是熊子云！"

"夏秀娟！好了，好了，你识相一点儿吧！何苦讨没趣呢？还是快点儿走吧！"

文达见子云大发脾气地向秀娟大骂，知道事情难免要弄成僵局了，好在自己目的已达，于是连忙劝住了秀娟，而且拉了她的手，向舞厅外匆匆地走了。红美自落娘胎，从来也没有被人打过一记，今日受此委屈，气得全身发抖。因为她不是一个泼辣的个性，要骂人家也骂不来，动手打更加不会了。因此一肚子的气闷没处发泄，倒在沙发椅子上，忍不住呜呜咽咽地哭了起来。红美这一哭，当然急坏了子云。子云遂在旁

183

边连声地劝慰，而且还满口地大骂秀娟。红美却认为秀娟今日侮辱自己，乃被子云所累。因此咬他一口，说是子云叫秀娟来打自己的。子云听了，指天指地，大发其咒，同时说秀琴今日吃亏，我夜里给你挣回面子。因为舞厅里的人都来看热闹，子云觉得这使秀琴更感到难堪，因此拉着她到外面吃晚饭去了。

在晋隆饭店晚餐的时候，子云向红美又说了许多的好话，才把红美满肚子的气愤慢慢地平了下去。吃毕了夜饭，子云要引逗红美高兴，特地又陪她一同去看话剧。从话剧院内出来，时候已是晚上十一点多了，子云遂送红美回家。在斯文里门口，红美向子云说道："本该请你进去坐一会儿，但时候不早，我妹妹一定已经睡了。所以诸多不便，我也不和你客气了。"

"没有关系，反正我明天顶好房子，要来陪你一同去看的，那么我们明儿见！"

子云含笑回答，遂和红美握手分别。但是他并没走远，等红美走进十八号大门之后，他便匆匆地跨入八号的大门，直向楼上前厢房去了。

四、悔恨阵阵涌　坐听更声到天明

子云向八号楼上前厢房做什么去呢？原来这个熊少奶奶玲玲就是子云的外室，玲玲虽然是子云的小老婆之一，但差不多已经要被子云遗忘了。今天因为时已深夜，觉得现成的公馆就在眼前，所以他便到玲玲这儿来宿夜了。说起来事情太不凑巧，其实也可以说太巧了。偏偏今天晚上，玲玲却勾引了晓保在房中欢娱。当时两人被一阵敲门声音惊醒之后，玲玲固然吃了一惊，而晓保心中害怕，使他不免瑟瑟地发起抖来。因为自己一向洁身自爱，从来不做荒唐的行为。今日为了一时的错误，恐怕要铸成终生的遗恨了。玲玲见晓保好像急得要哭出来的样子，遂连忙把晓保脱下的所有衣服，全都塞到晓保的手里。一面轻轻下床，给他拿了皮鞋，拉了晓保身子，向阳台外面走。也不及说什么话，把皮鞋一放，就轻轻拉上玻璃窗，把晓保关到阳台上去了。玲玲在拉拢窗帘之后，那颗芳心才觉稍微安定一点儿。但子云在外面敲门的声音越加急越加响了，而且口里还连声地叫道："玲玲！玲玲！快开门！快开门！"

"嗯！是谁？是谁？"

玲玲在房中一个人大做戏文，故意装作刚被吵醒的样子，显出惊慌的口吻，连问了两声是谁。子云这个人自己做了贼，也会防别人做贼的。起初心中也有些生疑，怎么玲玲竟没有回答的声音？此刻听玲玲好像从睡梦中醒过来的语气，这才放下心来。遂含了笑容，急急地说道："玲玲，是我呀！你怎么这样子好睡呀？"

"你是谁？深更半夜的做什么来？"

"哎呀！你连我的声音也听不出来了吗？我是子云。玲玲，你快开

185

门吧！"

"哎呀，你是熊大少爷！对不起，这么久的日子没有听到你声音了，也怪不得我听起来觉得很陌生了呀！"

"玲玲，你不要说俏皮话了，快给我先开了门，你要打要骂，我任你责罚好了。我……我……内急得要命，实在有些熬不住了。"

玲玲为什么不肯立刻开门呢？当然其中还有一点儿小道理。原来她是在收拾床上刚才派用场时候的一点儿小道具，一股脑儿统统塞进夜壶箱里。然后拖着睡鞋，把房门轻轻地开了。她别转屁股，有些生气的表情，一面揉着眼皮，一面又自管地回到床上去躺进被窝里了。子云把房门砰的一声关上，他也来不及再说什么话，便急急地坐到马桶上去大便了。

玲玲这时见了，方才又冷笑了一声，说道："哦，原来你是为了要大便，才到这儿来的，那么你把我这里竟当作马路旁的坑棚间看待了？哼！子云，你今天既然来了，我非跟你算账不可，你当初把我当作什么看待？你如今又把我当作什么看待？我们女人难道真的不值一文钱就随你们男子任意玩弄吗？我这种生活过不下去了，你今天得给我爽爽快快有个解决的办法！"

"玲玲，你火气不要这么大，我虽然人没有来，但生活费可曾短少你一个铜子儿吗？你怎么说活不下去了呢？你说这话，莫非是另外找到什么好户头了？所以预备跟我闹开，去换换新鲜的口味了。"

子云坐在便桶上，取了一支烟卷吸着。他向玲玲薄怒娇嗔的脸望了一会儿，却死样怪气地笑嘻嘻回答。玲玲听他还向自己咬一口，一时便急得跳起来，故作要哭泣的神态，恨恨地说道："好，好，你自己抛弃了我，你还来冤枉我。子云，你说这些话，我问你良心到底有没有呢？老实对你说，我要有好户头的话，我也不会给你死守在这屋子里了。子云，你既有今日，何必当初呢？你不是明明害了我吗？"

"好了，好了，是我说着跟你开玩笑的，你又何苦认真呢？半夜三更，不要哭呀！别人家听见了，还以为死了什么人呢？"

"什么话好开玩笑，你就拿这种话来含血喷人，有什么好听不好听？老实说我本来就像活孤孀一样，有谁知道我的苦楚？你今夜到来，没有一句好话安慰我，反而对我这么神气活现，我问你，你是安着什么心思？假使你不要我了，你也爽爽快快地说一句闲话。唉！我是前世作了什么孽，今生才这么命苦啊！呀，天哪！你还是给我早点儿死去了好啊！"

　　玲玲见子云的神情和语气一无怜悯自己之意，心里这就怨恨到了极点，也不知从哪里来的这许多眼泪，马上呜呜咽咽地哭泣起来了。子云这时已离开了便桶，坐到床边，就此脱去了衣裤，一同钻进被窝里去，抱住了玲玲的身子，吻住她的小嘴，温情蜜意地赔不是道："玲玲，好了，夫妻两个，吵几句嘴算得了什么？何苦就这么认真呢？说来说去，总是我不好，现在，我向你赔个不是吧！"

　　"不要你来赔不是，本来我们还像什么夫妻？你无非把我当作妓女看待罢了。高兴就来一次，不高兴就十天八天不见一个人影子。你以前怎样对我说的？你问问良心看，你对得住我吗？"玲玲恨恨地把他推开了，别转了身子，一面絮絮地怨恨着，一面兀自抽抽噎噎地哭得非常伤心。

　　子云想起从前宠爱的时候，把她当作一件宝贝看待，夜夜伴在她身旁。现在把她丢在脑后，好像打入冷房，平心而论，也觉自己太无情义。因此把她身子又竭力扳了过来，一手摸到她的胸部去，低低地说道："我的良心上确实对不住你，不过在我心中当然也有不得已的苦衷，因为这几天物价飞涨，原因是东北发生了战事，所以人心惶惶，我每天忙得连吃饭的工夫都没有。为了赚几个钱，那也是没有办法的事情呀！"

　　"省省吧！你真把我当三岁小孩子看待了。就是银行里进进出出事情忙，也忙不到你做行长的身上来呀！况且银行里五点钟一敲，便可以离写字间，总不见得一直忙到现在夜里十二点钟呀！子云，我劝你良心也摆得当中一点儿吧！一个人要想想人家，要想想自己，假使把你换作了我的地位，你心中恨不恨呢？"

玲玲这一番话，在怨恨之中多少还包含了一点儿可怜的成分。一个男子，是最怕女子用这一下子功夫的，所以子云是完全地软化了，他除了连连赔不是之外，又向她说了许多好话。同时他的手，由上而下地渐渐不老实起来。玲玲慌忙把他拉开了，秋波白了他一眼，哀怨地说道："时候不早了，你给我安静一点儿睡吧！"

"一点钟没有敲，还不算迟。"

"不要，明天晚上你早些回来，我给你甜蜜。"

"等不及，我此刻那枚箭已扣在弦上了，实在不得不发。"

"可是，我那张弓偏不张，看你有什么办法？"

玲玲虽然是仰天睡着，但是她的四肢紧并在一处，睡得笔直直的，秋波逗了他一瞥勾人的目光，却妩媚十分地笑嘻嘻回答。子云果然没有发箭的力量，他只好用恳求的方法，低低地说道："玲玲，你帮帮我的忙吧！"

"不行，反正我已经被人搁浅长远了，何必再自寻烦恼呢？"

"怎么说自寻烦恼呢？既然是搁浅长远了，那么难免有海枯石烂的危险，我看还是接受一点儿甘露吧！这是有益于你身体的。"

子云一面说，一面有些穷凶极恶的样子。玲玲的马其诺防线虽然防守得紧，然而被他精锐部队奋勇攻击，也有些不支将破。不过她还有条件地说道："我问你，你今夜在什么地方玩儿？怎么会想到我这里来睡了？"

"在朋友那儿打牌，我忽然心血来潮，怕你干死了，所以特地来灌溉的！"

"谁和你贼秃嘻嘻的？你赢了还是输的？"

"不要问起了，从打牌到现在，今天牌风是最坏了，我打得气都气死了。"

"哼，我早已料到你是输的！"玲玲听了，冷笑了一声，秋波向他逗了一个白眼，大有怨恨的意思。

子云不明白地愣住了，望着她绷住了粉脸的神态，奇怪地问道：

"你怎么会猜得着的?"

"你如要赢了的话,你还会想得到到我这里来吗? 早已到不知什么烂污货那里过夜去了。你说我这句话可猜到你心眼里去了吗?"

"不对,不对,我今天齐巧是赢的。"

"赢的吗? 你把皮夹拿出来给我看!"

"此刻看什么皮夹? 等会儿,我给你看好了。"

"等会儿我不要看了,就是此刻我有些魔力来克服你。"

子云见她说这两句话的时候,还望着自己娇憨地媚笑,一时倒也没有了办法,遂把手指去捻她紫葡萄似的一颗,说道:"那么你到底预备怎么样呢? 你有条件只管开过来,我一定照数接受。"

"这是你自己说的,现在百物都在飞涨,那么我的生活费是否够用呢?"

"当然不够用了,我很明白,自下月起,照数加倍,你总满足了。"

"这个月难道就不用补贴我了?"

"当然补足,这一点点儿小事,你不说,我也会给你的。"

"那么先给我五百块钱,此路才能通行。"

"不过我此刻身边没有现钞。"

"什么? 你不是说赢了钱吗?"

"我和你说着玩儿的,但你不用着急,我虽然没有现钞,我还可以开支票给你,先开一千元给你怎么样?"

"今夜你怎么倒又慷慨起来? 会不会是张空头支票?"

"好了,好了,你如何这样不信任我了? 我到底是个银行行长,假使再开空头支票,那不是坍完了做银行行长的台了吗?"子云一面笑嘻嘻回答,一面从床上坐起,撩过西服上褂,取出支票簿子来,开了一张即期一千元的支票,还盖了印章,交到玲玲手里,笑道:"现在你还有什么条件没有?"

"没有了……"

"好,那么我可以活跃了。玲玲,女色的魔力虽大,但金钱比女色魔力更大。"

随了他们这两句话，室内电灯熄灭了。子云这时的全副精神，都注意在他的工作上。玲玲偶然回头望到窗外的阳台上，谁知薄纱的窗帘帷帐上却映着一个人影子，使她猛可想到阳台里还躲着一个乔晓保。她心中这一吃惊，随手连忙又开亮了电灯，因为室内有了光线之后，那外面的人影子自然消失了。子云不明白她是什么缘故，遂急忙问道："怎么你又把电灯开了？"

"看看你那股子劲道儿到底怎样狠天狠地。"

玲玲故作放浪形骸的荡态，向子云曲意地迷恋。子云在过分兴奋之下，也就酣然入梦。起初玲玲心中还记着阳台里的晓保，预备让子云睡熟了之后，放晓保逃走。不料等子云酣然入梦，她自己也已筋疲力尽，人事不知了。

子云和玲玲两人在房中沉沉睡去了，只苦了晓保一个人在阳台上受罪。他此刻虽然是把衣服鞋子都穿上了，不过他却没有办法离开这个四面临空的阳台。他想跃身跳下去，但怕一个不小心跌伤身子。而且被人发觉，还只道自己是一个小偷，闹了开去，风声落到家里，那叫还有什么脸做人好呢？左思右想，觉得还是忍耐一下。玲玲不是一个含糊的人，她回头总有办法放我逃走的。晓保这样宽慰着自己，他也只好含了痛苦的心，连呼吸都不敢地，呆呆地站立着。起初听房间里有吵嘴的声音，接着又听玲玲呜呜咽咽地哭了。他心中是怀了鬼胎，生怕事情闹僵了，把自己拖出来，那岂不是要吃官司了吗？幸亏过了一会儿，倒又不见什么动静了。而且电灯也都熄灭了，一时又暗想，难道他们睡了吗？但没有多少时候，电灯又开了，并且还播送出他们两人细碎笑谑的声音，这音韵至少包含了一点儿淫浪的成分。晓保知道他们是在玩儿着把戏了，一时心中暗暗猜疑，觉得玲玲这个女子说不定是一个做生意的淌牌，自己今天落在她的手中，也可谓大大地上当了。想到这里，真有说不出的悔恨。四周是那么静悄，显然夜是深沉了。远远地送过来大时鸣钟敲子夜一点的声音，把晓保那颗心更震撼得清醒过来。夜风一阵一阵地吹着他身子，虽然不是寒冬的夜里，但秋风的凄厉，也够使人感到难受。尤其是晓保才从热被窝内跳出来，此刻在阳台上受冷，他全身瑟瑟地发抖。他抬了头，望着黑漆的天空，夜凉如水，一轮明月，却在头顶上发射着清辉的光芒！晓保此刻心中羞惭，觉得自己这卑鄙的行为，实在很不好意思对这清白的明月。他慢慢地又低下头来，忍不住深长地叹了一口气。

大时鸣钟当当鸣两点的敲声又在黑夜的空气中流动了，但却没有见玲玲来放自己逃走。室中的电灯虽然还亮着，不过静悄悄的却连一丝声息都没有。晓保心中开始有些奇怪，难道他们两人都睡着了吗？要想推窗进内去看个仔细，但到底没有这个胆量。这时候晓保心中的痛苦，真仿佛比坐在监狱里还要胜过十倍。因为他身上的衣服，已抵不住寒风的侵袭，只觉一阵阵的寒意，从骨髓里透了出来。可怜他心头悔恨极了，觉得为人在世，总要向光明的路上走，岂可以失足在邪路呢？假使自己糊里糊涂地荒唐，此刻又如何会在寒夜的阳台上受冻冷的痛苦呢？一阵阵想，一阵阵悔，他到底忍不住流起眼泪来了。

"啊！捉贼！捉贼！"

晓保正在悔恨交集、伤心落泪的时候，忽然一阵急促呼喊捉贼的声音，从夜风中吹了过来。一时心中无比焦急，真不是一支秃笔所能形容万一的。晓保暗想道：这叫作失意的人偏逢失意事，不要贼逃走了，别人家看见了我在阳台上痴立，因此误会我是一个小贼，那可怎么办呢？晓保在情急之下，还管得了什么呢？遂把身子在阳台上躺倒，脊背贴在冷冰冰的水门汀阳台地板上，这苦楚真有些叫人难熬。但房子中的人好像被一阵呼喊捉贼声吵醒了，只听男的叫道："玲玲，玲玲！你听，你听，有贼呢！"

"不是我们家里，你管他什么，我们还是睡吧！"

"不行，也许那贼被人家追得急了，却逃到我们屋子里来，那么我们笃定地睡觉，东西不全都要被偷了吗？让我开了窗子到阳台外去张望张望。"

191

"你不要发神经病了，深更半夜，冻冷了身子，那可不是玩儿的事情。"

子云这两句话，不但玲玲听了急得满头大汗，抱住了子云身子不肯放松。听到阳台上躺着的晓保的耳鼓内，他更急得脸色灰白，那颗心几乎要从口腔里跳出来了。幸亏这时弄堂里一阵嗒嗒的脚步声奔过，还有许多人口叫捉贼的声音，也由近而远了。只听房中玲玲的声音，又说道："可不是？贼早已逃出弄堂去了，你还起来做什么呢？"

"那么我们睡吧！"

晓保在阳台里听了房中这一句话，方才把一颗极度紧张的心又松弛下来。玲玲也安心了许多，因为有过一度的睡眠，她的精神好了一点儿。心中想着阳台上的晓保，她也忍不住代为暗暗痛苦起来。而且又开始怀疑起来，难道晓保已经爬下阳台逃跑了，所以人家误会他是小贼了吗？这样一想之下，倒又暗暗地焦急万分。万一晓保被这般追贼的人捉住，不问三七二十一地一顿痛打，那不是叫他有冤无处申诉吗？玲玲想到这里，她当然是再也合不上眼皮了。想要起身推窗去看个仔细，但又怕惊醒了旁边的子云，她在乌圆眸珠一转之下，这就有了主意。她伸手把电灯开了，向窗帘上一望，果然，已经没有了一个人影子。玲玲这时心中，又欢喜又忧愁，欢喜的是晓保已经逃走了；但忧愁的，怕晓保被人误会是贼了。她也只好暗暗祷告着老天，但愿晓保安然无恙才好。玲玲祈祷了一会儿，于是又沉沉地睡着了。

第二天八点钟敲过，子云便匆匆起身，玲玲服侍他梳洗完毕。子云点心也不吃，便预备匆匆要走了。玲玲还故作撒娇的表情，恋恋不舍的样子，说道："子云，今天你去了之后，问君何日再到来？"

"说不定，或许今天晚上再来，或许明天夜里来。"

"为什么日子说得这样近？请你说得远一点儿好不好？"

"玲玲，你这话是什么意思？难道你讨厌我吗？"玲玲这几句话，确实是引起了子云的疑惑。他皱了皱眉毛，大有不喜悦的样子。

玲玲笑了笑，秋波斜乜了他一眼，说道："我说你这人说的话作不得准，你与其给我吃空心汤团，那么你就说得稍微远几天，不过千万要守信用的。老实说，我猜到你今天夜里不会来的，就是明天夜里，你也未必会来。所以我希望你说得确实一点儿，到底什么时候能够再来？我可以买一点儿好酒菜，等着你。"

"这倒很难说，你该知道我不是一个普通的人，我的事情来起来，连自己也想不到。所以要我说一个准确到来的日子，我倒不能说。"

"可不是？我就猜到你的心眼儿上了，既然你不能确定，何必说今夜明夜，来故意甜我的心呢？"

玲玲把身子一扭，噘着小嘴儿，在生气的成分中大有伤心的样子。子云笑嘻嘻地把她搂在怀里，捧着她的粉脸，和她又亲了一个嘴，说我在一星期之内总有一天会到来的，你放心吧！玲玲也明白这种男子没有真心的爱，自己也无非向他灌灌迷汤敷衍敷衍而已。待把子云送走之后，她好像是落下了一块大石，因为虚心的缘故，早晨起来，连窗帘也不敢去拉开。此刻她走入房内，便伸手拉开窗帘幔。不料阳台外忽有什么东西撞了一下窗门，玲玲吃了一惊，暗自想道：难道晓保还在阳台外面不成？急忙推开玻璃窗门一看，不由"哎呀"了一声，连忙俯身去扶，只见晓保已经冻僵在阳台上，脸色灰白，满身灰尘，狼狈不堪。玲玲急急把他抱入房内，让他躺倒在沙发上。又走到桌子旁边，倒了一杯热开水，给晓保喝了两口。晓保的眼泪，从眼角旁淌了下来。两只已失了神的眼睛，向玲玲怨恨地逗了一瞥，毫无气力地说道："玲玲，你给我上了圈套，你害得我太苦了！"

"哎呀！我怎么想得到你还会躲在阳台上呀？我以为你已跳下阳台逃回去了。唉！这……这可怎么办？可怜你脸冻得那么凉，手已冷得发僵了。弟弟，我亲爱的弟弟！你也怨不了我呀！谁知道我这短命烂浮尸昨天夜里会到这里来的呢？唉！说起来真是太不巧了。弟弟，你现在快先喝两口热茶，我给你用热水洗脸暖手吧！"

玲玲听他这样埋怨，一时也觉得十分难过。但事已至此，还有什么办法？只好给他喝了一杯热茶，又拿热水倒在面盆内，给他两手浸在热水里，同时又亲手给他揩脸，待他的神情，是十二分的温柔。晓保虽然是喝了热茶，洗了热面巾，但此刻全身却瑟瑟地发抖得厉害，好像岳飞在风波亭的样子。玲玲皱了眉毛，低低地说道："怎么抖得这个样子？你觉得冷吗？"

"我不是马路上的瘪三，我如何过得惯露天的生活？换了你，从热被窝里跳出，到露天外整整地冻了一夜，直到此刻太阳上了屋顶，恐怕你也会冻得生病的吧！"晓保听她这样不关痛痒地问自己，一时心中恨得什么似的，便愤愤地说出了这几句话。

玲玲听了，也觉得这不是玩儿的事，况且事先他还和我缠绵过一番，这是更容易生病的。因为晓保和自己发生关系，确实是自己去勾引他的，所以她的良心不免有些歉疚。遂又急急地说道："那么你快脱了衣服，再到床上去睡一会儿吧！哦，我这里还有一瓶白兰地，你可以喝一杯，驱驱寒。但愿老天爷保佑，也许还不至于生病的！"

"嗯，你把白兰地酒快倒来我喝吧！我冷得实在受不住，完全由骨髓里冷出来的样子。唉！只怕我真的要生病了。"

晓保因为一夜未睡，此刻实在疲倦极了，连躺坐在沙发上都有些支撑不住了。遂连连点头，一面颤抖着手脱衣服。玲玲连忙去倒了一杯白兰地，给晓保一口气喝了下去，然后扶着他躺进床上的被窝里去，还小心地问他饿了没有。晓保哪里还吃得下东西，此刻睡在软绵绵热烘烘的被窝里，忽然想与昨夜躺在水门汀地上相较，真有天壤之别，遂怨恨地说道："玲玲，你……也许是存心害我的吧。"

"哪里哪里！你不要冤枉我，我和你无冤无仇，我为什么要害你呢？假使我存有害你的意思，那我马上没有好死的！"

玲玲涨红了粉脸，急急地辩白。她坐在床沿旁边，还捏了拳头，给晓保轻轻地捶敲额角。晓保依然很怨恨地说道："既然不是存心害我，你为什么不来放我逃走呢？难道他……他……没有睡熟的时候吗？"

"这……这……说起来当然有个原因的，你躲在阳台上，假使室内电灯熄了，那窗幔上便有一个人影子映出来。为了这样，我不敢熄灯，生怕给断命烂浮尸发现了，这可不是开玩笑的事。后来弄堂里有人捉贼，断命烂浮尸还要起来到阳台上来检查有没有贼逃进来。我心中这一急，一颗心真像吊水桶似的七上八下乱撞起来。幸亏被我阻拦了，他才沉沉地睡去。那时候我要来放你逃走，但又怕起来惊醒了他，所以先熄了电灯看看，窗帘上有没有你这个人影子。谁知这人影子却不见了。因此我心中便另有一个猜想，莫非你已由阳台逃下，所以引起人家误会，说不定刚才喊捉贼的声音，就是你被别人在追赶了。我这样一想，别的倒不担心，却忧愁你被别人捉住了，遭到一顿冤枉的痛打，那你怎么受得了呢？凭良心说，我并不向你讨好，我也一夜没有合眼。不过我怎么也想不到你会躺在地上，这就无怪窗帘上那个人影子看不见了，唉！这……这……我又哪里料得到呢？"

"外面喊捉贼，我却静悄悄地站在阳台上，回头贼倒逃了，人家见了我，不是把我要当作贼看待吗？所以我也是不得已才躺在地上的，其实这硬板板的水门汀，冰冷得像石头似的，我喜欢睡吗？唉！这种滋味你哪里尝到过，真是比死还要难熬十倍哩！"

晓保听她还絮絮地说出了一篇大道理，一时要怨恨也没有用，他便也向玲玲告诉自己所以躺在地上的原因。说到后面，似乎还有些寒冷，身子情不自禁地又抖动了两下。玲玲听他说得滑稽，想想要笑出来，但怕晓保怨恨自己无情，只好竭力熬住了，还十分同情的样子，故意连声地叹气不止。这时晓保向玲玲又老实地问道："玲玲，你这个人到底是怎么样的人物？请你详细告诉我，昨夜这个人到底是你的谁？"

"我是人家的姨太太，不早就向你告诉过了吗？昨夜这个烂浮尸，就是我的丈夫，这断命死乌龟，早不来迟不来，偏偏在昨夜撞了来，你想叫我恨不恨呢？"

"我明白了，这是给我一个教训。老天在警告我，一个青年怎么能如此荒唐呢？假使我昨夜没有受到这个打击，也许我今天还不会有这么快的觉悟。说起来，我一点儿不恨，我很感谢你的那个丈夫。玲玲，我们从此分手了，我要跳出这黑暗的魔窟，我要重新好好地做一个人！"

晓保到底不是一个天性好荒唐的青年，他之所以和玲玲发生苟且的行为，一半是因为受了绿美的刺激，一半是受不了恶劣环境层层的诱惑。但聪明的人，他不会永远地想不明白。虽然也有失足的时候，不过他到底还有觉悟的日子。所以晓保在说完了这几句话之后，他便猛可地揭开被窝儿，疯狂似的从床上跳起来了。

五、涣然冰释　痴男怨女哭笑无定

晓保猛可从床上疯狂似的跳了起来，因为这举动是突如其来的，所以玲玲倒忍不住吃了一惊。连忙把他身子又按住了，急急地说道："弟弟，你怎么了？不要这个样子呀！你好好地躺着要紧。"

"不，不！我要回去了，我不愿在这儿再多待一刻，我的心头觉得太痛苦了。"

这也许是因为一杯白兰地的缘故，所以晓保心中突然地滋长了这一份的勇敢。他连说了两个不字，便毫无留恋地穿上衣裤、套上皮鞋，跌跌撞撞地向房门外走了。玲玲起初还想再劝阻他，但转念一想，他若在我这儿病倒了，叫我岂不是多找麻烦？现在他既然自己肯回去，这真是一件求之不得的事情。我若再去留住他，那我不是变成一个大傻瓜了吗？玲玲在这样一想之下，她的心里反而暗暗欢喜，便送也不送他的，眼望着他歪歪斜斜地走到楼下去了。

晓保走出了大门，迎着早晨的秋风，只觉寒意砭骨，忍不住又抖了两抖。他的头脑非常昏沉，两脚软弱无力，当他跨出弄堂口的时候，忽然见有一个女子，正坐上了一辆人力车，向前拉去。晓保定睛一看，这个女子不是别人，正是自己心中又爱又恨的陶绿美。看她的光景，大概是到保险公司里去办公的。不知怎么的，晓保心头跳跃得厉害，而且情不自禁地哎呀一声叫起来。经他这一声哎呀，车上的绿美，也不由得回过头来看望。她在看到了晓保之后，她的粉脸上也显现了无限惊奇的颜色，嘴唇皮掀动了一下，好像有开口招呼的意思。但是不知如何的一个感觉之下，她立刻又装出视若无睹的样子，把脸别转了去，自管地让车夫向前直拉了。

　　晓保站在弄堂口，他的神情有些惨然，心里也不知道是什么滋味，只觉甜酸苦辣涌上了心头。他想不到一个女子变起心来，会这么狠。怪不得俗语说，最毒妇人心。又道是女人是祸水，美人似蛇蝎。唉！可见这些字眼，也绝不是无稽之谈。想我对待绿美，情深义厚，也可谓至矣尽矣！在这样患难之中，她全靠我的帮助，方才有今天过着安定生活的日子。万不料她有了好日子，就把我这个帮她忙的人忘记了。想当初心心相印，海誓山盟，说我们已经是一对未婚夫妻了。但谁料到今天的结局，却是这么令人心痛呢！起初晓保心中对于绿美另有爱人，似乎还是一个疑问。但经过昨天南京大戏院亲眼目睹之后，加上此刻绿美见了自己当作没有见到的情形，这就完全证实绿美是负了自己。一时更觉得自己所以和玲玲发生苟且的行为，也是因受了绿美刺激所致。换句话说，自己今日的荒唐，并所受的苦楚，也完全是绿美害的。想不到自己初入情场，就会被女子害到这样悲惨的地步。晓保的身子本来已经是难以支撑了，现在心中又加重了这一层刺激，他只觉得有一股子气愤从心坎涌上来，顿时头晕目眩，眼睛里一片漆黑，也看不见什么东西了，两脚一软，身子便在弄堂口倒下了。

　　晓保在弄堂口昏厥了过去，这当然惊动了许多路人，大家都围拢了来。有的说他是中了风，有的说他是发羊癫疯。议论纷纷，莫衷一是。但却没有一个人出主意，该把他怎么办才好。不料正在这个时候，忽然弄内走出一个女子来，她不知道弄口围了一丛人是做什么的，遂向人丛里张望了一下。这一张望，不禁使她啊的一声叫起来，立刻分开众人，蹲下身子，连忙把晓保抱了起来，口里急急地说道："晓保！晓保！你……你……这……这……是怎么回事呀？"

　　原来这个女子就是陶红美，红美因为在昨夜已经答应嫁给子云了，并且子云叫她不用再到舞场去了。虽然这是一幕假戏，不过为了报仇，在必要的时候，说不定假戏会真做的。红美心中没有别的牵挂，她牵挂的只有大保这一个痴情的人。她记得大保为自己曾经生过相思病，要不

198

是自己这一封信去安慰他，恐怕他的相思会入骨起来。那么我现在既然不能把终身委托给大保，我就应该爽爽快快地拒绝大保，使大保在我身上死了这条心，那么我纵然为报仇而牺牲了性命，也可以口眼紧闭，一无挂念了。红美在这样打算之下，她等绿美上写字间去之后，此刻走到弄口烟纸店里来打电话给大保，预备下午约他在咖啡馆里谈话。万不料才到弄堂口，却见到晓保躺倒在地上人事不省。一时芳心里又惊又奇，忍不住抱了他急叫起来。但这时晓保在一度昏厥之后，脸色死灰，眼睛紧闭，连手脚都已冰凉了。红美见他好像死过去了，感到害怕和讨厌。她急得要哭出来的样子，一面摇撼着他的身子，一面连连地叫喊。

这时旁边也有好管闲事的人，向红美问道："这个人是你的谁呀？"

"他……他……是我的弟弟。"红美在情急之下，不免涨红了脸，有些口吃地回答。

那个路人又急急地说道："那么你们府上在哪里？还是快点儿送他回家吧！或者把他送到医院去。"

"我家就在这个弄里，先把他抱回家中去，再作道理吧！"

"既然这样，我帮助你，把他抱回家去好不好？"

"先生肯热心仗义地帮助我，那当然是再好也没有了。"

随了红美这两句话，那个路人就把晓保负在背上，跟着红美向十八号门口走了，一直负到楼上，放在床上。红美向他连连道谢，那路人却连说没有关系，便匆匆地自管去了。红美既把晓保弄到家里，但是又急了起来，到底怎么办才好呢？还是打电话把医生请到家里来给他诊治吧！红美这样想着，正欲回身出房的时候，忽听床上的晓保"嗳"了一声，好像苏醒过来的样子。一时不禁又暗暗欢喜，连忙去倒了一杯热开水，坐到床边，把晓保脖子挽起，给他喝了两口开水。晓保方才微微地睁开眼睛，醒了过来。当他发觉自己的身子已经睡在一张床上的时候，他脸上立刻浮现了无限的惊奇。尤其是看到红美的粉脸之后，他益发目瞪口呆起来。他两手摸摸自己纸白似的脸，又拉红美的手，说道："你……你……是红美姐姐？我……我……没有在做梦吧？"

"不，不！你没有做梦，你跌倒在弄堂口，是我扶你到我家里来的。"

"姐姐……"

晓保听红美这样回答，他想不到绿美还不及一个红美。因为是过分感动和悲伤的缘故，他紧紧地握住了红美的手，眼泪便大颗地滚了下来。红美见他悲不自胜的样子，一时也情不自禁地红了眼皮，用了哽咽的口吻低低地说道："晓保，你的脸色为什么这么难看？你……好像是生病了，但是，你……你……为什么又一个人走到外面来？瞧你，这手是多么凉啊！"

"姐姐，我……我……"

红美这样问着晓保，但是叫晓保回答什么话才好呢？他叫了一声姐姐，却支支吾吾地说不下去。因为他自己这可耻的行为，是不能向任何人坦白地宣布的啊！红美见他好像有什么隐痛的样子，心里更以为他是在悔恨自己不该写这封信给绿美，所以他说不出口。于是便先提起来说道："晓保，你写给妹妹这封信，我也已经拜读过了……"

"姐姐，你……你……恨我吗？"

"不，我倒并没有恨你，因为我知道你写这一封信，是绝不会没有原因的。不过妹妹的心中，误认为你把她侮辱得太过分太冤枉了，所以她非常生气，而且还非常悲伤。她为了这一封信，曾经整整地哭了一夜。"

"这……我并没有冤枉她，可说完全是事实……"晓保听了红美这样说，明明有庇护自己妹妹的意思，一时用了十分认真的神色，低低地回答。

红美蹙了柳眉，奇怪道："什么？完全是事实？你这话是打从哪里说起的？难道你有什么证据，可以肯定我妹妹真的另外爱别人了吗？"

"昨天下午在南京大戏院门口，我见她和一个穿西服的少年，挽手进去。刚才我在弄堂口，也遇见了她，她却理也不理我地跳上车子去了。从这几点情形看起来，她不是明明另有爱人了吗？"

"她昨天下午在南京大戏院看电影，我也知道。她在外面的行动，十分公开，并没有一点儿秘密，因为她的心里是坦白无愧的。"

"哼！她约了男朋友在外面看电影，难道还能说是坦白无愧吗？"晓保对于红美这几句话，再也不能忍耐了，遂冷笑了一声，不顾什么的愤愤地回答。

红美笑了一笑，却很淡然地问道："你知道这个少年是谁？"

"是谁？我怎么知道？"

"你既然不知道，那你应该先打听打听呀！"

"这不用打听，男女两人能够手挽手地一同出入于电影院，我觉得这总不见得是普通的关系了。"

"那也不尽然呀！比方说，你有一个女亲戚，两人碰面了，偶然高兴，两人去看一场电影，难道也能说你们是一对情人吗？"

"这个……那么……那男子和你们也是亲戚吗？"红美这几句话倒把晓保说得无话可答了，他有些悔意的样子，向红美急急地反问。

红美有些感慨的语气，说道："假使不是为了你这一封信的缘故，我想她也绝不肯和汪贤琳去看电影的。"

"汪贤琳？他是谁？"

"他是保险公司的同事。一个男子，见了女人，无论是谁，总不免有些色眯眯地存了一种追求的希望。姓汪的对于绿美，当然也不会例外。但是妹妹既然把终身已私许了你，她不是一个青楼妓女，朝秦暮楚，送旧迎新。她是只知道从一而终，况且你是有恩于我们的，纵然妹妹有变心的意思，我也绝不许她这样做的。至于他们昨天下午在南京大戏院看戏，一则是偶然的应酬，二则是受了你的这封信的刺激。假使你不写这一封尖刀似的信给她，妹妹当然不会跟他一同去看电影。"

"可是刚才她见了我，为什么又理也不理呢？"

"这还用问吗？当然是给你一种报复的意思。你也要为人家着想，假使你接到了这一封恶毒的信，我试问你，你的心中气不气呢？"

晓保被红美又说得哑口无言了，他呆呆地愣住了一会儿，却忍不住又深深地叹了一口气。红美却又缓和了口吻，低低地说道："不过爱情这东西原是最小气的，和眼睛一样，眼睛里容不下一粒细微的灰沙，爱情中也不能有第三者的立足。不过你这封信是写在前天的夜里，那么我倒要问你，你又是听了谁的谗言，而相信绿美负了你呢？"

"照姐姐这么说来，完全是我误会了绿美对不对？"

"当然啰！我妹妹不是一个普通的女子，她岂肯三心二意地去爱上别人？我知道她是一心一意地爱上了你。老实说，妹妹假使对你真的有了恶感，我现在也不肯扶你回家里来呀！"

"唉，也许是我一时糊涂，因此上了人家的当了。"

晓保在细细地转念一想之下，方才觉悟到玲玲这个水性杨花的女子，她是有心来离间他们的感情，她便趁机来勾引自己。万不料自己意志太薄弱，竟然真的会中了她的圈套。他既然明白了之后，当然是悔恨得了不得，于是情不自禁地说出了这两句话，而且还接连地叹气。红美听了，遂急忙追问道："晓保，你上了谁的当呢？"

"是前天下午，我们在金门分手，绿美说要温习功课，也和我各自回家。我在途中，遇到一个熊少奶，她是住在这儿八号里面的，和这里二房东有些亲戚关系。我和绿美租房子来的时候，也和她遇见过的。她告诉我，说她出来的时候，见绿美和一个西服少年挽手到家里去了。当时我听了，气得什么似的，其实我也因为是太爱绿美的缘故，所以便恨恨地写这一封信给绿美了。但现在仔细地一想，原是我的不好，我不该太过鲁莽，冒冒失失地就写这一封无情无义的信来骂绿美。姐姐，我错了，请你在绿美的面前，给我代为讨个饶吧！"

红美听他那种苦苦哀求的话，而且又见他眼泪扑簌簌地滚了下来，一时又怨恨他，又可怜他，遂低低地说道："你既然已经明白过来，那么事情还有挽回的余地，但我真不明白，你刚才昏倒在弄堂口，难道是为了绿美没有理睬你的缘故吗？"

"也不能说完全是，或许我身子本来就有些不舒服。你摸摸我的额角，我此刻全身都觉得发烧，恐怕真的要生起病来了。睡在这里太不方便，我想回家去了。"晓保皱了眉头，满面显出痛苦的样子，凄凉地回答。

红美摸着他的额角，果然是十二分的烫手。而且他此刻的脸颊，红得紫酱色的，可知他内部热度是高到了怎样的程度。于是红美很关心地说道："晓保，你既然真的病了，那么此刻当然也不能再到外面去吹风啊！我的意思，你且躺着睡一会儿，说不定到了下午热度会退的。等退了热度再回去吧！"

晓保没有回答，他只用了热情的目光，向红美望了一眼，但接着把眼皮合上，好像是在养神的样子。红美在床边默默地坐了一会儿，忽然听到一阵细微的鼻息之声，回眸看晓保，原来他已沉沉地睡熟了。红美芳心暗自想道：他们兄弟两人真是一对情痴，和我们姐妹也不知是缘是孽。想到这里，总觉无限悲酸，她的泪珠也从眼角旁大颗涌了上来。

晓保因为昨晚一夜没有睡，所以此刻在床上这一睡下去，也就不想再醒过来了。等他睡醒的时候，已经下午四时光景。秋天的季节，在四点钟的时候，室内已经显得暗沉沉的了。晓保睡着的时候，倒也不觉得什么，此刻醒转来，却觉得头痛如刀劈一样，这种苦楚，真不是千言万语所能形容的，晓保熬不住地呻吟起来。就在这时，有个女子走到床边来，低低地问道："你醒来了吗？此刻觉得怎么样呢？"

"姐姐，我……的头实在痛得厉害。啊！你……你……是绿美。"

晓保以为问自己的一定是红美，但仔细一看，万不料站在床边的却已换作绿美了。他啊了一声，也不知是惊是喜，是痛苦是甜蜜，这就猛可地坐起身子，似乎要和绿美拉手的样子。但终于因为他病势剧烈的缘故，他坐起的身子却立刻又倒了下去。急得绿美连忙俯下身子，说了一声"你"，却没有再说下去。两人四目相对，只见眼泪都已贮满在眼眶里了。默默地呆住了一会儿，晓保方才颤声说道："绿美，我错了，我不该写这一封信给你，请你可怜我，饶了我吧！"

"晓保，你不用再说这些话了，过去的误会，姐姐都已告诉了我，我明白了，你……你……好好的怎么会病起来的呢？"绿美情不自禁扑到他的怀里，一面哽咽着回答，一面眼泪又不断地流了下来。

晓保虽然浑身都感到不舒服，但是他有了绿美这两句话，再痛苦也会忘记得一干二净了。他摇摇头，一面还以手指去抿绿美颊上的泪水，低低地说道："我没有什么病……绿美，你不要伤心呀！"

"还说没有病，你全身烫得这么厉害，你脸红得火炭似的一团，你这病可不轻呀！这是我害你的，你原谅我吧！"

晓保有了病说没有病，这听在绿美的耳鼓内，一颗芳心，是更感觉他的可怜，她把纤手摸到晓保的脸上，话声显得那样温柔。晓保听她这样说，一时真有说不出的安慰。不过他想到自己荒唐的行为，同时也感到说不出的羞愧，遂难过地说道："绿美，你要这么说，这使我心中更感到难堪。你害我什么呢？你一点儿也没有错呀！我这样含血喷人地冤枉了你，你却一点儿不恨我，反而要我来原谅你。唉，那叫我还说什么话好呢？绿美，你待我太好了。"

"不，我听姐姐说，早晨因为我没有理睬你，所以你气得昏厥在地上，恐怕你此刻的病正是因此而起的。那不是我害了你吗？"

"不是，不是，那是你的猜疑，我刚才昏厥绝不是因你不理睬我所致。"

"那么好好的如何会昏厥呢？"

"我本来就要生病了，这绝不是为了你的缘故。绿美，你会恨我无情无义吗？"

"不，我并不恨你，我恨这个熊少奶，她存了什么心思要破坏我们的爱情呢？唉！这种妇人实在是太可恶了。"

"是的，这种妇人太不知廉耻了，我此刻心中也痛恨她入骨呢！为了她搬弄是非，险些把我们感情破裂到不可收拾的地步，你想叫我痛恨不痛恨呢？"

晓保听绿美这样说，遂频频地点了点头，他有些咬牙切齿的样子，很表同情地回答。不过他想起和玲玲缠绵的一幕，他暗暗地又痛苦起来。他觉得这是自己终生的一个污点，永远洗不清的一个污点。想到这里，眼泪在眼角旁又展露了。绿美却把手帕给他轻轻地拭了，温情地说道："晓保，你为什么又伤心起来？魔鬼虽然可恶，她千方百计要陷害我们到悲惨的境地，但我们要有坚毅的精神，要有确定的信仰，那么我们也绝不怕一切魔鬼来捉弄了。晓保，不要难过，我们现在不是又和好如初了吗？过去的譬如死了，未来的我们要认清目标做人。"

"绿美，你太伟大了，你真是一个宽宏大量的慈爱之神，我真不知用什么来报答你才好。"

"我希望你给我做一个忠实的丈夫，那你也就是报答我了。"绿美因为听晓保这样说，未免有些得意忘形，她秋波盈盈地逗给他一个媚眼，却忍不住赧然地笑起来说。不料绿美这一句话，又触痛了晓保的创伤，他无限羞愧地叹了一口气，大有黯然的神情。绿美有些不解其意地瞅住了他，怔怔地问道："为什么叹气？难道你不肯做我忠实的丈夫吗？"

"并不是不肯，我实在觉得没有资格可以来配你。"

"这又何必向我客套呢？晓保，我们别的话不要说了，你此刻觉得怎么样？要不要我给你去请个大夫来瞧瞧呢？"

"我想回头还是回家去吧！病在这儿，多么不方便。"晓保摇了摇头，他微蹙了眉尖儿回答。

绿美雪白的牙齿，微微地咬着殷红的嘴唇，沉吟了一会儿，方才低低地说道："'不方便'三字倒不成问题，老实说，我情愿为你请几天假，来服侍你的病。只不过有一个问题，你不回家，你家里的人不是要为你而焦急起来吗？还以为你是失踪了呢！所以这……"

"没有关系，我当然是要回去的。绿美，此刻几点钟了？"

"四点半了。"

"什么？下午四点半了？哪有这么快的呀？你几点钟回来的？"

"姐姐在上午十一时打电话给我，我吃好午饭，就请假回来。见你睡得好熟，姐姐便一五一十地把事情向告诉了我，说你是个痴情的可怜人，叫我向你解释一切，并且叫我对你温柔一点儿……"绿美絮絮地说

205

到这里，自己也觉得有些难为情，这就红了两颊，顿了一顿，却有些说不下去。

晓保听了，却很得意地笑了一笑，说道："那么你一定是听姐姐的话啰，对不对？"

"我心里想恨你，但是不知怎么的，想想又很可怜你。因为你病了，我无论恨你到怎样的程度，我也不能不起一点儿爱怜之心。所以我就听从姐姐的话，马马虎虎跟你和好了吧！"

晓保听绿美这两句话，至少还包含了一点儿孩子气的成分，一时忍不住笑出声音来了。他拉着她的纤手，说道："这样说来，我心中是感激着大姐，却不用感激你的。哎，姐姐上哪儿去了？"

"姐姐有事情到外面去了。晓保，你上午十时睡起，睡到下午四时，足足睡了六个小时，我侍候在你旁边，却又不敢惊醒你，你此刻不知饿了没有？要不弄点儿稀粥你吃？"

"我一点儿也不饿，实在不想吃什么。只不过嘴里淡得很！"

"那么给你吃块糖好吗？"

"不要，我要吃……"

"你要吃什么呢？我可以给你去买呀！"

"我要吃你的嘴唇，这是现成的樱桃，用不着去买的。"晓保本来还有些不好意思说出来，被绿美一追问，方才厚了面皮，像孩子那么顽皮地憨然傻笑。

绿美啐了一口，恨恨地逗给他一个白眼，却红了粉脸不作答。晓保自觉失言，也很觉难堪，窘得呆呆地愕住了。绿美见他木然的神情，倒又误会了，遂偎过脸去，笑盈盈地说道："怎么？板起了面孔，恨我吗？"

"不，我懊悔自己不该说这一句话，我恨自己，我并没有恨你。"

绿美忽然又偎过粉脸去，显出亲热的样子。这使晓保出乎意料地惊奇，但他仍然一本正经的态度，表示向她道歉。绿美笑了一声，妩媚地说道："哎哟！你倒又假正经起来了，其实我们是对未婚夫妻，就是亲

206

个嘴儿，那也算不了什么稀奇呀！保保，你亲吧，你亲吧！"

绿美说了一声"保保"，当他小孩子似的捧了脸，把她小嘴凑了上去，是给他亲吻的意思。不料晓保这回却摇了摇头，连忙把手心去推开她的小嘴。绿美奇怪得呆住了，咦了一声，说道："怎么？嫌我脏吗？"

"哪里哪里？我是有病的人，我口里不很清洁，我怕传染给你，所以我不敢吻。等我病好了，你给我吻一个痛快好了。"

"原来是为了这个缘故，那没有关系，假使你肯传染给我，我倒很欢喜。因为我至少可以分去你一半的病，你的病体不是可以好得快了吗？"

"绿美，有你这两句话，我真是到死都感激你的恩情。但是，我绝不忍心为了自己的病好得快，而把病传染一半给你的。"

"但是，我偏偏要吻你。"

绿美见他感激涕零的样子，十二分诚恳地回答。这就拨开他的手，把小嘴凑了上去，真的在他嘴唇上吻住了。两人正在领略着这温柔的滋味，忽然房门外有人笃笃地敲了两下。绿美娇红了粉脸，慌忙站起身子，离开床边，走到房门旁，一面开门，一面问是哪个。只见房门开处，进来一个三十五六岁的西服男子。因为是很陌生的，一点儿也不认识他，绿美不免很奇怪地问道："喂，你找谁呀？"

"哦，对不起，请问这儿是不是住着一位陶秀琴小姐吗？"

"是的。你贵姓？"

"敝姓熊，草字子云，是陶小姐叫我今天来拜望她的。"

绿美一听"熊子云"三字，不禁"哦"了一声，她心里明白，这是姐姐的仇人，姐姐昨夜回家，已把她的计划向自己说过了。于是含笑说道："原来是熊先生！请里面坐，姐姐刚出去买些东西，就回来的。她跟我说过了，熊先生来了，请等一会儿好了。"

"哦，好的，好的。陶小姐也对我说过，她还有一个妹妹的，那么这位想必就是陶二小姐了。"

"不敢，在下正是。熊先生，你请喝杯茶。"

207

绿美一面回答，一面特别客气地亲自还给他倒了一杯茶。子云连忙道谢，一面取了烟卷吸烟，一面暗暗地想到，原来她果然还有这么一位天仙似的妹妹，这叫我大有一箭双雕的希望了。一面想，一面又瞥见床上躺着一位年轻男子，因此他的希望又慢慢地消失了，同时还有些酸的感觉，遂忍熬不住地问道："陶小姐，这位是……"

　　"哦，不错，我忘记了介绍，这位乔先生，他是我的未婚夫，今天偶然来玩儿，不知怎么竟生起病来了，所以躺在床上休养一会儿。"绿美恐怕他引起了误会，因此对姐姐有了异心。所以她故意直接地介绍，表示这位乔先生和姐姐毫无关系。

　　子云听绿美这样介绍，不觉倒抽了一口冷气，暗想，这么说起来，我要一箭双雕，恐怕是没有希望了。晓保在子云进来的时候，听他做自我介绍之后，心头先吃了一惊，因为昨夜玲玲告诉的，她丈夫不也是叫熊子云吗？难道这个姓熊的就是玲玲的丈夫吗？不知怎么的，晓保在这样一想之下，他心头会别别地乱跳。因此别转了脸，故作睡着了的样子，并不向他招呼。室内虽然有着三个人，但此刻却静悄悄的一点儿声音也没有。就在这当儿，忽然一阵革履之声，只见红美抑郁着脸色已步入房内来了。

六、死也爱卿　郎情至诚左右为难

红美打电话把绿美叫回家里之后，她吃过午饭，便匆匆地自管外出。她又打电话到大保的学校里，齐巧这时大保在教务室里有事情。大保一听红美的声音，心里喜欢得了不得，遂满面含笑地说道："你是陶小姐吗？我正是大保，你怎么此刻会打电话给我的？"

"我有些事情要跟你谈谈，你能不能在这时候出来一次呢？"

"可以可以，你在什么地方等我？我马上就来。"

"在……大陆戏院门口好不好？"

"你预备看戏吗？"

"不，我因为到那边近一点儿。"

"也好，那么我马上就来，再见！"

大保搁下电话之后，回视教务室中一个人也没有，因为此刻时候早得很，一时他也来不及请假，就匆匆奔出学校门口，齐巧遇见一个同班的学生，遂嘱他代为请半天假，只说家中有要紧事情叫自己回去。他一面说，一面已跳上一辆人力车，叫他拉到大陆戏院去了。

大保坐在车上，不由得暗暗地沉思了一会儿。红美和我在星期日已经见过了一次面，她原说我们每星期见面一次，但今天还只是星期二，隔不了两天，她便打电话来约我，看来也许有些什么要紧的事情吗？不过到底有些什么事情，在没有见面之前，当然不能知道，因此他心中就只管胡思乱想地猜疑了一会儿。就在他猜疑的时候，车子已到大陆戏院门口停下。大保见人行道上，果然红美已站着了。这就跳下车子，奔了上去，和她紧紧地握了一阵手，说道："陶小姐，对不起，你等候好多

209

时候了吗?”

“没有,也刚来了不多一会儿。乔先生,我很抱歉,今天不是放假的日子,我却也要累你荒废半天的功课了。”

红美的脸上浮现了抑郁的神色,眉尖儿紧蹙在一起,显然是心事重重的样子。大保心中难免有些疑惑起来,遂收起了笑容,低声地回答道:“没有关系,陶小姐,你有什么事情跟我商量吗?”

“喂,先生!你车钱给不给?”

大保听红美没有回答,身后忽然有了这一句粗重的话声触入了耳鼓,这才使他意识到刚才要紧跳下车子和红美说话,却忘记付了车钱。一时想想,倒又好笑起来,遂慌忙走过去,给了车钱,因为叫他等了好久,遂加了他几个钱。大保方才又回身走到红美面前,继续说道:“这时还只有一点半,看戏太早,我们到什么地方去坐一会儿?”

“我原不想看戏,就在马路上蹓一会儿好不好?”

“那似乎太吃力了,我看上新花散咖啡室去坐一会儿吧!那边有很好的音乐,而且咖啡也不贵,经济实惠,你看怎么样?”

红美不忍心拂他的意思,遂点了点头,两人蹓过去几十步路,就走进新花散咖啡室。侍者招待入座,泡了两杯咖啡。大保说道:“要不拿几块蛋糕吃?”

“饭还在喉咙口,哪里还吃得下?”

随了红美这两句话,大家静默了一会儿。只听台上的音乐队,正用小提琴在奏一曲《蓝色之多瑙河》乐曲,记得在《翠堤春晓》中是别离时的黯然销魂一曲。红美此刻的心境,听了这支音乐,只觉无限悲酸,垂了粉脸,大有盈盈泪下的样子。大保当然猜不到她心中是哪一种情绪,遂凑过脸去,低低地又问道:“陶小姐,我看你今天的神色很不好,莫非有什么为难的事情吗?”

“不错,我正想告诉你,因为我要离开上海了。”红美支吾了一回,在逼不得已的情形之下,她只好用谎言来对他诉说。

大保突然听到了她这一句话,好像是晴天中起了一声霹雳,自然忍不住吃了一惊，遂涨红了脸，很局促地问道："什么？你要离开上海了？你预备到什么地方去？"

"我……我……想到外埠去过我流浪的生活。"

大保见红美的粉脸也是那么红晕，这红晕是包含了焦躁的成分。因为她说的话是支支吾吾的，并不是那么爽快，从这一点似乎使大保心中起了怀疑。大保一时沉吟了一会儿，又问道："我不懂，你这是什么意思？好好的为什么要离开上海呢？况且你前天见了我，却一点儿也没有说起呀！"

"是的，不知怎么，连我自己也不知道，我的性格忽然改变了。我觉得这万恶的上海太黑暗了，我想到外面去呼吸一点儿新鲜的空气。"红美在不能自圆其说的情形之下，只好显出神魂颠倒的样子，颓然地回答。

大保听了，益发觉得疑心起来，遂忍不住问道："恕我冒昧，陶小姐，难道你受了什么刺激不成？"

"不……也许是……"

"我觉得你今天说话，好像是吞吞吐吐的样子，这叫我太不明白了。陶小姐，你既然把我当作知音看待，那你应该老实告诉我，你是不是和家里嫂嫂闹了意见？你……别叫我这么猜谜语一样地猜着，你快些爽爽快快地告诉我吧！"

大保这些话是越说越快的，好像闷得透不过气来的模样。红美见他急得这样的程度，一时也只好用了不诚实的态度，说道："这在其中当然也是一个问题，不过……我心中的问题太多了，我觉得我是一个命苦的女子，我的遭遇、我的身世，是世界上最最悲惨的一个。"

"你为什么老是说这些不着边际空洞的话？因为叫我听了，真所谓莫名其妙。你说苦命，总该有一个原因，你的苦命是在哪一点呢？"红美被大保这样追根究底地问下去，一时虽有满腹的痛苦，却说不出来。大保见她并不回答，显然有着无限的隐情，遂恍然说道："哦，我倒明白了。"

"你明白什么呢？"

"我是这么猜测，猜错了，你也不要生气。我猜你的父母，一定要把你另嫁别人了，是不是？"

"不……嗯……是的。"

大保听她矛盾极了，心里真弄得丈二和尚摸不着头脑，遂很难过的样子，叹了一口气，凄然地说道："那么你应该向他们拒绝呀！你到底不是一个十五六岁的小姑娘，像你这样已经能够在社会上办事的女子，难道婚姻还没有自主权吗？"

"我当然拒绝，但家庭顽固，叫我有什么办法？所以我要暂时地出走，绝不愿在专制婚姻下做牺牲品。"

"好！你有勇气，你有胆量！你既然是为了这个缘故，那你为什么不肯老早向我爽爽快快地说呢？我赞成你这一个行动，同时我已下了最大的决心，我愿意跟你一块儿走，去找寻我们的光明。"

红美做梦也想不到大保真的会向自己说出这几句话来，一时觉得弄巧成拙，反而没有了办法。心中一急，粉脸好像是一朵娇艳的桃花，遂慌忙地说道："你……你……是个有家有父母的人，况且还在大学里念书，你……怎么能够跟我一块儿去飘零呢？为了我一个女子，而误了你大好的前程，那我心中是万分不忍的。"

"陶小姐，你这话错了，为了爱，老实说，我宁可牺牲性命，也在所不惜的，何况是一点儿小小的前程呢？况且我到了外面，也尽可以发展我的事业。塞翁失马，安知非福？也许我跟你一同到外面去飘零，因此得到了光明，因此得到了幸福，那也说不定呀！"

"你的话虽然不错，但到了外面，举目无亲，那是呼爹不应，叫娘不理。想到在家，饭来开口，茶来伸手，你就会懊悔不及了。"

"陶小姐，你这话是对我说的，还是对你自己说的？你是一个女子，你为了我而抛家出走，我一个堂堂男子汉，难道还不及你会吃苦吗？老实说，我跟你一同出走，天涯海角，到死都不叫一声懊悔的。"

大保认为红美这两句话，大有轻视自己吃不惯苦的意思，这就严肃了态度，用了一本正经的口吻，急急地回答。可怜红美的芳心，是像刀割一般的疼痛。她想不到大保对自己真的会有如此的痴心，觉得除了祖贻之外，他真可以说是自己的知音了。"那么我还是抛弃了大仇不报，就和大保结成良缘了吧！但……"红美想到这里，她的芳心已成了情感和理智的战场了。她觉得祖贻为自己的美色而死，若不给他报仇，叫自己的良心怎么能安呢？况且大保的心中是只知道自己是一个姑娘，万一结婚之后，他明白自己不是一个处女，那么在他心中不是要大大地感到失望了吗……红美在这么转念之下，终于是理智战胜了情感，她显出很淡漠的样子，说道："乔先生，你待我的情义，可说海无其深，天无其高，我心中是到死都不会忘记你的恩情。不过我却对你十二分的抱歉，因为我是一个不忠实的女子，我是一个说谎没有人格的女子，换句话说，我是一个世界上最可耻的女骗子！"

"陶小姐，……你……你……这话是打哪里说起？我……我……实在是太不明白了……请你快些向我说个清楚吧！"大保听了红美这一番话，他不禁目瞪口呆地愣住了，不等她再说下去，就插嘴向她急急地问。

红美显出痛苦的样子，说道："我告诉你，你也许会感到失望。因为我是一个嫁过丈夫的妇人，而且还是一个年轻的寡妇。乔先生，在过去我是被一种浓厚的情感所蒙蔽着，所以我向你说了谎。但现在我是明白了，若要人不知，除非己莫为，我不忠实地欺骗你，你虽然很相信我，不过到了将来，事情终也有水落石出的一天。与其将来我被你看轻，那我何不今天痛痛快快地告诉了你好呢？乔先生，我本当今天也不和你来说明的，好在你并不知道我的住址。不过……我怕你把我当作一个玩弄男子的女性，所以我抱了十二分的勇气，向你做个明白的声明。你听了我这些话，请你不要恨我，请你不要笑骂我，你要可怜我一时的糊涂，所以会对你这样欺骗。现在，我希望你把我们过去在舞厅的相遇，当成一个梦吧！好在我还没有完全地叫你上当，这到底还使我感到一点儿安慰。乔先生，你是一个有才学有品貌的好青年，我过去在信中也向你说得很明白了，大丈夫只怕功名不立，何患无妻？所以你当我死了吧！请你另外再找理想的夫人吧……我别的没有什么再好向你说，我很惭愧，我要走了……"

红美滔滔不绝地说出了这一番话，她的心中是充满了辛酸的滋味，眼泪在她眼角旁大颗地涌了出来。她觉得没有脸再在这儿站下去，于是她立起身子，预备要走的样子。大保听了她的话，好像做梦似的，他还不相信眼前一番情景竟会是现实。直待红美起身要走的时候，他方才猛可地把红美拉住了，急急地说道："陶小姐，你……你慢些走。"

"乔先生，你……难道不肯原谅我吗？"

"不，我很谅解你，而且我还很同情你。但是，你不要走，我希望还能够和你说几句话，请你坐下来吧！"大保很温和的语气，向她低低地说。

红美这就不得不又坐了下来，她用手帕揩拭了眼角旁的眼泪，红着粉脸，含了羞愧的目光，望着大保呆呆地出神，却默默地并不说话。大保在袋内先取出烟盒来，拿一支烟卷给红美。红美摇摇头，大保遂自己吸了。喷出了一口烟，望着红美的粉脸，他低低地说道："我觉得你真是一个神秘的姑娘，既然你在过去是完全地骗我，那你为什么不骗到底呢？因为一个存心骗人的人，她是绝不肯在半途而放弃她的计划的。所以我心中的意思，倒认为你在过去对我很诚实，恐怕眼前却完全在欺骗我了。"

"哎呀！你……这话太冤枉我了，我因为想到将来你知道了我是一个妇人，你心中会感到终生遗恨，就是我们结合在一起，恐怕也会发生意外的不幸。我为了避免将来的惨变，所以我完全地想明白了。乔先生，难道我现在一番真心的话，你倒反而不信任我了吗？"红美听他这样说，觉得大保这人倒也相当细心，他竟误会到这一层上去，因此使她不免"哎呀"一声叫起来了。

大保却很认真地点点头，说道："是的，我觉得你现在的意志改变了，因为你要答应你父母做主的这一头婚姻，所以你故意对我说这些使我灰心的话。你的目的，是要我知道你是一个妇人，那么我可以不再来爱上你。你这个计划很好，很周密，不过你只能骗骗别人，却不能骗我乔大保呀！陶小姐，我这些话可曾说到你的心里去了吗？"

"不，不，你完全错了，你完全冤枉我了。我老实对你说，我在上海根本没有父母，根本没有兄弟，我是真心地对你说，我只有一个妹妹。"红美见大保说完了这两句话，他的脸上浮现了沉痛的样子，一时急得眼泪又流了下来，向他十二分认真地答辩。

大保见她这悲哀的神情，心中也疑惑不决起来，遂蹙了眉毛，沉吟了一会儿，说道："那么你的家里到底住在什么地方？你能明白地告诉我吗？"

"在青岛路，斯文里，十八号。"

"你又到底在什么地方办事？"

"我和你在舞厅里遇到的时候，我根本没有什么事情在干。因为我和妹妹从汉口到上海，人生地疏，根本是无亲无戚的。后来我为了生计逼迫，没有办法，我就考入舞厅里做舞女了。"

"你这些都是真实的话吗？"

"是的，完全真实，再没有骗你了。"

红美一句一句地回答，同时她的眼睛在偷偷地注意大保的脸色。只见大保连连猛吸烟卷，他有些木然的样子，可以想象他内心感到怎样的痛苦。因此红美感到极度的不安，她惭愧得无地自容，低了粉脸，全身一阵热辣辣地发烧，连她耳根子都红了起来。大保在沉思之中又恢复过来原有的知觉，沉重着口吻，低低地问道："陶小姐，那么你从前说的都是假话？"

"是的，我不否认，我是一个骗子。我没有知识，我没有人格，请你原谅我。"

"不要说这些话了，陶小姐，恕我冒昧，你丈夫在世的时候，他是个怎么样的人物？他死了，他还有什么家族没有？"

"他在世的时候，是个银行的职员，就是因为他没有家族的缘故，所以我和妹妹才漂流到这万恶的上海来。"

大保听了红美这几句话，他忽然把脸上的愁云拨散了，猛可地把她的纤手紧紧地握住了，十分诚恳地说道："陶小姐，既然你在上海是这么孤零零的一个人，那你的身子依然是完全自由的，只要没有什么人来管束你，我觉得你我的结合还是绝对不成问题。"

"啊！你这是什么话？难道你……这么一个有为的青年，却情愿娶一个薄命的寡妇吗？乔先生，我为你打算，你似乎太不值得了。"红美想不到大保仍旧没有死掉爱她的一番心，这就感到大保实在是一个痴心的男子。她心中也不知是喜悦是痛苦，是甜蜜是悲酸，显出哭笑不得的神情，"啊"了一声问他。

大保点点头说道："男女间的爱是神秘的，是绝对不受任何约束的。我认为你过去骗我，也无非是为了一点儿私情的缘故，这个骗和骗人钱财不同，我是很同情你的。陶小姐，尤其是你今天来向我声明表白之后，我感到你更可怜更可爱。你是一个多情的女子，而且你更是一个良善的女子，你对我没有一点儿恶意，因为我过去短短的和你几次谈话，我已经得到你的益处实在不少。所以我是抱定了宗旨，不管你是寡妇，还是弃妇，甚至于是个妓女，我也始终不改变爱你的一番心。只要我不说话，谁知道你是一个寡妇呢？陶小姐，我爱你，我到死都爱你！"

"乔先生，你……"

大保这一番话听到红美的耳朵里，她心中的感动是难以形容的，叫了一声"乔先生"，她以后的话再也说不下去，眼泪已扑簌簌地沾了她整个面颊。大保的心头是激起了同情的悲哀，他的眼皮也有些发红，颤抖着说道："陶小姐，你千万不要伤心呀！我绝不会因你是一个寡妇而转变爱你的方针。只要你对我没有讨厌的存心，那么我相信洞房花烛之夜会静静地等候我们去享受。因为我父母在我上次生病的时候，他们就知道我是爱上了你，而且他们很赞成。所以我们的婚姻，可以说绝对没有丝毫的问题。"

"我真奇怪你这么一个品貌兼美的青年，会痴心痴意地爱上一个已经给人家做了妻子的女人，那你实在太不合算了。"

在红美当初的意思，以为大保知道自己是个寡妇，那么在他一定会死了这条爱自己的心。可是，万万也料不到大保却会不讲究这些外表的贞节观念。他认为像红美这么可爱的女子，是绝对不忍用旧礼教去束缚她去摧残她，使她郁郁地过着这一生悲惨凄凉的生活。在这二十世纪的社会上，一个孤单单没有生活依靠的寡妇再醮，实在是件很合理很正当的事情。大保觉得寡妇再醮，那比一个离婚的女子嫁人，或一个浪漫女子的东搭西姘，当然是强得多了。何况红美又是那么美丽；那么有智慧，自己娶了她，绝对是幸福的。所以大保还用了温情的话，向她低低地安慰。红美没有办法再可以使他感到灰心了，她想把自己血海大仇的话告诉大保。但这到底不是一件儿戏的事，自己不能为了儿女之私，而泄露了这一个秘密，万一因此而报不了大仇，这又是多么遗恨，岂不是白白地花费我一番苦心了吗？想到这里，便又故意装作不了解的神情，向他说出了这几句话。

但大保听了，却微微地一笑，说道："我认为娶你做了妻子，那是最最合算的一回事。因为你是一个有智慧的姑娘，你能鼓励一个做丈夫的人步入一条光明的大道，你更能帮助一个做丈夫的成功伟大的事业。我早已跟你这么说过，我今生少不了你，我没有了你，会像失掉了一颗灵魂那样没有感觉没有主意，而且，我恐怕还会堕入黑暗的歧途。"

"可是，我自己的感觉，齐巧和你相反。我是一个最不祥最苦命的女子，假使我不苦命的话，那么我也不会做寡妇了。而且，我不但没有帮助做丈夫的踏上光明之路，说不定我这薄命女子还会害了做丈夫的一生。"红美在说这几句话的时候，猛可想到祖贻为了自己的美色而因此被人害死，她心中一阵剧痛，眼泪忍不住扑簌簌地又滚了下来。

大保听了，不觉愀然，遂埋怨她说道："陶小姐，你为什么要这样说呢？叫我听了觉得难受。过去的，这是你丈夫的命该如此，他没有福分得你为妻，所以他自然短命而死。我和你是新的生命开始，我相信我

217

们是一定会白首偕老的。"

"你不要误会我这几句话，我知道你是一个有福之人，你就是和别的女子结婚，也一定会白首偕老的。我是说我这个苦命人，也许会不幸而死的。所以我要向你关照几句话，假使我死了之后，请你千万不要为我而伤心。希望你娶一个……"

"不许你再往下说，我希望我们能够活下去，永远一块儿活下去！"

红美这两句话显然有深刻的含意，但大保如何能知道呢？他很快地伸过手去，把红美嘴一扪，表示埋怨的意思。红美苦笑了一下，她还有什么话好说呢？因为大保对于自己这样痴心，自己无以为报，于是不再说使人伤心的话。她笑盈盈地站起身子，拉了大保一同到舞池里跳舞去了。

两人在热情的爱河里沉醉了几个小时，不知不觉，已经是斜阳西坠，黄昏降临了大地。在新花散咖啡室门口，大保握了红美的手，低低地问道："陶小姐，你家里我能够来吗？"

"最好不要来，不过你假使一定要来的话，我当然也不能阻止你。"

"我明白你的意思，假使一星期来一次，我知道你也许不会讨厌我。"

"是的，我并非讨厌你，我是怕你为了我而荒废了学业。"

"谢谢你，我们下星期日再见！"

大保笑嘻嘻地向她一点头，两人便握手匆匆地分别了。红美在一抹斜阳之下，含了一颗辛酸而痛苦的芳心，望着傍晚的秋风中吹荡的片片落叶，她眼帘下展现了晶莹莹的泪珠儿，默默地踏上了归途。

七、世道崎岖　失足成病饮恨长

红美回到家里，想不到子云也坐在房中，而床上的晓保还没有回家，一时芳心中倒不免微惊。但她表面上竭力镇静了态度，先向子云笑嘻嘻地说道："熊先生，你多早晚来的？我刚出去了不多一会儿，真对不起得很。"

"没有关系，我也只来了不多一会儿。你在买东西吗？"

子云含了微笑回答，但红美却故作没有听见他后面这一句问话，把身子挨近床边，向晓保望了一眼。见他两颊像火炭一般血红，显然热度相当高，遂微蹙了眉尖儿，很忧愁的样子，说道："好好的来游玩，怎么竟会病了起来？妹妹，那可怎么办呢？"

"可不是？我心里也这样想，我预备给他请个大夫来看看。"绿美颦锁翠眉回答，她的芳心中是感到十二分的着急。

子云向红美招招手，红美走到他身边。子云低低地说道："我早晨已经给你找好了一幢房子，此刻我是特地来伴你去看看的，不料你妹夫又生了病，不知你走得开身吗？"

"没有关系，妹夫生病，有我妹妹会照料。你既然找好了房子，我当然马上跟你一同去看的。不知地址在什么地方？"

"在派克路桃花新村四号，完全是小洋房的式样，房子很清洁，里面还有卫生设备，天井是个小园地，还可以种植些花草，我看看倒着实很不错。"

"要多少顶费呢？"

"他们讨价是一万元，我看八千元也差不多的了。"

"那么你付了定洋没有？"

"我怕你不欢喜，所以没有付定洋，此刻我伴你去看过了后，马上可以顶下来的。听说房主要回乡去，假使把屋子内家具全部顶进，他要两万元。我嫌这些家具太旧了一点儿，所以不大喜欢。"

"让我去看看，假使有七成新的话，我的意思就顶下来吧！买新的虽好，但到底太花费了，我也代你肉疼。"红美一面说，一面把秋波脉脉含情地望了他一眼回答。

子云对于她这几句话是很听得进去，觉得红美不是一个贪心不足只知奢侈的普通舞女，显然是个很会理家的贤妻良母的典型。他乐得什么似的，遂笑嘻嘻地站起身子，说："我们走吧！"红美从外面回家，本来没有脱去大衣，遂向绿美叮嘱几句，和子云一同到外面去了。

绿美待姐姐走后，她心中是滋长了悲哀的辛酸，一时越想越伤心，越想越恐怖，她情不自禁地抽抽噎噎地哭了起来。绿美这一哭，把床上的晓保却弄得莫名其妙，还以为她是为了自己生病的缘故，这就低低地说道："绿美，我这是一点儿小病，没有什么大不了，你不要难过呀！"

"晓保，我不是为了你的生病而哭的。"

"那你是为了什么哭呢？"

"我为姐姐而哭的。唉，姐姐太苦了！"

"你这话什么意思？我益发不明白起来了。刚才那个姓熊的是你姐姐的什么人？"

"是姐姐的舞客，他要讨姐姐做妻子。"

"哦，所以他今天陪伴姐姐去看房子是不是？"

"是的。"

"咦！这话你就更显矛盾了，你姐姐嫁了人，她不是有了归宿吗？你怎么还说姐姐太苦呢？"

"因为……因为……我姐姐并不是预备真的嫁给他。"

绿美支支吾吾的方才这么回答，但晓保听了，更弄得丈二和尚摸不着头脑，觉得这个葫芦里一定还有特别的蹊跷，于是急急地问道："大姐不肯嫁给他？那么干吗又跟他一同去看房子呢？”

“因为姐姐要报仇！”

晓保不禁啊了一声，他更糊涂起来，忍不住从床上靠起了身子，呆若木鸡地望着她气鼓鼓的粉脸，追问道：“报仇？难道这子云是你姐姐的仇人？”

“是的，晓保。你躺下来，我可以详详细细地告诉你。”绿美见他吃惊的样子，遂忙坐到床边，把他身子柔软地又扶下来。一面流着眼泪，一面咬牙切齿地痛恨着说道：“我姐姐的丈夫姓宋名祖贻，他在汉口大通银行做职员，这个熊子云就是该行的行长。有一次宴会上，他见了我的姐姐，因为我姐姐太美丽的缘故，因此子云这恶奴便设计请姐夫和姐姐吃饭。结果，我姐夫被他用毒酒害死，当时姐姐到法院去告他，不料他却逃到上海来了。我们姐妹两人所以流浪到上海来，大半也是为了找寻仇人的缘故。”

“那么这个子云难道不认识你姐姐就是被害死的祖贻妻子了吗？”

“这大概是日子隔久了，又因为从前见面的日子不多，所以他便模糊了。不过姐姐身有血海大仇，她岂能含糊地忘怀呢？所以这次在舞厅里遇见了他，那岂不是一个报仇的好机会吗？”

晓保听了绿美告诉之后，方才恍然大悟。但心里又很觉猜疑，红美用什么方法来报她的大仇呢？遂又向绿美急急地问。绿美听了，满面显出沉痛的样子，说道：“姐姐她有她的计划，总而言之，她预备牺牲一切，去报这个血海大仇。反正日子是一天一天地近了，往后你总有明白的一天。”

“这个姓熊的不是好人，千万叫你姐姐小心才是。唉，想不到大姐的生命中还有这一回事，那真叫人意想不到。”晓保说完了这几句话，忍不住深长地叹了一口气，表示代为感到无限遗恨的样子。

绿美这时又低低地问道：“你预备怎么样呢？并不是我讨厌你，因为你若不回去，家里人不是要急死了吗？”

“是的，我是不能不回去的。绿美，请你给我叫一辆汽车来，我此刻就该走了。"绿美这一句话才把晓保提醒过来，心中暗想，这可糟了，自己昨晚已经一夜没有回去，此刻若再不回家，恐怕家里人还以为自己失踪了呢！想到这里，遂下了决心回答。

绿美因为自己是个女子，当然不能留他，将来被他父母知道，倒要误会他在我家里和我发生了苟且的行为，因此把他迷惑得病起来。这个罪名，叫自己怎么担受得起？这就硬了心肠，给他去叫了一辆汽车。然后回到房里，把晓保扶起身，服侍他穿上衣服鞋子，低低地说道："那么我送你回家去吧！"

"不用，你送我上汽车就行了。"晓保的脑子还是很清楚，因为自己一夜未归，此刻叫一个少女送回家去，而且又生了这样的病，这给爸妈知道，对于绿美的名誉很有关系。所以他摇摇头，婉言拒绝了。

绿美是个心细如发的姑娘，她当然也考虑到了这一层，遂也不再说什么。一面扶他下楼，但晓保走不了几步路，却觉头晕目眩，整个身子便扑倒在绿美的肩胛上了。而且他口里气呼喘喘，像难以支持的样子。绿美见了这个情形，心里非常惨痛，忍不住又凄凉地说道："晓保，这是我害了你，我怎么对得起你呢？"

"不，绿美，你为什么要说这些话？那叫我听了更加悲痛。因为那是我自己作孽，根本怨不了你的。"

晓保当然明白自己所以生病的缘故，他恨玲玲这个淫妇，他恨自己没有出息。今日生了病，真是有苦无处诉。他一面急急地声辩，一面忍不住也流下眼泪来。绿美以为他在懊悔不该听信旁人的话，来误会自己有了新爱，以致彼此起了裂痕。所以她也说不出什么话来才好，用了很大的气力，把晓保扶到楼下，幸亏在楼下又碰着了房东太太，帮着扶出弄口，送上汽车。绿美的意思，要送他到家门口，然后回来。晓保执意不肯，绿美没有办法，只好向车夫叮嘱，把晓保要扶进家里，她又多给车夫几个酒钱。车夫答应，关上车厢，便呜呜地开远了。

绿美在暮色苍茫中目送汽车消失了影子，她的脸上兀自沾了丝丝的眼泪。房东太太站在旁边，方才低低问道："陶小姐，王先生怎么会病的?"

"我也不知道，他好好的到我家来，忽然会头痛发热起来。唉!"绿美深深地叹了一口气，也无心多跟她说什么，向她道了谢，便自管回到家里。开亮了电灯，坐在写字台旁边，手托香腮，暗暗忧愁了一会儿。她这时心中有两重忧愁，第一是晓保这病不知要不要紧? 第二是姐姐向子云报仇，她自己的生命不知有没有什么危险? 她只管呆呆地沉思，所以连夜饭也不预备做了。就在这个时候，忽然房外笃笃地有人敲了一下。绿美拭了拭眼皮，连忙起身问谁。只听外面是个男子的声音回答:"是我，陶小姐在家吗?"绿美开门一看，想不到却是汪贤琳，一时涨红了脸，发窘得了不得。因为自己曾经骗他说，自己是一个大家庭，有爸妈兄弟姐妹。现在他到了这里，那么西洋镜不完全地拆穿了吗? 不过事已至此，也只好若无其事的样子，微笑道:"我真想不到汪先生这时候会来，里面请坐吧!"

"陶小姐下午请了假，我不知道你是为了什么，心里放不下，所以大胆来拜望你。来得实在太孟浪，还请你原谅。"贤琳一面走进房中，一面很不好意思地赔不是。

绿美很大方地连说没有关系，她还亲自倒一杯茶给他喝。贤琳道了谢，在椅子上坐下，说道:"只有陶小姐一个人在家里吗?"

"是的，家父母都在今天回乡下去了。"绿美是个机灵的姑娘，她在乌圆眸珠一转之下，便很快从容地回答。

贤琳虽然点点头，但心中却在狐疑着，因为这一间卧房内，只有一张床铺，假使她父母在的话，恐怕也是住不下，何况她从前对我说还有几个弟妹的呢? 于是他猜测绿美的话，大半是靠不住的，遂又问道:"陶小姐下午就是送伯父母动身回乡下去的吗?"

"是的……"

"那么还有谁和陶小姐留在上海呢?"

"只有姐姐和我两个人。"

贤琳觉得陶小姐的身世多少包含了一点儿神秘的成分，他忽然瞥见

223

室内挂着红美的照片，似乎使他想到了一个人。他立刻显出惊奇的目光，向小照注视了一会儿，急急地问道："这张相片就是令姐吗?"

"嗯，是我姐姐。"

"你姐姐在什么地方办事呢?"

"她……她……在一家化妆品公司里做事的。"

绿美当然不知道贤琳曾经和姐姐跳过舞的，所以她支支吾吾地又回答了这一句话。但听到贤琳的耳朵里，他忍不住好笑起来，方才知道绿美对自己说的，句句都是假话，遂有意俏皮地说道："我在新光舞厅里见到过一个舞女，很像这张照片里的令姐。"

"什么? 你说的是……"

"对不起! 我失言了，请你原谅。"贤琳见绿美粉脸失色，大有恼怒的样子，一时慌了，遂立刻抱歉道。

绿美冷笑了一声，她看了看表，然后很正经的态度，说道："汪先生，对不起! 过一会儿，我的未婚夫就要来了。虽然你是我的同事，不过恐怕引起他的误会，使我为难。请你……"

"哦，没有关系，那么我走了，再见!"贤琳当然明白她是下逐客令的意思，不管她真的有没有未婚夫，但绿美对自己处处地方都没有真心相待，我又何必痴心地爱恋她呢? 想到这里，觉得自己不宜在情场上追求女性，欲除烦恼须学佛，我为什么要这样自寻痛苦呢? 贤琳好像彻悟了，遂心灰意懒地站起身子，向绿美点点头，匆匆地走了。绿美的心头也不知是甜酸苦辣的滋味，她只觉沉闷极了，若不痛痛快快地出一口气，难免要昏厥在地上，因此倒在床上便呜呜咽咽地哭泣起来。

晚上，绿美很早地睡了。等她一觉醒来，已经子夜十二点了。她睁睁见室中亮着电灯，姐姐正在脱身上的大衣，显然是刚回来的样子，遂叫道："姐姐，你回来了?"

"嗯，晓保呢?"

"他回家去了，我叫汽车送他回去的。"

"这样很好，但愿他回到家里，就这么睡两天病便好起来。妹妹，

224

你瞧，这是五万元的一个存折，这是顶屋的一张收条，都是我的名字，你拿着吧！"红美坐到床边，把一个银行存折和顶屋的收条，都交给绿美，低低地说。

绿美呆住了一会儿，她微蹙了眉尖儿，也低低地说道："姐姐，你交给我做什么？"

"傻孩子，我是预备和子云同归于尽了，难道还要这些东西吗？我昨天早就对你说过，我所以这么计划，是怕你将来吃苦。现在你有了这一幢房子，还有这五万元的存折，我很放心。即使我死了之后，你也不会孤零零在社会上受冻饿之苦了。"

绿美听红美这样说，一时痛到心头，而且又感入骨髓，这就扑倒在姐姐的怀里，忍不住呜呜咽咽地失声哭了起来。红美被绿美一哭，她的心中，自然也万分悲酸，因此眼泪也大颗地滚落了满颊。但是她还哽咽着喉咙，凄然劝慰她道："妹妹，你不要哭呀！人生百年，也等于白驹过隙，早死迟死，也不过是时间问题而已。想你姐姐本是一个未亡人，虽然我到了上海之后，也有一个知心的好朋友。他待我是多么的痴心，我几次为他的热情而几乎昏迷了理智。但祖贻悲惨沉痛的血海大仇，终于提醒了我在情海中的迷恋。妹妹，常言道：死有重于泰山、轻于鸿毛之分别。我今日为报仇而死，我死亦瞑目的了。你不要伤心，好在晓保和你已经言归于好了，这在我是当然更感到死无牵挂了。"

"姐姐！你……叫我一个人怎么好呢？我……心都碎了。"绿美抽抽噎噎地哭了一回，方才挣扎着说出了这一句话。

红美却十二分镇定，她拿手帕给妹妹拭干了眼泪，反而安慰她说道："妹妹，我不是都给你安排好了吗？况且你有晓保爱护你，你将来一定有幸福的乐园。所以你不要难过、不要哭呀！"

"我不是为了自己而难过，我是为了姐姐而伤心的呀！姐姐，你最好报了大仇，能够安然逃逸。那么你还有这个知心朋友，不是也可以如愿以偿了吗？否则，你叫他岂不是也要抱恨终身了吗？"

"能够这样，那当然是更好了。妹妹，不要再伤心，我们睡吧！"

红美含了眼泪回答，她把妹妹身子纳入被里去，然后她自己也脱衣就寝了。

匆匆地过了一天，在这三天之中，绿美的心里，是没有一刻不挂念着晓保的病体。这是星期六的上午，绿美照旧在保险公司里办事。不知怎么的，她坐在写字台边，忽然眼跳心惊起来。一时暗暗着急，难道有什么祸事发生吗？正在这时，忽然见经理室门开了，外面走进一个五十多岁身穿西服的老者来。高瘦鸥一见，连忙起身相迎，叫道："咦，老兄，你今天怎么会有空到这里来呀？"

"我是来找一个人的。"

绿美听他这样回答，遂向他仔细地一望，一时心便忐忑地乱跳。原来这个老者不是别人，就是从汉口到上海来的船上遇到的那个乔伯乐，而伯乐又是晓保的父亲。因为同在一个经理室中，所以也没有躲避的余地。这时伯乐也早已发现了绿美，遂走上去，说道："你……你……不是陶绿美小姐吗？"

"是的，你就是乔老伯了。"绿美因为和他儿子有了爱情的关系，所以红晕了粉颊，站起身子来，表示很有礼貌的样子招呼着。

伯乐有些惭愧的意态，他不敢提起过去在船上的一回调戏的事，点点头，在羞愧的神情中又包含了痛苦的颜色，说道："陶小姐，你和我儿子晓保是很要好的朋友吗？"

"是从小的同学，陶小姐到这里来办事，就是晓保介绍来的。伯乐兄，陶小姐真是一个温情而又干练的好姑娘。"瘦鸥不待绿美开口，便先代为回答，而且竭力赞美她的品性和人才。伯乐点头说了一句："我很明白。"他灰白了脸色，欲语还停的样子，大有凄然泪下的样子。瘦鸥对于妹夫今天的态度，大感奇怪，遂急急问道："你有什么心事吗？我觉得你的态度和往日大不相同了。"

"舅兄，是的，你不知道，我家晓保病得十分厉害。医生说他是伤寒症，恐怕很危险……"

伯乐说到"危险"两个字，他枯黄的脸上已经是老泪纵横了。绿美和瘦鸥不约而同"哎呀"一声叫起来。伯乐只见绿美的眼圈立刻红润起来，大有盈盈欲泪的样子。从这一点可见她和晓保爱得深厚了。这时瘦鸥又急急地问道："好好的怎么会患起伤寒来？不知有多少日子了？"

"连今天已经有五天了，这孩子在星期一的晚上没有回家，直到第二天下午五点多才回来。他说是星期一晚上在朋友那儿吃夜饭，饭后就病倒在朋友家里，所以才第二天回家的。他这句话，我当然有点儿猜疑，因为医生说他是患的……"

伯乐说到这里，因为绿美在旁，他便挨近瘦鸥的身子，低低地说了"夹阴"两字，一面又连声地叹气，表示怨恨的样子，说道："所以我肯定他和三朋四友在胡闹。"

"晓保是一个很自爱的孩子，我想不至于会这么荒唐吧！"

绿美虽然听不清伯乐跟瘦鸥在低声说着什么，不过凭伯乐这几句话想来，她也觉得晓保是有着荒唐的行为了。因为伯乐说他星期一晚上没有回家，那么他既没有住在我的家里，显然是在外面做不正当的娱乐了。绿美想到这里，一时十分悲伤，要想落泪，但又不好意思，因此沉痛地呆站着。这时伯乐又说道："晓保刚才对我说，他有一个知心的朋友，就是陶小姐，并且说在舅兄公司中办事。他很想和陶小姐见见面，谈几句话，所以我急忙坐车赶来。陶小姐，你此刻能不能跟我一块儿去一次呢？"

"好的，我马上跟你去吧！"绿美用了哽咽的口吻，颤抖着说。一面心慌意乱地披上了那件元细呢夹大衣，预备匆匆要走的样子。瘦鸥说明天早晨也去望晓保，并叮嘱伯乐要给他请几个有名的西医诊治诊治。伯乐点头答应，遂和绿美一同匆匆地出去，坐上了伯乐的自备汽车，一同到了乔公馆。

伯乐和绿美三脚两步地跨进了晓保的卧房，只见有个西医和看护正提了药箱出来。伯乐急问怎么了，那西医摇摇头，便自管走了。绿美见了这情景，她芳心一阵子剧痛，眼泪忍不住夺眶而出，抢步奔到床边，只见床前有个五十上下的妇人，已经在抽抽噎噎地哭泣了。绿美在这个时候，也顾不得羞涩两个字了，遂伏到床边，拉了晓保的手，直声叫了"晓保"两个字，她喉间已经有骨鲠住，眼泪像断线珍珠一般扑簌簌地滚落下来。晓保直挺挺地躺在床上，他已经是不住地在叹气。此刻突然见了绿美，他脸上浮现了一丝苦笑，然而这笑的样子是那么骇人。绿美想不到一个俊美的小白脸，病了还只五天，竟然会形成了骷髅的样子，她心痛如割却说不出一句话来。晓保紧紧地抓住了绿美的臂膀，他好像要哭，但是却没有眼泪。气喘了好一会儿，两眼直视着绿美，勉强地说道："绿美，我……对不住你……我……就抛弃你死了！"

"晓保，你别说这些话，你还有年老的爸爸和娘亲，你纵然忍心抛弃了我，你也不忍抛弃他们这两个老人家呀！"

绿美这几句话，引逗得伯乐夫妇俩也失声痛哭起来。晓保摇摇头，他的眼角旁也涌上一颗晶莹莹的泪水，有气无力地说道："我是一个不孝的孩子，我对不住父母，我对不住国家，我也对不住绿美。我……我自己作孽，我自己受苦受灾。我死了之后，好在还有哥哥侍奉爸妈老人家，那我也放心了。只是绿美，我向你说什么好呢？我……请你能够饶恕我！"

"晓保，你不要说这些话了，你还是静静地休养吧！"

"绿美，你恨我吗？"

"不，我没有恨你，我希望你快些好起来。这黑暗可怕的社会，谁都有失足的过失，只要能够自新，你还是一个好青年。"

"我在临死之前，能够听见我心爱朋友宽恕安慰的话，我总算是死也瞑目了。"

"晓保，你为什么要说死呢？我希望你会好起来。"

"只怕是不中用了。"

晓保说了这一句话，已经是上气不接下气的样子，眼珠向上一泛，眼皮慢慢地低垂下来，急得乔太太和绿美大声地哭喊，才算把晓保又喊醒了过来。他的两眼已经失去了精神，很散漫的光芒，望着床边的三个人，默默地并无一语。这时伯乐夫妇和绿美的心中，也知道晓保是在外

228

荒唐成病，所以他会向绿美这么忏悔。一时又怨恨又悲痛，除了流泪之外，还有什么话好说呢？就在这时，大保匆匆从学校里回来。一见房中多了一个姑娘，倒不免呆了一呆。经伯乐介绍之后，方才知道。但心中暗想，秀琴姓陶，她也姓陶，听秀琴告诉，她原有一个妹妹，难道里面就是她的妹妹吗？本欲向她细问，但是弟弟病得这个样子，自己也不好意思再问这些空话了。

时间一分一分地过去，晓保的神色也一分一分地转变得可怕了。他刚才还会和绿美说话，此刻除了不住叹气之外，却一句话也说不出。伯乐是个上了年纪的人，他是见多识广，知道自己的儿子性命，恐怕连今晚都难以逃过的了。他虽然悲痛，但也不得不到外面去吩咐账房，准备给小少爷料理后事。绿美本来要告别回家，因为她不忍眼看心爱的人咽气。但乔太太留住了她，说晓保回头找不见陶小姐，他要难过的。绿美没有办法，在这情形之下，她是只有在乔公馆吃夜饭了。

其实晚餐的时候，谁都吃不下，也无非是应个景而已。九点钟敲过后，晓保气喘更急，已经是奄奄一息。大家围在床边，正暗暗地伤心流泪，忽然小丫头阿菊拿了一封信进来，说是大少爷的。大保一听，连忙接过来看，见具名"陶秀琴"三字，他心中别别地一跳，遂拭了眼泪，走到窗口旁，拆开信封，展了信笺，低低地吟道：

大保先生惠鉴：

我很感激你待我的情深义厚，真是使我没齿难忘。虽然你不嫌我是个庸俗的女子、是个苦命的女子，而仍旧痴心痴意地要爱着我。然而我固然愧对乔先生，但同时我的心中尚有一件未报的血海大仇。可怜我从故乡漂流到上海，受尽了社会的磨折，遍尝了世态的炎凉，人情薄于秋云，到处是张满了魔鬼的爪牙，它们是无不想把一个可怜的人更沉沦到苦海里去。但我在这黑漫漫的苦海里，终于找到了仇人，这是杀我丈夫的仇人。我现在除了报仇两字，别的什么都没有可留恋。虽然我对你不免还有些依依之情，然而事到如今，我亦只好做一个无情之人了。好在乔先生是个有作为的青年，大概绝不会为了儿女之私，而忘了青年在社会上之责任吧！最后，我希望你忘了过去的一切，忘了我这个最苦命的女子，这不但是你之大幸，就是我死于九泉之下，亦慰甚幸甚。

兹尚有一事相告，谅乔先生还在梦中。舍妹绿美与令弟晓保，情爱至笃，早已心心相印，我虽是垂死之人，尚恋恋于同胞手足，我死之后，万望乔先生在令尊大人处代为撮合，使我们弟妹得能花好月圆，结为良缘，这在我们不是也感到一件欢喜的事情吗？话到这里，觉得无可再言，遂搁笔不写，今生无缘，唯期来生耳！专此奉达，无任歉疚，还祈原宥，不胜感盼。

敬祝

前途光明！

薄命女子秀琴挥泪作别　十月八日夜

大保看完了这一封信，忍不住"哎呀"了一声。他把绿美悄悄地拉到房外，将信塞到她的手里，急急地问道："陶小姐，秀琴就是你的姐姐吗？"

"是的，这是她的化名，她的真名叫红美。唉！我真想不到姐姐说的那一个知心好朋友，原来还是晓保的哥哥。姐姐，你哪里知道晓保已是病入膏肓，奄奄一息了呢？"

绿美被大保这么一来，一时还弄得莫名其妙，连忙先急急地看信，直待阅毕此信，方才恍然大悟。想到姐姐说的花好月圆之句，忍不住失声哭泣起来。就在这时房内乔太太哭泣，伯乐挥泪不已。谁知一波未平，一波又来。阿菊奔来报告，说大东旅社三百五十号来了电话，那边

230

发生桃色惨案，有张字条留着，请大少爷去见最后一面。大保和绿美一听，知道是红美的遗书，他们心中一急，也顾不了晓保，两人便疯狂似的奔出大门去了。

八、叶落西风　手刃大仇难返魂

　　子云既然给红美顶了房子，而且又给她在银行里开了存折，他当然要和红美马上同居起来。但红美还不肯答应，说非要举行一个仪式不可。否则，被人家说起来，自己总不脱是个小老婆的身份。对于这一个问题，子云颇感困难，说举行结婚仪式，那是万万办不到，假使叫自己请客吃饭，那倒可以答应的。为了这样，事情便僵了两三天。这日星期六，子云来约红美出去游玩。红美因为在昨天晚上，已经有过一番周密的考虑，而且又写了一封信给大保，她在今天原预备下一个最大的决心。因为在这些日子中，她心里的痛苦，实在觉得还是早点儿脱离了人世比较爽快。所以她此刻见了子云，与往日相反地显出特别亲热的样子。这叫子云心中自然十分喜欢，遂笑着说道："秀琴，昨天我在乐品珠宝店里看好一只钻戒，不但光头好，而且镶嵌的式样也美观。你此刻和我一同去看，假使你喜欢的话，我就给你买下来，你看怎么样呢？"

　　"我手里不是已经有一枚戴着了吗？这种东西，花费太贵，你的钱，和我的钱一样，所以我不要买了。"

　　男子大都有些蜡烛脾气，越是听女子这么说，他便越要给她买下来不可。假使女子一定要男的买一枚钻戒，他却会相反地不舍得买的。子云也是这一种脾气，当时听了，便乐得耸了耸肩膀，笑道："秀琴，你真是一个好姑娘！不过我喜欢买给你，不要说我身边原是有钱，假使没有钱的话，我也会去借了来给你买的。好妹妹，我们是夫妻了，我给你买了首饰，你戴在手指上，说起来也是我的面子呀！"

　　"你既然这样说，我们此刻就一块儿去吧！"红美秋波斜乜了他一眼，笑盈盈地回答。她一面取过大衣，一面正欲穿上。但子云连忙伸手接过，提了大衣领子，服侍红美穿上，两人便挽手到外面去了。子云原有自备汽车停在弄堂口，当时两人匆匆跳上车，便驶到乐品珠宝商店去买钻戒。买好钻戒出来，时候已是下午三点左右。子云要去跳舞，红美没有拒绝，于是两人便到上海最富丽堂皇的维乐斯舞厅去欢乐了。

"秀琴，你看这枚钻戒光头真不错，在这暗红的霓虹灯光笼映之下，却更显得闪闪烁烁的耀眼哩！比你原有的一枚不是好得多了吗?"

"嗯，实在很好，那么我原有的一枚就还给你戴了，反正我有这一枚也尽够的了。"

两人在舞厅里坐着，大家静静地抽着烟卷。子云偶然望到她手指上新买的那枚钻戒的光芒，便笑嘻嘻地搭讪。表示他的眼光很好，给他拣到了这一枚钻戒。红美把手拿高一点儿，自己看了看，点头回答。她把原有的一枚要脱下来还给子云，却被子云阻住了，握了她软绵绵的纤手，说道："不，我不要戴，你戴着吧！像你这一双葱尖儿似的玉手，戴了这一对钻戒，真是令人爱。我要戴的话，我明天不是可以再去买的吗?"

"其实我是肉痛你的钱。"

"不用肉痛的，我的钱赚得容易，这几天股票蹿头势真不错，昨天我二十万股的永纱，就赚得热昏。看相的说我今年遇到贵人，大交鸿运，看起来这句话是应着的了。"

"那么我是要靠你的福气了。"

"不，不！你别说反话，是我要靠靠你的鸿运。"

"怎么？我一个女人家有什么鸿运？你看我今天有这挺大的钻戒戴在手指上，还不是靠着你的福气吗?"

"不是，不是，你这是自己的福气。看相的说我遇到贵人，这贵人就是你，你是个大富大贵的贵人。你有很好的帮夫运，我自从遇到了你之后，我买进的股票，差不多没有一天不赚钱的。"

"真的吗……"红美听他这样说，心里不免暗暗好笑，但表面上还竭力装出不胜喜悦而又无限娇羞的神气，把身子倒向子云的怀里，笑盈盈地问。

子云对于红美这一副媚态对待自己，从认识以来，可以说还是第一次，一时乐得心花也怒放了。他情不自禁地把手去搂她的腰肢，因为红美是个杨柳细腰的缘故，子云的手指，环过她腰肢而可以接触到她的乳房处。手指的感觉是最灵敏的，软绵绵的好像沙利文面包一样，子云心里像春风吹动水波似的荡漾了一下，他觉得浑身都有些迷醉起来了。

红美虽然感觉到子云对自己不免有些轻薄的意思，然而在这一个场合之下，一个女子若不稍微牺牲一点儿色相，怎么能使一个男子拜倒在自己的旗袍角下呢？所以她故意把娇躯忸怩了一下，故作似嗔似喜的表情，嗯了一声，同时还伸手把他大腿上拧了一把，恨恨地说道："子云，你这样不老实，我可恼了。"

"哎哟，秀琴！你不要太狠心，把我拧得痛死了。"

"那么你快放手。"

"不！要我放手，我宁可被你拧死。"

"难道你不怕痛了吗?"

"嗯！痛是痛的，不过痛在腿上，甜在手里，我觉得甜蜜可以掩去痛苦，就是把我痛死了，我也口眼紧闭了。"

"唉！我真想不到女色的魔力，有如此伟大，真令人一叹。"

红美听他这样说，心中不免有无限的感触，忍不住深长地叹了一口气。她觉得身为女子的不幸，尤其是一个具有美色的女子，无怪要被外界认为是祸水了。但子云却还贼兮兮的样子，说道："这又有什么可叹呢？男子好像是鱼，女子好像是水，鱼要是没有了水，岂不是活活地要干死了吗？秀琴，我现在好像正是一条跳在岸上的鱼，假使没有你，水来养活我，可怜我是快要到奄奄一息的地步了。秀琴，我求求你，你就可怜可怜我，千万不要再拿这些困难的问题来使我心中感到痛苦了。"

"不过水也要看情况而说的，假使这水里有毒的话，那么你这条鱼放在里面，不是更要死得快了吗？"

234

子云对于红美这几句话，他心中是起了误会的解释，倒忍不住扑哧一声笑了起来。他望着她粉脸，出了一回神，说道："我知道你这盆水是清清洁洁的，怎么会有毒呢？那你不是跟我在大开玩笑了吗？"

"那倒说不定，也许是有毒的。"

"就是你有毒，我也不怕，只要让我这条鱼到你水里去游一游，就是我真的中毒而死，那我也不冤枉。"

"你甘愿饮鸩止渴吗？"

"心甘情愿，就是为你而死，做鬼岂不风流？"

"子云，我真想不到你会对我这么痴心，我若再不给你达到这个……愿望，那我这个人不是太不合情理了吗？"

红美说到"这个"两字，她几乎把这个"死"字也要冲口说出来了。但到底立刻又忍熬住了，把"死"字跳过而说出了愿望的话。她的芳心中是感到了一阵痛快，觉得今天该是他死期到了。子云既然不知道红美心中是存了这一份报仇的意思，所以他还乐得骨头没有四两重，扬眉得意地笑道："秀琴，你真的答应了我吗？"

"当然啰！我说的话绝对不假，子云，你不要再猴急了，今天晚上，一定叫你乐得死也情愿，你欢喜吗？"

"哦，我的天哪！我费了这许多的精力和财力，今天晚上总算也会给我达到愿望了。我心中的高兴，还有什么话可以来形容呢？秀琴，你待我的好处，我真是生生世世都不会忘你的。"

子云好像喜欢得要疯狂起来的样子，他把红美的手紧紧握住，还连连地摇撼了一阵回答。红美的粉脸上也含了惨痛的微笑，她全身相反地感到一阵凄凉的意味。但子云拉了她，却向舞池里去跳舞了。

两人在舞池里跳舞的时候，却和旁边一对舞侣撞了一下，大家回头去看，原来这一对舞侣不是别人，却是陈文达和夏秀娟。子云知道秀娟是被文达勾搭上了，虽然这是文达报复自己抢夺秀琴的意思，但秀娟已经被自己玩弄得厌了，原不足为奇。当下向文达含笑点点头，遂自管搂

235

住了红美跳远开去。红美仰了粉脸，故意笑道："你的爱人被陈先生夺去了，你心中不觉得酸溜溜吗？"

"不，秀娟是一个舞女，有钞票，大家都可以玩弄，算不了是我的爱人。"

"你这话不对，难道你把我也当作这么轻贱吗？"

"那又是你的多心病了，你现在根本不做舞女了，你不是已经做我熊子云的太太了吗？怎么去和这种女子相比呢？"

红美听他这样说，方才回过了一点儿笑脸来。一曲音乐完毕，两人携手回座。茶室在五点钟为止，舞客都陆续地散去，子云和红美也挽手走出舞厅。秋天的季节，天空老是这么阴沉沉的，五点以后，天色差不多快要黑暗下来。红美见西风中飘荡的落叶，她心里是无限的感触，暗自想道，落叶啊落叶！你在今天晚上，终会得到一个永远的归宿，再不会给你满天空飘飞了吧！正在叹息着，子云回头望了她一眼，问道："我们到荣光酒家吃晚饭去好吗？吃好了饭，我们一块儿进新屋，度良宵，其乐洋洋，不知爱卿意下如何？"

"不要得意忘形，被人家听见了，像个什么样子？"红美秋波白了他一眼，这是一个妩媚的娇嗔。子云知道她是赞成的表示，遂连连称是，便和她跳上汽车，一同到荣光酒家去了。

从荣光酒家出来，子云虽没有酩酊大醉，但两脚歪歪斜斜的，好像跳华尔兹舞步的样子。红美也喝有三分醉意，她是因为要壮壮胆量的意思。这时子云紧紧地搂着她的腰肢，笑嘻嘻色眯眯的样子，说道："秀琴，我们到新屋里去吧！先行交易，择吉开张，将来生意兴隆，一定出品精良，保险你五子登科，福寿绵绵。"

"你不要胡说八道，乱说醉话了，我们还是到大东旅社去开一个房间吧！因为我要洗个澡，你赞成吗？"

"我赞成，赞成，毫无异议。开旅馆，养儿子，更有意思。我们去……去……去吧！"

　　子云听她这样说，乐得心花朵朵开地回答。于是他们坐了汽车，便到大东旅馆门口跳下。子云吩咐车夫把汽车开回银行去，明天十点钟来接自己到银行。车夫答应，遂呜呜地开走了。

　　这里两人到了三楼，由茶房陪伴到三百五十号房间。不料子云因为在外面吹了风，此刻在房中热闷的空气下站定，他便哇的一声吐了起来。经此一吐，他便头昏眼花，身子摇摇欲倒。红美见了，暗暗欢喜，一面扶他睡在床上，一面叫茶房把吐出的东西扫去。她关上了房门，在桌子旁坐下，呆呆地出了一回神。只听床上的子云，却像小孩子似的吵叫秀琴，要她来陪伴睡觉。红美没有办法，只好倒向床上，和他并头躺下。不料子云搂着红美的脖子，在她小嘴上发狂地吻吮，同时他的手，在红美身上乱搓乱摸，简直是一条狗儿的样子。红美又急又羞，遂拦阻着他，说道："子云，你刚才吐得很厉害，你要保重身子呀！"

　　"不，我的精神好极了，秀琴，你就答应我吧！"

　　"不行，我不能伤你身子，你给我安安静静地躺一会儿。等你一觉醒来，我再依顺你，你喜欢怎样就怎样。"

　　"那么你不要走，不要离开我，你要伴在我的身边。"

　　"当然啰！我一定伴着你，你静静地休息吧！"

　　"好！等我一觉醒过来，我要……我要……嘻嘻！我要甜蜜了。"

　　子云实在醉得厉害，况且经过一阵子呕吐之后，他的四肢也觉软绵无力。所以他心中的希望，就在这一觉醒来之后。他一面说，一面已经是沉沉地睡去了。红美等他有了鼻息声后，方才悄悄地跳下床来，坐到桌边，抽出大东旅社的信笺，提笔写道：

熊子云是个杀人不见血、吃人不吐骨头的魔鬼！他为了要
夺朋友的妻子，把一个良善的青年活活害死，我今日是代夫报
仇，也是为社会除害。我们死后，还望社会人士，给我正义的
批评。幸甚！幸甚！

陶红美启

红美写毕，又取过一张信笺，她凝眸含颦地沉思了一会儿，方才又
提笔写道：

在这幕惨剧发生之后，请发现人给我代劳通知我的家属及
好友，第一个电话，是二零七八九，第二个电话是五四六三
七。倘能照办，功德无量，薄命女感激不尽！

陶红美又启

红美写完了这两张字条，她就平放在桌子上，慢慢地站起身子，走
到沙发旁拿起自己脱下的大衣，伸手在大衣袋内摸出一把预先藏好的雪
亮剪刀。不知为什么，红美握了剪刀，此刻那双手瑟瑟地抖得厉害。同
时她的心头，好像十五只吊水桶似的，七上八下地跳跃不停。她自己警
告自己道："红美，你为什么要这么胆小？你为什么要害怕呢？你看四
周没有一个旁人，这种好机会假使错过了，哪里还再找得到第二个呢？"
红美在这样转念之下，她的胆子大了，她手也不发抖了。偶然把两眼望
到衣橱镜子里自己那副脸蛋，觉得怪和善的，并没有显出一点儿要杀人
的凶相。于是她对了镜子，竭力装出狰狞的面孔，表示她是预备杀人的
意思。不料正在这时，忽听床上的子云喃喃地叫道："秀琴，你……
你……好……"

这一声叫喊，真正把红美吓得魂不附体，急出了一身冷汗。她还以
为自己的秘密被子云看穿了，慌忙把剪刀藏在背后，回身向床上一望，

只听子云的鼻息，还在呼里呼噜地作声，方知他是在说梦话，一时惊魂稍定。但理智告诉她，无论一件什么事情，宜速不宜迟，迟则生变。既然她有了这一个信念，于是她的眉宇之间立刻浮现了一股子杀气。睁大了眼睛，她脑海里浮现了祖贻惨死的一幕，因此她咬牙切齿地猛可地奔到床边，举起手来，狠命地一剪刀戳了下去。

子云在醉梦中，受此一刀，不禁大叫一声"哎呀"，睁眸一见秀琴狰狞了双目，向自己第二刀又刺了下来，这就大喊"救命"，同时欲起身相敌。但红美这时力大无比，把吃奶的气力都拿了出来，他还莫名其妙，两眼狠视红美。红美冷笑道："子云，你不要望着我，你还记得汉口宋祖贻被你害死的事情吗？告诉你，我就是宋夫人！你今日之死，还能说是冤枉吗？"

"救命！救命！"

子云听了红美的话，方才恍然大悟。虽然他有懊悔自己不该太贪女色之意，但已经来不及了。他心有不甘地叫了两声救命，便气绝身死。就在这时，房外叩门甚急，这当然是因为听了子云喊救命的缘故。红美料想自己难逃法网，倒不如一死干净。这就哈哈地一阵狂笑，她把手中的剪刀已向自己的喉管里猛可刺了进去。等茶房把房门开了进来，红美亦已倒在血泊之中了。当时茶房一见房中出了人命案子，都大吃一惊。直待见了桌子上两张字条之后，方才明白是件桃色纠纷的惨案。于是一面报捕，一面按照两个电话号码打了过去。第一个电话是阿菊接听，第二个电话是打给绿美，因为绿美是转接的，所以打不通，齐巧绿美在乔公馆，所以便和大保匆匆地坐车赶来。

等大保绿美赶到大东旅社，只见室内已经有了几名警士和一个警长。绿美不管一切地分开众人，把姐姐从地上抱了起来。只见红美的喉间，还有血水汩汩流出，一时心痛万分，哭叫姐姐。红美在已经预备咽气的时候，听了这熟悉的叫喊之声，她勉强地睁开眼睛来。一见了妹妹，脸上在惨白的成分中还露了一丝笑容，直叫了一声大保，意思是问大保在哪里。大保在旁边听了，立刻蹲下身子去，也泪流满面地叫道："秀琴！你……"

"我……报了大仇……我死亦瞑目，晓保病怎么样了？"

"晓保……他……病……"

"我弟弟在一刻钟之前死了。"

绿美听姐姐问起晓保，她更加痛心疾首地哭泣起来。大保听绿美没有告诉下去，遂代为流着眼泪回答。红美听到这个消息，她心中一阵剧痛，想不到我们姐妹两人竟同样的命苦。这就眼睛向上一翻，便昏了过去。绿美抱了她身子，连连哭叫。红美又悠悠醒转，她脱下手指上两枚钻戒，一枚戴在绿美的手上，一枚戴在大保的手上，向他们两人各望了一眼，这回她便真的脱离人世了。绿美哭叫数声，姐姐已经不再作答，于是她便昏厥了过去。这时外面验尸所的车子也已经到了，警长因为红美留有遗书，内容情形，已经大白，凶犯既也同归于尽，这也可说冥冥中的果报。不过绿美既是红美的妹妹，理应带到警局略加询问。大保恐怕绿美害怕，遂伴她同往。

大东旅社的门口，停了两辆汽车，一辆是把红美和子云的尸体车往验尸所运去；一辆是大保绿美跟同警长到警局里去询问。这时已经是夜里十一点了，马路上静悄悄、黑魆魆的。绿美坐在车厢里，眼望着阵阵西风，吹着街头的落叶，在半空中飘来飘去。这是象征着姐姐的命运啊！她忍不住又呜呜咽咽地哭起来了。

《叶落西风》根据《红粉飘零》已经到此有个相当的煞尾，但剩下了绿美和大保这两个凄凉伤心之人将怎么结局好呢？诸位若有兴味，当请阅《情海归帆》，自有更曲折离奇、可歌可泣的故事。

民国三十六年春作者

情 海 归 帆

一、同病相怜伤心人无独有偶

天空是灰暗的，好像愁眉不展地沉着脸儿。忽然刮起了几阵西风，那像重峦怪峰般的浮云，更像卷土似的掩了上来，仿佛沙漠之中散布着无数的牛羊，在互相地倾轧蠢动，又宛如万马奔腾地横掠在天际，正在冲锋杀敌的样子。

风是愈刮愈狂，更施展着它无限的威力，把那几扇玻璃窗子也吹得飒飒作响。玻璃好像不堪那暴力的威胁，而发出了不平挣扎的吼声。这时室内的床上，躺着一个年轻的姑娘。她的头发是那么蓬松散乱着，两颊像火炭似的一团，从这情形看来，显然她身子是有一点儿不舒服。她听了那发狂的风声，微仰了粉脸，呆呆地望着窗外出神。忽然看到一片落叶，在狂风的旋涡间已经失却了它自主的能力，忽东忽西，忽上忽下地飘飞。也不知什么缘故，那姑娘的眼角旁，顿时涌上一颗晶莹莹的泪水来。同时她的耳朵旁边，好像流动了这么几句话：

"妹妹，你不要哭呀！人生百年，也等于白驹过隙，早死迟死，也不过是时间问题而已。想你姐姐本是一个未亡人，虽然我到了上海之后，也有一个知心着意的好朋友，他待我是多么痴心，我几次被他的热情感动而几乎丧失了理智，但祖贻悲惨沉痛的血海大仇，终于提醒了我在情海中的迷恋。妹妹，常言道：死有重于泰山、轻于鸿毛之别。我今日为报仇而死，我死亦瞑目了。你不要伤心，好在晓保和你已经言归于好了。这在我当然是更感到死无挂念的了……

"妹妹，我不是都给你安排好了吗？况且你有晓保爱护你，你将来一定有幸福的乐园。所以你不要难过，你不要哭呀！"

原来这个少女就是陶绿美，绿美自从晓保和姐姐红美死了之后，剩下她孤零零一个人是多么悲痛欲绝呢。她觉得心头是空空洞洞的，好像失却一颗心那么的心酸难受，终日泪不干地伤心忧郁，因此愁愁闷闷的也就生起病来了。此刻她见了西风中的落叶，不免触景生情，所以姐姐过去对自己说的那最后几句话，又在她脑海里浮现上来，她觉得姐姐可怜，同时也感到自己可怜，因此忍不住又暗暗地哭泣了一回。不料正在这个时候，忽然一阵阵的电光，忽暗忽明地在天空中闪烁着。在每一次闪烁之后，那天上的浓云也就更加聚拢，四周显现得很恐怖，好像完全变成了一个黑暗世界了。

　　轰隆，轰隆！突然山崩海倒似的来了一个响雷，跟着便有蛇一般的电火蹿出浓云堆来。刹那间，倾盆似的暴雨，好像幽壑间的山瀑冲破了这一片大地上的尘幕，使天空中那飘飞的落叶，终于消失在雨水而坠入泥地里了。

　　绿美觉得姐姐始终像一片落叶，但现在那片落叶是永远找到归宿了，她不会在这黑暗的世界中再受着无限的烦恼了。正在静静地悲思，泪珠儿占有了她整个的面庞。忽然门外一阵笃笃的声音，显然是有什么人来了。绿美慌忙地收束了眼泪，低低地问道："是谁？"

　　"是我，陶小姐。我是乔大保。"

　　"哦！乔先生吗？请进来吧。"

　　随了绿美这两句话，那门锁一转动，就见一个年轻的男子悄悄地推门进房。绿美见大保头上戴了呢帽，身上穿了大衣，但浑身却被雨水淋得像落汤鸡似的，一时心中很过不去，便呀了一声，说道："乔先生，这么大的雨，您怎么会来呀？"

　　"我坐车子刚跳下弄堂口，那大雨就落下来了。陶小姐，您怎么病了吗？"大保脱了呢帽，放在桌子上。一面取了手帕擦拭脸上沾着的雨水，一面回头向她望着，很关切地低问。

　　绿美点点头，乌圆眸珠在长睫毛里一转，说道："大概受了一点儿风寒，没有什么关系。乔先生，您把大衣也脱下来晾晾干吧。真对不起，还劳您来望我，可是我有病在身，却恕我不能招待你了。"

"哪里哪里！陶小姐，你说得别那么客气呀！你生了病，我本来也不知道，是舅父告诉我，说你已请了好多天病假，我才晓得的。陶小姐，你可曾请大夫瞧过没有？"大保听从绿美的话，把大衣也脱下了，丢在沙发上，然后走到床边去，一面低低地说，这神情是显得十二分的温和。绿美点点头，说道："今天早晨房东太太给我去挂了号，请陆伯民大夫来诊治过一次。"

"陆大夫怎么说呢？你这病是什么病症？"

"他说外感风邪，内积忧虑，且吃一剂方子，再作道理。"

"唉！陶小姐，我劝你终得放宽一点儿胸怀，身子保重要紧。"大保听她这样回答，他微微地蹙了眉毛，却是叹了一口气，然后用了忠实的态度，向她劝告。

绿美听他这样说，却沉默了一回，不知怎么的，心中反而更加伤感起来，眼皮儿又慢慢地润湿了。大保被她一哭，心中想起了红美，于是也黯然神伤，呆呆地愕住了一回。绿美方才一撩眼皮，向他瞟了一下，低低地说道："乔先生，你请坐一会儿，真不好意思，请你自己在热水瓶里倒杯茶喝吧！"

"我不要喝茶，陶小姐，你不用招待我的。"大保这才退到椅子上去坐下了，他在袋内摸出烟卷来吸着说。

这时房中是阴沉沉的，窗外风雨之声，俄而似千军呐喊，俄而似万马奔腾，听到他们两人的耳朵里，不觉有些心惊肉跳。绿美因为室内光线太暗淡，遂伸出玉臂来，在床头边的电灯开关上亮了电灯，这就见灯光四周弥漫了一圈一圈从大保口里喷出来的烟雾。大保好像在沉思的样子，抬头望了她一眼，低低说道："陶小姐，你既然有病，应该雇个女佣服侍你才好。否则，晚上要茶要水，怎么办呢？难道你自己拿吗？这到底太不便当了。"

"幸亏这儿房东太太倒很热心，她时常抽空上来服侍我的，我终希望睡两三天就好起来，所以一时里要雇用老妈子，那也很不容易。"

"我想你还是住到我家中去，因为我爸妈对你的印象也很好。"

"谢谢你好意，但我不好意思打扰你们。再说我是有病之人，住在你们府上到底也太不方便了。"绿美摇了摇头，婉言地谢绝了。

大保见她不肯，当然不好意思强劝她，遂沉吟了一回，又想到了似的问道："陶小姐，你喝过药没有？"

"还没有送来。"

"谁在给你煎呢？"

"叫药店里代煎好了送来的。"

大保听了，方才明白，遂点点头，不再说话，于是四周的空气，又相当的沉寂，只有外面暴雨狂风的声音，好像天空要倒坍下来的样子。大家这样呆呆地沉默着，这也不是一回事。绿美觉得自己站在主人的地位，应该要想些什么话来谈谈，否则，倒似乎冷淡了人家。于是随便问道："乔先生，学校里快放寒假了吧！"

"是的，只有二十天光景，下星期开始要大考了。"

"姐姐在日的时候，时常说你人品很好，而且又很用功，我想你学校里成绩一定是很不错的。"

"很惭愧！像我这样的青年，对社会国家实在太没有贡献了。"

绿美所以这样地搭讪着，也无非是调和着这室内寂寞的空气。但听到大保的耳里，他感到有些惶恐，两颊不免浮现了一层红晕，很不好意思地回答着。绿美还含笑连说了两声太客气，经过了这几句谈话，好像又觉得没有什么可说了。忽然梳妆台上的那架座钟鸣了四下，绿美才意识到时候已经不早了，遂向大保望了一眼，央求着说道："乔先生，对不起！代我去叫一声房东太太好吗？"

"你有什么事情要办，我给你干好了。"

"不，我怎么敢劳你……"

"没有关系，陶小姐。我和你虽然还只有刚才认识，但你和我弟弟认识久了，而且我和你姐姐也认识久了。所以说起来，我们之间也可算是老朋友了，那你何必还要跟我太客气呢？"

大保说着话，已站起身子来，满面显着温情的微笑。绿美虽然觉得他说得未免有些自说自话，不过芳心中却并没有感到他的讨厌可憎，遂也微微地笑起来，秋波盈盈地逗给他一个媚眼，说道："我想时候不早，叫房东太太代我买一点儿点心来给你吃，别的没有什么事情。"

　　"那可不用了，因为我一点儿也没有饿，你是有病的人，我来望望你，谁知倒叫你为了我忙起来，这叫我心中不是反而不安吗？"

　　"忙不了什么，其实这也是便当的事情。"

　　"但是我真的不饿呀！瞧，外面雨落得这样大，麻烦人家也不好意思。"大保说到这里，忽然另外又有一个感觉浮上他的脑海，这就呀了一声叫起来，显出埋怨自己的表情，望着她红红的娇靥，笑道，"瞧我这人真也太糊涂了，只管自己，没有想到人家，也许你肚子有些饿了呢。要如真的你想吃些什么，我马上可以给你去买了来，其实这一些小雨原算不了什么的！"

　　"谢谢你，我实在也不想吃什么。"绿美听他一会儿说雨大，一会儿又说是一点点儿小雨，这前后说的真是太显矛盾一点儿了，因此忍不住抿嘴好笑起来了。不过仔细地想来，他完全是为了对自己热心的表示，所以她又向大保很感激地回答。

　　大保被她一笑，觉得她这一笑似乎包含了一点儿神秘的作用，这就不免有些难为情，微红了脸儿，又退回到椅子上去坐下了。就在这时，房外又有人敲门了。大保连忙去开门，见门外站着一个穿雨衣的男子，手里拿了两只小小的热水瓶，向大保问道："你们这儿姓陶吗？"

　　"是的，你是送药来的吗？"大保一望而知是送药来的，遂一面点头回答，一面伸手接过药瓶。那送药的也就匆匆地下去了。

　　绿美望着大保，问道："药送来了吗？"

　　"唔！陶小姐，我把头汁儿药先倒出来，服侍你喝下了。早点儿喝下，早可以见效。"大保一面回答着说，一面取过玻璃杯，把头汁儿药倒在玻璃杯内，然后又在热水瓶里倒了一杯开水，预备给她过嘴用的。他拿了药杯，走到床边，绿美带着很感激的表情望了他一眼，先开口说道："这可好了，你是客人，怎么倒叫客人来服侍我？那叫我太不好意思了。"

"只怕我粗手毛脚的不会服侍，假使你不嫌我的话，我倒愿意给你做个看护。"

"这……哪儿敢当呢？"

绿美听他这样说，心中不免荡漾了一下，她粉颊上的酒窝也不免深深地掀了起来。大保见她虽在病中，但这意态还是那么妩媚可爱，心中也很欢喜，手捧着药杯子，微微地笑道："药快凉了，还是早些喝了吧！"

"这药汁儿不知苦不苦？我生平就最怕吃苦味的药。"

"让我先尝尝看。唔！不苦，一点儿也不苦，你放心喝好了！"

大保听绿美这样说，为了要表示自己多情起见，遂把杯子先凑到自己口边去试了试。虽然这药汁儿的滋味是苦得难咽，但他假意还装出一点儿不苦的表情，一面坐到床边，一面挽着绿美的脖子，服侍她喝下药去。绿美在喝到口里的时候，方知上了他的当，不由紧锁柳眉，呀了一声，但大保却连说快喝快喝，不要怕呀！绿美不好意思把喝到口里的药汁儿再吐出来，因此勉勉强强地也只好大口咕嘟咕嘟地喝了下去。在喝完了之后，绿美方才急急地说道："对不起，快拿开水给我过嘴。"

大保连忙给她连喝几口开水，然后端着痰盂罐，让她吐去了开水。大保又把自己手帕拿来，给她揩拭嘴旁的水渍，微笑道："可不是？一点儿也不苦的！"

"啊呀！苦得我要命！你还说不苦哩！"

"不苦不成良药，药总有些苦味的。陶小姐，你还真像是个小孩子的模样。"

绿美听他还说不苦，便瞅了他一眼，哭里带笑地说。她把舌头伸了伸，表示开水过了嘴后还是十二分苦涩的意思，大保瞧了有趣，遂忍不住笑起来。但绿美被他一说还像小孩子似的，因此倒又不好意思了，望着他赧然地一笑，把粉脸别了转去。大保知道她是怕羞的意思，遂又一

248

本正经的态度，说道："喝了药后，是应该好好地睡一会儿。陶小姐，我给你被儿拢拢好吧！"

"乔先生，我真感谢你。"绿美见他这样温情蜜意地服侍自己，心中自然万分感动，遂转了转眸珠，低低地回答。但大保在给她拢被儿的时候，手指偶然碰到绿美的粉脸，觉得还是十二分烫手，这就皱眉说道："陶小姐，你的热度很高呀！我说你千万要静静地休养才好。"

"我想喝了这药汁儿之后，明天热度一定会退尽的。"

"那当然啰！希望这样是再好也没有了。陶小姐，你静静地睡吧！"

"那么你……"

"我没有关系，在你房中坐一会儿好了，等你一觉醒来，我再服侍你喝二汁儿药。"

"哦！那味药实在太苦了，二汁儿药我不想喝了。"绿美听他真的要做看护似的服侍自己，这就哦了一声，微笑着回答。

大保忍不住好笑，遂搓搓手，说道："别闹孩子气了，看了大夫，不喝药，那不是白看吗？"

"嗯……"

大保见她似乎不胜娇羞的意态，像小孩子撒娇地嗯了一声，嫣然地笑着，却别转身子去了，知道她有些难为情，遂退到沙发椅子上坐下，不由得呆呆地想了一回心事。偶然瞧到自己手指上那枚钻戒，这是红美临死时候给自己戴上的。她本来有着两枚，一枚套在自己手指上，还有一枚却套在绿美的手指上，她虽然口里并没有说什么话，但猜度她的用意，好像是希望我们结成一对的意思。因为她死的时候，绿美是曾经把晓保死了的消息向她告诉的。那么在她芳心里自然也很替绿美可怜，剩下了我们这一对破碎了心的可怜人，也只有互相慰藉的了。不过这儿还有一个很大的问题，就是在红美给自己的信中，曾经有过这么几句话："兹尚有一事相告，谅先生还在梦中。舍妹绿美与令弟晓保，情爱至笃，早已心心相印。我虽垂死之人，尚恋恋于同胞手足，我死之后，万望先生在尊大人处代为撮合，使我们弟妹得能花好月圆，结为良缘……"在

249

她这几句话中想来，恐怕弟弟和绿美已发生过体肤之亲热了。虽然在自己原也不讲究这些问题，但良心上，好像有些对不住已死的弟弟了。大保想到这里，把心中的热望又冷了一半。一面又想，之所以和红美相爱，是因为彼此情投意合、惺惺相惜，现在绿美的容貌虽然和姐姐相像，但性情是否相同，那当然还不得而知，所以和绿美的关系，在眼前是只好算为一个极普通的朋友罢了。

　　大保是只管暗暗地细想着，外面的风雨好像细小得多了。但窗外的天空，确实是黑暗下来，一瞧手表，已经六点相近，床上的绿美，好久没有动静，大概已经是睡着了。大保忽然想到了一件什么事情，他便站起身子，披上大衣，戴上呢帽，悄悄地走出房外去了。

　　不到一刻钟之后，大保又悄悄地回来了，他手里拿了许多糖果以及面包、牛奶、肉松等食物，轻轻地放在桌子上。又脱了大衣呢帽，回头望望床上的绿美，却还沉沉地睡得香甜。心中不由暗暗欢喜，她这一觉醒来之后，热度一定会减退一点儿。正在想时，忽然床上的绿美，哇的一声哭起来了。大保心中倒是吃了一惊，连忙走近床边去看，见她两眼还微微地闭着，知道她是在做梦了。于是轻轻地摇撼着她的身子，还低声呼道："陶小姐，陶小姐，你梦魇了！"

　　"嗯！你不要走，你不要走……"

　　绿美虽然是被大保叫醒了，但她口里还连说了两声"你不要走"，同时她的喉间还哭泣得息息有声，大保忍不住好笑道："我没有走呀！陶小姐，你梦见了谁走啦？"

　　"哦！乔先生，我做了梦哪！"绿美睁开眼睛，向大保望了一眼，似乎有些不好意思的样子，低低地告诉。

　　大保点点头，微笑着问道："你梦中看见了什么人？他要走了，你不让他走吗？"

　　"我……梦见了姐姐……"绿美支支吾吾了一会儿，方才低低地回答，她蹙了细长的眉毛，脸上似乎浮现了无限的隐痛。

　　大保听她说梦见了红美，这句话也会勾起他的伤心，因此大保的笑容收敛了，而且长长地叹了一口气，急急地问道："她对你说些什么话？可曾提起了我没有？"

"模模糊糊的，我记不清楚，因为她要走了，我拉住她不肯放。"

大保听了，没有再回答什么，他似乎默默地在悲哀的样子。绿美见了，心中暗想，可见大保和姐姐感情实在也不坏，否则，他也绝不会显出这样悲痛的表情了。于是又搭讪着问道："乔先生，现在几点钟了？"

"已经六点多了，你这回倒睡得很好。"大保方才又平静了态度，向她低低地告诉。

绿美呀了一声，秋波逗了他一瞥感激的目光，说道："想不到我已睡着两个钟点了，乔先生，你一个人就这么静静地陪伴在我房中吗？那真是太对不起你了。"

"你不要客气，我想服侍你喝二汁儿的药了。"

"嗯！不，怎么你没有忘记叫我喝药这回事吗？"绿美一听到喝药，她又怕起来的样子，娇媚地回答。

大保听她问得有趣，倒忍不住又好笑起来，说道："喝药是件最要紧的事情，我如何会忘记呢？"

"不过，我现在热度已退了不少，说不定明天就好起来了。"

"哪有好得这么快的？陶小姐，你还是喝了吧！"大保不管她同意不同意，就把二汁儿的药又倒向玻璃杯子内，向她认真地劝告。

绿美有些急的样子，说道："我热度真的已退完了，你不相信，你不妨摸摸我的额角。"

"唔！热度稍许减一点儿，也不能说是全退完了。"绿美这句话听到大保的耳朵里，心中自然很甜蜜，遂不忍拂她的意思，伸手在她额角上轻轻地一按，沉吟着说。

绿美苦笑着道："照你说，非喝了这二汁儿药不可了。"

"当然啰！我劝你还是喝了吧！喝的时候虽然苦，但明儿病体好了，又多么舒服呢！比方说，你病卧床上，不能起来，这才是真正的痛苦呢！陶小姐，我已给你买了橘子糖来，你喝了药后，我马上给你嘴里放

251

进一块糖，那你就不会感到苦味了。"

绿美听了他这两句话，似乎感到了十分惊奇，呀了一声，秋波逗了他一瞥感激的目光，急促地问道："乔先生，你什么时候出去给我买糖的呀？"

"刚出去不多一会儿，因为我知道你有些孩子气，回头醒来又要不肯吃药，所以我特地给你去买糖的。"

"乔先生，你为我想得真周到，这么大的雨，叫我太对不起你了。"

"我出去买糖的时候，雨已经细小了，此刻怕已经停止了吧。陶小姐，你现在总该喝药的了。"大保一面说，一面把药杯子凑到她的嘴旁去。

绿美心中是感激得了不得，她如何还有推拒的勇气呢？就是那药汁儿再苦一点儿的话，她也大口地喝下去了。大保慌忙又拿开水给她过了嘴，然后很快地把橘子糖塞到绿美的嘴里，笑着问道："你嘴里吃了糖，那药味终比较苦的好一点儿吧？"

"唔！不觉得苦了。乔先生，你真太好了。"绿美点点头，情不自禁地回答，但既然说出了口之后，一时红着粉脸，倒不免又感觉难为情起来了。

大保这时的心里，虽然口中没有吃着糖，却是同样地感觉着甜蜜无比，遂笑道："陶小姐，你别说这些话，我和你姐姐情投意合，虽不能说是心心相印，但我们的情分也可说像同胞手足一般深厚了。所以你既然是她的妹妹，那么也就是我的妹妹一样，我不过稍尽一点儿互助的义务，那也是我分内的事情呢！"

"乔先生，我姐姐负心了你，不知你恨她无情吗？"绿美听他这样说，心中不免又滋长了悲哀的滋味，她轻轻地叹了一口气，静默了一会儿之后，方又向他这么问。

大保的脸色也有些凄凉的成分，摇了摇头，说道："不，我并不恨她无情，我觉得她是一个多情的人！世界上像她这样的女子太少了，她决心牺牲自己的一切，为丈夫报仇，这种用情是多么专一，这种精神是多么伟大呢！"

"是的，姐姐是太伟大了。"

绿美口里虽然这样回答，但心中自不免暗暗地想了一回心事。他所以待我这样的好，完全是为了姐姐的情分。他无非是看在姐姐的面上，给我尽了一点儿互助的义务，那么他的用情完全是纯洁的，是博爱的，因为听他这几句话，不是很赞成女子从一而终吗？我本是他弟弟的爱人，不，简直可说是未婚妻一样。因为我们到上海之后，晓保给我们租房子，给我们买家具，而且又给我介绍职业，他这样一手地帮助，不是完全地已尽了做未婚夫的责任了吗？况且来租房屋的时候，在二房东面前，我们自己也承认是对未婚夫妻了。虽然中途曾经发生一次误会而闹到彼此感情破裂，不过我们完全是受了魔鬼的捉弄，说起来我们大家都没有错呀！假使我因晓保死了，而再去爱上他的哥哥，这叫我良心问题上如何对得住晓保呢？再说大保也并没有忘情于姐姐，我更不忍去爱上了姐姐的情人呀！

绿美在这样思忖之下，又想起刚才的梦境来了。原来绿美梦中看见的并不是红美，却是晓保。她所以向大保圆了一个谎，完全是因为不好意思老实告诉的缘故。梦中的事情是很有些奇怪，她好像见大保来向她求爱，说她的姐姐死了，而他的弟弟也死了，那么剩下这一对可怜的人儿，同病相怜，惺惺相惜，彼此是应该结成一对的。绿美似乎也感到自己身世的孤苦伶仃，因此就答应了大保。但是忽然之间，晓保怒气冲冲地站在绿美的面前，向她责骂没有情义，为什么负心了他？一面骂，一面又好像愤愤要走的样子，绿美心中一急，连忙伸手去拉住他的衣服，口里连喊着"你不要走"，就这样醒转了来。绿美是个思想新颖的女子，对于梦中之事，自然并不深信，她认为这完全是心有所思，故而睡有所梦了。因为刚才没有入睡之前，对于大保殷殷的服侍，她芳心里曾经有个不免有情的感觉，所以睡着了之后，也就难免梦想颠倒起来了。

可是此刻听了大保的话，她又误会大保对自己并没有儿女私情，因此她也不敢存着非分的妄想了。大保见绿美呆呆地沉思了良久，她心中想的事情，在大保当然是不会知道的。还以为她是想着了姐姐的惨死，所以在默默地伤心，于是低低地向她劝慰道："陶小姐，你是有病之人，所以这些悲伤之事，也不要去想它了。因为人死不能复活，徒然伤悲，也是没有用的，我希望你保重身子要紧。"

"是的……乔先生，时候不早，你的晚饭怎么办呢？"绿美点点头，方才把话又拉扯到别的问题上去。

大保看了看表，说道："七点不到，还早哩！你饿了没有？我还给你买了面包、牛奶等食物，假使你要吃一点儿的话，我可以冲一杯牛奶，弄两片面包给你吃。"

"乔先生，你叫我怎么好意思呢？"

"你为什么要这么说呢？你和红美是姐妹，我和晓保是兄弟，那么我和你说得亲热一点儿，不是也像兄妹一样吗？陶小姐，不，我想老实地叫你一声名字，不知你允许我这么喊吗？"

"为什么不能呢？你只管叫我名字好了，而且我也得叫你一声大哥，因为晓保在日的时候，他叫我姐姐也呼为大姐的。"

大保见她笑盈盈地回答，似乎很高兴的样子，遂点了点头，也显现了无限的喜悦。他回身到桌子边去，冲了牛奶，切了面包，忙碌了一阵，然后送到绿美面前，笑道："我想你吃一点儿也好，饿着也伤身子的。"

"你服侍了我一整天，等我病好了之后，真不知该怎么谢谢你才好？"

"你又说这些话了，假使你真的承认我是你大哥的话，那么做大哥的照顾小妹一点儿还不是应该的事吗？根本就用不了谢谢两个字的。"

绿美听他一本正经地说，觉得他的存心是十分纯洁，既然他完全把我当作小妹妹般看待，那我也只好完全把他当作大哥一样看待了，遂微笑说道："大哥，那么你也把牛奶冲一杯喝吧！我想你刚才点心也不曾吃，肚子一定也有些饿了的。"

"好的，我也冲一杯牛奶吧！"大保听她亲热热地叫着大哥，秋波盈盈地含了无限的如水柔情，一时心中也不免蜜意如云，遂含笑点头，也去冲了一杯牛奶喝了。

两人在喝着牛奶的时候，无形之中谈起了晓保的病死，大保似乎起了一个疑问，遂向绿美低低地说道："绿妹，说起晓保的病症，医生说他是荒唐所致，我心中很奇怪，他平日也是一个洁身自爱的青年，况且有了你这么一个知心的女朋友，他如何还会到外面去荒唐呢？难道他一面和你相爱，一面又在灯红酒绿的欢场中胡调吗？"

"这件事说起来话长，因为他曾经和我发生了一次误会，疑心我爱上了别人，所以他便在外面荒唐起来了。"

"那么你为什么不向他加以解释呢？"

"他写了一封尖刀一般厉害的信给我，骂得我狗血喷头、体无完肤，以后就避而不和我见面。那时候我也气愤极了，因此事情便闹成了僵局。唉！现在想起来，我就觉得非常懊悔。假使我早点儿跟他去解释，也许他不会这样去荒唐了。"绿美说到这里，还有半杯牛奶便再也喝不下去了。她微微地叹了一声，已是盈盈欲泣的样子。

大保也很难过似的说道："后来又怎么会明白了呢？"

"后来他想明白了，可是他自己却失足毁灭了！"绿美把牛奶杯子放在床边的夜壶箱上，她的眼泪已扑簌簌地落下来了。

大保的心中是很想探问她和晓保有没有发生过密切的关系，可是这句话却始终没有勇气问出来，遂很抱憾地说道："这是我不好，倒又引起你的伤心来了。其实，那也怨不了你的，原是晓保自己作孽，就是他误会你爱上了别人，那么他自己也不该去荒唐呀！现在他自己死了倒没有感觉了，却害了你，为他时时地痛苦伤心，所以我觉得他实在很对不起你！"

"唉……"

大保见她没有回答什么话，却深深地叹着气，一时也就不再提起。不料就在这当儿，房东太太匆匆地进来，笑着道："要赌钱的人总是糊里糊涂的，我在隔壁打了雀牌，就忘记来照顾你了。陶小姐，你喝了药没有？"

　　"谢谢你，我已喝了。房东太太，你请坐吧！"绿美笑着回答。

　　大保见房东太太上来了，遂披上大衣，戴了呢帽，向绿美说道："我走了，明天再来望你，晚上最好请房东太太多多照顾一点儿。"

　　"好的，好的，你这位先生放心是了。"房东太太望了大保一眼，微微地笑。绿美别的话也说不出，只叫了一声"大哥，你走好"，就眼望着大保身子在门框子里消失了。

　　大保匆匆地出了斯文里，他想到五味斋吃饭去，遂坐了车子，到五味斋门口停下。这时里面出来一对男女，手挽手，十分亲热，忽然门口旁预先埋伏着一个西服男子，他拔出手枪，砰砰的两声，那一对男女便同时跌倒地下去了。

二、爱河彷徨失意者又遭创伤

黄昏的时候，落了这么大的一场暴风雨，舞厅里跳茶舞的舞客当然是十分稀少，真所谓小猫三只四只，景象至为惨淡。那班音乐队平日是奏得那么兴奋热狂，此刻却像有气无力的，奏出那样不调匀的声音，舞池里几个坐冷板凳的舞女也垂头丧气的，脸上浮现了忧抑的神色。总而言之，这时的舞厅里至少是包含了一些凄凉的成分。

在一个角落里坐着一个身穿西服的少年，他嘴里吸着烟卷，手托着下巴，好像呆呆地在沉思的样子。这少年是谁？原来就是追求红美和绿美姐妹两人而没有达到目的的汪贤琳。提起贤琳这个人，真是非常可怜，他除了办公时间之外，差不多没有一刻不在恋爱圈子里自寻烦恼。当初他想爱绿美，但绿美对他是流水无情，因此他沉醉在舞厅里，预备在舞女身上找一点儿爱的慰藉，果然，让他发现了红美。因为红美和绿美的容貌相仿，所以贤琳一颗心，便深深地又想爱上了红美。在他也无非是慰情聊胜于无的意思，但红美又偏是个伤心人别有怀抱，她当然不肯堕入爱的情网，所以给贤琳又是一个大失所望。贤琳在女人身上一再地受着打击，他内心自然非常痛苦。在他是绝不会谅解红美的苦衷，还只道欢场中的女子，当然是只认花花绿绿的钞票，而不管你是张郎李郎，只要有钱，就是爱情。所以他又悔恨自己的知识浅薄，不该和舞女谈爱情。因此他曾经和红美说过这几句话："好，好！原来欢场中的女子，都是口是心非、只认金钱、不懂情义的贱货！算我瞎了眼睛，从此以后，烂掉我脚后跟也不跑舞厅了……"

在有一个时期之中，贤琳确实是风平浪静地安宁着不想再谈恋爱，那么他现在怎么又跑起舞厅来了呢？原来红美和子云这一回惨死的事情，在各报上当然又作为曲折离奇社会新闻的好资料，所以贤琳在知道了其中这一段曲折故事之后，他对红美不免又深深地敬爱起来。原来红美当初对自己冷淡，实在还有这一层苦衷，那么自己骂她是个不懂情义的贱货，这不是太委屈了她吗？可怜她因为要替夫报仇，情愿牺牲一切的幸福，而和仇人同归于尽，她实在可说是个千古第一多情人了。从中可知在欢场中的女子，不是个个无情无义只贪金钱的，其中多情的好姑娘自也不在少数呀！贤琳在这么一想之下，于是他把对红美说的这句"烂掉脚后跟"的话，又忘记得一干二净了。他还想在舞厅里找寻爱的对象，以慰藉他这颗寂寞而枯燥的心。

"这位先生，你一个人坐着不冷清吗？我给你介绍一个顶刮刮又美丽又温文又大方的小姐可好？"

在舞厅里生意清淡的时候，那几位靠女人吃饭的"大班"先生，他们在每个舞客面前含了笑容当然是显得特别殷勤。贤琳抬头望了他一眼，觉得这位大班先生的西装笔挺，头发光亮，要如在马路上行走的时候，真会把他当作什么洋行里大班那么看待。遂微微地一笑，说道："也好，你要介绍一位性情好一点儿的姑娘。"

"保险，保险！你这位先生放心，回头你一看之后，保险你称心满意！"舞女大班还把大拇指一竖，笑嘻嘻地回答。

不多一会儿，他领了一个亭亭玉立的姑娘走来，把沙发椅子移开，叫她坐下，在他似乎已完成了一件使命的样子，便自管走开去了。贤琳见那姑娘生得淡淡柳眉，活活秋波，倒也妩媚可爱，心中倒很满意。遂向她点点头，含笑问道："这位小姐贵姓？"

"敝姓夏，你这位先生贵姓？好像有些面熟。"

贤琳听她说面熟，心中倒不免一欢喜，遂满面春风地笑道："真的吗？我姓汪，夏小姐芳名是……"

"小名秀娟，汪先生大号是……"

"草字贤琳，夏小姐在这儿舞厅伴舞很久了吗？"

258

"快半年了，汪先生一定常来这儿玩儿的，所以我终觉得有些面熟。"秀娟秋波脉脉地凝望着贤琳清秀的面目，低低地说。

贤琳暗想："我在有一个时期中，确实时常来这儿玩儿的，想不到她竟这样注意我吗？"遂含笑点点头，把烟卷递一支给她，却没有作答。秀娟很快地划了火柴，给他燃着了烟卷。然后自己点了火，吸了一口烟，很曼妙地把烟喷了，望着他呆呆地出了一回子神。贤琳忍不住好笑道："你为什么老是望着我出神？"

"我在想，你好像是和谁跳过舞的舞客……"

"你也不用想了，我老实地告诉你吧！从前我是跳陶秀琴的。"

"啊！对了，可是陶秀琴现在和子云闹成了惨案，这件事情你知道吗？"秀娟啊了一声，忍不住向他惊奇地问。

贤琳点点头，说道："我知道，这件事情真曲折离奇，当初我哪里想得到呢？"

"可不是？熊子云本是我的舞客，他自从见了秀琴之后，便失魂落魄地迷恋着她，谁知这该死的东西，真是自寻死路！"

"我想你在当初多少有些醋意的成分，对不对？"贤琳望了她一眼，俏皮地问，脸上还微微地笑。

秀娟不免红了脸，连忙一本正经的样子，辩白着道："你不要瞎三话四，我会跟这种人吃醋吗？老实说，姓熊这家伙真不是人，他是专门玩弄女性的魔鬼！今日死在秀琴的手中，给我们女界同胞也终算是出了一口气了！"

"我说秀琴真是一个了不得的女性，她不但有决心，而且又勇敢。像她这种烈性的女子，在这社会上实在是很难得的！"

秀娟听他这样赞颂地说，便神秘地一笑，秋波斜乜了他一眼，低低地说道："我想秀琴这次死了，你一定曾经为她流过不少的眼泪。"

"你这话也未免过甚其词了，我和秀琴也没有什么特别的交情，无非是一个很普通的舞客罢了。"

"那么你为什么这样把她敬佩得五体投地的样子呢？"

"因为她的行动异于寻常之人，假使我和她毫不相识的，我得了这个消息，我也同样地表示敬佩，所以你倒不要误会我和她有特殊的关系。"

"不用辩白了，你这些话，我是不会相信的。"

"那么你难道还跟已死的秀琴来和我吃醋不成？"贤琳见她沉着脸色，大有不喜悦的表情，这就笑嘻嘻地望着她粉脸，低低地说。

秀娟听了，似嗔非嗔地白了他一眼，伸手轻轻地拧了他一下子大腿，嗯了一声，说道："你说这些话，我不依……"

"哦哟！你忍心拧痛我吗？"贤琳趁势把她手握住了，涎着脸笑眯眯地问。

秀娟却把娇躯偎到他的胸怀里去，妩媚地一笑，低声儿说道："谁叫你取笑我的？瞧我这样的人，够得着资格跟你吃醋吗？"

"为什么没有资格呢？我觉得你的脸蛋儿允称国色天香，美艳绝伦，假使我有你那么一个美丽的小姐作为终身的伴侣，那我真是前世修来的福气哩！"

秀娟那种柔情绵绵的意态，把贤琳时常在恋爱圈内失意的那颗心立刻又迷糊起来了。他觉得自己碰到的女子，要算秀娟最为热情了。虽然她口中是这么回答，不过她的表情和动作，对自己显然是十二分的亲热，可见她对我也不免有情啊！贤琳这样想着，心里是不住地荡漾。手趁势环抱着她的腰肢，由腰肢可以触到秀娟胸部，这使贤琳更有些神魂颠倒起来了。当时便色眯眯地笑道："夏小姐，我并不说一句虚伪的话，我觉得你这个人很好。不过假使一见面就谈婚姻，这的确近乎盲目，所以我的意思，我们不妨先交一个朋友，不知道你愿意跟我交朋友吗？"

"交个朋友那是无所谓的事情，当然可以的。汪先生，我们去跳舞好吗？"

贤琳想不到她会自动地先要求自己跳舞，不免有些受宠若惊，遂含笑点头，挽了她的手，大家到舞池里去了。两人搂抱得紧紧的，一同跳着舞着，彼此甜情蜜意的真有说不出的亲热，贤琳道："夏小姐的舞步

260

跳得真好，我实在有些跟不上了。"

"哦哟！你这样客气做什么呢？我觉得你的舞步也不坏啊！汪先生，你府上有些什么人呢？"

"有爸爸，有妈妈……"

"还有你太太，是吗？"秀娟不等他说完，便先笑嘻嘻地说，还把秋波逗给他一个神秘的媚眼。

贤琳听了，连连摇头，很认真地否认道："不，不，我还没有结过婚，哪里来什么太太呢？"

"哼！"

"为什么冷笑呢？难道你不相信我这些话吗？"

"我笑十个舞客倒有九个说没有结过婚的，这不是有趣吗？"

"不过，我的确没有结过婚，你若不相信，可以到我家中去玩儿的，我家里只有爸妈和我三个人，此外是只有一个老妈子了。"贤琳十二分忠实的态度，向她低低地告诉。

秀娟听了，似乎有些意外喜悦的样子，转了转乌圆眸珠，露齿一笑，问道："你这话可是真的吗？那么你能不能告诉你府上的地址？"

"既然请你到舍间去玩儿，那当然应该把地址告诉你的。我住在四马路群乐里十号，楼上统厢房就是，假使你不嫌弃地方小，只管到我家来玩玩儿好了。"

"我真的能到你家来玩儿吗？那么你爸妈会不会把我赶出去呢？"

"哪里哪里，我爸妈是很疼爱我的，他们绝不会这样无礼地对待我的朋友，所以这个你倒可以放心的！"

秀娟似乎有点儿喜悦，扬着眉毛，秋波斜瞟了他一眼，把她富有弹性的两个乳峰，软绵绵地紧偎住了他，笑道："难道你爸妈允许你和一个做舞女的姑娘交朋友？"

"夏小姐，你这话不是说得奇怪吗？你额角上并没有写着舞女两个字，他们怎么知道你是做舞女的呢？"

"那么你不告诉他们我是个舞女吗？"

"当然啰！我一定说你是我中学里的同学，爸妈听了一定还会好好地招待你哩！"贤琳被她腰肢这一阵扭捏，他的胸部上的感觉，是有一阵说不出舒服的快感，遂偏了脸，去贴她的脸孔。

秀娟并不躲避，而且竭力地紧偎了他，一面又笑嘻嘻地说道："汪先生，你现在可是在什么大学里念书吗？"

"不，我已经在做事情了。"

"那很好啊！你的经济不是可以独立了吗？假使你父母给你讨了妻子，那你不是也有能力可以养家了吗？"

"是的，虽然没有住洋房坐汽车的资格，但一口苦饭终有的吃的。夏小姐，你愿意嫁给我吗？"贤琳听她这样说，遂爽爽快快地索性向她求起爱来了。

秀娟见他俊美的脸蛋儿，一时芳心倒也怦然一动。不过彼此到底因为是初交，所以对于他的话，不敢深信。遂笑了一笑，俏皮地说道："咦！你不是说先交一个朋友吗？因为一见面就谈婚姻的事情，我认为也太盲目一点儿了。"

"不错不错，我这人的情感太浓厚了。因为你对我很有情义的样子，所以我就情不自禁地会对你求起婚来，夏小姐，对不起，请你原谅我吧！"

秀娟听他非常真挚的口吻，心里倒是荡漾了一下，遂把小嘴略为一歪斜，齐巧吻到他的颊上，笑嘻嘻地说道："你何必说这些原谅的话呢？承蒙你一见倾心，就要爱上了我，彼此结成一对永远的伴侣，我自然十二分地感激你。假使你刚才对我说的话，句句是事实，没有一句骗我，那我一定可以答应嫁给你。不过，我就怕社会太黑暗了，人心太险诈了，恐怕上了人家的当，所以我一时里不能委决哩！汪先生，既然你是真心爱我的，那么我们往后再说吧！"

"也好，这是所谓的'路遥知马力，日久见人心'的话了……"贤琳回答到这里的时候，音乐已经停止，两人遂携手回座。经过了这一次谈话之后，他们的形式上显得更加的亲热。贤琳从和女人结交到现在，觉得秀娟对待自己是第一个有这样热情的态度。他到底是个没有接近过女色的青年，所以他心眼儿里是满意极了，觉得秀娟假使真的肯嫁给自己，那自己一定非跟她结婚不可。想到这里，握了她纤手，又低低地问她说道："夏小姐，那么你府上住在什么地方，而且有多少人，不是也应该向我告诉一个详细吗？"

"那当然，我住在厦门路益德里四号的楼上，家里有妈，有弟弟，有妹妹，还有婆婆，一共七个人。"

"难道没有爸爸吗？"

"唉！有爸爸就好了，我还会来干这舞女的事情吗？"贤琳这句话似乎触动了她的心事，她忍不住叹了一口气，脸上浮了惨淡的神色，大有盈盈泪下的样子。

贤琳很同情她，遂拍拍她的肩胛，又低声问道："这么多的人都要你一个人负担生活费，那你确实是太苦一些了。夏小姐，你弟弟妹妹几岁了？"

"我大的弟弟十六岁，小的还只有九岁；大的妹妹十七岁，小的还在吃奶哩！"

秀娟末了这句话不免说漏了，贤琳心中就起了一个疑问，遂望了她一眼，笑嘻嘻问道："你不是说爸爸已经死了吗？怎么你小的妹妹还在吃奶呢？那么这是谁和你妈一同养的呀？"

"这……"

"你不用支支吾吾了，我明白了，或许你的妈另外有人了吗？"贤琳见她绯红了粉脸，显然是不好意思说出来的样子，这就老实不客气地，便拿这些话去问她。

秀娟觉得骗不了他，遂只好从实告诉他道："我妈为了生活程度高，而我一个人赚钱，又不够开销，所以她出此下策，那也是没有办法的事情。"

"是的，生活的鞭策，使一般穷苦的人太没有办法了。"贤琳口里虽然是很同情地回答，但心中的热望却不免降低了许多，觉得上海地方，要找一分身世很清白的人家，实在不大容易。比方说，秀娟的母亲死了丈夫，却又和人搭上了手，这虽然是环境不良，使她有说不出来的苦衷，不过在外界说起来，又是一件多么不名誉的事情。虽然我的思想很新，绝不会计较这一点儿问题，然而这消息若传到我父母的耳中，他们老人家不是要大大地不快活了吗？

贤琳这一阵子思忖，自不免沉吟了一回，但秀娟心头却感到有些不安，遂低低地问道："汪先生，你听了这个消息，心里很不快活了吗？"

"不，我没有不快活。"

"我不相信，你一定骗我，我知道你心中一定瞧不起我！"

"你这是什么话？我干吗瞧不起你？又不是你自己干了不正当的行为。你放心，我不是这样一个旧脑筋的人。"

秀娟听他这样安慰自己，虽然十分地感激他，不过，她想到了自己的身子已经让熊子云和陈文达糟蹋过了，因此不免又悲哀起来。她又愁眉苦脸地，微微叹了一口气。贤琳忙又温和地问道："夏小姐，你为什么叹气呢？"

"我觉得像我们这样的女子实在是太苦命了！投不着一个好家庭，所以才干这些下贱工作。否则，谁说不是一位千金小姐呢？"

"其实做舞女并不下贱，只要不上人家的当，保守自己的清白，不出卖自己的灵魂，做舞女也是一件正当的职业啊！所以你不要这样说，你应该看重自己的身份，跟恶劣的环境去奋斗，那么才有光明的前途！"

"谢谢你，你有这么好的思想，那么你并没有把我当作玩物看待吗？"

"不，不，我绝对没有这种失人格的意思。不过，我在考虑一个问题，觉得有些困难的地方。"贤琳连声地否定，认真地向她解释。但说到后面，却又微蹙了眉尖儿，表示很有些为难的样子。

秀娟听他这样说，方知他是个很有人格的青年，一时懊悔自己遇人不良，以致失了女孩儿的清白，假使早碰到他这么一个诚实忠厚的青年，那岂不是自己的幸福吗？现在自己是一个残花败柳的身子了，是什么都已完的了。秀娟一面想，一面暗自伤心，但口里却急急问道："你说是个什么问题呢？"

"因为你的家庭，都要你负担养活的。所以我觉得你要嫁人的问题，这似乎有些困难。"

"不要紧，我妈有了人之后，我的责任已卸脱了一半。再说我妹妹也有十七岁了，她明年也可以做舞女了。我不能为了这一个家庭，就把我的终身幸福永远地丢了！"秀娟鼓着小嘴，说完了这几句话，表示十分怨恨的意思。

贤琳点点头，不知怎么的，见了她那种楚楚可怜的意态，心中会激起了同情的悲哀，遂握了她的手，又向她低低地安慰了一番。不料就在这个时候，那个舞女大班又含笑走了上来，低低地说道："对不起，请夏小姐转一只台子。"

"没有关系，夏小姐请便吧。"

"汪先生，我们再跳一支舞。"这倒出乎贤琳意料，秀娟并不立刻就走，还要跟贤琳再舞一次。因为秀娟既然这么说，贤琳当然是没有拒绝的道理，遂站起身子，和秀娟一同到舞池里去了。贤琳很得意地望着她笑道："夏小姐，你不怕得罪别的客人吗？"

"怕什么？我有了你汪先生之后，别的客人真不放在我的眼里。"

"我说你在没有脱离做舞女之前，你终不能得罪任何的舞客。因为像你们在这个环境里做舞女，也有许多困难的地方。我很谅解你们的苦楚，所以你以后不要这个样子。"

"谢谢你这样明谅，我很感激你。"

两人说着话，便又亲亲热热地跳舞了。秀娟为要表示和他特别好起见，还把粉脸牢牢地贴着贤琳面孔。直到音乐停止，秀娟才对他嫣然地一笑，低低地说道："你静静地等一会儿，我马上就过来陪你的。"

"好！"

贤琳满心眼儿甜蜜地说了一声好，方才匆匆地回座去了。这里秀娟跟了舞女大班到一个座桌旁，只见那边坐着的却是陈文达，秀娟勉强含笑地招呼了一声，遂在他身边坐下。侍者泡上了清茶，文达的脸色很不自然的，似乎已发觉了秀娟和贤琳这种亲热的样子。遂俏皮地说道："秀娟，你现在又接到了一位财神爷爷般的阔客了吗？"

"陈先生，你这是什么话？我们做舞女的只知道拿舞票伴人跳舞，有什么财神不财神的？这种话叫人听了有些不入耳。"

文达在秀娟处碰了一个钉子，一时倒不免哑口无言，回答不出什么话来了。心中暗想："我犯不着跟她吃醋，这种舞女，是不能用硬的态度对付她，应该用软的手段去笼络她才是。"这就反而笑道："秀娟，你今天的火气好像特别大呀！这是为了什么缘故呀？"

"我们做舞女的是绝对不敢有火气的，对待客人都是一个样子，因为客人是我们的衣食父母，假使靠一两个客人来跳舞的话，那么连我家中一只老虫都养不活了！"

秀娟这些话是有刺的，把文达那颗心刺得极度难堪起来，一时要想发作几句，但又怕事情弄僵。遂只好忍气吞声地说道："秀娟，你这话说得太不落槛了，我今天来望望你总是好意，你不该存心和我吵嘴的样子呀！"

"你来望我，我当然很感激你。不过一见面，就说这些不三不四的闲话来俏皮我，我可受不了！"

"秀娟，我是和你开玩笑而说的，你又何苦认真呢？"文达见她还是绷住了脸，好像冷若冰霜的样子，一时有些悔恨自己不该去讥讽她，所以只好认个错，向她赔了笑脸说好话。

秀娟这才回过一点儿笑脸，逗给他一个娇嗔，说道："好！就算你是放屁，我不生你的气。陈先生，你好多日子不来了，我想你又在别的舞厅玩儿吧？"

"不，这是天晓得的事情，这两天我什么地方都没有去玩过，只坐在家里看看书，解个闷儿。"

"哦！原来是陈太太不许你出来玩儿是不是？哈哈！怕老婆会发财，你是应该听听你家主婆的话才是哪！"秀娟一面向他取笑着说，一面抿了嘴哧哧地笑。

文达微红了两颊，连连地摇头否认着说道："不，你猜错了，我绝不会怕妻子，我是为了另一个缘故。"

"你为了什么缘故，能不能公开地宣布？"

"当然可以，我怕和子云一样，被人家一刀暗杀了，这可不是开玩笑的事。"

"子云因为从前害过人家的性命，所以现在会得到报应。你难道也做过害人的事情吗？"

"不，不，你不要胡说八道，我是安分守己的良善之人。"文达被秀娟这样一说，不免急了起来，遂连连地摇手，急急地辩白。

秀娟逗给他一个娇嗔，撇了撇嘴，说道："既然你是一个良善之人，你又怕什么呢？"

"我倒并非害怕，因为子云是我的朋友，他会遭到舞女的暗杀，使我觉得舞厅里有些危险性，因此心中就不免有些吓斯斯。"

"你心里大概这么想，不要夏秀娟也杀了我……"

"那我倒挺放心，你不是一个会杀人的姑娘。秀娟，这些我们少管闲账，还是到舞池里跳舞去吧！"

文达听秀娟这样说，心头倒是别别地一跳，但立刻又含了笑容，拉了秀娟的手，一同步入舞池里去了。在舞池里，文达要想和秀娟贴面孔，但秀娟却不答应，老是显出若即若离的样子。文达心中非常愤怒，在跳完了一曲音乐之后，便板起了面孔回到座位上来。秀娟知道他心中有些不乐意，遂假痴假呆地微侧了身子，装作一个不理会。文达终于忍熬不住地说道："秀娟，你现在身份好像高一点儿了！"

"又来了，你这是什么话？"

"为什么不肯给我贴面孔？"

"笑话！亏你问得出来？你是跳舞来的，不是贴面孔来的。"秀娟并不示弱的态度，向他理直气壮地问。

文达听了，益发大怒起来，遂冷笑了一声，说道："我知道了，你

267

现在另外有好户头了，所以把我忘记了是不是？老实说，你不用黄熟梅子卖什么青，又不是黄花闺女，裤带像灯草一样。哼！算得了什么稀奇？"

"什么？陈文达！你敢侮辱我？"

"骂你贱东西，你怎么样？"

"放屁！你这不要脸的奴才！你多了几个臭铜钿，你预备压死人吗？谈都不要谈，你有什么颜色拿出来，老娘绝不怕你姓陈的狗东西！"

秀娟倒也是一个相骂惯的老手，她猛可地站起身子，把桌子重重一拍，居然破口大骂起来。文达岂肯失这个面子，正欲挥拳把她殴打的时候，早已惊动了舞厅里的舞女大班等众人，大家上前把他们劝开，细问什么原因，秀娟听文达指手画脚地大骂贱东西、泼妇货，真觉不堪入耳，一时委屈万分，便呜呜咽咽地哭到马桶间里去了。这里舞女们又向文达说了许多好话，一场风波，才告平息。

秀娟在马桶间里哭泣了一回，经小姐妹和舞女大班的安慰，方才收束了泪痕，坐到贤琳的台子旁来。贤琳很奇怪地问道："这是为了什么缘故，好好的竟和舞客吵闹起来了？"

"还不是为了你吗？"秀娟秋波盈盈地瞟了贤琳一眼，似乎还包含了十二分哀怨的成分，低低地说。

贤琳听了，倒不禁为之愕然，遂益发奇怪地问道："为了我？这是打哪儿说起呢？"

"这个色眯眯的烂浮尸，他一定要和我贴了面孔跳舞，我不答应。他说我为什么和你贴面孔，骂我瞧中小白脸，还有许多不堪入耳的话。我说这是我的自由，用不到他管，因此就互相争吵起来了。唉！想想真是气煞人！"

秀娟絮絮地告诉到这里，她忍不住叹了一口气，想想自己的身世悲苦，更忍熬不住流下眼泪来了。贤琳听她这样说，又见她海棠带雨般的娇靥，备觉楚楚可怜。遂拉了她的手，柔情蜜意地抚摸了一回，安慰她说道："夏小姐，那真对不起！为了我，叫你受了这么大的委屈，不过你这份儿深情蜜意让我心里自然也格外地感激你了!"

"只要你知道我的心,我就是再为你受点儿委屈,我也甘心的了。"贤琳这几句话听到秀娟的耳朵里,她是得到了无上的安慰,遂频频地一点头,把娇躯靠到贤琳的怀内,明眸脉脉地望着他却破涕为笑了。

两人亲亲热热地又跳了几次舞,贤琳方才买了舞票,并且带着秀娟到五味斋去吃晚饭。文达这时已经气昏了,他心中的妒火和怒火已像波涛似的汹涌起来,于是偷偷地跟在他们后面,见两人步入五味斋之后,方才回到自己汽车旁来,向他的保镖张三低低地说了一阵,并且塞了一大叠钞票给张三。张三见了钞票,心中已经有些活动。而且又要博得主人的欢心,当下鼓作了勇气,就答应下来。

张三是文达新近雇用的保镖,文达所以会用起保镖来的原因,一方面固然是他在股票上发足了财,而另一方面是熊子云的惨死使他神经有些震动,所以竭力想保护自己生命的安全。可是万万想不到他今日在一怒之下,竟然相反地去陷害人家的生命了。

张三等在五味斋门口暗杀汪贤琳这一幕的情形,齐巧被大保发觉了,所以张三要开第二枪的时候,大保激起了见义勇为这四个字,遂飞起一脚,把张三踢得倒退两步。他握着的枪口向下一垂,砰砰两声,那子弹就射入水门汀里去了。张三见事不妙,于是翻身奔进小都会舞厅那个小弄中逃之夭夭了。大保因为手无寸铁,所以不便追获,俯身先去看看那倒在地下的两个人,只见贤琳已经是流血了。

三、一封书信无头案水落石出

这是一间雪白的十分清洁的病房，四周非常的沉寂。虽然这是早晨的天气，但因为没有阳光，所以天空中阴沉沉的好像愁眉苦脸的样子。这时病床上躺着一个年轻的男子，他的眼睛眨也不眨地望着白漆的天花板，脸上是浮现了无限痛苦的神情。这个少年不是别人，正是在五味斋门口遭人暗算的汪贤琳。

贤琳此刻心里是一阵阵地暗想，自己在平日也没有和什么小人结过怨仇，是谁这样狠心竟然对自己下此毒手？昨天要没有那个姓乔的青年给自己把凶手打退，那第二颗子弹准会射中自己的要害的。现在自己虽然是受了伤，但到底不是要紧地方，终算还不至于有性命的危险。不过自己在情场之中，一而再、再而三地受着打击。尤其是这一次，更带着一百二十分的危险，这难道是老天叫自己一辈子不要再谈恋爱吗？贤琳想到这里，心中说不出有阵难堪的滋味，因此忍不住深长地叹了一口气。

不多一会儿，看护小姐来给他换伤药，又给他量了热度表。贤琳心头是像小鹿般地乱撞着，包含了几分担忧的口吻，低低地问道："小姐，热度高吗？"

"比昨夜好得多，只有九十九度六了。"

"小姐，我那条右腿会不会成跛子呢？"

"昨夜经医生施手术后，那颗子弹已经安然钳出了，我想大概不会成跛子，因为没有伤着骨节。这真是您的幸运。"看护小姐一面回答，一面在完毕了工作之后，又一本正经地去服侍另一个病房里去了。

270

贤琳虽然是不吃素也不念经的，但他此刻也会暗暗地念了一声佛。一面又忧愁地想道："昨夜我爸妈赶到医院，因为见我受了枪伤，赶紧把我设法救治，他们老人家也没有向我详细地追问。今天假使详细地诘问原因起来，那叫我用什么话去回答他们好呢？倘然从实地告诉，说是带了舞女在外面吃饭，因此而遭人狙击，那我不是被爸妈要责骂太荒唐了吗？"想到这里，蹙了眉尖儿，一时真有无限的悔恨。不料这个时候，忽然医院里茶房送进来一封信，交给贤琳，便又匆匆地走了。贤琳接过了这封信，心中真有些莫名其妙。暗想，这到底是怎么的一回事情呢？因为信封上的笔迹十分的陌生，而且又没有具名，所以贤琳感到恐怖起来。贤林连忙把信封拆开，只见里面滚落两颗手枪的子弹来。这把贤琳唬得脸色灰白，额角上更急出一阵阵的冷汗，遂急急展开信笺，只见写着寥寥几行字，遂连忙念道：

朋友，夏秀娟是我的情妇，她和我早已发生过肉体关系，你不要去引诱她、迷恋她。你若夺了我的心上人，哼！这两颗子弹，还是预备送给你吃的了！

警告你的人白

贤琳一口气念完了这短短一封信，他的两手情不自禁地会有些发抖。心中这才有了一个恍然大悟，暗想："原来我遭人暗杀，还是为了秀娟的缘故。从这一封信中猜想，可见秀娟也是一个淫荡的女子，她把身体不是已经贡献给别人了吗？我还以为她是一个洁身自爱的姑娘，那我真是险些上了她的大当了。"一时更想到自己的性命，几乎死于非命，那么女人真可说是害人的祸水了。忽然又想起昨天跳舞的时候，秀娟和一个舞客争吵起来，莫非写这一封信的人就是他吗？可惜自己没有认清楚他的面目，否则，若遇到了他，一定得报这个大仇。但转念一想：我是个安分守己的良民，何必要多生是非呢？从此以后，我不但烂掉脚后跟不跑舞厅，就是杀了我的头，我也不入这个万恶之门了。

社会上的青年，和贤琳一样的可说是很多很多，在没有发生乱子之前，大都是糊里糊涂的。可是发生了事故之后，还得看事情的大小而论。比方说当初贤琳在红美那儿受了刺激，他已经发下咒语，表示决心不入舞场大门。可是在经过一个时期之后，他又忘记了"烂掉脚后跟"的一句话，又和秀娟发生爱情起来。但这次打击太厉害了，险些地牺牲了性命，因此他又明白起来。这就叫"不到黄河心不死，到了黄河悔已迟"，这是一般青年的通病，不，这简直可说是一般世人的通病啊！

贤琳正在一阵阵悔恨的时候，忽然见秀娟悄悄地推入病房，她手里捧了一束鲜花，却表示十二分多情地来探望贤琳了。贤琳此刻见了秀娟，不会看她像手中捧着鲜花一般美丽可爱，简直把她当作眼中钉一样。遂别转了脸，睬都不睬地表示看她一眼都有些不大愿意。秀娟还以为他并没有注意到自己进房来了，遂含了妩媚的笑容，低低地叫道："汪先生，你……你今天好一点儿了吗?"

"……"

"汪先生，你为什么不理我? 难道你心中痛恨着我吗?"

"当然痛恨着你，我为了你，几乎被人家暗杀了!"贤琳听她第二次开口问自己，而且语气还有些不自然的样子。这就别过脸来，冷笑了一声，逗给她一瞥怨恨的白眼，愤然地回答。

秀娟兴冲冲地到来，想不到竟会碰了贤琳这一鼻子的灰，因此她的粉脸立刻沉了下来，也有些气鼓鼓的样子，冷冷地说道："汪先生，你把话说得清楚一点儿，你自己在外面结了怨仇，所以被人暗杀，连我也险些丧了性命，怎么你反而怨恨到我的头上来了?"

"是我结了怨仇?"

"那还用说吗? 难道倒是我在外面跟人结了仇恨吗? 假使真的是我跟别人结了怨仇，那么子弹也不会射到你的身上来呀!"

秀娟理直气壮地回答。在她以为贤琳一定是被她说得哑口无言，可是万不料贤琳把枕头旁那封信掷到秀娟的手里去，恨恨地骂道："你这不要脸的东西还多强辩什么呢? 你快看了这一封信吧! 就可以知道是你连累我，还是我累害你的了？"

"什么？这……这……一封信，你……你……是打哪儿来的呀？"秀娟看完了这一封信，她的粉脸一阵红一阵白地变成了青灰的颜色，她把两手抖了一抖，连捧着的那束鲜花也掉落到地上去了。她带了口吃了语气，向他急急地追问。

贤琳索性把两颗子弹也交到秀娟的手里，冷笑着说道："什么地方来？当然有人送来的。夏秀娟，我要如早知道你是一个出卖身体的姑娘，我也绝不会跟你一同到外面去吃饭了。"

"好！你敢这么侮辱我，我们从此一刀两断。"

"料你也没有脸皮在这儿多站下去！你若不走，我也得请你滚啦！你们这种女人真是害人精、祸水啦！"贤琳听她还这么怒容满面地说，一时冷笑不止地也用了这些俏皮的话去回答她。秀娟咬着牙齿，把脚一顿，一面狠命地撕碎着她手中拿的这一封无头信，一面便头也不回地奔出病房外面去了。贤琳等她走后，又暗暗地骂了两声害人精，不要脸。

就在这时，贤琳的爸爸汪民生和妈妈汪太太一同急匆匆地步入病房。汪太太很快地坐到病床旁边，用了怜悯而又忧煎的口吻说道："孩子，你好些了没有？可怜我昨晚一夜没有合过眼哩！"

"妈，我好些了。唉！我太对不住你们老人家了。"贤琳听妈的声音，是好像要哭出来的样子。一时想到母性的崇高，他也感动得忍不住流下眼泪来了。

汪民生是只有这么一个独养儿子，他虽然有责备儿子的意思，但口里却再也说不出来，遂皱了眉毛，说道："你身上热度还很高吗？"

"不，爸爸，刚才看护小姐来测量过了，热度是已经全退尽了，我过几天就可以出院的。爸爸，你请放心吧！"

汪民生点点头，他的心中真的放下了不少。忽然他低下头去，望着地上落着一束鲜花，而且散满了细碎的纸片。他心中不免感到了奇怪，遂把鲜花拾起，用了猜疑的目光，向贤琳望了一眼，低低地问道："已经有人来望过你的病情吗？"

"没有……"

"没有？那么这束鲜花是打哪里来的？"

贤琳想说谎，结果反而弄僵了，他红了脸，支支吾吾地真有些难以回答。但汪民生还用了慈祥的态度、很缓和的口吻说道："孩子，我觉得一个年轻的人，说谎是最不好的习惯。况且，就是有人来望过你了，这也没有什么要隐瞒人的必要，那你为什么要骗着我呢？本来我觉得这是无所谓的事，现在被你一瞒骗，我倒反而要加以追究了。孩子，这束鲜花到底是谁送给你的？你应该对你爸爸忠实一点儿呀？"

"爸爸，我……不敢再瞒你，这是一个做舞女的姑娘来送给我的。不过孩儿已经悔过了，我和这个舞女已经决裂了，所以这束鲜花也丢在地上了。我觉得过去我太醉生梦死，我太对不住爸爸您老人家，但现在我要好好地做一个人，我一定要给爸妈争一口气。"汪民生说的这几句缓和的话，是足以使贤琳心头感到无限的惭愧，他涨红了脸，叫了一声爸爸，完全是在向他爸爸表示忏悔的意思。

汪民生虽然觉得儿子是觉悟了，但是他心里还觉得有不明白的地方，遂沉吟了一回，说道："孩子，你这话说得我太糊涂了，既然人家来看望你，你为什么又和人家闹决裂呢？就是这次你遭人狙击，跟那个舞女是不是有些连带关系呢？我需要你还得详细地告诉我。"

"爸爸，请你饶了我荒唐的行为……"

"我就饶了你，你只管老实地告诉我吧！"

贤琳听爸爸已答应饶了自己，遂大了胆子，把自己被人狙击的原因向父母告诉了一遍。汪民生听了，虽然觉得有些生气，不过既然言明在先，已经饶了贤琳，所以倒也不能过分地责骂他了。但是不得不又带了忠告而包含了劝慰的口吻，向他一本正经地道："悟以往之不谏，知来者之可追。孩子，只要你明白了过去的错误，能够勇于改过，重新做人，那将来的前途，还没有完全地毁灭啊！"

"唉！说到你的年纪确实是不小了，已经是二十四岁了，照理也应该给你娶一房媳妇了。虽然做媒的人倒也不少，但总是东说西不成，因此迟迟地拖延到今日，害得你像一头没缰的马，东荡西逛。说起来实在还是我们做父母的不好呢！"汪太太到底是疼爱儿子的，她在旁边静静地听着他们父子的谈话之后，不但并没有一些怨恨贤琳的意思，而且反怪他们自己做父母的不好起来。

不过听在贤琳的耳朵之中，他的脸上更显出羞愧的表情，眼泪不由自主地在眼内涌了出来，低低地说道："妈，你别说这些话，那叫我做儿子的更觉得沉痛极了！唉！我是个不孝的孩子，我做了不正当的行为，我实在是应该受爸妈的处罚才好。现在爸妈这样慈爱地原谅我，反使我心头感到不安极了。爸爸，妈，我……我……太使你们老人家感到失望了吧！"

"孩子，你不要哭，你不要伤心呀！只要你以后好好地做人，我们什么都会原谅你的！我要给你马上讨一房好妻子。"汪太太见儿子流泪，她也忍不住伤心地哭了，最后还向他这么地安慰。

正在这个时候，病房外又走进一个西服少年来，贤琳一见，慌忙收束眼泪，显出热诚的表情，叫了一声乔先生，接着便替爸妈介绍着说道："爸爸，妈，这位乔大保先生，他是我救命的恩人。昨天要没有他把凶手打倒，孩儿的性命恐怕是保不成了。后来他又送我到这个医院，又代我打电话给爸妈，都是乔先生热心地帮助了我。所以乔先生的大恩，使我刻骨铭心，没齿不忘。爸爸和妈也得好好谢谢人家才是啊！"

"哦！乔先生，你真是一个侠骨柔肠的好人，救了我儿子的性命，太使我感激涕零了。快请坐，快请坐！"汪民生听了儿子的介绍，方才明白还有这一回事，遂连忙向大保道谢，并且递了一支烟卷给他抽。大保觉得陌陌生生的不好意思接受人家烟卷，遂摇摇头，说声"我不会吸烟"，一面又问贤琳好些了吗。

汪太太不待儿子开口，便十二分感激的样子，颤抖地说道："乔先生，他已好些了。谢谢你，你这样热心地救了我儿子的性命，而且今天又特地来看望他，这……叫我们拿什么来报答你才好?"

"汪老太，你别客气，人类在大地上不是应该有互助的义务吗? 况

275

且我听汪先生昨天告诉我，他在国华保险公司里办事，这公司的经理高瘦鸥是我的舅父，所以说起来，我们就至少有些关系了。"

汪民生听他这样说，心里敬佩十分，一面点头，一面还向他打量了一回。然后低低地问道："乔先生现在什么地方得意啊？"

"我吗？还在圣乔斯大学读书，说来十分惭愧！"

"哪里哪里，乔先生将来前途不可限量，真是国家一个有用的人才。"

大保被汪民生这么一赞颂，心里倒是十二分不好意思，这就微红了脸，一时回答不出什么话来了。贤琳遂插嘴问道："乔先生府上在什么地方？"

"在吕班路三百六十五号，电话是二〇七八九。"

"我很想和乔先生交个朋友，并且随时请乔先生指教，不知道我可有这个资格吗？"

"汪先生，你太客气了，承蒙不弃，那我非常地赞成。将来有机会，我们可以时常地谈谈。"

"那好极了，那好极了。"贤琳含了笑容回答，表示十二分的热诚。大保坐了一会儿，知道贤琳生命已经脱离了险境，他非常高兴，总算自己没有白费一番相救的心血，于是站起身子，便匆匆地告别上学校里去了。

大保在学校里放了晚学，心中记挂着绿美，遂又到绿美的家中来。只见绿美倚坐在床栏旁，已经在看书了，这就笑着先说道："陶小姐，你才好了一点儿，怎么就看书了，当心眼睛花啊！"

"哦！乔先生，你放学了吗？快请坐，我已经完全好了呢！"绿美放下书本，抬头望见了大保，遂向他盈盈地一笑，很欢迎的样子招呼他。

大保把手中几本厚厚的精装书，放在桌子上，点头道："昨天你热度还热得很烫手，今天就全好了吗？哪有这么快的？"

"真的，我没有骗你，你不相信，可以摸摸我的额角。"

大保听绿美这样说，心里倒是荡漾了一下。他觉得这是一个机会，岂肯轻易地错过？遂走近床边，把手真的按到她额角头上去。绿美在说出了这一句话之后，她倒又表示难为情起来，尤其在他手按着额角不肯离去的时候，她那颗芳心怎怎地更跳跃得厉害。这就乌圆眸珠在长睫毛里滴溜地一转，红晕了粉脸，笑道："可不是吗？"

　　"热度退是退尽了，不过我的意思，你应该多休养才好。"大保经过她这样一问，当然不好意思把手再按住她的额角了，于是只好缩了回来，很认真地回答。

　　绿美说道："你这话虽然很不错，不过，我孤零零一个人睡在床上，是多么冷清呢！所以我拿本小说看看解闷，实在也是不得已的办法！"

　　"那么我此刻来跟你做伴，你一定是很需要的了！"

　　绿美不好意思回答什么，只微微地一点头。大保笑了一笑，在桌边椅子上坐了下来，又搭讪着问道："你在看什么小说？"

　　"是本社会小说，写得曲折离奇，不过太悲哀一点儿，未免赚人眼泪。"

　　"我说你病体初愈，不宜看这些悲哀的小说，应该看些有趣的笑话来散散心才是。否则，像你这么一个富于情感的姑娘，不是又将为书中人物而感到无谓的烦恼了吗？"大保显出十二分关心的神气，很认真地对她劝告。

　　绿美微微地一笑，秋波水盈盈地逗给他一个媚眼，俏皮地问道："乔先生，你怎么知道我是个富于情感的姑娘呢？"

　　"我想你姐姐是这么多情，那么姐妹总有些相像，你做妹妹的当然也是个多情的人了。"绿美这句话，倒是把大保问得愣住了，但他眼珠一转，立刻又含了微笑，低低地回答。

　　绿美听了，却摇摇头，笑道："这话也不尽然呀！常言道，一母生九子，连娘十条心，所以要根据姐妹相像这一点说，那就有些靠不住了。"

　　"不过你们姐妹俩和别人不同，因为我和你谈过几次话，觉得你的一举一动、一颦一笑，处处地方都酷肖你的姐姐，所以我说你们姐妹俩好像脱了一个胎子，假使说你姐姐还没有死，那也无不可呀！”

绿美听他这么痴然地说，心里不免感到有些失望起来，遂平静了粉脸，瞟他一眼，轻声说道：“那么你的意思，把我就当作姐姐一般看待了？”

“不，这倒并不是这个意思，你是绿美，她是红美，绿美当然不能当作红美看待的。比方说，我是大保，弟弟是晓保，现在晓保不幸死了，只剩下我大保一个人，因为我们兄弟很相像，爸爸老是对妈安慰，说只要大保好好地做人，你就把晓保当作没有死去那也可以呀！所以我刚才说的，也就是这个意思。陶小姐，你觉得我一举一动像不像晓保呢？”大保见她有些不欢喜的样子，遂连忙向她絮絮地解释。说到后面，又望着她粉脸，笑嘻嘻地问。

绿美听了，知道他这些话中多少包含了一点儿神秘的作用，一时忍不住又回过笑脸来，说道：“有些相像的。”

“可不是？只要你说这一句话，那么你当然也有些像你姐姐了。”

“好啦，好啦！这些空话，我们不谈……哦！我忘记了，昨天你给我买了许多面包、牛奶等东西，这些钱我还没有还给你哩！”绿美不好意思再谈这些空话，遂转变了话锋，说到这一个问题上去。

大保听了，不由呀了一声，笑着说道：“陶小姐，你说这些话，那也太见外了。难道我买这一些东西送给你，你还要拿钱来抵还我吗？”

“可是……”

“可是怎么啦？你说我不够资格买东西送给你吃？”大保不等她说下去，就很不喜悦的样子追问她。

绿美这才无话可答，抿了小嘴，只好微微地笑起来。两人静默了一会儿，大保取出烟卷来吸，绿美偶有感触，遂低低地说道：“我记得你弟弟是不抽烟的。”

“哦！你讨厌抽烟是不是？那没有关系，我从此可以不抽烟。”大保听了，慌忙把才吸过的那一支烟卷，随手掷到痰盂罐内去，表示完全听从她的命令、迎合她的心理的意思。

绿美倒有些抱歉的样子说道："我不过是想到了这么说一句而已，你为什么把好好的烟卷儿丢了呢？"

"那算不了什么？吸烟原不大好，所以我从此就不吸烟了。"

"那么我给你吃糖吧！"绿美听了，含了妩媚的笑容，把一卷水果糖掷了过来。

大保慌忙伸手接过，一面剥了纸，一面把糖衔在嘴里。忽然也想到了一件事情，遂连忙问道："陶小姐，你们公司里不是还有一个名叫汪贤琳的同事吗？"

"是的，怎么啦？"绿美听他突然地这么问，芳心里倒是别别地一跳，遂点了点头，脸上浮现了奇怪的样子。

大保笑了一笑，说道："这位汪先生昨天晚上险些被人暗杀了！"

"啊！真的吗？"

"后来幸亏我救了他，他才受了一点儿伤，终算保全了一条性命。"

"你说的到底是怎么样的一回事情呢，能不能详细地告诉我听听？"绿美心头非常纳闷，遂又急急地问他详细情形。大保遂把五味斋门口的一幕暗杀情形，向她低低地诉说了一遍。绿美奇怪道："你知道这是为了什么缘故暗杀他的呢？"

"我没有问他，不过照我的猜测，至少是包含了一点儿桃色纠纷的成分。因为他身边当时还带有一个女子，这女子恐怕也是什么舞厅里做舞女的。"

"唉！我真奇怪，为什么一个好好的青年，大家都要了女人，而堕入灭亡的道路上去呢？所以我真代为感到痛惜。"

"不过女人也并非个个都是坏的，这就要看每个青年的眼光准不准了。比方说我弟弟吧，他遇到了你这么一个姑娘，该是多么幸运呢！谁知他又放弃了你，去跟坏的女人一同沉沦歧途，到结果身败名裂，连命都丢了。这一半固然是环境的不良，但到底也是自己意志太薄弱了。"

大保所以说这几句话，也无非是衬托绿美是个好女子的意思。但听到绿美的耳朵里，不免触动了旧情，因此轻轻地叹了一口气，眼泪几乎在眼角旁涌了上来，悲切切地说道："所以说世界上意志坚强的青年能有几个呢？"

"弟弟太傻了，假使换作了我，我绝对不会轻易地听信别人的话。"大保不好意思直截了当地说自己是个意志坚决的青年，所以他转了个弯儿说话，两眼还脉脉含情地望着绿美粉脸出神。绿美是个聪明的姑娘，她当然理会大保心中这一层的意思，一时瞟了他一眼，也忍不住噗的一声笑了。大保被她一笑，两颊飞起了一阵红，他也只好厚了面皮笑起来。

这天大保在绿美家里又直到晚上九时敲过，才告别回家。乔老太见了大保，便很关心地问道："大保，你去望过了陶小姐没有？"

"去望过了，她已好得多了！"

"那么你叫她可以住到我们家里来呀！她现在孤零零一个人的生活到底太苦了。"

"我早已跟她这么说过了，不过，她不肯答应，说住在别人家里太麻烦一点儿。我想她也许是为了怕难为情的缘故。"

乔老太听大保这样说，遂微微地一笑，不免沉思了一回，然后低低地问道："大保，我看这位陶小姐不但容貌好，而且性情又很温和，确实是一个难得的人才。只怪你弟弟没有福气，所以不幸死了。至于你爱上了陶小姐那个姐姐，尽管她的容貌性情是完全和那陶小姐一样，但到底她是个寡妇。不过，她现在已经死了，所以我们也不必再谈起她。如今我要谈的，就是这一位陶小姐，我的意思，想给你们配成一双两好，不知道你的心中喜欢不喜欢呢？"

"妈，我没有什么意见，但不知爸爸的意思怎么样？"大保听母亲居然对自己会说出这些话来，一时心中十分快乐，只觉甜蜜无比。遂含了笑容，故意又这么问，表示他的婚姻，该由父母做主的意思。

乔老太说道："只要你心里欢喜，你爸爸也是没有什么问题的。"

"那么我更没有问题，妈爱怎样，就怎样好了。"

乔老太见他说完了这两句话，脸便涨得通红起来了。心中不由暗暗好笑，觉得孩子到底还不够老辣，遂笑嘻嘻地说道："你既然这么说，可见你心中是欢喜的了。那很好，我把这件婚事就预备慢慢地进行起来。"

"妈，我想你还是请舅父做个大媒吧！听说陶小姐平日很敬重我的舅父，舅父说的话，也许她能够接受的！"

"你这个办法很好，我明天准定跟舅父去商量商量。"

他们母子两人商量定妥，大保方才道了晚安，自管地回房去安睡。这晚他抱着粉红色绸被儿的一角，自不免高高兴兴地做了一个甜蜜的梦。

四、两全其美有情人终成眷属

绿美病体痊愈之后，照常到国华保险公司里去办事，这天星期六，下午是休假的。高瘦鸥见绿美理舒齐了文件，预备走的样子，遂向她低低地说道："陶小姐，你慢些走，我还有几句话要跟你谈谈。"

"哦！"绿美口里虽然是这样地答应着，不过她芳心之中却十二分地怀疑。暗想："他有什么话要对我说呢？难道我请了几天病假，他要停我的生意了吗？"一面想，一面在写字台旁呆呆地坐了一会儿。

高瘦鸥把抽屉锁好，他坐到沙发椅子上去，指了指旁边另外一张沙发椅，微微地笑道："陶小姐，你坐到这儿来吧，我们好说话。"

"高老伯，不知道有什么事情吗？"绿美小心翼翼地坐到沙发椅子上去，凝眸含睾地望着他，这就忍熬不住地问。在她这意态上看来，显然是十二分猜疑。

高瘦鸥微微地沉吟了一回，遂直截了当地笑道："没有别的事情，我想跟你讨一杯喜酒喝。"

"……"

高瘦鸥会对她说这一句话，那是绿美做梦也想不到的事情，心头别别地一跳，两颊上立刻飞起了一阵红晕。这叫一个女孩儿家羞人答答的回答什么好呢？因此低下头来，自然默不作声。

高瘦鸥知道她是怕着难为情的缘故，遂吸了一口雪茄，喷去了烟雾，低低地又说道："陶小姐，我还没有向你告诉对方是什么人，现在我应该向你详细地说一说。这孩子是我的外甥，就是乔大保。你当然也知道啰！因为他是晓保的哥哥。他们的妈就是我的妹妹，她前两天到我家里来，说起陶小姐的人才，她是十分欢喜，所以怨恨晓保没有福气，竟会短命而死。不过她认为陶小姐不能给她做媳妇，这是一件太可惜的事情，因此她想把陶小姐给大保做妻子，特地叫我做个大媒。我是从来没有跟人做过媒，而且我也不大喜欢多管闲账。但是，这次因为一面是我的外甥，一面又是我公司里的职员，所以我觉得这似乎应该有一管的义务，陶小姐，不知你的心中也赞成这一头姻缘吗？"

"……"

绿美听他絮絮地说了这一大套的话，方才知道这头婚事还是大保的妈在主动，虽然心里也有些愿意，但也不好意思地就自己这么答应下来。所以她低了头，两手只管玩弄着一方小帕，依然默不作声。

高瘦鸥见她老是不说话，一时倒不免觉得有些窘住了。不过他是老成人，自然很有口才，遂又低声说道："本来我给你做媒，我也不应该向你自己直截了当地说。不过你自从姐姐死了之后，可说孤零零的再也没有第二个的家属了。那么我认为你自己尽管可以做主意地回答我，根本可以不必怕什么难为情了。"

高瘦鸥说到这里，顿了一顿，但绿美依然垂了粉脸默不作答，于是他又接下去说道："照我看来，一个女孩儿家长大之后，就免不了要嫁一个丈夫。尤其是像陶小姐这么孤零零的身世，那是很需要找一个归宿不可的。大保这孩子在大学里念书，而且下学期就可以毕业了。一个大学生，毕业之后，不难找到一个相当的职业，所以对于你们往后生活问题，我可以说是绝不用担忧的。陶小姐，你的年纪也不算小了，你还是爽爽快快地回答我吧！"

"承蒙高老伯这么热心地关怀我，我当然非常地感激你。不过我的意思，结婚的时间，最好在他毕业之后，不知高老伯也认为我这意思对吗？"绿美觉得事到如此，也只好厚厚面皮，向他从实地回答了。

高瘦鸥听了，十分欢喜，便连连点头，含了笑容说道："陶小姐这意思好极了，我也很赞成，那么我就这样回答他们。不过双方认为满意之后，大家可以先订一个婚，这样你和大保尽管可以先走动走动了。"

"要你老伯费心，这叫我真感激你。"

"不要客气，结婚的时候多给我喝几杯喜酒吧！"高瘦鸥望着她海棠花一般娇艳的粉脸，很得意地回答。绿美不胜娇羞的神情，忍不住也赧赧然地笑起来。

既然事情说定之后，绿美便欢欢喜喜地和瘦鸥作别，匆匆地回到家里来。不料到家还没有十分钟，大保穿了笔挺的西服，也来找绿美了。不知怎么的，此刻绿美见了大保，满心眼儿里都充满了难为情，那颗芳心也像小鹿般地乱撞着。不过表面上只好竭力镇静了态度，显出毫不介意的样子，说道："乔先生，你这时候怎么会来呀？"

"今天星期六，下午休息。我想你病好之后，老是闷在家里也不大妥当，所以想请你到外面去玩玩儿，散散心，不知你有没有兴趣啊？"大保一面在桌边坐下，一面望着她粉脸微笑着说。

绿美给他倒了一杯茶，秋波斜乜了他一眼，低低地说道："你预备到什么地方去玩儿呢？"

"瞧电影好吗？"

"恐怕病体才好，要头晕眼花的。"

"那么到公园里去散散步怎么样？"

绿美听了，点头表示赞成。大保遂站起身子，在沙发上拿起绿美刚脱下的元细呢大衣，提了衣领子，表示要给绿美穿上的意思。绿美说声劳驾你，她便不客气地伸了两臂，让他服侍自己穿上了大衣，关上了房门，两人坐车到中山公园去游玩了。

在公园里最幽静的一角落里，大保绿美并肩坐在那张亮眼的长椅子上，绿美抬头望着天空张满着茂盛的绿叶，在绿叶丛内飞鸣着三三两两的小鸟儿，一会儿东一会儿西地忙个不停。绿美觉得这个境地，实在是太幽静了。不过所可惜的是秋已深了，望着泥土地上的片片落叶，多少是包含了一点儿凄凉的意味。这时大保望了绿美一眼，低低地搭讪着道："陶小姐，我妈很欢喜你住到我家里去，你为什么不答应呢？"

"因为我觉得很不方便。"

"这有什么不方便？难道我们还多着你一个人吃饭不成？"

"并不是指这吃饭问题而说的。"绿美摇摇头回答，因为刚才有过高瘦鸥向自己说亲的这一回事，所以她的粉脸忍不住地会微微地红了起来。

大保奇怪地又问道："那么你说不方便，这是指什么而言的？"

"因为我和你们非亲非眷，假使我住到你的家里去，不是会被外界说闲话的吗？"

"哦！我知道了，你的意思，是……"大保哦了一声，情不自禁地说。但说到后面，又觉得不敢太以冒昧，因此顿了一顿，却又不说下去了。

绿美似乎有些不解其意的神气，秋波瞅住了他的脸，笑道："你的意思怎么样？为什么说话欢喜吞吞吐吐的样子呢？"

"我怕说出来，你要恼怒我，所以我不敢说。"

凭大保这两句话，那已经是很明显的了。绿美是个聪明的姑娘，她如何还有一个不明白的道理呢？这就低了头不言语了。

大保故意笑道："可不是？我还没有说出来，你就生气了。"

"我没有生气，你别冤枉我！"

"真的吗？"绿美抬头这么否定，这使大保心头乐得甜蜜蜜的，他笑嘻嘻地问着。一面又扬着眉毛，趁此机会地说下去道，"陶小姐，我知道你不会生气，我现在熬不住了，向你大胆地说，我需要爱你……"

"爱我？"

大保说话的声音有些颤抖，他情不自禁紧紧地握住了她的纤手，那种意态是表示一万分忠实而真挚。绿美的心头感到紧张，被他握住了手，好像有一股热的电流灌注到全身，使每个细胞都起了异样的变化。这就瞟了他一眼，娇羞地问了这两个字。大保不待她说下去，立刻又很快地说道："是的，不但我爱你，而且我爸妈也欢喜你。他们愿意把你作为自己的媳妇儿，所以我妈已请舅父来向你求婚了，不知你肯不肯受点儿委屈来嫁给我？"

"难道你把我的姐姐忘了？"

绿美故意向他这么逗了一句问，是看他用什么话来向自己辩解。果然，大保的脸一阵阵红起来，他握住了绿美的手放松了，似乎有些难过的样子，低了头，呆呆地木然了一回。绿美见他这个样子，心里暗暗好笑。这时大保忽然又抬头说道："其实，我就是为了忘不了你姐姐的情分，所以来爱上你的。假使你姐姐魂而有知的话，她一定也赞成我们结成一对的。"

"姐姐没有跟你说过，你怎么知道姐姐有这个意思呢？"绿美微微地一笑，又向他俏皮地问。

大保倒被她问得又愣住了，忽然他看见了绿美手指上那枚钻戒，一时触动了灵机，便笑着说道："你姐姐虽然没有跟我说过，但我知道她心中确实是有这一个意思。因为她临死的时候，不是把她手指上两枚钻戒分给我们两人各一枚吗？我想她的用意，就是她死之后，希望我们两人能够结成一对的表示。你想，我这话可说得有道理吗？"

"唉……"绿美这就无话可答，不过她想起了晓保，心头也有一阵说不出的不舒服，因此深长地叹了一口气。

大保轻轻地又去抚摸她的手背，说道："陶小姐，不，我想叫你一声名字，请你恕我冒昧。绿美，我们应该听从姐姐的话，你就答应我吧！"

"答应你也可以，不过……"

"不过什么呢？你快说吧！"

"不过我有一件要求。"

"你何必说得那么客气呢？你有什么要我做的事情，我能力及得到，我一定可以答应你。绿美，你只管说吧！"大保听她答应自己了，他心中这一欢喜，心花也几乎朵朵地乐开了，遂满含了笑容，向她急急地问。

绿美略一沉吟，方才低低说道："我的意思，你应该给我姐姐一个名义，那么我心里才觉得安慰。"

286

"给她一个什么名义呢?"

"当然是未婚妻的名义啰!这样也不辜负你们俩痴心痴意地相爱了一场。你说我这意思可对?"

大保听她这样提议,心里由不得暗暗地沉吟了一回。绿美见他蹙了眉毛,好像有些为难的样子,这就不大快活地说道:"怎么?你觉得这件事难以办到吗?"

"不,并不是这个意思。"

"你说,是什么意思?"

"我觉得对于这一点,似乎有些问题。这问题倒并不是在我的身上,却是在你姐姐的身上,所以我们还需要加以讨论才好。"

绿美见他一本正经地回答了这几句话,一时她也有些疑惑不决起来。她凝眸含颦地望着他脸,似乎有些不太了解的样子,问道:"你说,有什么困难的问题呢?"

"你姐姐不是已经嫁过丈夫了吗?而且她们贤伉俪情爱深厚,所以你姐姐才念念不忘这血海大仇而终于情愿牺牲自己的生命,完成了她报仇的志愿。那么她死了之后,当然是和你姐夫到阴间里去团圆的。她活的时候,尚且苦苦地向我要求,希望我能够不要自私自利,应该成全她始终如一的贞节。虽然她也非常地爱我,不过她的爱是万分的纯洁和伟大。我除了敬爱之外,又感到五体投地的钦仰。所以她今日既然已经完了平生之愿,我怎么再能自说自话地去损坏她的名节呢?绿美,你仔细想一想,我若真的这样做,那么敬爱她倒反而变成侮辱她了,你说是不是?"

大保这一番话听到绿美的耳朵里,她是只有连连地点头,表示他的话说得对极了的意思,遂含了笑容,低低地说道:"难得你想得这么仔细,我确实是太糊涂了。姐姐是宋家的人,那么她死了之后,当然也是宋家之鬼。假使把她做了你的未婚妻,倒反而埋没了她为夫报仇的一番苦心了。"

"对啦,对啦!所以我们要报答姐姐成全我们的恩德,我们是只有另想别的办法不可。"

"不过，我们用什么别的办法呢？"绿美点头回答，她把秋波脉脉含情地望着大保，是要大保动动脑筋的意思。

大保想了一会儿，忽然把手在膝踝上一拍，笑道："有了，有了！"

"你快说，你快说，是什么好办法？"

"你姐姐不是没有生育一个孩子吗？那么他们夫妇两人岂不是绝了后代了吗？所以我的意思，将来我们结婚之后，第一个生下来的孩子，就立在你姐姐名下做儿子。让这个孩子姓宋，并且告诉他父亲和母亲是我们的姐姐和姐夫，要他叫我们为姨爹姨妈，这样你的姐姐和姐夫就不会做无祀之鬼了。你想，我这报答的办法是不是很好了？"

绿美觉得他这一番意思好是很好，但不过未免有点儿自说自话，这就绯红了两颊，秋波却恨恨地逗给他一个娇嗔，没有作答。大保见了，笑嘻嘻说道："为什么？你不赞成吗？"

"并不是说不赞成……"

"那么你干吗给我白眼看？"

"我说你这个老面皮，什么话都说得出，不怕难为情吗？"绿美伸手在自己颊上划了划，撇了撇嘴，连自己也忍不住笑起来了。

大保见她这副神态，真有些讨人欢喜，遂憨然地笑道："那有什么关系呀？结了婚之后，生孩子是正大光明的事情，用得着怕难为情吗？"

"既然这么说，我也有一个要求。"

"你有什么要求呀？"

"我们第一个孩子，就立在姐姐的名下。我们第二个孩子，应该立在晓保的名下，这样使他也有了后代。不知你也赞成我的意思吗？"

大保听她这样说，知道她和晓保的感情实在也很不错。遂点了点头，紧紧地握了她的手，说道："你这意思，我当然赞成，就是你不说，我也有这一个存心，不过……"

"不过什么呢？"

"不过我们应该早一点儿结婚，而且要努力生产，因为生下来第一第二两个孩子，还不能算是自己的儿子。你想，等生下第三个孩子的时候，最快也得在三四年之后呢！"大保笑了一笑，方才说出了这么两句话。绿美的粉脸仿佛喝过了酒一般地娇艳起来，似嗔非嗔地啐了他一口，忍不住抿着嘴儿也哧哧地笑了。

大保忙又说道："怎么？难道我这话说得不对吗？"

"你要想早点儿结婚，可是我的意思，最早也得在你大学毕业之后。否则，我可不能答应你。"

"那没有关系，下学期我可以毕业了，照你意思，明年下半年我们也可以团圆了。不过，我们应该先来一个订婚的仪式，你以为对吗？"

绿美点头说好，表示同意的意思。他们两人既然商量定当了，那么高瘦鸥这一个媒人也就比较容易做的了。

斜阳已经偏西了，深秋的风至少包含了一点儿刺人的锋芒，吹在身上，很感到一些肌肤生寒。大保恐怕绿美病后身体孱弱，容易伤风，遂征求了绿美的意思，两人挽手步出了中山公园的大门。天下的事情，正也凑巧，在门口忽然遇到了汪贤琳，大家在见面之下，当然不得不彼此打招呼了。贤琳在过去曾经到绿美家中去拜望过，那时候绿美因为刚送晓保生病人回家去，心里十分烦恼，所以向贤琳下逐客令，态度十分的冷淡。贤琳此刻在见到大保和绿美这样亲热地手挽手在一处行走，心中方才恍然大悟。暗自想到，绿美所以不肯接受自己的爱，原来她已经和大保爱上了。因为大保是自己的救命恩人，因此他此刻既然知道了之后，不但并无妒忌之意，反而显出了十二分欢喜的样子，笑起来道："今天很是难得，我们竟在这儿碰见了，我想请一个东道，不知两位肯不肯赏小弟一个面子啊？"

"汪先生，你何必这么客气呢？倒叫我们很不好意思。"

"哪里哪里，老实说，乔先生是我的恩人，陶小姐又是我的同事，说起来我们都是相识的，我们不是应该叙叙吗？"

乔大保听贤琳很热诚地说，一时倒也不好意思拒绝了，遂含笑点头，表示答应叨扰他了。绿美见大保答应，自己也就没有话说。贤琳十分欢喜，当时在附近坐了一辆出差汽车，大家一同开大南京路金门饭店。贤琳请他们吃饭，特地点了六个名贵的小菜，还拿了三瓶啤酒，亲自给他们两人慢慢地斟了一杯。大保道了谢，一面向他搭讪着说道："汪先生，我们好多天不见了，你现在完全地好了？"

"好了，好了，谢谢你！我出院之后，本当早想亲自登门来向您道谢救命之恩，实在因为还未十分复元，所以在家又休养了几天。今天是星期六，我在家中住着实在闷气得很，所以到公园来呼吸呼吸新鲜空气，万不料和你们会遇见了，这正是比约好了还凑巧呀！所以我今天特别的兴奋！乔先生，陶小姐，来，我们喝酒吧！"贤琳含了笑容，一面滔滔地说话，一面握起了杯子，向他们举了举，是请两人喝酒的意思。大保和绿美也把杯子举着，三人碰了碰玻璃杯，一面喝，一面向主人道谢。贤琳听了却连连摇头，笑嘻嘻地说道："你们不要谢啊！我这第一杯酒，是谢谢乔先生的救命之恩。还有这第二杯酒哩！"

"第二杯又是为了什么呢？"

"第二杯是贺你们贤伉俪白头到老，幸福无量！"

大保听贤琳冒冒失失地竟说出这两句话来，虽然是感到无限的甜蜜和欢喜，但同时也感到无限的惊奇。望了绿美一眼，不免有些木然的样子，暗自想到："我们两人在公园里还只有刚刚私下订了婚哩！怎么他就先知道了呢？难道我们刚才的谈话，都被他听去了不成？"大保自管暗暗地猜疑，但贤琳却又笑嘻嘻地说道："乔先生，你感到奇怪吗？不过，我当然也有一点儿根据而所以说这两句话的。因为我在这过去曾经听陶小姐说过，她是已经有着未婚夫了。不过，在当初我并不知道她的未婚夫是谁，今天瞧到了你们之后，我才明白陶小姐的未婚夫原来还是我的救命恩人。嘿！那我不是要向你们好好庆贺一番吗？"

"汪先生，你这样说，我们真是太不敢当了！"

贤琳这些话听到绿美的耳朵里，猛可想起过去在家中曾经对他下逐客令时候的话，心中这才有些明白了。但大保的心里，自然还有一点儿莫名其妙的。不过他见绿美向自己微微地点点头，这就理会她的意思，于是老实不客气地承认了，表示很谦虚地回答。但贤琳依然十二分殷勤的态度，把他们招待得非常周到，这一餐晚饭直吃到九点钟敲过，方才完毕。大保和绿美向他说了一声谢谢，彼此才匆匆地分手别去。

大保等贤琳走后，他望了绿美一眼，忍不住哧哧地好笑起来，握着她的纤手，低低地问道："绿美，哎，哎，这……这到底是怎么的一回事情呢？他如何已经知道我们是一对未婚夫妻了？难道你老早就跟他告诉过吗？"

"不，你不知道，这在其中还有一点儿曲折。"

"是些什么曲折呢，你能告诉我吗？"

"因为他和我既然是同事的关系，所以他在过去对我也竭力有追求的表示。我为了避免麻烦起见，故而我就这样骗他，也无非是使他可以死去了这条心的意思。谁知他今天见了你，就把你当作我过去对他说的那个未婚夫了。不过事情已经是缠错了，我何必又要一定声明呢？因此我也就将错就错地承认了。"绿美听了，扑哧一笑，方才把过去的一点儿小曲折向他告诉了。

大保哦了一声，一时也忍不住感到有趣好笑，但是他又低低地问道："那么你当初所以不肯接受他的爱，是为了什么原因呢？"

"这你也不用明知故问了，我也绝对不能说谎，那时候我心中爱的是晓保。不过你在那时候爱的，当然是我的姐姐了，对不？"

大保听了，这就无话可答。两人微微地一笑，但不知怎么一个感觉一下，彼此忍不住又轻轻地叹了一口气。因为时候不早，大保遂给她雇了街车，送她回家。

绿美和大保两小口子既然是情意相投，那么他们这一头婚事，在高瘦鸥的现成撮合之下，也就很顺利地进行了。他们在双十节那天，就欢欢喜喜地订了婚，并且拣定在第二年的中秋之夜，给他们完成倒凤颠鸾之愿。

光阴似乎也分外多情，只觉转眼之间，一会儿春，一会儿夏，不知不觉地早已到了第二年的八月十五那天好日子了。是日风和日暖，云淡

291

天青，大保的父亲事先早已租借好东亚酒楼的大礼堂，并且请了海上闻人王一楼先生作为证婚人。乔伯乐因为晓保已死，自己只有一个儿子，那么生平也只有这一件事最为热闹的了，所以他也不惜金钱，大事铺张，日夜酒筵，一共摆了三百多桌。东华银行的全体职员，上至副经理，下到茶房，无不纷纷前来帮忙。还有大保校中同学数百人，也都来参观结婚典礼，一时把东亚酒楼上下三层早已挤得水泄不通了。

在这里时间似乎更为多情，它称了新人的愿望，太阳从东方出来之后，终于又慢慢地向西方落下去了。一班一班锣鼓喧天的堂会和那一阵一阵猜拳行令的欢呼高喊，也被那黑沉沉的深夜而带走归至于静寂。夜阑灯迤，众宾欢然而散，新郎和新娘此刻也早已置身在这融融花烛笼映下的包含了温情暖意的新房里了。

许多亲友在得到了喜果之后，他们也都很识趣地悄悄地退出房外去了。阿菊给他们拉拢了薄纱的帷幔，回头向大保扮了一个有趣而包含了神秘性的兔子脸，方才道声"少爷新奶奶晚安"，便掩上房门走出去了。大保是相当的门槛精，他还走到房门口去检视了一下，并且上了插闩。然后向绿美望了一眼，在那对高燃的龙凤花烛笼映之下，觉得绿美此刻的脸好像是一朵含苞待放的花蕾一般，愈显分外地娇媚可爱。遂走上去拉了她的纤手，笑嘻嘻地说道："绿美，你今天够辛苦了吧！"

"不，我倒没有辛苦什么，你一定很累了。"

"我不累，即使有些累，也被狂热的兴奋所遮掩了。啊！我今天实在太快乐了！绿美，你心中也觉得快乐吗？"

大保满面春风地微笑，他好像有些得意忘形的样子，伸手抬起了绿美的下巴，向她低低地问出了这两句话。绿美羞人答答地绕过了无限妩媚的俏眼，斜瞟了他一眼，却没有回答，只把蛾首频频地点了一点，若有不胜娇羞的神情。这神情令人意销魂荡，大保几乎有些情不自禁起来了。

夜，更深沉了，花烛已剩下了闪闪烁烁的一点儿余光。不多一会儿，室内的灯光也熄灭了。四周是浸在静悄悄的空气里，虽然是中秋的夜里，但是好像也还包含了一点儿春天的热情。那碧天如洗的高空中，这一轮光圆的明月，她也展现了妩媚的笑脸，凝视着这一个拢掩着薄纱帷幔的新房，似乎对那对爱河情波里优游的鸳鸯，也代为感到无限的庆幸和欣喜哩！

五、欲报大德为友情费尽心机

大保和绿美结婚以后，光阴匆匆，不觉已有半年多了。大保取得父亲一部分产业，组织一家华光化学厂，自任厂长之职，出品喷漆、柠檬酸等货物，营业十分发达。绿美把桃花新村四号姐姐遗给自己那幢房子，全部出顶，所得之款，也投资在化学厂内，以充实力。夫妇两人，情投意合，恩爱异常。那时候她已有了五个月的身孕了，乔伯乐两老夫妇一见媳妇怀了喜，心中当然十分得意，把绿美更加爱若珍宝，叫她静静地在房中做些婴孩穿的衣服，切勿过分地操劳。这时已经第二年的春天了，风和日暖，鸟语花香，春光明媚，每日天气十分晴朗。绿美终日在房中看书做活计，也觉非常闷气。尤其在春的季节，情思昏昏，更觉身体软绵绵的没有一点儿精神似的。所以这时她坐在沙发上，虽然手里干着活计但小嘴儿却只管一个一个地打着呵欠。小丫头阿菊在旁边见少奶奶这个样子，忍不住扑哧一笑，说道："少奶，我见你很累的神气，你还是到床上去躺一会儿歇息吧！"

"不知怎么的，我会这样好睡，照算，我晚上睡眠的时间也不算少呀！"绿美放下活计，回头瞟了她一眼，一面说，一面连她自己也觉好笑起来了。

阿菊给她倒上一杯茶，笑了一笑，说道："这一半是天气关系，还有一半，那是因为少奶有了身孕。我看少奶这半年来，人胖了不少，瞧你的下巴，好像有两个叠起来了。"

"可不是？我心里真觉得讨厌，瞧我这么胖起来，还成个什么样子呢？去年做的衣服，全都穿不着了。"

"少奶，你还说讨厌呢！太太心里喜欢哩！她老是说少奶发福，少爷做的事业才会发财哪！你瞧，少爷创办的化学厂，生意不是很好吗？"

阿菊见她握了杯子，微微地呷了一口茶，一面照着镜子，见她那自己粗笨的腰肢，根本已没有了过去柳条那么的风姿，一面很不喜悦的表情，拉扯了自己身上的衣服，低低地说。但阿菊又满含了笑容，凑趣地回答。绿美听了她这两句话，不免又触动了心事，她把眉尖儿微微地一蹙，说道："其实，我倒不希望你少爷把事业做得太发达了！"

"咦！少奶，你这话是什么意思呢？"

绿美见阿菊显出惊奇的样子，似乎有些莫名其妙地急急地追问。这就放下了茶杯，微微地叹了一口气，说道："你不知道，给他愈发达愈得意，他在外面的应酬也会愈多愈忙起来。这半个月来，他差不多天天晚上要在十二时敲过以后才能回家。我问他在什么地方，他总是推说今天什么厂主人请客，明天又是什么公司经理请客，可是，我就总觉得有些不大相信。"

"那么照少奶的猜测，少爷在外面是干什么呢？"

"这还用说吗？饱暖思淫欲，说不定在外面花天酒地地作乐呢？"

"我想不会的，少奶这样美丽，老实说，外面的野女人，谁及得少奶的漂亮呢？家中有了这么可爱的太太，我想少爷若再到外面去白相女人，那不是成了个大傻瓜了吗？"阿菊听少奶这样说，方才恍然大悟，一时觉得少奶的醋劲儿可不小，忍不住暗暗地好笑，不过她表面上还显出一本正经的神情，向她低低地劝慰。

绿美瞅了她一眼，却摇了摇头，她自有另一种的见解，说道："常言道，家花哪有野花香？又道是，癞痢头儿子自己好，妻子终归是别人家的好。所以社会上的男子，恐怕没有一个是不欢喜犯二色的，好像在外面偷偷摸摸，觉得特别有兴趣似的，唉！"绿美说到这里，忍不住又微微地叹了一口气。

阿菊微红了粉脸，倒又忍熬不住地咮咮地笑了起来。过了一会儿，才低低地说道："少奶，你不要多猜疑了，有孕的人是不能愁愁闷闷的，所以我劝您还是身子保重一点儿吧。也许少爷真的为了正经生意上的事情在交际忙碌，那你不是太以冤枉了少爷吗？好了，好了，您休息一会儿吧！"

阿菊这样地劝慰着她，绿美于是也不再说什么了，遂走到床边去，脱了那双绣花鞋，身子在床上躺了下来。阿菊给她盖上了被儿，方才悄悄地退出房外。

绿美睡在床上，一时里却难以合眼。想着大保所以时常深夜回家的缘故，当然是因为自己有了五个月的身孕，他在自己身上得不到安慰，所以便到外面去胡调了。不过照理说起来，这是他不应该的事情。因为当初他向自己求婚的时候，情意是多么真挚专一，况且自己已经给他怀了孕，他是更应该尽做丈夫的责任呀！绿美这样细细地想，不免怨恨大保有些无情无义。春色本来是恼人的，绿美此刻自不免更加地烦恼起来了。

绿美烦恼了一回之后，也就昏昏沉沉地睡着了。等她一觉醒来，时候早已又是黄昏了。绿美从床上坐起，揉揉眼睛，正要走到面汤台边去梳洗，忽见阿菊匆匆地奔进来。阿菊见绿美醒来了，遂笑着说道："少奶，你刚醒来吗？巧得很，少爷来了电话，叫你自己去接听。"

"他从什么地方打来的？"

"恐怕是从厂里打来的。"

绿美不知道有什么事情，她那颗芳心是忐忑地跳跃着，也来不及梳洗，就急急地走到电话间里。她拿了话筒，问道："大保吗？我是绿美，有什么事情呢？"

"我今晚夜饭不回家来吃了，因为卜内门的跑街李先生请我吃饭。"

大保在那边这样回答，绿美听了，心中大为不悦，而且也十分猜疑。遂蹙了眉尖儿，有些撒娇的神情，说道："唔！你早晨不是跟我说好的吗？今天回家来吃晚饭，说什么应酬都没有了。我为了你，早晨亲自杀了一只鸡，做了一鸡三味的好小菜，怎么一会儿你又要在外面应酬了呢？"

"这回请客，李先生是临时来约我的，我因为情面难却，所以只好答应了。绿美，你烧好的菜，我回头来吃半夜饭好不好？"

　　绿美听大保用了温情的语气，说到后面，尤其是包含了央求的成分，一时急中生智地转了转乌圆的眸珠，低低地问道："李先生请你在什么地方吃饭？假使没有一定的馆子，那么你叫他改天请你吧！今天你不妨先请他吃饭，因为今天家里还弄了不少好小菜，比普通馆子里也不见得会差呀！"

　　"这个……他已经在美华酒楼订了一席鱼翅席了，而且其他还有好几个朋友，你的意思恐怕不能够了！"

　　"也好，我自己一个人吃吧！"绿美十二分地怨恨，愤愤地说了这两句话。她把听筒搁上了，回身走的时候，忍不住叹了几口气。她觉得一个男子变起心来，实在是令人太不可捉摸了。不料走不了几步，那电话铃又响了起来。绿美不知是谁，连忙又去接听，哪晓得还是大保的声音，说道："是绿美吗？怎么你生气了？"

　　"不，谁生你的气？"大保又会打电话来问她，这似乎出于绿美的意料，遂显出很自然的口吻，低低地回答。

　　大保在那边又笑嘻嘻说道："你没有生气，你如何把听筒很快地搁上了呢？"

　　"你这话可不是奇怪？我们已经把话告了一个段落，我不搁下听筒，难道叫外面打不进电话来吗？"

　　绿美这两句话，把大保倒是问得哑口无言了。他愕了一愕，方才又低低说道："我不是这个意思……"

　　"那么你是什么意思呢？"

　　"我觉得你的语气好像很不高兴的样子，你心中一定有些怨恨我，是不是？"

　　"那你又何必多心呢？为了生意上的事情，一个男子在外面交际，这也是应该的事。我假使要不高兴的话，那不是太不明道理了吗？"绿美听他这样说，倒又显出很明谅的态度，一本正经地回答。

大保在那边心中似乎有些感动，遂又温和地说道："那么我今天回家来吃晚饭吧！"

"不，你既然已经答应了人家，我不希望你三心二意，回头让朋友们来笑你是个怕老婆，我觉得这在你面子上很不好听，所以你还是跟李先生一同到美华酒楼吃晚饭去吧！"

"我可以听从你的话，不过你千万不要生气。"

"省省吧，何必假痴假呆装什么腔调呢？你会怕我，那怕我的人不是太多了吗？"

"绿美，我今晚一定很早地回来，你就饶我这一遭吧！"

"算了，算了，回头见。"绿美听他贼秃嘻嘻的口气，益发装出怕自己的样子，一时又恨又好笑，连连说了两声算了，她便第二次地搁下听筒，有气无力地回到房里。

阿菊问道："少奶，少爷是不是马上就回家来吃晚饭了？"

"唉！不要提起了，我们自己吃吧！"绿美深长地叹了一口气，她在沙发上颓然地坐了下来，神情有些悲哀的成分。阿菊惊奇着脸色，急急地问道："怎么啦？少爷又在外面吃饭了吗？"

"唔！又是什么张三李四请他吃饭，我就不相信他这些花言巧语。假使真的是李先生请吃饭，那倒也没有什么关系了。"

阿菊听了，知道少奶是疑心少爷在外面胡调的意思，不免暗暗地沉吟了一回。忽然她转着眼珠，向绿美望了一眼，低低地问道："少奶，少爷在电话里可曾告诉你他在什么馆子里吃饭吗？"

"在美华酒楼吃晚饭的。"

"少奶，你假使不相信，你不是可以到美华酒楼去找寻的吗？我想你要查个水落石出，这是很便当的事情呀！倘然少爷真的在那边和朋友们吃饭，那么以后你就不用太多心了，因为少爷根本没有谎骗你。要是少爷并不在那边吃饭，等少爷回来，你自然好好地要向他劝告劝告，这样似乎可以有个彻底的明白。否则，你老是疑心疑惑的，我以为对你身体是有损无益的。"

绿美听阿菊老气横秋地说出了这几句话，一时在细细地思想之下，觉得她的话倒是很有道理。遂瞟了她一眼，不禁笑道："你这个意思倒是好办法，反正他的朋友都不认识我的，假使我见他们在那边吃饭的话，我马上就可以回来的。"

　　"少奶，你此刻就去，还是吃了晚饭再去？"

　　"现在还只有五点半，我想他们绝没有这样早的，我还是吃了晚饭后再去找他吧！"绿美抬头向五斗橱上时辰钟望了过去，一面低低地回答。阿菊点头说好，她便走到厨房里去预备开饭了。

　　晚饭后，时已六点半了。绿美梳洗完毕，换了衣服皮鞋，将近七点，遂叮嘱了阿菊几句，她便匆匆地坐车到美华酒楼去找寻大保去了。

　　在美华酒楼上上下下全都找寻了，可是并没有发现大保的人在酒筵上坐着吃饭。绿美在每个座桌旁巡视过去，她在注意人家，但人家都在注意着她，绿美在被人家注意的时候，她自然有些发窘，而且在发窘之中，还感到无限的怨恨。巡视的结果，绿美当然十二分失望。于是她抱了万分的热望的心而来，回去却是万分的辛酸和悲哀。她一路上昏昏糊糊地走，一面却忍熬不住地扑簌簌地流下眼泪来。因为是心不在焉，她和一个路人竟撞了一个满怀。幸亏路人连忙把她扶住，向绿美仔细瞧望的时候，却是惊异地啊呀一声叫起来了。绿美被他一叫，遂也向他定睛望去，这就叫道："是汪先生吗？"

　　"想不到竟是陶小姐！您一个人哪儿去啊？"

　　"我我我……一个人出来散心的。"

　　原来这个路人就是汪贤琳，贤琳见她颊上似乎沾着丝丝的泪痕，神情非常忧郁，说话支支吾吾的，显然有什么隐情的样子，这就猜疑地问道："陶小姐，我见你好像有什么心事，难道您和大保兄发生什么口角了吗？"

　　"不，不，没有，没有。"

　　"那么你脸上还含了眼泪水呢！到底为了什么事啊？"

　　贤琳见她口里虽然是这么否认着，不过她脸上的表情不免带了一点

299

儿慌张的成分，于是又表示非常关怀的样子，向她再三地追问。绿美知道最近贤琳和大保很为莫逆，原因是大保救过他的性命，所以贤琳时常请大保一同吃饭游玩，她觉得大保的行动，贤琳或许能够知道一点儿，于是沉吟了一回，说道："汪先生，我很想跟你说几句话，能不能找个地方谈谈？"

"很好，很好，过去一点儿就是绿宝咖啡室，我们到那边去坐一会儿吧！"

随了贤琳这两句话，绿美便跟着他一同跨进绿宝咖啡室，拣了一个座桌坐下，贤琳望了她一眼。问道："陶小姐，你用过了晚饭没有？"

"我吃过了，你呢？"

"我也吃过，那么我们喊两杯咖啡吃吧！"贤琳一面说，一面向侍者吩咐。不多一会儿，侍者送上咖啡来。贤琳给她在杯子里放下两块方糖，望着她愁容满面的粉脸，又问着说道，"陶小姐，你说有什么话要跟我谈呢？"

"也没有什么话跟您谈，我想问问您，您近来和大保有没有常常在一块儿玩儿吗？"

绿美向他这样地问，贤琳觉得这两句话中多少有一点儿含蓄的作用，遂愕住了一回，惊奇地说道："怎么啦？上星期日我请他吃过一次夜饭，后来又瞧一场电影，此后，我也没有和他在一块儿玩过呀！"

"这就怪了，因为近半个月来，他每夜非到十二时以后是不回家的。我问他的时候，他总回答和您在一块儿游玩。我想一个青年人娱乐虽然也是应该的事情，不过也不能没有一点儿分寸。我以为伤了金钱倒是小事情，大家伤了精神，那就难以再挽回了。所以我要求你，请你有机会劝劝他，叫他以后千万不要再这么晚回家来。好在你们是好朋友，而我和你在过去又是同过事的，所以我就这么从实地拜托您了，请你不要见气才好。"

绿美这两句话是故意这么说的，在她无非要贤琳告诉出大保最近行动来的意思。果然，贤琳是中了她的圈套，他急得涨红了脸，几乎有些口吃的成分，连声地说道："陶小姐，请你不要听信大保兄的话，他完全是借我做名义的。你也知道我是曾经一度被舞女连累过的人，那时候若没有大保兄来帮助我，我恐怕连性命也活不成了。所以从那时起，我决心立誓绝迹于舞厅，不再醉生梦死地荒唐而自寻烦恼。我之所以请大保兄吃饭，偶然看看电影，也无非是报答报答他相救之恩的意思。所以我自问良心，我决不会有带坏大保兄的地方。本来我在你面前也不能说这话，因为在任何人心中想起来，还以为我在离间你们夫妻的感情了。不过，大保兄既然把他的事情，全推到我的身上，我似乎不能不有所告诉你的必要了。陶小姐，你知道了没有？他在厂里最近用了一个女秘书，名叫沈爱玲。此女生得风流美貌，听说是一个有名的交际花。大保兄最近所以深夜不回来的原因，就是和这位沈小姐在一同吃饭游玩。陶小姐，我虽然是完全地告诉了你，不过你千万别说是我告诉你的。否则，大保兄对我的感情恐怕要生恶化了！"

贤琳滔滔不绝地向她告诉完了这许多的话，最后又向她小心地叮嘱，表示恐怕伤了朋友感情的意思。绿美听了，心中暗暗欢喜，不过又暗暗伤心。欢喜的，是贤琳果然让自己套出真话来了，但伤心的，大保竟这样没有理智，居然瞒着妻子，跟别的女人去打得火热了。她心中在痛伤了一回之后，立刻又愤怒起来，一阵怨气向上涌，她哇的一声，把喝下去的那半杯咖啡早已呕吐出来了。绿美这么呕吐，倒把贤琳急坏了，一面慌忙叫侍者拿了手巾，给她揩拭嘴角，一面又把白开水给她漱了口，连声懊悔不迭地说道："陶小姐，这是我不好，这是我不好，害你气得这个样子，那叫我心中如何对得住你呢？况且，况且，你是一个有身孕的人，你……也不能太生气啊！"

"汪先生，你别这么说，对于这件事我一点儿也怪不了你的。你从实地告诉了我这个秘密，我心里实在非常地感激你哩！"绿美在静静地靠了一会儿后，方才向他低低地回答。她粉脸是那么惨淡，几乎盈盈泪下的样子。

贤琳见她这样楚楚可怜的神态，心里就非常不忍，遂叹了一口气说道："我想大保兄也绝决不是一个无情无义的人，他也许是一时糊涂的缘故。照情形看起来，恐怕还是沈爱玲去勾引大保兄的。所以我站在朋友的地位，以后一定也得好好向大保兄劝告劝告。陶小姐，你千万不要过分地悲伤，把身子保重点儿要紧。"

"汪先生，我很感谢你，此刻我要回家了，再见吧！"绿美想不到大保还不及一个贤琳，贤琳在过去确实也很爱自己，他曾经热烈地追求过自己，但自己为了晓保，却轻视地拒绝了他。在自己心中一向认为贤琳是个不长进的青年，谁知他现在比大保忠厚得多了。绿美这样想着，心中有无限的感触，这就再也坐不下去，她站起身子，一面强颜含笑地说，一面表示要走的样子。

贤琳连忙跟着站起，说道："陶小姐，你慢些，让我付了账，讨车送你回去吧！"

"啊呀！真的，我竟气糊涂了，这账该是我付的。"

贤琳这两句话倒把绿美提醒了，她啊了一声，红着两颊，很不好意思地说。一面把身子退回到桌旁，一面取皮包拿钱的样子。但贤琳早已先付了钞票，和绿美一同走出了绿宝咖啡室。绿美明眸脉脉地凝望着贤琳，表示说不出感激的样子，说道："汪先生，要你破钞了，很对不起！"

"陶小姐，你这话不是太见外了吗？就说我和大保兄没有关系，你我在过去到底也是同事呢！这一点儿小事情，你要说对不起，那么我受了大保兄救命之恩，我不是一辈子也报他不完了吗？"

"这可不是这样说的，一个人见义勇为，原是青年应尽的责任，所以那根本算不了什么稀奇的。"

"在大保兄固然是认为人类应尽的责任，不过在我就觉得生死出入太有关系了，所以这个恩惠，我是永记不忘的。陶小姐，你放心，我一定尽我的责任，使你们贤伉俪俩的爱情绝不遭到第三者的破坏。"

绿美想不到贤琳对自己会说出这些话来，一时觉得贤琳的任侠好义，他大概是为了要报答大保救命之恩了，因此有些情不自禁，她伸手和贤琳紧紧地握住，说道："汪先生，你真的肯这样热心地帮助我吗？那我实在是太感激你了。"

"陶小姐，我当然真的愿意帮助你。"

"可是，你用什么方法去阻拦这个不要脸的女人跟大保亲热呢？"

"我预备用种种的方法热烈地去追求沈爱玲，使沈爱玲对大保兄发生恶感，那么大保兄心中一气愤，他一定会把沈爱玲辞歇的。你说我这个办法怎么样？"

贤琳在想了一会儿之后，方才低低地说出了这几句话。绿美觉得他这个办法，也可说已经挖空心思的了。不过，姓沈的女人也许不会看中贤琳，因为这种女人当然是以金钱为目标的。所以她又微蹙了眉尖儿，很忧愁的表情，说道："你这办法虽然很好，但是只怕姓沈的女人不会上你的圈套。"

"这也难说，我这不过是第一步计划，假使这一步计划失败了，我当然还有第二步计划来进行的。总之，我非达到把这女人和大保兄拆开的目的不可。"

"汪先生，你这样为我费心，我真不知该怎么地报答你才好？"

"陶小姐，你别说这些话，不过，我要叮嘱你几句话，你回头见了大保兄之后，切不要和他吵闹，只用言语去讽刺他几句也就是了。"

"我一切知道。汪先生，那么我们再见吧！"

绿美点点头，表示听从他话的意思。贤琳遂给她讨了一辆街车，并付了车资。绿美向他连声道谢，遂自管地回家去了。她一路之上，暗暗地想了一回心事，觉得贤琳帮我忙，不知道是真心还是假意的？也许是一种花言巧语，说不定他希望我和大保闹翻，在他可以和我亲近起来。不过转念一想，这完全又是多心病。因为贤琳临别的时候，还叮嘱我不要跟大保吵闹，从这一点看起来，可见贤琳完全是一番血性地帮助我了。绿美这一阵子胡思乱想，车已到了家里，她便匆匆地敲门进内去了。

阿菊等候在卧房里，见绿美回来，便急问少爷可在美华酒楼吃夜饭。绿美听了，连连摇头，叹了一口气，遂把自己找寻的经过，并在路上碰见贤琳的话，向她诉说了一遍。阿菊也觉得少爷太没有情义，遂愤愤地说道："想不到少爷果然是有了野心思哩！那真太没有良心了。少奶，你也不用伤心，我们可以告诉老爷太太的，叫老爷太太跟少爷说话好了。"

"这样也不好，夫妇之间反而更伤感情。阿菊，对于这件事，你千万不要跟老爷太太告诉，我慢慢自会劝醒少爷的，时候不早，你也可以早些去休息了。"

阿菊听少奶奶这样回答，一时也就不敢多说，遂道了晚安，自管退出房外去了。这里绿美坐在沙发上，一面干着活计，一面暗暗地又想了一回心事。直到十二时敲过，她颇觉神倦眼酸，这就歪在沙发上沉沉地睡着了。也不知经过多少时候，忽然有人把绿美低低地唤醒了，绿美睁眼一瞧，谁知不是别人，站在身旁的却正是心中又恨又爱的乔大保哩！

六、见花折花薄幸郎黄金作祟

　　大保打电话给绿美，说卜内门的李先生请他在美华酒楼吃夜饭。绿美因为早晨原和他说定大保今天是回家吃晚饭的，所以很不喜悦，要李先生今夜先到家中来晚餐。大保又说李先生的酒筵已经定好，而且请的还有旁的客人，假使绿美一定要他回家吃晚饭，他就决定不赴李先生的约会了。但绿美是个贤德的女子，她不愿意丈夫在朋友那儿失信用，当下就叫他今夜只管到美华酒楼吃饭去。

　　其实，绿美完全是上了大保的当。大保说的哪里有什么一句真话，全都是造的谎话。当他欢欢喜喜地放下听筒的时候，忽然听得背后一阵女子哧哧的笑声，触入了耳鼓。大保回头望去，原来自己新近用的女秘书沈爱玲，却站在厂长室的门口，弯了腰，笑得花枝乱抖的样子。这就猛可想到自己跟绿美在电话中说的话，一定是全都被她偷听去了。心中很觉不好意思，脸微微地一红，但表面上还显出若无其事的样子，一面取了一支三五牌香烟抽吸，一面望了她一眼，一本正经地问道："沈小姐，你为什么这样好笑呢？"

　　"我笑灶间老爷见了玉皇大帝怕得像耗子见了猫一样，刚才要不是在通电话的话，我笑你准会跪下来行三跪九叩之礼呢！哈哈……"

　　爱玲一面说着话，一面坐到写字台的旁边去，秋波神秘地逗了他一瞥勾人灵魂的媚眼，她忍不住又哧哧地笑起来了。大保被她讽刺得不免有些面红耳赤，一时十分地受窘，也不知道怎么回答才好，所以呆呆地愕住了一回。爱玲又恐怕大保恼羞成怒，于是又俏皮地一笑，说道："不错，不错，怕老婆其实最有意思的。你瞧，现代这一般大人物，也个个都怕老婆的呢！而且……而且怕老婆会发财哪！"

"沈小姐，你不要误会我，其实，我并不是怕她。"

"我知道，不是怕老婆，为的是求太平，对不对？哈哈，哈哈！"爱玲听他还这样声辩着，这就毫不放松地还是俏皮地讽刺他说。

大保听了，不但没有恼意，反而也一面附和着哈哈地笑了一阵，一面说道："好了，好了，我们不谈这些，时候不早，我们还是到舞厅里去是正经，别空消磨这千金一刻的光阴呢！"

"你去好了，我不去了！"

大保披上了大衣，回头向她望了一眼。见她的粉脸上已消失了笑意，大有生气的表情，冷冷地回答。大保心中很是奇怪，这就走近她的身边，问道："这是为了什么呢？"

"为了你的好！"

"爱玲，我真不懂得你这是什么意思？"

爱玲那种薄怒娇嗔的神情，使大保心头感到有些难受，他皱了眉毛，搓了搓手，表示莫名其妙的样子。爱玲淡淡地一笑，秋波斜乜了他一眼，说道："那又有什么不懂呢？你此刻长了胆子不回家去，等会儿让你太太发脾气，倒累你跪在地上苦苦地讨饶，我可不愿叫你受这样委屈，你还是早些回家去吧！"

"这可不是笑话？她有什么权力来干涉我的行动？老实说，她见了我倒真的有些害怕，我是决不会怕她的！"大保当然要扎一点儿面子，遂微微地一笑，表示毫不介意的神气。

爱玲啐了他一口，逗了他一个娇嗔，怨恨地说道："得了吧！别打肿了脸还充什么胖子吧！你刚才电话里说的话，我全都听到。假使你真的并不怕她，你为什么说要拒绝李先生的约会呢？可见你是十足道地的一个怕老婆。我绝不愿意跟怕老婆的男子去一块儿游玩，因为我不愿你回头吃太太的苦头。所以我劝你早点儿回去，还是求求太平的好呢！"

大保被她这几句话讽刺得真有些啼笑皆非起来，搓了搓手，显现出那副尴尬的面孔，呆呆地愕住了一回，方才说道："我并不怕她，你为什么一定要说我是怕她？那就真叫我有口难辩了。"

"算了吧！你不怕她，你电话里为什么这样顾忌她？"

"那是因为我的良心问题……"

"良心问题？这话是什么意思？"

"因为我这几天来，差不多天天伴着你在外面游玩吃饭。今天原和家里说好回去吃晚饭的，而且她还特地给我备了许多好小菜，我现在又叫她白忙了一场，所以我的良心问题上实在很说不过去！"

大保被爱玲一再地逼问，这就情不自禁地打心眼儿里说出了这两句话。但是听到爱玲的耳朵里，她的心头是多么酸溜溜不受用，这就益发显出不快乐的样子，冷笑了一声，说道："哦！既然你知道良心问题对不住你的太太，那么你今天还是回家去吃饭吧！不要为了我，使你良心感到不安，这在我的良心问题上也太对不住你的太太了。"

"爱玲，我为了你，我宁可对不住我的太太，况且我也已经回绝了她，我们还是快些跳舞去吧！"

"我打定主意不再跟你去玩儿了，你不必再来麻烦我了。好在我是到厂里来做秘书的，不是专门来伴你游玩的。对不起，你还是跟你太太多去游玩游玩吧！"爱玲一面愤然地说，一面站起身子，在衣钩上取下大衣，表示预备回去的意思。

大保急得连连跺脚，唉声叹气地说道："这又何苦？这又何苦？爱玲，你犯不着跟我生这么大的气呀？"

"本来嘛，我何必生你的气呢？其实我一点儿也不生气，我所以劝你回去，完全也是为了你的幸福而着想的。"爱玲这时又含了温情的微笑，表示十二分好意地回答。大保连忙帮着她披上大衣，包含了可怜的目光，望了她一眼，低低地说道："你这话完全错了，你从今以后不再跟我一同去玩儿了，那我还有什么幸福可说呢？因为我觉得你给予我的安慰太多了，我若没有了你，我简直不能生活下去了。"

"乔厂长，你这话是甜甜我的心呢，还是真心真意的话呢？"爱玲这回子在穿上了大衣后的表情，和刚才那种恼怒的态度又完全不同了，她偎到大保的怀内，微仰了媚人的娇靥，向他眉开眼笑地低问。

大保半环抱了她的肩胛，用了诚恳的语气，点头说道："我当然是真心真意的话，我对你绝对没有一句假话。爱玲，你欢喜了，我心中也会欢喜起来。你假使烦恼了，我心中也会跟着你烦恼起来。所以你这个人跟我的心，跟我的灵魂差不多。爱玲，我们快点儿跳舞去吧！"

"好吧，好吧！听你说得怪可怜的，我就跟你再去玩一次吧！"

大保这才欢天喜地地戴上了呢帽，挽着爱玲的手，一同出了厂门口，跳上自备汽车，开到米高美舞厅里去游玩了。

五时到七时半是茶舞时间，大保和爱玲坐车到舞厅，齐巧五点三刻，这时最为热闹，舞客们也分外拥挤，那班黑人大乐队把爵士乐曲也奏得特别兴奋。大保搂着爱玲在舞池里也跳得十分有兴趣，况且爱玲的迷汤功夫，比舞女还要好到万分。她不但把粉脸紧紧地贴在他的颊上，而且不时地把她的小嘴也要凑到大保的唇边去了。女色的魔力本来是十分的大，大保在爱玲这样柔媚手腕迷恋之下，那当然无怪大保要乐而忘返了。

两人跳毕茶舞时间，便到附近金谷饭店晚餐，在吃饭之前，还喝了一点儿酒，酒本来是色的媒介物，所以酒后的爱玲，那神态更为淫荡起来。大保因为绿美已有了好几个月的身孕，最近实在也闹着饥荒，因此对于爱玲的淫荡，是感到分外的可爱。两人在互相同意的情形之下，于是惠中饭店内那个幽静的房间里便给他们两人整个地占据了！

大保疲倦地一觉醒来，睁眸见手腕上的表已经子夜两点钟了。他心中这一焦急，不免呀了一声叫起来，被他这一叫，连爱玲也被他吵醒过来。她伸手揉揉眼皮，有些娇嗔的神情，问道："你怎么啦？大惊小怪地乱叫起来？"

"我……我……见时候不早，我应该回家去了！"

"哼！你……把我身子糊里糊涂地糟蹋，你预备这样一走完事了吗？没有这么容易，你得说一句话来安抚我。否则，我……难道是卖淫的妓女吗？"爱玲见他连外面睡一夜的胆量都没有，一时心中十分怨恨，一面冷笑着说，一面便忍不住呜呜咽咽地哭泣起来了。

大保听了，连忙搂着她的身子，吻着她的小嘴，柔情蜜意地安慰她说道："爱玲，你别说这些话呀！我怎么会把你当作妓女看待呢？你放心，我们既然有了这么一层密切的关系，我一定再不会忘记你了。"

"哼！不会忘记我？连陪我在外面过一夜的胆子都没有，那我还不是白白地牺牲了吗？我以后又有什么保障呢？"

"爱玲，往后的日子长哩！你何必斤斤计较着今天这一晚呢！我并不是怕女人，我实在恐怕爸妈责骂呀！假使你要保障的话，你只管把条件开出来，我是绝对不会不答应你的。"

爱玲听他这样说，便暗暗地沉思了一回，忽然她又故作恼怒起来，冷笑了一声，逗给他一个白眼，恨恨地说道："你要我开条件，你这是什么话？你明明把我当作妓女看待呀！难道我想敲你的钞票吗？你说这句话，那你实在叫我太以心痛了。老实说，我什么都不要你，我要你的就是这一颗心！"

"哈哈！我的好心肝，好宝贝！我的心不是已经交给你了吗？爱玲，我知道你是一个痴心的好姑娘，你请放心，我无论如何也不会忘记你待我的这一份儿恩情。你静静地睡吧！我此刻回去了，只要我们不变心，那么将来我们一定有成功的日子。"

大保一面安慰她说，一面又默默地向她温存了一回，方才匆匆地披衣起床，对镜梳洗了一回。然后穿上大衣，拿了呢帽，预备要走的样子。爱玲依恋不舍地从床上坐起，伸张了两臂，叫了一声"乔"，大保情不自禁地又走到床边，抱着她脖子，和她紧紧地狂吻了良久，方才握手分别，匆匆坐车回家去了。

大保回到家里做梦也想不到绿美会倚卧在沙发上睡着了。瞧了她怀内还放着活计，可想她是等自己的门等得疲倦极了才蒙眬地睡去的。一时他的良心受了一种正义的谴责，呆呆地站在沙发旁几乎要掉下眼泪来了。虽然已经是春的季节，但深更半夜，气候还有一点儿春寒，万一害绿美受了寒冷而生起病来，这叫我如何对得住她呢？大保在这样转念之下，便慌忙伸手推了推绿美的身子，低低地把绿美唤醒了。绿美揉揉眼皮，抬头一见大保，心中虽然有些怨恨，不过她还含了笑容，显出没有一些气愤的表情，呀了一声，说道："瞧我这人真是太好睡了，等门等得竟睡着了。大保，你刚回来吗？什么时候了呢？"

"唔，唔！李先生的兴趣也太好了，在美华吃好了饭，又约我到南京饭店去打扑克玩儿，我实在因为情免难却，所以去应酬了一回。不料赌钱就忘了时间，一转眼已经两点钟了。绿美，真对不起！叫你等得我这么晚还没有睡。其实，你下次可以不用等我，因为你是有身孕的人，你不能过分地熬夜，你应该身子保重一点儿才好。"绿美后面那句什么时候了的话，把大保倒是问住了。因为自己直到子夜两点钟才回家，这究竟有些近乎荒唐，所以他红了脸，一面自管脱了大衣呢帽，一面故意埋怨着李先生的口吻，向绿美低低地告诉。说到后面，又表示很关怀绿美的意思。

绿美当初还不知是什么时候，此刻一听已经两点钟了，她心中益发感到了无限的哀怨，暗自想道：你还何必说这些花言巧语来欺骗我呢？我是早已明白得很详细了。绿美心中虽然这样想，但口里没有说出来。她站起身子，轻轻地叹了一口气，去倒了一杯热茶，放到桌子上，向大保逗了一瞥哀怨的媚眼，低低地说道："承蒙你很爱惜我的身子，我心中自然非常地感激你。不过，你这么深夜地回来，我当然也得关切你呀！你是一个前程远大的青年，你当然更应该保重身子。假使身子有了三长两短，那么一切的事业、前程，就什么都完的了。大保，我这是一片金玉良言，虽然在你听来未免有些格格不入耳，但我敢发誓，我对你绝对没有一丝一毫的恶意。"

"我知道，我以后一定听从你的话了。"大保十二分羞愧的样子，低低地回答。他伸手按在嘴儿上打着呵欠，一面便很快地跳到床上去睡着了。当绿美睡进被窝里去的时候，大保连鼻息之声都很响的了。绿美见他精神倦怠，明知他在外面干着不规矩的行为，要想和他吵闹，又怕伤了他的身体，因此只苦了自己，倒忍不住暗暗地泣了半夜，直到东方发白，才慢慢地睡着了。不料这一睡下去，她直到十点敲过才醒来，大保早已不在床上，问了阿菊，知道少爷已经到厂里去了。绿美连忙披衣起床，匆匆梳洗，早饭也不吃，就打电话到厂里去。不料接听的是一个女子的声音，她听绿美也是一个女子，便急急问道："你是什么地方打来的？找厂长有什么事情吗？"

"我是厂长家中打来的，你贵姓？"

"我姓沈，是厂里的秘书，你大概是乔太太了。请您等一等，我去找厂长来听电话吧。"

绿美听了，方才明白昨天贤琳告诉自己的话，完全是千真万确的事实，她心中一阵子气愤，粉脸也变成灰青的颜色。不多一会儿，是大保的声音，在听筒里播送到绿美的耳际，问道："你是绿美吗？什么事情？"

"哦！我今天贪了睡，连你到厂里来了，我都没有知道，所以特地来个电话向你道歉……"

"哈哈！那你不是太客气了吗？我们夫妇之间还用得到什么道歉两个字吗？本来我想弄醒你，后来怕你回头要不舒服，所以我就悄悄地走了。你还有别的事情吗？"

"我顺便来问你一声，你今天晚饭回家来吃吗？"

"好，好！我回来吃吧！"

绿美听他这样说，一时在十分哀怨中，总算还感到三分安慰，遂又叮嘱似的说声"那么你准定回来，我等着你"。方才搁下听筒，回到房中吃早点去了。绿美心里固然是很安慰，但是那边爱玲的心里，却相反地感到大大地不受用。等大保放下听筒，便冷笑了一声，恨恨地一顿皮鞋脚，说道："你现在把我弄到了手，就把我丢向脑后去了吗？既然你这样爱你太太，你为什么来糟蹋我的身子呢？那你不是明明地存着玩弄我的心思吗？"

"爱玲，你也真太想不明白了，我所以答应她今夜回家去吃晚饭，也无非是敷衍性质。过了今天，我又可以跟你一同到外面十天八天地去

311

游玩，那你何必这样的量窄呢？我的好宝贝！你不要吃这罐子醋了，明天我陪你去买钻戒，买灰背大衣，你看怎么样？"

大保慌忙走到她的身旁，环抱了她的腰肢，低声儿安慰她说。爱玲听了这两句话之后，方才扬眉得意地回过笑脸来了。

黄昏的时候，贤琳匆匆地到厂里来找大保。推进厂长室，只见室内只有爱玲一个人正在披着大衣，好像预备要走的样子，于是含笑问道："沈小姐，乔先生呢？"

"哦！汪先生，你来迟了一步了，乔厂长刚回家里去。"

"今天他怎么走得这样早呢？"

"他的太太烧好了小菜等着他回去吃晚饭哪！汪先生，你找他有什么事情吗？"

"没有什么事情，我想请你们吃晚饭瞧电影去。乔先生既然走了，你沈小姐能不能赏我一个脸呢？"贤琳觉得这是一个绝好的机会，遂转了转眸珠，显出很热诚的表情，向爱玲低低地说。爱玲因为大保走了，心中也愿意他来填一个空当，遂含笑点头说好。贤琳自然十分欢喜，当时两人一同出了厂门口，坐车到大三元吃晚饭去。

两人吃毕饭，因为也曾经喝过一点儿酒，大家的兴趣又好起来，于是决定把瞧电影改为到舞厅跳舞去。贤琳是个有心的人，他当然对爱玲大献殷勤，表示十二分的多情。两人在舞池里跳舞的时候，贤琳向她低低地搭讪着说道："沈小姐，你今年青春多少了？"

"你倒猜猜看。"

"照我眼光看来，大概二十岁，我猜得对吗？"

"唔！我二十一岁，你的眼光倒很不错呀！汪先生青春多少了？"

"我吗？二十五岁，比你长了四年，看我还觉得嫩脸吗？"

"不但嫩脸，简直可说是个小白脸呢！"爱玲听他这样问，便扑哧一笑，索性包含了吃豆腐性质地回答，一面伏在贤琳的肩胛上，却哧哧地笑出声音来了。

贤琳忙也笑道："小白脸三字我可不够资格，你不要开我玩笑吧！

312

哎！沈小姐，我想你的年纪也不算小了，也该是结婚的时候了，不知道你有没有对象了呀？"

"没有对象，其实，像我们这么年纪结婚实在还太早一些。"

"沈小姐，要不要我来给你介绍一个？"

贤琳嬉皮笑脸地问她，爱玲方欲回答，音乐却停止了，于是两人携手回座。贤琳吸了一支烟，望着她的粉脸，又微笑着问下去道："沈小姐，我要给你介绍一个对象，你到底欢喜不欢喜呢？"

"汪先生，你为什么老是跟我开玩笑呢？"爱玲红了脸，秋波斜乜了他一眼，表示十分难为情的样子。

但贤琳这时却又显出十二分的认真，向她说道："真的，我不是跟你开玩笑，有一个青年，他对你非常地崇拜敬爱哩！"

"你说的是什么人呀？"

爱玲心中有些活跃起来，暗想，难道他说的就是大保吗？贤琳见她笑盈盈的意态，好像分外喜悦的样子，这就得意忘形地伸手指了指自己的鼻子，望着她娇艳的粉颊，笑道："沈小姐，你看我有没有资格来做你的丈夫吗？"

"啊呀！原来你效毛遂自荐了，这真是叫人笑痛了肚皮，难道你算在跟我求婚吗？"

贤琳见她啊呀了一声，却是掩口笑了起来，秋波盈盈地望着自己，好像包含了一点儿有趣的口吻，低低地问，这就点头说道："不错，我还没有结婚，我爸妈只有我一个独生的儿子，虽然不能说是富贵之家，但也不能算十分的贫穷。假使你肯嫁给我，我们一定是对很美满的夫妻。"

"汪先生，大概你多喝了一点儿酒的缘故吧！所以你就这么地向我自说自话起来了。我和你不过是极普通的朋友，你怎么能向我谈起嫁娶问题来呢？那不是天大的笑话吗？"

"那么照你说，你是不愿意嫁给我啰！"贤琳见她说这几句话的时候，沉着脸，似乎大有轻视自己的意思，这就淡淡地一笑，还是厚了面皮问她。

爱玲正色地说道："总而言之，我们之间根本谈不到什么嫁娶两个字的。"

"其实，我心中很明白，你是早已爱上了别人。"

"汪先生，请你再不要胡说八道好吗？我根本不想爱上什么人。"

"那你也不用假惺惺作态了，我知道你是爱上了乔大保！"

"什么？你……"爱玲被他一语道破，心中不免大吃了一惊，粉脸顿时变了颜色，表示十分讨厌他的样子。

贤琳却毫不介意地还是接下去说道："沈小姐，若要人不知，除非己莫为，你以为稀奇吗？其实那是最平常的事。不过，我要向你忠告两句，你的目标不要弄错。大保是个有妇之夫，你想爱上他，嫁给他，这是不可能的事。即使大保接受了你的爱，那么你也不过是一个小老婆的地位，被外界说起来，那是多么可耻，多么不名誉呢！所以我完全是一片好意来劝告你，你不要再迷恋着乔大保，你应该好好地嫁一个没有妻子的青年，那在你也不是幸福得多了吗？"

"汪先生，你这些话简直完全是侮辱我……哦！我明白了，你……莫非是受了乔太太的托付，故意来跟我难堪的吗？好，好！我想不到你这个人竟有这么阴险！不必多说了，我们再见！"

爱玲也是一个聪明的女子，她听贤琳对自己说的话愈说愈不对了，竟完全是包含了教训的口吻，一时细细地一转念，便猛可地理会过来了，觉得贤琳今夜对自己的求婚，也无非是借题发挥的意思。她心中这一气愤，立刻站起身子，便飞一般地奔出舞厅外去了。在第二天的早晨，她在厂中遇见大保的时候，向他恨恨地说了一句"你的朋友真好"，她便好像受了万分委屈似的呜呜咽咽地哭泣起来了。

七、惊芳心孤零零产下麟儿

　　大保被爱玲这一哭泣，真弄得有些莫名其妙了，遂抱住了她的娇躯，一面给她拭泪，一面皱了眉毛，急急地问道："爱玲，你怎么啦？到底是为了什么事情？你好歹也向我说一个明白呀！"

　　"哼！问你的好朋友去！他拿什么态度来对付我的？"爱玲停止了哭泣，她冷笑了一声，一面坐到写字台旁去，一面恨恨地回答。

　　但大保听了，仍旧还是摸不着头脑，遂怔怔地说道："谁是我的好朋友呢？你说话不要藏头露尾的，你还是爽爽快快地告诉我吧！这样子把我闷都闷死了。"

　　"怎么？连你自己的好朋友都会想不起来吗？告诉你，就是这个短命的汪贤琳！"

　　"汪贤琳？他对你怎么样呢？"大保似乎有些感到意外的惊异的神气，跟着走到她的身旁来追问。

　　爱玲顿时把两条柳眉倒竖起来，满面显出娇嗔的容颜，说道："这小子简直在发神经病，照我看来，他根本和你在作对，他完全在妒忌你。"

　　"爱玲，你这些废话少说吧！他和我怎么样地作对呢？"

　　"昨天你走了之后，贤琳匆匆地来了，他说特地来请你和我一同吃夜饭去。因为你不在厂中了，他就请我一个人去吃饭。我想你们是好朋友，就是跟他去吃一次饭，那也没有什么关系。谁知这小子竟喝醉了酒，胡说八道地向我求起婚来了……"

　　大保听她这样告诉，不但并不气愤，而且反而笑起来了。爱玲被他一笑，一时有些目瞪口呆，遂白了他一眼，恨恨地说道："什么？你还笑？难道你欢喜做乌龟吗？"

"不是这么说，因为贤琳还是一个未婚的青年，他既不知道我们已经有了这一层关系，所以他向你追求，这倒也怨不了他。一个姑娘有被人追求的资格，这到底还是一件光荣的事呀！"

爱玲听他这样说，便猛可站起来，恨恨地啐了他一口，说道："你忙什么？我下面的话还没有说完哩！他向我求婚，我当然是拒绝他的。不料他说我爱上了别人，我说我什么人都不爱。谁知他又直截了当地说穿我，我是爱上了乔厂长。又说我爱上了你是太不合算的，最多也不过是一个小老婆的资格。我听了心中气愤极了，便和他翻脸说他侮辱我，谁知他还向我教训了一顿，并且在言语之中，还说了许多关于侮辱你的话，我见他无理可喻，便恨恨地走了。你倒仔细想一想，他还不是和你心中过不去吗？"

"你这话可是真的？"

爱玲这一大套的话，才把大保说得气上来了，他蹙了眉尖儿，脸色很不好看地问她。爱玲淡淡地一笑，讥讽他的口吻，说道："我骗你，我有什么好处？你把他当作好朋友，他却背地里阴损你，只怕你还在做梦哩！"

"他妈的！这小子太可恶了！我一番好心对待他，谁知他还和我作对，我非跟他闹翻了不可。"大保气得脸变成了铁青的颜色，握了拳头，在桌子上猛可击了一下，大有恨不得把贤琳痛打一顿的样子。爱玲方才感到了胜利的愉悦，但表面上假痴假呆地装作好人，说道："算了，算了，别为了我，伤了你们好朋友的感情，被人家说起来，我们女子又是祸水了！唉！我就受一点儿委屈吧！"

"什么好朋友？我本来就不认识他！都是为了一片热心，才救了这个小子一条命。早知道他如此没有良心，我就悔不该多什么是非去管这个闲账了。"大保还是怒气未消的样子，恨恨地说。

爱玲沉吟了一回，又显出温和的神情，低声地劝慰他说道："大保，

316

我说你也不必生气，为了这些事生气似乎也太犯不着。至于跟他闹翻，我认为也太没有意思了。他这种人有什么身份？你和他吵闹，倒反而降低你的人格了。我的意思，既然知道他不是一个好东西，那么以后就跟他少来往也就罢了。"

"你这意思很好，只要你不生气，我也就不和他计较了。爱玲，今天下午我们早些走，陪你买钻戒去，消消你的气。"大保说到后面，拍拍她的肩胛，望着她微微地一笑。爱玲逗给他一个媚眼，也嫣然地笑了，显然也十二分的欢喜。两人这才各自走开，各自地办公了。

这天下午三时敲过，两人便离开了化学厂，坐车先到了首饰公司，买了一枚三克拉的钻戒。又到时装公司，剪了两件最新式的旗袍料，并订了一件灰背大衣。爱玲乐得什么似的，颊上的笑容也就没有平复的时候了。从此以后，大保和爱玲益发打得火热，几乎一刻都不能分离的了。无论什么事情都是相对的，大保既和爱玲热络得如漆似胶，难解难分，那么大保在绿美的身上，自然而然地会情淡爱薄起来。绿美虽然心中怨恨，但也无法可想，也只有暗暗流泪，独自伤心而已。

光阴匆匆，不知不觉又到初秋的季节了。这一个月里，是绿美分娩之期，绿美因为乔伯乐夫妇两人都到汉口去了，家中是更加乏人照料，所以这天早晨大保还没有上厂里去的时候，就向他低低地说道："大保，你知道我在哪一个月里要生产了？"

"这……这……我因为近来工作太忙了，糊里糊涂的竟没有知道，你说哪一个月里要生产了？"大保被她问住了，一时非常羞惭，不禁微红了脸，包含了支支吾吾的口吻，向她低低地反问。

绿美心里自然有些怨恨，轻轻地叹了一口气，说道："我说你忙得几乎魂灵也丢了，连我几时生产的月份都会忘了！其实，这也难怪，我现在是成为一只笼子里的鸟了，高兴了逗着玩玩儿，不高兴就搁在屋子里，反正这只可怜的小动物也跑不了啊！"

"绿美，你为什么要这样说呢？难道你怨恨我在外面应酬太忙吗？但是为了做生意，那也真没有办法，我说你做妻子的也应该原谅我呀！"

绿美无限哀怨地说出了这几句话，她心中一阵悲酸，眼泪忍不住扑簌簌地滚下来了。大保的良心有些发现了，他也觉得有些懊悔，不过他口里还不肯承认自己错了的回答。绿美苦笑了一下，说道："并不是我心中好妒，我觉得一个厂长的身旁用了一个女秘书，这总不是一件好事情。"

　　"这个年头，男女平权，那也算不了什么稀奇呀！"

　　"当然啰！本来原也不算什么稀奇。比方说，我前儿在你舅父身旁做文书，也有好多日子，从来没有发生过什么特别的事情。不过，事情到了你的身上，我觉得就很不放心，但我要向你声明，这不是我的多心，因为外面已经也有传闻了。我以为这样下去，你不但对不住我，而且也对不住我的姐姐。"

　　"外面也有传闻？你这话奇怪，难道你是听了什么人的告诉吗？"大保有些猜疑的时候，向她奇怪地探问。

　　绿美擦了擦眼皮，逗了他一瞥哀怨的目光，低声儿说道："这没有什么奇怪，常言道，若要人不知，除非己莫为。事情做过了，还能瞒得了人吗？"

　　"哦！我明白了，一定是汪贤琳这小子告诉你的是不是？他妈的！这小子简直要来拆散我的家庭了，我若不给他一点儿颜色看，我也不姓乔的了。"

　　"大保，你不要冤枉人，我们夫妻间的事情，用不着吵到别人家的身上去。他根本没有告诉过我，你为什么要寻着他去吵闹呢？"绿美见大保怒气冲冲的样子，好像立刻要和贤琳去打架的神气，这就急了起来，向他连忙撇清着说。

　　大保还是恨声不绝地说道："我想不到姓汪的小子竟坏到这样的程度，那我真是懊悔救助他的了！所以世界上好人不能做，好心没有好报的！"

　　"大保，你何必急得这一分儿样子呢？其实，我说真金不怕火，怕火不真金。一个人坐得稳，立得正，谁敢来说一句坏话呢？不过我今天也并不是预备跟你吵闹，我无非是劝劝你的意思。因为我既然是做了你的妻子，我对你不能不尽一点儿责任呀！况且爸爸和妈现在又到汉口去了，家里就很少人手来帮助我，万一这两天内我肚子痛了要临盆了，这叫我怎么才好呢？所以我希望你在这半个月之中，能够早一点儿回家来，只要等我生下了孩子之后，你再到外面去应酬，我便也不管什么的了……"

绿美絮絮地说到这里，她的话声是特别的颤抖，至少是包含了一点儿悲哀并可怜的成分，她深深地叹了一口气，接着眼泪便大颗地滚落了两颊。大保听了绿美这两句话，他把刚才的怒容完全消失了，似乎也有一点儿暗淡的神色，拉了绿美的手，低低地说道："好的，我这半个月之内把外界一切应酬全都回绝了吧！每天回家来吃晚饭，那你总可以放心。绿美，你是有身孕的人，你快不要悲伤了！"

绿美听他这样柔情蜜意地安慰自己，反而更觉悲酸，泪水益发涌了上来。大保抱了她身子，好好地又安慰了她一番，方才坐车到厂里去办公。

这天下午，大保一个人坐在厂长室里正在研究出品的货物，忽然见贤琳悄悄地推门进来，在平日大保早已含笑起迎，殷勤地招待他了。不过今天见了贤琳，在大保的心头就有一股子气愤冲塞上来，所以理也不理地装作没有看见的样子，自管低了头，依然翻阅着瓶内的柠檬水。贤琳却毫不介意地先招呼道："大保兄，你今天有空吗？我请你吃饭去。"

"时常破费你，太不好意思。你上哪儿来？请坐吧！"

大保到底还是一个重情面的人，他始终扯不下脸来，只好抑制着心头的愤怒，还是照旧地招呼他。贤琳摸出烟盒子来，取了一支三炮台，交到大保的面前，大保却摇摇头，淡然地说道："我最近不吸烟了，你自己吸吧！"

"为什么戒烟了？难道你信了教？"贤琳一面用打火机燃着烟卷，一面笑嘻嘻地问。大保又摇了摇头，并不作答，看他的态度是非常冷淡。贤琳奇怪道，"大保兄，为什么？你今天好像有心事的样子。"

"也没有什么心事，不过，我有一个朋友，太不知好歹，简直是负恩忘义，所以我非常的愤怒。照我的脾气，我非跟他较量较量不可，但多一事，还是省一事，我预备跟那个朋友绝交，请他以后少到我这儿来找麻烦。"

大保趁此机会说出了这两句话，他的脸上是浮现了一层浓霜的样子。贤琳不是一个呆笨的人，他心中哪有不知道的理由？明白是爱玲在搬弄是非，所以大保对我便恨入骨髓的模样了。于是假痴假呆地装作一个木人似的，还哦了一身，问道："原来你心中有着这一回生气的事情，不知道那个朋友是什么样人？他对你究竟负了什么恩？忘了什么义呀？"

"哼！这个朋友本来也是不相识的，都是为了我生平太热心，才救助他活了性命。谁知他不记我的恩惠，反而搬弄是非，离间我们夫妻间的感情，他想拆散我的家庭。假使照你心中想起来，你觉得这个小子是人还是畜生呢？"

贤琳听他放着和尚面前大骂贼秃，一时心中也很生气，但是他的忍耐功夫很不错，还微微地一笑，说道："照你一面之词听来，那个朋友当然是太浑蛋了。不过其中也许还有一点儿误会，所以你倒不要太委屈了你那个朋友才好。"

"哼！有什么误会呢？分明他是存心不良，想追求人家的姑娘，因为没有达到他的目的，所以转出坏念头来破坏人家罢了！这种人简直不是人养的东西！无怪要被人家暗杀的了。"

"哈哈，哈哈！"

"你笑什么？"

贤琳被他骂得狗血喷头，一时倒反而纵声大笑起来。大保觉得他这个笑，至少包含了一点儿阴险的成分，因此勃然大怒，睁大了眼睛，向他喝问。贤琳停止了笑，向他望了一眼，还是那么死样怪气地说道："我笑一个做丈夫的变起心来，真是太快太可怕了。其实你那个朋友是一番菩萨心肠，他希望你们一对美满因缘，不要因了一个野女人而大家弄到感情破裂的地步。你要想想结合的时候，是多么快乐，多么恩爱，我猜测那时候，彼此一定海誓山盟，共祝天地长久。但是，曾几何时，一有了地位，一有了新欢，就把旧的抛置于脑后，这样不情不义的人，我请问老兄这个小子是人还是畜生呢？"

"什么？他妈的！你在骂谁？"贤琳这一番话听到大保的耳朵里，真把大保的肚子都气破了，他猛可地站起身子，这就板起了面孔，再也忍熬不住地大骂起来了。

贤琳也跟着站起，还是笑容可掬地说道："大保兄，请你别发这么大的脾气，我并不是指什么人而说的，我无非是随便这么瞎谈谈。你认为不要听的，那你就别听吧！何苦来面红筋青的，我今天可不是跟你打架吵嘴来的呀！"

"对不起！我不希望你在这儿再站下去，你若多站一分钟，我的头痛也多延长一分钟。我爽爽快快地对你说，我从今以后，不希望再跟你见面，你给我滚吧！"

"这真是太笑话了，像你这么一个聪明的人，居然也会糊涂起来。我真为你可惜！大保兄，你不要把良药当作毒药看待呀！"

"他妈的！你还多啰唆什么？我可不顾什么面子要打你了！"

大保恨得咬牙切齿的神情，他不管三七二十一地奔跑上去，拔拳就向贤琳挥了过去。贤琳岂肯吃这个眼前亏？于是连忙也回手招架，两人在厂长室内竟然演起武戏来了。他们这样一交上手，自不免砰砰地发出了一阵很响亮的声音。爱玲急匆匆地奔进来，一见这个情形，也不禁吃了一惊，遂慌忙把两人拖开，但他们的头发、领带、衬衫，已经扯拉得乱七八糟的了。大保睁大了眼睛，握了拳头，似乎还要赶上去和贤琳相打的样子。爱玲恐怕闯祸，却拉住了大保不放，一面望着贤琳，也怒气冲冲地娇喝道："汪先生，你这个人简直太不懂道理了，你是客人，你怎么到人家的地方来横行不法吗？这真是连王法都没有了。"

"不是我不懂道理，是他自己没有礼貌，一个做主人的应该用这种态度来对付客人吗？"

"什么主人客人？你简直是强盗土匪！沈小姐，您还跟他多说什么废话？快把门警叫来，拉他到局子里去，说他是来打劫我们厂里的，叫他尝尝铁窗风味，才知道我手段的厉害。"

"好了，好了，你也不要说这些气话了。大家都是场面上的人，何苦来动手动脚的？这还成什么样子呢？姓汪的，你自己识相点儿，还是快些走吧！难道真预备抓到局子里去给我们当作强盗办吗？"爱玲见大保还是暴跳如雷，恨不得生啖其肉的样子，这就连忙一面向他劝阻，一面逗给贤琳一个白眼，叫他快些走的意思。贤琳在这个局面之下，不走又有什么办法？也只好忍受了一肚子的气愤和委屈，怒气冲冲地奔出厂门口去了。

爱玲见贤琳匆匆地走后，便怨恨地给大保一个白眼，包含了埋怨的口吻，低低地说道："瞧你，身上还像什么样子？我不是曾经关照过你吗，这种没有身份的人，你和他计较些什么呢？现在你被他弄痛了哪里没有？"

"还好，没有什么，没有什么。我本来不想和他吵闹的，谁知道这小子好像吃了生米饭似的，我不教训他，他倒反而教训起我来了，我心中一气，便再也忍熬不住了。你不知道，一个年轻的人，全凭一点儿血气做事情，假使没有勇气的话，那我还做什么人呢？"

爱玲说到后面，走到大保身旁，故意显出无限多情的样子，给他拢散乱的头发，给他打已松的领带。大保心中很感到气愤，不过在气愤之中，此刻又觉得有些甜蜜，遂连连地摇头，很认真地回答。爱玲拍拍他的肩胛，笑道："好了，好了，你也不要生气了，时候也不早了，我还是伴你一同到外面去玩玩儿，散散心吧！"

"好！我受了这一阵鸟气，心中闷得很，我们还是跳舞去。"

大保点头说好，便立刻动身，和爱玲匆匆坐车到舞厅去了。他把早晨绿美向他关照的话全都忘了，就是连他自己对绿美说的从今天起每晚回家吃饭的话，也早已忘得一干二净了。大保和爱玲走后，绿美在家里来了电话，厂内茶房告诉她，说厂长和沈小姐一同坐车已经走了。绿美心里非常气愤，因为她原是一个月里要分娩的，在受了一阵刺激之后，那腹部便隐隐地作痛起来。绿美慌忙回到房里，但腹痛却一阵紧如一阵，一时暗暗焦急，心中想道：莫非要临盆了吗？遂急急地叫着阿菊进房。阿菊原是一个十七八岁的小丫头，她一见少奶腹痛如绞，脸涨得血红，额角上汗冒如珠，因此也惊慌得没有了主意，遂忙说道："我打电话给少爷，叫少爷马上就回来吧！"

"不用，少爷已经不在厂里了。"绿美摇头回答，她这时心中的痛苦，除了现实的感觉之外，还有精神上抽象的痛苦。所以她一阵气急向上涌，几乎要昏厥起来了。正在十分危急的时候，忽然汪贤琳匆匆地到来了。贤琳所以来找绿美，无非是要向她解释所以和大保打架的原因。不料到了大保家里，一听到绿美要临盆的消息，他也不说什么，立刻打了电话，叫汽车到来。然后向绿美说，我送你上广仁产科医院去吧！绿美这时痛得连话也说不出，她想不到自己在万分孤独之余，还有这么一个救星来帮助自己，她感激得流着眼泪，默默地点头。当下贤琳和阿菊扶着绿美，一同跳上汽车，便急急地开到产科医院去了。

绿美在医院里产下孩子之后，当即移送到头等产房休息。这时天已入夜，产房内已亮了一盏淡蓝的电灯。绿美自己已经经过一度痛苦的挣扎，她此刻还急急地问床边的阿菊，说孩子是男的还是女的。阿菊含笑告诉她，说是个小少爷，恭喜少奶奶。绿美听了，立刻又非常欢喜起来。她颊上那个倾人的酒窝，已经平静了好多日子，今天也终于深深地印着了。就在这个时候，只见贤琳从房外悄悄地进来。于是绿美这时的脑海里，就有这样一个感觉，想不到这时候进产房来的，却不是大保，而是贤琳。唉！大保枉为一个多情的丈夫，谁知道还及不上一个贤琳呢？绿美这样想着，眼泪扑簌簌滚落下来。她望了贤琳一眼，低低地说道："汪先生，这次若没有你来帮我的忙，我真要弄得束手无策了。你这样热心仗义，我实在太感激你了。"

"陶小姐，你别说这些话，我们本来是同事。而且我曾经受过大保的救命之恩，所以我今日略为出一点儿力，那也是应该的事情。"

贤琳含了笑容，十分坦白地告诉。绿美听他提起大保两字，她心中立刻又会恼恨起来，便探问他说道："汪先生，你今天遇见过大保没有？"

"碰见过的……"

"他是不是又跟那个姓沈的女人一块儿出去游玩了？因为我打电话到厂里的时候，茶房这样告诉我的。"绿美不等贤琳说完，便又急急地问下去。

贤琳心中暗想，绿美是个刚产下孩子的人，她当然是不宜受过分的刺激。否则，不但有伤身体，简直对于生命也有相当的危险性。他为了顾全绿美的健康，遂转了转眸珠，摇头说道："这是茶房不知道，所以弄错了。今天是开股东会议，所以大保也出席去了。他这回没有去游玩，你倒不要冤枉他。"

贤琳这两句话的力量真不小，绿美听了，果然把满腔的愤怒消失了。她微微地一点头，表示非常感激他告诉的意思。贤琳因为不敢多劳乏她的精神，遂叫她静静地休养。一面向阿菊关照好生看顾服侍，一面便告别走了。

这晚贤琳打了五六个电话到大保家里，却没有打通，都说大保没有回家。直到子夜一点左右，再打过去的时候，方才听大保的声音来接听了，问道："喂！是谁？"

"你是大保吗？我是什么人？你且别管他，我现在告诉你，你太太已经在广仁产科医院里生下了一个儿子。母子都很平安，你可以不用担心。还有一件事情，明天你太太问你在什么地方，你可以说在开股东会，因为我曾经代你这么圆了一个谎的。别的没有什么话说，我们再见！"

大保没头没脑地听了这一篇话之后，对方却早已挂断电话，于是也只好搁下听筒，一面回房，一面暗暗地奇怪。这个是什么人呢？听口气好像是汪贤琳。但是贤琳是我冤家对头，他怎么又会这样热心地给我隐瞒事实呢？大保想了一会儿，因为今夜和爱玲在外面酒喝得太多了，所以有些头昏脑涨，遂糊糊涂涂地倒在床上睡着了。

第二天早晨，大保还在睡梦之中，阿菊已从医院里来了电话。大保慌忙起身，前去接听，说马上就来。遂匆匆地梳洗完毕，穿上衣服，也来不及吃早点，便坐了汽车到广仁医院去了。

　　大保在这时候见到了绿美淡白的脸，他的心中也起了一阵爱怜之情。他伏在床边，捧了绿美的手。因为预先有过贤琳的一番关照，他便低低地说道："绿美，真对不起！昨天忽然开股东会了，所以我又不能回家来吃饭。谢谢你，你给我养下一个儿子了。"

　　"大保，你不要谢我，你应该谢你的好朋友汪先生。昨天我腹痛如绞，正在急得走投无路的时候，幸亏汪先生来了。他急急地送我到这儿来，我才平安地生下了孩子。否则，我是痛得发昏，而阿菊更急得没有主意，打电话给你，又说刚和沈小姐一同出去了。你想，我在这叫爹不应、叫娘不理的情形之下，我真的太痛苦了。后来是汪先生告诉我，说你开股东会去了。"

　　大保听绿美说出了这么一篇话，他的心中也不知是悲是喜，只觉得甜酸苦辣的滋味一起涌上了心头。他想不到贤琳竟这么侠义心肠，他感动得说不出话来，抱着绿美的身子，眼泪只会默默地流了下来。

　　从此以后，大保和绿美的爱情倒又增进了不少。不过经过一个时期之后，因为绿美有了孩子之后，她对于大保身上的服侍更不关心了。她把爱护大保的心，一半分给了孩子。因此使大保又感到不满意，在家花哪有野花香的思想之下，大保和沈爱玲的热情又再度燃烧起来。于是在这个美满的家庭里，时起口角争吵的情形。贤琳一番玉成拉拢的苦心，因此又白白地花费了。不过贤琳只知道他们夫妇和好如初了，却并不晓得他们的感情又破裂了。这又是一个秋天的季节了，贤琳偶然走过黄浦江边，不料发现一个女子正在临风独立，暗自啜泣，贤琳定睛一看，这就吃了一惊，不觉啊呀一声叫起来了。

八、抱侠肠悔恨恨重圆破镜

原来这个少妇不是别人，却是好久不见的绿美。贤琳心中自然十分惊异，遂赶上两步，走到她的身旁去，急急地说道："陶小姐，你……你……怎么一个人站在黄浦江边哭泣呀？"

"哦！汪先生……"

绿美望着茫茫的浦江，正在自感身世孤苦，万分哀怨的时候，忽听有人招呼她，遂回眸望去，想不到是汪贤琳。不知怎么的，在绿美的心中，此刻见了汪贤琳，好像是遇到了什么亲人一般的悲伤，她低低地叫了一声"汪先生"，眼泪便像雨点一般滚落下来了。

贤琳见她满颊泪痕，而且神情惨然，遂又急急地问道："陶小姐，你到底为了什么事情呢？难道大保兄又和你发生了什么口角的事情了吗？怎么一个人独自在这儿伤心呢？"

"汪先生，说起来真是一言难尽……"

绿美似乎委屈得跟什么似的，她说到这里，话声已有哽咽的成分。贤琳皱了眉毛，也表示有些难过的神气，说道："陶小姐，你能不能告诉我听听呢？大保兄近来又怎么啦？"

"难道汪先生最近没有和他在一处吗？"

贤琳听绿美这样反问，脸上不由含了一丝苦笑，望了她一眼，沉吟了一回，方才徐徐地说道："陶小姐，你还没有知道，我和大保兄的感情是早已完全地破裂了……"

"啊！这是为了什么呢？"

"这……这……就是为了你们伉俪间的事情。我曾经向他好意地劝告，谁知忠言逆耳，他反而和我大怒，甚至于我们动起武来。他向我百般地辱骂，并且与我绝交，从此不再相见，你想，他这样和我闹决绝了，我又有什么办法呢？"

绿美听他这样告诉，心中自然大吃一惊，不禁啊了一声，向他急急地探问。贤琳只才把过去的事情，向她从实诉说了一遍。绿美有些怀疑地说道："你们在什么时候才闹决裂的呢？"

"就在你生孩子那一天里……"

"什么？那你为何不老早地告诉我呀？"

"我那天到你府上来，原是想和你解释所以与大保兄闹决裂的原因。不料一到你家，你竟在腹痛如绞，因此我就不敢再把这不快人意的消息告诉你了。"

绿美心中方才有了一个恍然大悟，遂感入骨髓地忍不住又流下泪来，叹了一口气，说道："汪先生，你太好了！我心里不知该怎么样感激你才好？"

"陶小姐，你别说这些话，现在我要你告诉我，到底又是为了什么事故而吵闹的呢？照理说起来，你们现在已经有了一个结晶品了，就是你们有争吵的时候，看见了这个孩子，你们也应该更增加爱情呀！"

贤琳这两句话听到绿美的耳朵里，在她是只有感到无限的悲酸，泪水是没有停止过，她感慨地说道："在旁人的心中想来，谁都会这样猜测。然而事实上恰巧是相反的，我们有了一个孩子之后，他的生活上认为更感到枯燥乏味了。他把这个家庭简直当作旅馆一样，高兴了的时候便来宿一夜，不高兴就三天五天地不回家。你想，这个家庭还成什么样子呢？"

"那实在太岂有此理了，不过，我也觉得奇怪，他为什么这样厌恶这个家庭呢？"

"他说我有了孩子之后更不负妻子的责任了……"

"这……这话又是打从哪里说起呢？"贤琳听了，有些目瞪口呆，不解其意地追问。

绿美无限哀怨的表情，望了他一眼，凄切地说道："原因是我一心一意地爱护着孩子，把他身上的服侍更不关心了。他说我心眼里只有孩子，没有丈夫。他认为我是没有做主妇的资格，他简直说我有了异心……"

　　"放屁，放屁，放他妈的臭狗屁……"贤琳听完了绿美的告诉，他心中的气愤实在有些熬不住了，遂情不自禁大声地骂起放屁来了。但既骂出了之后，他又觉得不好意思起来，遂很抱歉地说道："对不起，陶小姐，我本来不该在你面前这样地骂他。不过，他这个人太没有道理了，我心中实在气得有些受不住。"

　　"没有关系，你骂得好，我听了，心中感觉爽快一点儿，他自己有了野心不说，还含血来喷人，你想他这个心肠狠毒不狠毒呢？"

　　"其实你肯爱护孩子，这真是一个贤妻良母的好典型，他这样的不明事理，他真枉为是个大学生呢！"

　　"汪先生，你还不知道更气愤的事情呢？今天早晨，孩子哭声把他吵醒了，他就心中大怒起来，和我大吵大闹，甚至于要把孩子丢掉送给人家。我见他近来对我凶恶的态度，变本加厉，更是无可理喻。我觉得做人太没有滋味，而且也太没有希望。这样下去，我根本是没有出头的日子了。所以……所以……我一个人就到这里来了。"

　　绿美一面流泪，一面告诉，她说到所以两个字，以下的话就哽咽住了，脸部上是浮现了更痛苦的样子。贤琳急得伸手一把拉住了她，惊慌地说道："什么？你……你……难道预备轻生了吗？"

　　"活着没有乐趣，倒不如死了干净……"

　　绿美忍不住掩着脸啜泣起来，贤琳只觉得一阵悲酸，一时也忍不住掉落几滴同情的泪水，又痛愤又凄凉地说道："陶小姐，你这话说错了，常言道，蝼蚁尚且爱惜生命，那何况是一个有感情有理智的人类呢？所以你千万死不得，你假使这样不明不白地死了，别的且不要提，你难道忍心抛得了你那个尚在襁褓之中的儿子吗？"

　　"哦！哦！天哪！我早知今日，倒不如一辈子替社会服务好了。"

贤琳后面这一句话，好像是一枚利箭刺穿了绿美的芳心，使她更加地痛苦起来。她泪眼模糊地望着那浑浊的江水，觉得自己在这个环境之下，真是生死两难，一个孤零零的弱女子，在生不得、死不能的情形之下，她内心的悲痛，岂是作者一支秃笔所能形容其万一的呢？因此她悔恨不该嫁人，她觉得自己是错了主意，她忍不住闷声地哭泣起来，贤琳连忙拍拍她的肩胛，一面叹气，一面安慰她说道："陶小姐，不要难受，你千万别存了死的念头，还是回家去吧！我慢慢地想法子，一定要使你们重归于好不可。"

　　"不，不！我这次出来，我是决心不回家的了。"

　　"这又何苦来？难道你不希望跟大保再有团圆的日子吗？"

　　"是的，我实在不大想，我……这次出来之前，我曾经留了一封信给他，我希望他另外再娶一个贤德的夫人，我是决定死的了……"绿美摇了摇头，她又伤心地哭了。

　　贤琳急得连连踏脚，哎哎了两声，皱了眉尖儿，埋怨她的口吻，说道："什么？原来你是真的预备死了？这……你也太没有意思了，你要知道自杀也是法律所不允许的，那么你出来的时候，把孩子交给了谁呢？难道你没有仔细想想这孩子以后谁来给你抚养吗？"

　　"这个……连我自己的生命也不顾了，哪里还管得了孩子以后的抚养问题呢？我……把孩子交给了阿菊，叫阿菊回头交给大保，这孩子是大保的嫡血，不是我私生子，他若不把孩子好好地抚养，那也是他的事情，不是我的心狠。"

　　"不对，你这话不是这样说的，我以为这孩子完全是属于你的，不是属于大保的，所以你不能抛弃他，你要好好儿抚养他，况且他是一个男孩子。"

　　"你这话是什么理由呢？"绿美听贤琳这样说，遂莫名其妙地问他。

　　贤琳微微地一笑，望着她淡白的粉脸，低低地说道："记得你们新婚不久的时候，我曾经向大保开玩笑，问他有没有红蛋吃。他也是得意忘形的话，说我们第一个生下的孩子归你姐姐红美所有的，第二个孩子是归晓保所有的，要养到第三个方才可算是自己的儿子了。你们从他这几句话中想来，可见这第一个孩子是你姐姐的了。然而你姐姐已经死了，这孩子抚养的责任当然是在你的身上，假使你死了之后，大保若把这孩子送掉，那么你们姐妹俩不是都没有后代了吗？至于大保呢，他还活着，他还年轻，他仍旧可以娶一个太太，他还会有一个美满的家庭，那么，我问你，你死得有什么价值呢？"

贤琳这几句话说得相当有力量，把绿美问得哑口无言，她默默地想了一回，一时也不免有些悔恨起来。因为她不愿意死了之后，反而成全了大保的愿望，这样似乎太便宜了大保。所以绿美此刻的心中，把决意死的念头倒又慢慢地打消了。贤琳见她默然无语，遂又继续地说道："陶小姐，我现在有一个意思，不知你以为怎么样？"

"是什么意思呢？"绿美瞟了他一眼，低低地问。

贤琳遂附了她的耳朵，细细地说了良久。绿美的粉脸，由淡白色而变成红晕起来，雪白的牙齿，微咬了一会儿嘴唇皮子，表示沉吟的意思。贤琳见她似有猜疑的神色，遂又沉重了语气，一本正经地说道："陶小姐，你不要误会，我这办法完全是一片好意。"

"我知道……不过，我担心他狠毒地真的会答应下来。"

"假使他真的如此狼心狗肺，那我以为你也不必和他客气，到法院里告他遗弃的罪吧！问他要了些抚养费，你就一面抚养孩子，一面再到社会去服务，这样也未始不是一件清净的事情。陶小姐，我后面这些话，也无非是最后的一个办法。假使可以使你们夫妇重圆的话，那当然还是希望你们白首偕老的。"

绿美听了贤琳这些热心肠的话，她除了深深感激之外，却再也说不出什么谢他的言语来。这时斜阳淡淡地笼罩着茫茫的黄浦江，江水也像十分不平地伏着波动。贤琳又再三地向她怂恿劝慰，绿美方才听从贤琳的话答应下来。

贤琳把绿美这一方面的事情安排好了之后，他便打电话到厂里去找大保，茶房说厂长回家去了。贤琳知道这是因为早晨和绿美争吵过了，所以大保会这么早回去。从这一点看，可想大保并未完全把绿美忘却，那么前途还有些乐观的希望。他一面想，一面又坐车急急赶到大保的家中来。到了大保家中，由女仆报告，只见大保很不快乐地走出会客室来，向贤琳瞪了一眼，十分冷淡地问道："你还到我家里来干什么？"

"大保兄，我特地来向你要求一件事情。"贤琳含了笑容，很谦和地说。

大保心中很是奇怪，遂皱眉又问道："什么事情？你说吧。"大保说着话，又自管地在沙发椅上坐了下来，拿了一支烟卷来吸，把贤琳根本当作陌生人那么看待。

贤琳在这个时候，也只好厚了面皮，不等大保招呼坐下，他便自己在另一张沙发上坐下了，然后徐徐地说道："听说你们贤伉俪在感情上又起了一点儿裂痕。"

"这不关你的事情，请你不用过问。"

"话虽不错，但陶小姐过去和我是同事关系，那么彼此也有一点儿照顾的义务。其实对于你家的情形，我也是洞悉之中，你有了新的，忘了旧的，听说你有遗弃她的意思，不知道这可是真实的消息？"

"就凭你这一点儿同事关系，那你也没有资格来干涉我家庭中的事情呀！所以这些问题，你跟我谈话的身份不够，因为你不是绿美的兄长，或是家属的一员，请你不必多费心力来管这些闲事。"大保严肃的脸上，大有训斥的神气，向他冷冷地回答。

可是贤琳点点头，还是微笑着说道："你这些话理由很充足，不过，我的意思，也是为了你的好……"

"为我的好？"

"是的，为你的好。因为一个家庭，当然要亲亲热热、和和睦睦，那么彼此才有幸福，才有快乐，否则，不但陶小姐感到痛苦，就是你的心中，一定也感到万分的痛苦，所以我的意思，为了避免彼此痛苦起见，倒还不如爽爽快快地来解决一下的好。"

"你预备给我们怎么样解决呢？"

"比方说，你现在把陶小姐当作眼中钉一样地讨厌，一天到晚迷恋着沈爱玲。不过，陶小姐到底是你明媒正娶的结发妻，有陶小姐在着，你总不能把沈爱玲弄到家里来，所以我的意思，你假使真的不爱陶小姐了，倒还是爽爽快快地解决了，使你们大家都不会在烦恼圈子里度生活……"

大保听到这里，便再也听不下去了。他把手中的烟卷恨恨地掷向地上去，猛可地从沙发上站起，哈哈地冷笑了一阵，说道："我明白了，我知道了，原来你是受了绿美的托付，来要求我跟她离异吗？"

"不，不！你千万别冤枉她，陶小姐根本没有这样托付我过。"

"那么你如何知道我们又不和睦了呢？哼！你也不必巧辩了，我知道绿美下午出去之后，这一下午的时间，一定在跟你商量，预备跟我离婚是不是？"

"这不是她的意思。"

"那么是你的意思？"

"是的，我是为了你们双方避免痛苦起见，我完全是一片好意。"

"放你妈的臭狗屁！你预备拆散我们家庭吗！汪贤琳！你告诉我，绿美她在什么地方？否则，我得告你引诱良家妇女的罪名！"大保听了，顿时暴跳如雷、怒发冲冠的表情，似乎恨不得又要和贤琳殴打起来的样子。

贤琳听大保不肯和绿美离婚，知道他心中尚有爱绿美的意思，心里十分安慰，遂也哈哈地大笑了一阵，说道："你这话说得太渺茫太无头绪了，你有什么凭据证明我是引诱你的太太呢？照你这样胡说乱道，我倒可以告你一个妨害名誉的罪名。"

"你这该死的奴才！我虽然没有什么证据，但你也逃不了是个重大的嫌疑犯！"

"哈哈，哈哈！你才是该死的奴才！昏昏沉沉的简直是在醉生梦死！"

"什么？你骂我？我……这屋子里也由得你来撒野吗？他妈的！我

就和你拼了吧!"

　　大保是气得忍无可忍了,他铁青了脸,眼睛里好像要冒出火星来,在他说完了这两句话之后,便像一头发了狂的野兽一般,握了双拳,预备猛可地扑上来打贤琳。正在这个时候,阿菊抱着小少爷,拿了一封信匆匆地走到外面来,口中还急急说道:"少爷,少爷!少奶在房中还留着一封信呢!我还只有刚发觉,你快拆开了瞧吧!"

　　这又是一个出乎意料的消息,大保的心头,不知怎么还忐忑地乱撞起来,连忙放过了贤琳,伸手接过阿菊的信件,拆开来急急细阅。贤琳这时呆呆地站在旁边,他的心中是非常的明白,暗暗窥测大保的脸,只见他由愤怒而转变到惨白,由惨白而转变到痛苦,接着眼泪也涌了上来。他回头望望阿菊手中抱着的孩子,他更加心痛如割,忽然奔到贤琳身旁,紧紧地握住了他的手,泪下如雨地说道:"贤琳兄,绿美……她……她……到底上哪儿去了?你和她究竟碰见过了没有?你告诉我,你告诉我!"

　　"你急得这一分样儿做什么?她信中写些什么话呢?"贤琳听他居然又向自己称兄道弟起来,他忍不住暗暗地感到了胜利的欢笑,但表面上还绝对显出莫名其妙的样子,急急地问他。

　　大保这时已急得要哭出来的神气,哽咽了喉咙,说道:"这……是她的绝命书,她……竟然忍心去自杀了!"

　　"啊?真的吗?那……可怎么办呢?"贤琳还是故意惊慌的样子,急急地说,表示手足失措的神情。

　　大保听贤琳这样说,他是真的哭出声音来了,说道:"你……你……难道真的没有碰见过她吗?"

　　"午后一点钟的时候,她来找过我,谈了一小时,她便匆匆就走的,可是她走到什么地方去,我并没有知道。啊呀!她难道真的会去自杀吗?这……这……可怎么办呢?大保兄,并非我埋怨你,你也太没有情义了。常言道,一夜夫妻百夜恩,百夜夫妻海样深。想你们结婚已一年多了,连结晶品都制造出来了。陶小姐纵然使你讨厌,你也要看看孩子

333

的分上，而且更要看看陶小姐已死的姐姐情分上，你也不应该逼上她去走这一条死路啊！"

贤琳趁此机会把大保好好地教训了一顿，表示非常怨恨的意思。大保这回对贤林给他教训，表示十二分服帖，一点儿没有反感的成分。还连连打了自己两下额角，说了两声"该死该死"，他显然是悔恨到了极点的样子。这时候女仆匆匆地又来告诉，说厂中来了电话。大保不知道是什么事情，遂匆匆地到电话间去。就是贤琳心中也感到了奇怪，于是跟着入内。只见大保握了听筒的手在瑟瑟地发抖，他神情惨然的样子，大叫道："什么？什么？厂里起了火？沈秘书怎么样？啊！她……放火的吗？这……消息可是真的？啊！把我要紧文件账册都拿走了吗？还有……原料……也都拉走了吗？该死！你们是死人吗？为什么不拦阻她？啊！天哪！什么都完了！"

大保有气无力地丢下听筒，两手捧了额角，大叫着完了完了。贤琳站在他的身旁，对于他的话是听得明明白白，一时心中感到了一阵痛快，他眸珠一转，便匆匆地自管不别而行了。贤琳到什么地方去呢？原来他在一家附近商店里，借打了一个电话到大保家中，冒充是大慈医院里打来的电话，说绿美自杀被救，现在医院里救治，快叫大保到医院里去。这个电话是阿菊接听的，由阿菊口中告诉到大保的耳朵里。大保因为在沈爱玲身上已经受了这么一个重大的打击，他对于绿美自然更加地需要关切了，当下坐了自备汽车急急地开赴大慈医院里去了。

绿美在医院休养，这都是贤琳想的办法。当时大保和绿美见了面，绿美却别转粉脸，表示不愿意见他的样子。大保伏在病床旁边，一阵阵的悔恨涌塞了心头，他抱着绿美的脸，却暗暗地哭泣起来。绿美生气地冷笑道："我还没有死哩！你哭什么哪？"

"绿美，我错了，我该死，我不是人，我下次再也不敢荒唐了，我从今以后得好好做一个人。你千万饶了我，你要打要骂，只管处罚我，你第一要紧的饶了我的罪恶吧！"

大保一连串地说了五个我字，他一面苦苦地哀求，一面眼泪像雨点一般地滚落下来。绿美从来也没有听到过他会向自己这样忏悔，女子的心肠总是软弱得多，所以绿美把脾气再也发泄不出来了，她心中也说不出是悲酸还是喜悦，不过悲痛的成分占据的地位太多，因此她也呜呜咽咽地哭泣起来了。

两人相对地哭泣了一会儿，大保把手帕取出，给她拭了眼泪，一面低低地安慰，一面又问她是被谁相救的。绿美恨恨地说道："我今天出走，是抱了决死之心，所以我写好了一封信给你，想你这封信也是终已看到过了吧！我觉得比起吃毒药自杀，还是跳黄浦来得痛快。我要让江水来洗雪我的怨愤，我要永远脱离这个黑暗的世界，但是，万万料不到会被汪贤琳发觉了，他把我救到这儿来，他又百般地安慰我劝告我，叫我想得明白，并且他愿意代我来跟你用计谋，试试你对我是否还有一点儿爱怜之情？你……和汪先生到底碰见过没有？"

"啊！汪贤琳，汪贤琳，你太伟大了！我想不到真挚的友爱，可以超乎天地间的一切，你的高情厚谊，地球没有你的大，日月没有你的高！你不但救了绿美我的爱妻，而且你更救了我的生命！我将怎样报答你？我将怎么样地报答你？"

大保听了绿美这一番话的告诉，他的心中方才恍然大悟了，他想着贤琳几次三番地好心劝告我，反而遭到自己的白眼和侮辱。但是他始终没有怀恨在心，依然对我们夫妇两人这样关切，一时他感无可感，面对了窗外，像对着耶稣做祷告一般地说着，同时他的眼泪更像泉水一般地涌了上来。但绿美却还冷冷地说道："哼！听说你还打过他！"

"啊！这是我该死，我该死！我简直像畜生一样不明事理，我应该跪在他的面前，向他求饶。"大保痛心疾首地说，他掩着脸，诚惶诚恐地几乎要哭出声音来。绿美于是不再说什么，她也跟着流下眼泪来了。

光阴匆匆，过了一星期，绿美早已由医院回到家里，大保为了厂内的事情，忙碌了几天，幸亏没有完全地烧毁，终算不幸中之大幸，他方知沈爱玲是个蛇蝎美人，遂报告警局通缉，但她已经逃之夭夭，不知所往了。这天大保和绿美想到贤琳的恩德，遂预备双双亲自地去道谢他，不料外面先来了一封信，是一个人送来的。大保见具名是汪贤琳三字，他心头别别地一跳，便急急拆开来，绿美遂和他一同瞧道：

  荏苒光阴，一别数日，想贤伉俪已经和好如初，并且更增无限情深意蜜，可喜可贺！本当亲自造府庆祝，无奈北国战事日趋严重。弟本无家室之累，碌碌庸才，亦思舍身报国。故弟已立志即日动身北上，为国前驱，稍尽国民之责任。行色匆匆，不及登门面辞，万望宽恕是幸。倘凯歌有日，自当再行握手言欢耳！专此奉闻，并颂

  大保吾兄 绿美女士 俪安！

弟汪贤琳临别上言 即日

  大保和绿美看完了这一封信，两人不约而同地啊呀了一声叫起来，因为信上写着即日动身北上，也许还是在今天这一个日子里。所以他们还抱了一分儿希望之心，急急坐了汽车，赶到北火车站。买了月台票，奔进月台，只见火车呜呜地长鸣了一声，车身已经向前蠕动了。绿美眼尖，回眸四盼，只见二等车厢里的窗口旁，坐着一个青年，正是汪贤琳。这就一面拉了大保的手，向前直指，一面又高声地叫着汪先生。贤琳正在感慨地与上海告别了，忽听一个女子声音向自己高叫。这就慌忙探首向车窗外望出来，这似乎做梦也想不到大保夫妇俩会在月台上送行。他欢喜得笑了起来，意欲向他们说话，但车身已轧轧地向前进行了。贤琳只好向他们招了招手，表示感谢的意思。大保和绿美还跟着火车跑了一阵，但火车是并不像他们一样多情，它决不会因他们的恋恋不舍而等待他们一秒钟，照旧地还像飞一般地向着青青的草原中迈进了。剩下了月台上的大保和绿美，在一抹斜阳笼映之下，眼睁睁地望着火车的影子也都消失了。他们回眸互相地望了一眼，不知怎么的，都会轻轻地叹了一口气，于是两人含了一颗说不出喜悦还是悲哀的心，只好携手踏上了归家的道路。（全书终结）

附　录

从鸳鸯蝴蝶派谈到冯玉奇小说

裴效维

《民国通俗小说典藏文库·冯玉奇卷》将收录冯玉奇的百余种小说作品，此举极其不易。现在，我愿以这篇文章给出版者呐喊助威。尽管我人微言轻，但我毕竟是一个中国文学的研究者，为鸳鸯蝴蝶派说些公道话是我的责任。

冯玉奇是一位鸳鸯蝴蝶派作家，因此我们要想了解冯玉奇，必须首先厘清有关鸳鸯蝴蝶派的一些问题。

一、何谓鸳鸯蝴蝶派

鸳鸯蝴蝶派作家平襟亚在《关于鸳鸯蝴蝶派》（署名宁远）一文中对鸳鸯蝴蝶派的来历说得很清楚：

> 鸳鸯蝴蝶派的名称是由群众起出来的，因为那些作品中常写爱情故事，离不开"卅六鸳鸯同命鸟，一双蝴蝶可怜虫"的范围，因而公赠了这个佳名。
>
> ——载香港《大公报》1960 年 7 月 20 日

可见鸳鸯蝴蝶派并不是一个有组织有宗旨的小说流派，而是因为当时流行的言情小说多写一对对恋人或夫妻如同鸳鸯蝴蝶般相亲相爱，形影不离，因而民间用鸳鸯蝴蝶小说来比喻这种言情小说，那么这种言情小说的作家群当然也就是鸳鸯蝴蝶派了。这种说法应该是可信的，因为民间常用鸳鸯和蝴蝶来比喻恋人或夫妻，很多民间文学作品中不乏其例。这一比喻非常形象生动，但并无褒贬之意，因此不胫而走。

传到新文学家那里，便加以利用，并赋予贬义，作为贬低对手的武器。但新文学家对鸳鸯蝴蝶派的界定并不一致，大致有两种看法。

一种看法认同民间的比喻说法，即将鸳鸯蝴蝶派小说局限为通俗小说中的言情小说，将鸳鸯蝴蝶派局限为言情小说作家群。鲁迅是这种看法的代表，他在 1922 年所写的《所谓"国学"》一文中说："洋场上的文豪又作了几篇鸳鸯蝴蝶派体小说出版"，其内容无非是"'卿卿我我''蝴蝶鸳鸯'"（载《晨报副刊》1922 年 10 月 4 日）。又于 1931 年 8 月 12 日在社会科学研究会做了《上海文艺之一瞥》的长篇演讲，其中对鸳鸯蝴蝶派小说更做了形象而精辟的概括：

> 这时新的才子＋佳人小说便又流行起来，但佳人已是良家女子了，和才子相悦相恋，分拆不开，柳阴花下，像一对蝴蝶、一双鸳鸯一样。

——连载于《文艺新闻》第 20、21 期

此外，周作人、钱玄同也持这种看法。周作人于 1918 年 4 月 19 日在北京大学文科研究所小说研究会做《日本近三十年小说之发达》的演讲中，就说现代中国小说"还有《玉梨魂》派的鸳鸯蝴蝶体"（载《新青年》第 5 卷第 1 号）。次年 2 月，周作人又发表《中国小说里的男女问题》（署名仲密）一文，认为"近时流行的《玉梨魂》，虽文章很是肉麻，（却）为鸳鸯蝴蝶派小说的鼻祖"（载《每周评论》第 5 卷第 7 号）。与周作人差不多同时，钱玄同在 1919 年 1 月 9 日所写的《"黑幕"书》一文中也说："人人皆知'黑幕'书为一种不正当之书

340

籍，其实与'黑幕'同类之书籍正复不少，如《艳情尺牍》《香闺韵语》及'鸳鸯蝴蝶派小说'等等皆是。"（载《新青年》第6卷第1号）这种看法后来被人称之为"狭义的鸳鸯蝴蝶派"看法。

另一种看法却将鸳鸯蝴蝶派无限扩大，认为民国年间新文学派之外的所有通俗小说作家都是鸳鸯蝴蝶派，他们的所有通俗小说都是鸳鸯蝴蝶派小说。这种看法的代表人物是瞿秋白和茅盾。瞿秋白从小说的内容方面来扩大鸳鸯蝴蝶派小说的范围，他在《财神还是反财神》一文中说，"什么武侠，什么神怪，什么侦探，什么言情，什么历史，什么家庭"小说，都是鸳鸯蝴蝶派小说（见人民文学出版社1953年10月版《瞿秋白文集》）。茅盾则从小说的形式方面来扩大鸳鸯蝴蝶派小说的范围，他在《自然主义与中国现代小说》一文中认定鸳鸯蝴蝶派小说包括"旧式章回体的长篇小说""不分章回的旧式小说""中西合璧的旧式小说""文言白话都有"的短篇小说（载1922年7月《小说月报》第13卷第7号）。这种看法后来被人称之为"广义的鸳鸯蝴蝶派"看法，而且逐渐成为主流看法，以致后来的文学研究者都接受了这种看法。

新文学家不仅在鸳鸯蝴蝶派的界定问题上分成了两派，而且在鸳鸯蝴蝶派的名称上也花样百出。如罗家伦因为徐枕亚等人好用四六句的文言写小说，便称其为"滥调四六派"（见署名志希的《今日中国之小说界》，载1919年《新潮》第1卷第1号），但无人响应。郑振铎因为《礼拜六》杂志为鸳鸯蝴蝶派的主要刊物之一，便称其为"礼拜六派"（见署名西谛的《新文学观的建设》一文，载1922年5月21日《文学旬刊》第38号）。这一说法得到了周作人、茅盾、瞿秋白、朱自清、阿英、冯至、楼适夷等人的响应，纷纷采用，以致使用频率越来越高，知名度越来越大，终于成为鸳鸯蝴蝶派的别称了。于是"鸳鸯蝴蝶派"和"礼拜六派"两个名称便被新文学家所滥用。如郑振铎在《新文学观的建设》一文中称"礼拜六派"，而在《〈文学论争集〉导言》一文中却称"鸳鸯蝴蝶派"（见上海良友图书公司1935年10月出版的《新文学大系·文学论争集》卷首）。还有人在同一篇文章里既称鸳鸯蝴蝶派，又称礼拜六派。如阿英在 1932 年所写的《上海事变与鸳鸯蝴蝶派文艺》一文中说：张恨水的所谓"国难小说"，与"礼拜六派的作品一样，是鸳鸯蝴蝶派的一体"，"充分地说明了鸳鸯蝴蝶派的作家的本色而已"（见上海合众书店 1933 年 6 月出版的《现代中国文学论》）。

茅盾在 20 世纪 70 年代觉得统称鸳鸯蝴蝶派或礼拜六派都不合适，于是提出了一个折中的看法，他在《紧张而复杂的生活、学习与斗争（上）——回忆录（四）》中说：

> 我以为在"五四"以前，"鸳鸯蝴蝶派"这名称对这一派人是适用的。……但在"五四"以后，这一派中有不少人也来"赶潮流"了，他们不再老是某生某女，而居然写家庭冲突，甚至写劳动人民的悲惨生活了，因此，如果用他们那一派最老的刊物《礼拜六》来称呼他们，较为合式。

——载 1979 年 8 月《新文学史料》第 4 辑

事实是该派在"五四"前后没有根本变化，都是既写言情小说，又写其他小说，将其人为地腰斩为两段，既显得武断，又无法掩盖当时的混乱看法。

这些混乱的看法导致后来的文学研究者无所适从：或沿用"鸳鸯蝴蝶派"的说法（如北大本《中国文学史》和《中国小说史稿》、复旦本《中国文学史》和《中国近代文学史稿》等）；或沿用"礼拜六派"的说法（如山东师院本《中国现代文学史》等）；或干脆别出心裁地称之为"鸳鸯蝴蝶—礼拜六派"（见汤哲声《鸳鸯蝴蝶—礼拜六小说观念的价值取向及其评价》，载《苏州大学学报》1992 年第 2 期）。这可真算是中国小说史上的一出有趣的滑稽戏了。

二、如何评价鸳鸯蝴蝶派

鸳鸯蝴蝶派的开山作品是 1900 年陈蝶仙的言情小说《泪珠缘》，因此鸳鸯蝴蝶派应该是指言情小说派，这也就是后来的所谓"狭义的鸳鸯蝴蝶派"，但被新文学家扩大为"广义的鸳鸯蝴蝶派"，实际上也就是民国通俗小说派。

鸳鸯蝴蝶派与同时期的"南社"不同，既没有组织，也没有纲领，而是一个在思想倾向和艺术风格上大体相同或相近的小说流派，连"鸳鸯蝴蝶派"这一招牌也是别人强加给它的。然而客观地说，鸳鸯蝴蝶派确实是一个产生过巨大影响的小说流派。在"五四"以前的近二十年间，它几乎独占了中国文坛；在"五四"以后的三十年间，虽然产生了新文学，但新文学只是表面上风光，而鸳鸯蝴蝶派却一派兴旺发达景象。我对"广义的鸳鸯蝴蝶派"做过不完全的统计：该派作家达数百人，较著名者有一百余人，所办刊物、小报和大报副刊仅在上海就有三百四十种，所著中长篇小说两千多种，至于短篇小说、笔记等更难以计数。在此前的中国文学史上，还没有哪个文学流派有过如此宏大的规模，产生过如此巨大的影响。

鸳鸯蝴蝶派由于规模宏大，又处在历史的一个巨变时期，其成员的确鱼龙混杂，其作品也良莠不齐，但总体来说，它形象地记录了中国二十世纪前五十年的历史，为中国读者提供了丰富的精神食粮，对中国小说的传承起过积极作用，因此应该给予充分的肯定。

鸳鸯蝴蝶派小说已经不是中国传统通俗小说的复制，而是一种改良的通俗小说。在形式方面，它既采用章回体，也采用非章回体，甚至采用了西洋小说的日记体、书信体等，至于侦探小说则更是完全模仿自西洋小说。在艺术手法方面，受西洋小说的影响非常明显，如增加了人物形象和景物描写，结构与叙事方式也趋于多样化，单线和复线结构并用，第三人称和第一人称叙述法兼施，还采用了倒叙法和补叙法。在内容方面，鸳鸯蝴蝶派小说已经扩大了描写范围，反映了当时社会生活的各个方面，甚至已经紧跟时事，及时反映当前的社会现实，被称为"时事小说"。如李涵秋的《广陵潮》描写辛亥革命，而他的《战地莺花录》则描写五四运动，这种及时反映当时发生的重大政治事件的小说，与多写历史故事的古代小说完全不同，显然是一大进步。鸳鸯蝴蝶派的言情小说，也不同于古代的才子佳人小说，而是一种新才子佳人小说。古代的才子佳人小说因面对森严的封建礼教，只能写才子与佳人偶尔一见钟情，以眉目传情或诗书传情的方式进行交流，最后皆是有情人终成眷属的大团圆结局。而这种大团圆结局完全是人为的：或出于巧合，或由于才子金榜题名，皇帝御赐完婚，这就完全回避了封建包办婚姻的问题。而民国年间的封建礼教已经在一定程度上松绑，尤其像上海、北京等大城市得风气之先，恋爱自由和婚姻自主思想已经渐入人心。因此有些鸳鸯蝴蝶派的言情小说也突破了古代才子佳人小说的窠臼，才子佳人已经敢于"相悦相恋，分拆不开，柳阴花下，像一对蝴蝶、一双鸳鸯一样"。其结局也不再全是有情人终成眷属的大团圆，而是"有时因为严亲，或者因为薄命，也竟至于偶见悲剧的结局……这实在不能不说是一个大进步"（鲁迅《上海文艺之一瞥》，连载于 1931 年 7 月 27 日、8 月 3 日《文艺新闻》第 20、21 期）。言情小说由大团圆结局到悲剧结局的确是一个大进步，因为前者是回避封建包办婚姻礼制，而后者是控诉封建包办婚姻礼制。而这一进步的开创者是曹雪芹和高鹗，他们在《红楼梦》里所写的婚姻差不多都是悲剧。因此胡适称赞《红楼梦》不仅把一个个人物"都写作悲剧的下场"，而且最后"作一个大悲剧的结束，打破了中国小说的团圆迷信"（《〈红楼梦〉考证》，见 1923 年亚东图书馆版《胡适文存》）。可见鸳鸯蝴蝶派的言情小说在一定程度上继承了《红楼梦》开创的爱情婚姻悲剧模式，因而具有相当的反封建意义。我们可以徐枕亚的《玉梨魂》为例加以说明，因为该小说被新文学家指为鸳鸯蝴蝶派的代表性作品。

《玉梨魂》的故事很简单——清末宣统年间，小学教员何梦霞与年轻寡妇白梨影相爱，但两人均认为他们的这种行为是不道德的。为了得到感情的解脱，白梨影想出个"移花接木"的办法，即撮合何梦霞与自己的小姑崔筠倩订了婚。然而何梦霞既不能移情于崔筠倩，白梨影也无法忘情于何梦霞，结果造成了一连串的悲剧——白梨影在爱情与道德的激烈冲突下郁郁而死；崔筠倩因得不到何梦霞之爱而离开了人世；白梨影的公公因感伤女儿、儿媳之死而一病身亡；白梨影的十岁儿子鹏郎成了孤儿。何梦霞为排遣苦闷，先赴日本留学，继又回国参加了辛亥武昌起义（即辛亥革命），壮烈牺牲。

《玉梨魂》不仅描写了一个爱情婚姻悲剧，而且不同于一般的爱情婚姻悲剧。一般的爱情婚姻悲剧都是由封建势力造成的，即由包办婚姻造成的；而《玉梨魂》所写的爱情婚姻悲剧，其原因却是何梦霞和白梨影自身的封建道德。他们既渴望获得恋爱自由和婚姻自主的权利，又不能摆脱封建道德和封建礼教的束缚，两者激烈冲突，造成三死一孤的惨剧。从而揭露了封建道德和封建礼教的影响力是多么巨大，它已深入人们的骨髓，使其不能自拔。因此，它的反封建意义比一般的爱情婚姻悲剧更为深刻。

其实，新文学阵营也不是铁板一块，虽然大多数新文学家对鸳鸯蝴蝶派全盘否定，但也有少数新文学家态度比较客观，他们对鸳鸯蝴蝶派也给予一定的肯定。鲁迅是其中最突出的一位，他不仅认为某些鸳鸯蝴蝶派的悲剧言情小说是"一大进步"，而且不同意某些新文学家对鸳鸯蝴蝶派消极影响的夸大其词。他说：

> 至于说他流毒中国的青年，那似乎是过虑。倘有人能为这类小说所害，则即使没有这类东西也还是废物，无从挽救的。与社会，尤其不相干，气类相同的鼓词和唱本，国内非常多，品格也相像，所以这些作品也再不能"火上添油"，使中国人堕落得更厉害了。

> ——《关于〈小说世界〉》，载《晨报副刊》
> 1923 年 1 月 15 日

这种客观的观点与前述周作人无限夸大鸳鸯蝴蝶派作品能使国民生活陷入"完全动物的状态"乃至"非动物的状态"的观点形成了鲜明对比。当抗日战争爆发后，鲁迅更提倡文学界的抗日统一战线，主张团结鸳鸯蝴蝶派一起抗日。他说：

　　　　我以为文艺家在抗日问题上的联合是无条件的，只要他不是汉奸，愿意或赞成抗日，则不论叫哥哥妹妹，之乎者也，或鸳鸯蝴蝶都无妨。但在文学问题上我们仍可以互相批判。

——《答徐懋庸并关于抗日统一战线问题》，
载《作家》月刊第 1 卷第 5 期

　　鲁迅不仅提倡团结鸳鸯蝴蝶派一起抗日，而且主张新文学派与鸳鸯蝴蝶派在文学问题上"互相批判"，这种平等对待鸳鸯蝴蝶派的度量，也与那些视鸳鸯蝴蝶派如寇仇，必欲置诸死地而后快的新文学家形成了鲜明对比。

　　对鸳鸯蝴蝶派给予肯定的不只鲁迅，还有朱自清和茅盾。朱自清认为供人娱乐是中国传统小说的特点，因此不赞成将"消遣"作为罪状来批判鸳鸯蝴蝶派小说。他说：

　　　　在中国文学的传统里，小说……更是小道中的小道，就因为是消遣的，不严肃。不严肃也就是不正经，小说通常称为"闲书"，不是正经书。……鸳鸯蝴蝶派的小说意在供人们茶余酒后的消遣，倒是中国小说的正宗。

——《论严肃》，载《中国作家》创刊号

　　茅盾也承认鸳鸯蝴蝶派小说也"写家庭冲突，甚至写劳动人民的悲惨生活"。他还从艺术性方面对鸳鸯蝴蝶派小说给予一定肯定。他认为鸳鸯蝴蝶派的有些长篇小说"采用西洋小说的布局法",如倒叙法、补叙法,以及人物出场免去套语、故事叙述"戛然收住"等等,这一切是对"旧章回体小说布局法的革命"。还认为鸳鸯蝴蝶派的有些短篇小说学习了西洋短篇小说"截取一段人生来描写,而人生的全体因之以见"的方法:"叙述一段人事,可以无头无尾;出场一个人物,可以不细叙家世;书中人物可以只有一人;书中情节可以简至只是一段回忆。……能够学到这一层的,比起一头死钻在旧章回体小说的圈子里的人,自然要高出几倍。"(《自然主义与中国现代小说》,载1922年7月10日《小说月报》第13卷第7号)

鲁迅、朱自清、茅盾毕竟属于新文学派,因此他们对鸳鸯蝴蝶派的肯定是有限的。我们应该摆脱成见与束缚,从中国文学史的角度,对鸳鸯蝴蝶派做出客观公正的评价。

三、如何看待冯玉奇的小说

我们澄清了以上有关鸳鸯蝴蝶派的三个问题,等于为介绍冯玉奇的小说提供了一个坐标,也等于为读者提供了一把参照标尺。读者用这把标尺,就可自行评判冯玉奇的小说了。

冯玉奇于1918年左右生于浙江慈溪,笔名左明生、海上先觉楼、先觉楼,曾署名慈水冯玉奇、四明冯玉奇、海上冯玉奇。据说他毕业于浙江大学(一说复旦大学)。1937年九一八事变后寄居上海,感山河破碎,国事蜩螗,开始写作小说以抒怀。其处女作为《解语花》,由上海春明书店出版。出版后旋即由东方书场改编为同名话剧,演出后轰动一时。那时他才十九岁。由此一发而不可收,至1949年7月《花落谁家》出版,在短短十来年时间里,他创作的小说竟达一百九十多种,平均每年近二十种,总篇幅应该不少于三千万字,只能用"神速"来形容。这时他只有三十一岁。近现代文学史料专家魏绍昌先生(已去世)所编《鸳鸯蝴蝶派研究资料（史料部分）》（上海文艺出版社1962年10月出版）开列的《冯玉奇作品》目录只有一百七十二种，也有遗珠之憾。不过我们从这一目录中仍可确定冯玉奇是一位以写言情小说为主的通俗小说作家，因为在一百七十二种小说中，言情小说占有一百二十二种，其他小说只有五十种：社会小说三十四种、武侠小说十四种、侦探小说两种。

冯玉奇不仅是一位写作神速且极为多产的通俗小说作家，还是一位热心的剧作家和剧务工作者。早在他二十六岁（1944年）时，就担任了越剧名伶袁雪芬的雪声剧团的剧务，并为之创作了《雁南归》《红粉金戈》《太平天国》《有情人》《孝女复仇》五大剧本，演出效果全都甚佳。在他二十七到二十八岁（1945～1946）时，又与他人合作，前后为全香剧团和天红剧团编导了《小妹妹》《遗产恨》《飘零泪》《义薄云天》《流亡曲》等二十多个剧本，演出效果同样甚佳。可见冯玉奇至少写过十几个剧本。

冯玉奇一生所写的小说和剧本总计不下两百五十种，总篇幅可能达到四千万字以上，是名副其实的"著作等身"，是当之无愧的中国最多产的作家，号称多产的同派小说家张恨水也难望其项背。当时的文学作品已是一种特殊商品，冯玉奇的小说如此畅销，其剧本演出又如此轰动，这足可以证明其受人欢迎，这就是读者和观众对冯玉奇的评价，它比专家的评价更为准确，也更为重要。遗憾的是，我们无法看到他的剧作和三十岁以后的作品，也不知其晚景如何，卒于何年。

从冯玉奇的生活年代和创作时段来看，他显然是鸳鸯蝴蝶派的后起之秀，所以尽管他作品如此之多，影响如此之大，而同派的老前辈却很少提到他，这也是"文人相轻"的表现之一。

按说要介绍冯玉奇的小说，应该将其全部小说阅读一遍，但我没有这么多时间，也没有这么大精力，因而只向中国文史出版社借阅了《舞宫春艳》《小红楼》《百合花开》三种，全都是言情小说。因此我只能以这三种言情小说为例加以介绍，这可能会犯以偏概全的错误，因此只能供读者参考。

《舞宫春艳》写了两个纠缠在一起的爱情婚姻悲剧故事:苏州富家子秦可玉自幼与邻居豆腐坊之女李慧娟相恋,由于门第悬殊,秦可玉被其父禁锢,二人难圆成婚之梦。不幸李慧娟生下了一个私生女鹃儿,只好遗弃,自己则郁郁而死。鹃儿被无赖李三子收养,长大后卖到上海做伴舞女郎,改名卷耳。中学生唐小棣先是爱上了姑夫秦可玉家的婢女叶小红,不料叶小红失踪,于是移情于卷耳,但无钱为卷耳赎身,两人感到婚姻无望,于是双双吞鸦片自尽。

《小红楼》的故事紧接《舞宫春艳》:曾经被唐小棣爱过的叶小红的失踪,原来也是被无赖李三子拐卖为伴舞女郎,小棣、卷耳自杀后,小红才被救了回来,并被秦可玉认为义女。经苏雨田介绍,与辛石秋相识相恋而订婚。同时石秋的姨表妹巢爱吾也爱石秋,但石秋既与小红订婚在先,便毅然与小红结婚。爱吾为了摆脱难堪的地位,离家出走,下落不明。石秋奉父命赴北平探望二哥雁秋,在火车站被人诬陷私带军火,被军人押到司令部。可巧爱吾此时已成为张司令的干女儿兼秘书,便设法救了石秋一命。但张司令强迫石秋与爱吾结婚,二人既不敢违命,又固守道德,便以假夫妻应付。后来石秋回到家里,终于与小红团聚。

《百合花开》写了两个紧密相关的爱情婚姻故事:二十岁的寡妇花如兰同时被四十二岁的教育家盖季常和十八岁的革命青年盖雨龙叔侄俩所爱,而盖季常的十六岁侄女盖云仙又同时被三十六岁的银行家杨如仁和十九岁的革命青年杨梦花父子俩所爱。经过许多曲折后,终于两位长辈让步,盖雨龙与花如兰、杨梦花与盖云仙同场结婚。

由以上简单介绍可知,冯玉奇的这三种小说共写了五个爱情婚姻故事,其中两个是悲剧结局,三个是有情人终成眷属。这正如鲁迅所说:"有时因为严亲,或者因为薄命,也竟至于偶见悲剧的结局……这实在不能不说是一个大进步。"其次,这三种小说的五个爱情婚姻故事,倒有四个是三角爱情婚姻故事,但它们的情况并不雷同。唐小棣、叶小红、卷耳的三角恋是一男爱二女，辛石秋、叶小红、巢爱吾的三角恋是两女爱一男，而盖季常、盖雨龙、花如兰和杨如仁、杨梦花、盖云仙的三角恋更为异想天开，竟然都是两辈嫡亲男人（叔侄、父子）同爱一个女子。可见冯玉奇极有编故事的才能，从而使作品更具吸引力和娱乐性。又次，这三种言情小说的描写极为干净，没有任何色情描写。除了秦可玉与李慧娟有私生女外，其他人都非礼勿言，非礼勿行。如辛石秋与叶小红因婚礼当天石秋之母去世，为了守孝，新婚夫妻在百日之内没有圆房。而辛石秋与姨表妹巢爱吾为了对得起叶小红，虽被张司令强迫成亲，却只做了几天假夫妻。

从表现形式和艺术手法来看，我觉得冯玉奇的小说与当时新文学的新小说都受了西洋小说的影响，基本相同。譬如：两者都突破了传统小说书名的套路，不拘一格，尤其采用了一字书名和二字书名，如冯玉奇有《罪》《孽》《恨》《血》和《歧途》《逃婚》《情奔》等；而巴金有《家》《春》《秋》，茅盾有《幻灭》《动摇》《追求》。两者的对话方式也突破了传统小说的套路，灵活自如：对话既可置于说话者之后，也可置于说话者之前，还可将说话者夹在两句或两段话之间。至于小说的结构法、叙述法与描写法，更是差不多的。譬如人物描写不再是"沉鱼落雁""闭月羞花""倾国倾城"之类的千人一面，景物描写也不再是"落红满地""绿柳成荫""玉兔东升"之类的千篇一律，而加以具体描绘。这里随便举一个例子：

> 小红坐在窗旁，手托香腮，望着窗外院子里放有一缸残荷，风吹枯叶，瑟瑟作响。墙角旁几株梧桐，巍然而立。下面花坞上满种着秋海棠，正在发花，绿叶红筋，临风生姿，可惜艳而无香，但点缀秋色，也颇令人爱而忘倦。

这是《小红楼》对莲花庵一角的景物描绘，虽然算不上十分精彩，但作者通过小红的眼睛描绘了院中的三样东西——风吹作响的"枯荷"、巍然挺立的"梧桐"、正在开花的"海棠"，从而衬托出莲花庵幽静的环境，曲折地表明了时在秋季。频繁使用巧合手法是冯玉奇小说的显著特点，可以说把所谓"无巧不成书"用到了极致。巧合手法有助于编织故事，缩短篇幅，增加作品的吸引力等，但使用过多则时有破绽，有损于作品的真实性。冯玉奇的某些小说也采用了章回体，但只是标题用"第×回"和对偶句，"却说""且听下回分解"之类的套语已不再经常出现，因此并非章回体的完全照搬。况且章回体并非劣等小说的标志，它在我国小说史上发挥过巨大作用，产生过杰出的四大古典小说。因此用章回体来贬低冯玉奇的小说，也是毫无道理的。

冯玉奇的小说也有明显的缺点。它们与其他鸳鸯蝴蝶派小说一样，主要注重小说的娱乐性，而忽视小说的社会性和艺术性，因此没有产生杰出的作品。他是南方人而小说采用北方话，加之写作速度太快，无暇深思熟虑，导致语言不够流畅，用词不够准确，还有许多错别字和语病。还有使用"巧合"法太多，有时破绽明显，这里不再举例。

总而言之，冯玉奇既不是"黄色"和"反动"小说家，也不是杰出小说家，而是一位勤奋多产、有益无害的通俗小说家，他应在中国小说史尤其是中国现代小说中占有一席之地。

2017 年 6 月 4 日于北京蜗居

图书在版编目（CIP）数据

红粉飘零／冯玉奇著. — 北京：中国文史出版社，
2018.3

（民国通俗小说典藏文库·冯玉奇卷）

ISBN 978 - 7 - 5205 - 0060 - 9

Ⅰ．①红… Ⅱ．①冯… Ⅲ．①长篇小说 – 中国 – 现代
Ⅳ．①I246.5

中国版本图书馆 CIP 数据核字（2018）第 011553 号

点　　校：薛未未
责任编辑：蔡晓欧

出版发行　中国文史出版社
网　　址：http://www.chinawenshi.net
社　　址：北京市西城区太平桥大街 23 号　邮编：100811
电　　话：010 - 66173572　66168268　66192736（发行部）
传　　真：010 - 66192703
印　　装：廊坊市海涛印刷有限公司
经　　销：全国新华书店
开　　本：720 × 1020　1/16
印　　张：22.5　　　　字数：305 千字
版　　次：2018 年 3 月第 1 版
印　　次：2018 年 3 月第 1 次印刷
定　　价：59.80 元